संस्मरण

# आहटें सुन रहा हूँ यादों की

काशीनाथ सिंह

# आहटें सुन रहा हूँ यादों की

राजकमल प्रकाशन

ISBN : 978-93-6086-822-2

**मूल्य :** ₹795



**पहला संस्करण :** 2024

**प्रकाशक :** राजकमल प्रकाशन प्रा. लि.
1-बी, नेताज़ी सुभाष मार्ग, दरियागंज
नई दिल्ली-110 002
**शाखाएँ :** अशोक राजपथ, साइंस कॉलेज के सामने, पटना-800 006
पहली मंज़िल, दरबारी बिल्डिंग, महात्मा गांधी मार्ग, प्रयागराज-211 001
1, अनमोल सोराबजी सन्तुक लेन, धोबी तलाव, मरीन लाइंस, मुम्बई-400 002

वेबसाइट : www.rajkamalprakashan.com
ई-मेल : info@rajkamalprakashan.com

**मुद्रक :** विकास कंप्यूटर एंड प्रिंटर्स
ट्रॉनिका सिटी-201 102

AAHATEIN SUN RAHA HUN YADON KI
*Memoirs* by Kashinath Singh

**प्रिय आशीष त्रिपाठी**
और **बहू नीलम**
के लिए
जिनका परिवार
उनके ताऊ और बच्चों के दादू
का भी घर है।

# अन्ततः

मैंने सन् 1960 से लिखना शुरू किया था तब से लेकर आज तक मुझे लिखते हुए पचास साल हो रहे हैं। लेकिन जब कभी लिखता हूँ, कोशिश बराबर यही रहती है कि साठ का नहीं, आज का होकर 'आज' को लिखूँ। इतिहास बन जाना जीते जी दिवंगत हो जाना है और यह 'रेहन पर रग्घू' के रघुनाथ का स्वभाव नहीं!

जब शुरू किया था तब मेरे पास सिर्फ एक चीज थी—भाषा। मैंने पाँच साल व्याकरण का काम किया था। उससे समझा था कि भाषाएँ दो हैं—एक है शिष्ट और सुसंस्कृत जो पुस्तकों और ग्रन्थों में है, दूसरी है किसानों और खेत-मजदूरों की जबानों पर, खेत-खलिहानों में, नगर सड़कों और फुटपाथों पर, गलियों में, पान और चाय की दुकानों पर। इनके सिवा भी भाषा के ढेर सारे शब्द और लहजे और लटके और मुहावरे हैं जो हवाओं में आवारा उड़ते रहते हैं। जमीन के अन्दर धँसे बीज की तरह—पकड़ में आने और अँखुआने के लिए आतुर। कबीर ने इन्हीं सबको 'बहता नीर' कहा है। और मैंने इसी 'नीर' के साथ-साथ बहने का फैसला किया।

इसे सौभाग्य ही कहिए कि लम्बे समय तक मुझे बड़े भाई का संग-साथ मिला, वह नामवर जी थे। मेरी कहानी-कक्षा के अध्यापक और गुरु। तब के युवा आलोचक और नगर की साहित्यिक-सांस्कृतिक गतिविधियों के केन्द्र। बनारस उन दिनों नई-पुरानी प्रतिभाओं और सम्भावनाओं से लहलह-महमह था। त्रिलोचन, चन्द्रबली सिंह, केदारनाथ सिंह, विश्वनाथ त्रिपाठी, शिवप्रसाद सिंह, विद्यासागर नौटियाल, विष्णुचन्द्र शर्मा, बाबा कारंत, विजय मोहन सिंह, रामदरश मिश्र—ये सभी मेरे वैसे ही आदरणीय थे जैसे मेरे बड़े भाई। इनका अक्सर घर आना होता था और मैं इनकी सेवा में लगा रहता था। यानी उठाने, बिठाने, चाय-पानी कराने में। ये बातें करते थे नई आई हुई पुस्तकों के बारे में, पत्र-पत्रिकाओं के बारे में, साहित्यिक

गतिविधियों और हलचलों के बारे में, अपनी और दूसरों की कविताओं, कहानियों-समीक्षाओं के बारे में। कभी-कभी ये बातें या बहसें इतनी लम्बी होती थीं कि खत्म ही नहीं हो पाती थीं। मैं एक कोने खड़ा या कहीं बैठा इन्हें चुपचाप सुनता या देखता रहता था। कुछ बातें समझ में आती थीं, कुछ नहीं आती थीं। लेकिन इसी आबोहवा ने मेरे भीतर लेखन के प्रति आकर्षण पैदा किया।

ये नई कहानी के दिन थे—शोर-शराबे के, उठा-पटक के। नामवर जी कहानी-नई कहानी के स्तम्भ लिख रहे थे उन दिनों। उनका कमरा भरा रहता था कहानी-संकलनों से। इनमें देशी भी थे और विदेशी भी। वे जैसे-जैसे पढ़ते जाते थे, वैसे-वैसे बातें करना चाहते थे उनके बारे में—उनकी खूबियों-कमजोरियों, आदि-अन्त, भाषा-शैली इन सबके बारे में। यह उनकी आदत थी। जब कोई नहीं मिलता था-या आता था तो काशी ही सही। 'अभावे शालिचूर्ण वा'। यानी चावल न सही, खुद्दी ही सही। यानी और कोई नहीं, तो तुम्हीं सुनो। इस तरह इस खुद्द में धीरे-धीरे कहानी की समझ पैदा हुई।

उन्हीं शुरुआत दिनों में नामवर जी की कही हुई एक बात मैं कभी नहीं भूला। वह यह कि परम्परा निभाना बड़ी बात नहीं है, बड़ी बात है उस परम्परा में अपना कुछ जोड़ना। अगर जोड़ नहीं सकते तो लिखने का मतलब नहीं। मगर इससे भी बड़ी बात है परम्परा छोड़कर अपने लिए नया रास्ता बनाना। मुश्किल काम है यह लेकिन करने वाले करते ही हैं। यह बातें उन्होंने किस कथाकार के सन्दर्भ में कही थीं, मुझे याद नहीं।

तो मित्रो, उस वक्त एक छोटी-सी पोटली थी अपने पास-ज्ञान की। लोककथाओं, पौराणिक आख्यानों और जातक कथाओं में दिलचस्पी, रूसी क्लासिक्स का अध्ययन, प्रेमचन्द, रेणु और नई कहानी की पृष्ठभूमि की समझ—बस इसी पूँजी के सहारे मैं कथा क्षेत्र में आ गया। कुछ कहानियाँ लिखी। आरम्भ के दस साल वर्जिश में चले गए। पहला कहानी-संग्रह आया '68 में, लेकिन दो-तीन कहानियों को छोड़कर कोई खास बात नहीं बनी। लगा, मुझे अपने अनुभव का क्षेत्र-विस्तार करना चाहिए। और मैं जुड़ गया नक्सल आन्दोलन के एक ग्रुप से। इसी दौरान 'अपना मोर्चा' उपन्यास लिखा। इसे आलोचक कम, पाठक ज्यादा मिले। खासतौर से युवा। यह कई राज्यों के नक्सल ग्रुप और मजदूर बस्तियों के 'स्टडी सर्किल' में भी पढ़ा गया। इसके बाद कई कहानियाँ लिखी जिन्हें 'जनवादी कहानी'

कहा गया। ये कहानियाँ जरा 'लाउड' थीं—सत्ता और व्यवस्था के खिलाफ। लेकिन पसन्द की गई। इनकी अच्छाई कहिए या कमजोरी कि ये दिमाग को तो छूती थी, दिल को नहीं।

फिर लगा, कहानी का क्षेत्र संवेदना है, विचार नहीं। मैंने लिखी 'कविता की नई तारीख'। लम्बी कहानी। फिर कई कहानियाँ लिखी जिनमें 'अपना रास्ता लो बाबा' भी थी। ये कहानियाँ पढ़ी भी गईं, चर्चित भी हुईं और मंचित भी हुईं। इसके बावजूद मुझे लगा कि जिन साहित्येतर पाठकों तक मैं पहुँचना चाहता हूँ, वे अभी दूर हैं।

चौबीस साल तक लिखते रहने के बाद मैंने कहानी का रास्ता छोड़ दिया ऐसे रास्ते पर गया जिससे आए-गए तो थे लोग, लेकिन बेमन से। वह था संस्मरण। संस्मरण या तो कवियों-लेखकों के जीवन के दिलचस्प प्रसंगों के थे, या 'टिट-बिट्स' के, या अजानी सूचनाओं के। ऐसे भी थे जिनमें याराना या गैराना निभाने का भाव ज्यादा था। मेरे पास अपने कहानीकार के सारे औजार थे। जरूरत थी नामवर, त्रिलोचन, हजारी प्रसाद द्विवेदी, धूमिल आदि को एक पात्र या चरित्र के रूप में देखने की, पास रहकर भी उन्हें दूर, अपने से अलग करके देखने की। लोगों में इनके लिए आकर्षण था। वे उनके लिखे से परिचित थे, जीवन के अन्तरंग-संघर्षों से नहीं। इनके संघर्ष आप आदमी की दुविधाओं और संघर्ष से अलग नहीं थे। और मैंने पाया कि ये संस्मरण उन्हें भी अच्छे लग रहे हैं जिन्हें मेरी कहानियाँ पसन्द नहीं थी। और मित्रो! यही रास्ता मुझे अस्सी की ओर ले गया—व्यक्ति से 'लोकल' की ओर। कहते हैं लोग कि 'काशी का अस्सी' उपन्यास नहीं है और सही कहते हैं लोग।

ग्लोबलाइजेशन शुरू ही हुआ था नब्बे के दशक में। उसने किसी भी चीज को जहाँ का तहाँ और ज्यों का त्यों नहीं रहने दिया। न समाज को, न सत्ता को, न साहित्य को। और जब कोई चीज जस की तस नहीं रह गई तो उपन्यास के फार्म की क्या बिसात? ग्लोबलाइजेशन को नगर के एक मुहल्ले पर देखने के बाद मेरी नजर गई अपने गाँव पर। अपनी जड़ पर। वहाँ क्या टूट-फूट मचाई है इसने। है कोई चीज जिसे बख्शा है? पुश्तैनी जमीन को? खेती-बारी के औजारों को? बैलों को, भेड़ों को, बकरियों को? लोहे के, लकड़ी के, मिट्टी के काम करने वाले लोग कहाँ गए? क्यों गए? हमारे रिश्ते कहाँ खो गए? ये सारे सवाल मुझे उस पहाड़पुर ले गए जहाँ रघुनाथ गाँव से भागते थे तो शहर जाते थे और शहर से भागते थे तो पहाड़पुर आते थे। पड़ोसियों

के मारे हुए और बेटों से हारे हुए रघुनाथ की पीड़ा और हौसले को 'अस्सी' वाली मौज-मस्ती के साथ नहीं लिखा जा सकता था।

मित्रो! मुझे ये कहने में संकोच नहीं कि मैं बहुत कुछ कबीर शैली का लेखक हूँ—एक विश्वविद्यालय का प्रोफेसर रहने के बावजूद। जो सीखा है, वह पढ़कर कम, देख-सुनकर ज्यादा। सत्संग से। सन्त-समागम से। तरह-तरह के लोगों से मिलकर, बोल-बतिया कर। हमेशा कोशिश की है कि उन शक्तियों को समझूँ-पहचानूँ जो समाज को, लोगों के मन-मिजाज को बदल रही हैं।

नियम बनाकर जबरन मैं नहीं लिखता। यह नहीं कि लेखक हूँ तो लिखता जाऊँ—मन करे, न करे। मैं एक और दूसरी रचना के बीच तब तक अन्तराल छोड़ता हूँ जब तक पहली रचना का 'हैंग-ओवर' उतर नहीं जाता। दो फसलों के बीच पड़े परती खेत की तरह। मिट्टी के उपजाऊ होने की प्रतीक्षा करता हूँ। कि इसे जितना मौसम की मार झेलना हो, झेल ले। फिर जब शुरू करता हूँ तो नये सिरे से ऐसे जैसे इससे पहले लेखक नहीं था, लिखना नहीं जानता था, एकदम मूर्ख हूँ। यह अच्छी बात नहीं लेकिन मेरी मजबूरी। इसलिए 'अस्सी' और 'रग्घू' के बीच आप पाँच-छह साल का अन्तराल पाएँगे।

अन्तिम बात, जब मैं लिखना शुरू करता हूँ तो मेरे पास सिर्फ एक चीज होती है—कलम। वह नजर आती है। लेकिन नजर आने वाली कुछ चीजें और भी होती हैं—जैसे स्केच, पेंसिल, ब्रश, रंग, कैमरा। चाहता हूँ कि जिनके बारे में लिख रहा हूँ, जो लिख रहा हूँ वे पढ़ने वाले को सुनाई भी पड़े और दिखाई भी। जाने क्यों, पढ़ने वाले का पढ़ना छोड़कर बीच में किताब बन्द कर देना या उठ जाना या छोड़कर चल देना मुझे अपना अपमान जैसा लगता है। इससे अच्छा तो यह कि वह पढ़ जाए, भले बाद में गालियाँ दे।

# क्रम

## खंड 1



## खंड 2

# खंड 1

# मेरी कहानी

## गाँव का बचपन

मेरे जन्म से छह महीने पहले परिवार में एक बच्चा पैदा हुआ था, नाम बनारसी रखा गया। इसी की कड़ी में मेरा नाम काशी हुआ। मेरा गाँव जीयनपुर बनारस से 40 किलोमीटर दूर मौजूद है। पहले यह वाराणसी जिले में था, अब चन्दौली में है। कहने का गाँव मगर तब पुरवा ही था। बहुत ही छोटा। जैसे किसी गाँव का परिशिष्ट हो। वहाँ स्कूल जाने वाले बच्चों को सिखाया जाता था कि स्कूल या मेले में गुम हो जाओ और कोई गाँव का नाम पूछे, तो उसे आवाजापुर बताओ। आवाजापुर बड़ा गाँव थां। जीयनपुर में स्कूल नहीं, दवाखाना नहीं, न डाकखाना और न बाजार था। बाजार के लिए पाँच किलोमीटर दूर कमालपुर या धानापुर जाना पड़ता था। आवाजापुर जीयनपुर से एक किलोमीटर पश्चिम में था। जीयनपुर के बच्चे मिडिल क्लास तक आवाजापुर में ही पढ़ते थे। गाँव में अक्षर ज्ञान कुछ लोगों को रहा होगा, पर शिक्षित कहे जाने वाले मेरे पिताजी ही थे। प्राइमरी पास और प्राइमरी स्कूल के मास्टर। ठाकुरों के आठ घर थे। मेरे पिताजी तीन भाई थे। दो के तीन-तीन बेटे और सबसे छोटे का एक बेटा है। लगभग 18 लोगों का परिवार था। खेती सामूहिक थी। मास्टर होने के कारण पिता नागर सिंह का गाँव में बहुत सम्मान था। वह चुप रहने वाले इनसान थे। उन्हें खेत में काम करते हुए मैंने कभी नहीं देखा। गाँव में किसी से नहीं बोलते थे। शायद कोई दोस्त ही नहीं था। उन्हें। हँसते-मुस्कराते कम ही लोगों ने देखा होगा। उनके इस स्वभाव का खमियाजा गाँव में रहने वाले हम बेटों को भुगतना पड़ता था।

बचपन ही नहीं, मेरी किशोरावस्था का ज्यादातर हिस्सा भी गाँव में ही बीता। आवाजापुर में पढ़ना शुरू किया, तब से लेकर हाईस्कूल तक हल-बैल, खेती-बारी और घर के दूसरे कामों में जुटा रहा। बुआई, कटाई, गन्ने की पेराई, मशीन से चारा कटाई जैसे जितने काम हो सकते हैं, सारे दूसरे लड़कों के साथ करता था। फसलें निर्भर करती थीं सिर्फ बारिश पर। नहर थी नहीं, गेहूँ नहीं होता था। बाजरा, सावाँ, जोन्हरी, धान, जौ, गन्ना, चना यही फसलें थीं। यों तो हम सम्पन्न माने जाते

थे, लेकिन सम्पन्नता इतनी थी कि कभी-कभार पीने को आधा गिलास मट्ठा मिल जाया करता, और हम खुश हो लेते थे।

छोटा गाँव, लेकिन बड़ा ही खूबसूरत। पूर्वी सीमा पर एक कतार में ताड़ के 10-12 पेड़ थे। उसके आगे उत्तरी सीमा को नापता हुआ बड़ा-सा पोखर। पोखर के एक तरफ बाँसों का वन, बँसवार और दूसरी तरफ, आम का सघन बगीचा। भैंस चराने में बहुत मन लगता था मेरा, क्योंकि भैंस चरती थीं तो गाँव की दूसरी भैंसों के साथ और इस दौरान हम बच्चे बगीचे में तरह-तरह के खेल खेलते थे। वे सारे खेल आज के बच्चों के लिए सपना हैं। खेलने के पीछे पढ़ाई का आकर्षण कम होना था। हालाँकि, आवाजापुर के स्कूल में तीन-चार कमरे थे, लेकिन उनका इस्तेमाल तभी होता था, जब डिप्टी साहब आते। बाकी ज्यादातर हम बच्चे पेड़ के नीचे ही पढ़ते थे। उन दिनों जिसका गणित अच्छा होता था, वही तेज माना जाता था। मुझे गणित एकदम नहीं आता था, सो स्कूल में मुझे कभी अच्छे विद्यार्थी के रूप में नहीं जाना गया। इसी कारण मिडिल में मैं फेल भी हो गया। बावजूद इस गाँव से एक किलोमीटर दूर शहीद गाँव के अमर शहीद विद्यामन्दिर में मेरा नाम लिखवाया गया, लेकिन गणित ने वहाँ भी पीछा नहीं छोड़ा। अब अगर मैं गणित में फेल हो गया होता, तो या तो आज घर पर खेती कर रहा होता या किसी प्राइमरी स्कूल की मास्टरी। अच्छी बात यह थी कि गणित के सिवा दूसरे विषयों में मैं सबसे अच्छा था। परीक्षा के समय व्यवस्थापक को पता चला, तो उन्होंने गणित में मेरे पास हो जाने की व्यवस्था की। मैं शायद वहाँ का पहला विद्यार्थी था, जिसे प्रथम श्रेणी मिली। आगे पढ़ने के लिए मेरे बड़े भाई नामवर सिंह मुझे बनारस ले आए।

इस जनपद में हम भाइयों का प्रेम एक उदाहरण की तरह है, जो अब नहीं देखा जाता। बड़े भाई नामवर के बेटे का जन्म हो चुका था और वह लगभग पाँच साल का था। वह उसे पढ़ाने के बहाने मुझे गाँव पर छोड़ सकते थे और उसके साथ पत्नी को ला सकते थे। लेकिन नामवर जी ने बेटे की जगह अपने भाई की पढ़ाई को तरजीह दी। इसी तरह, मेरे मझले भाई रामजी सिंह उस साल इंटरमीडिएट पास कर चुके थे, जिस साल मैंने हाईस्कूल किया था। उन दिनों बनारस छोड़कर पूरे जनपद में कहीं कोई डिग्री कॉलेज नहीं था। भैया चाहते, तो जिद कर सकते थे कि काशी अभी दो साल गाँव में पढ़ सकता है। उसको छोड़ दिया जाए और मुझे पढ़ने के लिए ले जाया जाए, लेकिन उन्होंने बड़े भाई से कहा कि मैं प्राइवेट बीए कर लूँगा। इसको आप ले जाएँ।

### भैया ने मालिकाना सौंप दिया

सन् 1953 में मैं बनारस आ गया। भैया यानी नामवर जी के साथ ठहरा गोदौलिया चौराहे पर। मुंशी प्रेमचन्द के सरस्वती प्रेस में। यह साल मेरे लिए कई तरह से

महत्त्वपूर्ण था। इसी बीच पिता के भाइयों के बीच बँटवारा हुआ और वह आहत हुए। दूसरी बात, उसी साल भैया का बीएचयू में अपॉइंटमेंट हो गया। मेरे लिए बस इतना ही कि 16 साल की उम्र में मैं पहली बार बस में बैठा, ट्रेन पर चढ़ा और नगर देखा। नाम कमच्छा के इंटरमीडिएट कॉलेज में लिखा गया। गाँव से सत्तू और गुड़ लाए थे। एक ही टाइम रात में राते। उसके महीने भर बाद लोलार्क कुंड में भदैनी पर तीस रुपये महीना किराए पर घर मिल गया। भैया को जब पहली तनख्वाह 350 रुपये मिली, तो उन्होंने 50 रुपये अपने पास रखे और 200 मुझे पकड़ा दिये। कहा कि घर कैसे चलेगा अब यह जिम्मेदारी तुम्हारी है। महीने भर मुझे मत टोकना। डेस्क की दराज की ओर इशारा किया कि रुपये यहीं रख दो। डेस्क में ताला-ताली की कोई व्यवस्था नहीं थी। यह वजह है कि तिजोरी या पर्स क्या होता है, न नामवर जी जानते हैं, न मैं। 15 नहीं, तो 20 तारीख के बाद उधारी शुरू हो जाती थी।

सात वर्षों तक पढ़ाते रहने के बाद नामवर जी काशी हिन्दू विश्वविद्यालय से निकाल दिये गए। कारण यह बताया गया कि अनुमति के बगैर सांसदी का चुनाव लड़ा। अच्छा यह हुआ कि निकाले जाने के दो-तीन महीने बाद ही उन्हें सागर विश्वविद्यालय में नौकरी मिल गई। बनारस में मैं, माँ और उसी साल रिटायर हुए पिताजी थी। मुझे तब तक स्कॉलरशिप नहीं मिली थी। बनारस रहें या छोड़ें, यह समस्या आई। भैया ने कहा कि मैं तनख्वाह मिलने के बाद 100 रुपये हर महीने भेज सकता हूँ। बशर्ते उसमें रह सको। फिर हमारे गुरु हजारी प्रसाद द्विवेदी को भी काशी हिन्दू विश्वविद्यालय से निकाल दिया गया। उनकी भी नियुक्ति चंडीगढ़ के पंजाब विश्वविद्यालय में हो गई। द्विवेदी जी उधर चंडीगढ़ जा रहे थे और उधर सागर विश्वविद्यालय से निष्कासित (कारण स्पष्ट नहीं) होकर नामवर जी घर आ रहे थे। द्विवेदी जी के सभी शिष्य उनके साथ पीएचडी करने के लिए चंडीगढ़ का टिकट कटा रहे थे। मैं पंडित जी के साथ साल भर रिसर्च कर चुका था। मैंने द्विवेदी जी से पूछा, "पंडित जी, मैं भी आपके साथ चंडीगढ़ चलना चाहता हूँ।" पंडित जी थोड़ी देर चुप रहे, फिर बोले—"देखो तुम भी चले जाओगे, तो तुम्हारे माँ-पिता का क्या होगा?" और मैं बनारस में ही रह गया। रिसर्च का सालभर पूरा हो चुका था और स्कॉलरशिप मिलने लगी थी। 100 रुपये हर महीने घर आने लगे। भैया ने आते ही कहा कि तुम घर देखो, मुझे तुमसे कुछ नहीं चाहिए। उसी वर्ष हाईस्कूल करके भैया का बेटा शहर पढ़ने क्वींस कॉलेज चला आया। इस वजीफे की रकम में हमने घर चलाना सीख लिया। उसके बाद मंझले भाई को एक साधारण सी नौकरी मिल गई।

हिन्दी विभाग में अपने निर्देशन में मुझे लेने के लिए कोई तैयार नहीं था। मुझे आचार्य द्विवेदी के रूप में देखा जा रहा था। नामवर जी यूँ ही नगर में अछूत हो गए

थे। विभाग के लोग मुझे हिकारत से देखते थे। वजीफा बन्द हो गया। इन स्थितियों से मुझे संकट से उबारा मेरे गुरु पंडित करुणापति त्रिपाठी ने, जो कमलापति जी के भाई थे। हमारे आर्थिक संकट का अन्दाजा इसी से लगाया जा सकता है कि जब मेरी शादी के लिए जाग आते, तो भैया या तो इनकार कर देते थे कि नहीं करनी है या कहते थे, लड़के को ले जाओ,. जैसे करना हो कर लेना और घर पहुँचा देना। यही हुआ। 1962 मैं मेरी शादी तय हुई। शादी के कपड़े-लत्ते, यहाँ तक कि मोजे और जूते तक लड़की वालों ने खरीदे और शादी कर दी।

पत्नी बी.ए. पास थीं। उनके अपने सपने थे। एम.ए. करेंगे और बी.एड. या पी-एच.डी.। घर के झंझटों में फँसे रहने के कारण एम.ए. प्रथम वर्ष की परीक्षा 1971 में दी, फिर सालभर के अन्तराल के बाद 1973 में फाइनल की। 1978 में बी.एड. किया और 1980 में बाल भारती विद्यालय कोल्हुआ में 200 रुपये की नौकरी शुरू की। कभी-कभी तो मुझे अपराध-बोध होता था कि मैं उनके सपनों का हत्यारा हूँ।

मेरी स्कॉलरशिप खत्म हुई, तो 'ऐतिहासिक व्याकरण कार्यालय' में 200 रुपये में काम मिला। पारिवारिक स्थिति सुधरती हुई सी मालूम हुई कि तब तक भैया के बेटे विजय प्रकाश के सिवा मझले भाई की दोनों बेटियाँ बी.ए. करने के इरादे से बनारस आ गईं। फिर बड़ी भाभी भी आ गई। इस दौरान मेरे भी बच्चे हो गए थे। परिवार बड़ा हो गया और जिम्मेदारियाँ बढ़ गई थीं। बीएचयू के हिन्दी विभाग में मेरी नियुक्ति हो गई थी, लेकिन उस वेतन में परिवार चलाना बड़ा मुश्किल था। इसी दौरान भैया ने दिल्ली जाकर भाग्य आजमाने का फैसला किया।

## मेरी मानसिक यंत्रणा के वर्ष

महामना के मन्दिर यानी बीएचयू में मेरे जीवन के सबसे अच्छे 44 वर्ष बीते। 12 साल छात्र के रूप में और 32 साल अध्यापक के रूप में। दो-तीन मौके बाहर जाने के भी आए, लेकिन कौन कमबख्त जाए काशी की गलियाँ और गालियाँ छोड़कर। इसी में पारिवारिक जिम्मेदारियाँ भी शामिल थीं। विभाग में मैं सबसे छोटा था। सब या तो मेरे गुरु थे या श्रद्धेय या मित्र। अब एक-दो बचे हैं, बाकी सब गुजर चुके हैं। सच कहिए तो मैं कबीर के शब्दों में विभाग की 'कुतिया' था, जिसे जितना दुरदुराया गया, उससे ज्यादा प्यार किया गया। किसी पिकनिक, टूर, पार्टी, गोष्ठी, सेमिनार की मेरे बिना कल्पना नहीं की जाती थी।

सन् 1965 में वहाँ मेरी नियुक्ति हुई। लेकिन 'प्रथम ग्रासे मक्षिका पातः।' नियुक्ति के बाद ही स्टे ऑर्डर आ गया। स्टे नागरी प्रचारिणी सभा लेकर आई थी। स्टे तो हट गया, लेकिन जाँच समिति बैठ गई। एक दिन मेरे गुरु और अध्यक्ष

जगन्नाथ प्रसाद शर्मा ने मुझे बुलाकर कहा कि तुम्हारा नियुक्ति पत्र तो तैयार है चाहो तो कल ज्वॉइन कर सकते हो, लेकिन इससे तुम्हारे मित्र का केस कमजोर हो जाएगा। इसीलिए मैं चाहता हूँ कि उसका भी हो जाए, तब ज्वॉइन करो। उनके आदेश की अवहेलना का कोई प्रश्न ही नहीं था। मैं यह भी जानता था कि मेरी उन्होंने बहुत लोगों की इच्छा के खिलाफ की है। विभाग शुरू के पाँच और अन्त के पाँच वर्ष निकाल दिये जाएँ, तो लगभग 22 वर्ष तरह-तरह की जाँच कमेटियों से होते हुए मेरे गुजरे हैं। बहुत चैन से कभी नहीं रहा। 1971 में विश्वविद्यालय के 'साहित्यिक एवं सामाजिक कार्यसमिति' का संयोजक बनाया गया और वहाँ से निकलने वाली पत्रिका परिवेश का सम्पादक। शायद लोगों को यह अच्छा नहीं लगा। जाँच का सिलसिला शुरू हो गया।

मेरा एक शोध छात्र था महेश्वर। बहुत प्रतिभाशाली और तेजस्वी। टॉपर था और वजीफा मिलता था। मुंगेर से एक पत्रिका निकली, जिसके सम्पादक थे भरत प्रसाद और पत्रिका का नाम था बातचीत। उसमें महेश्वर का सहायक सम्पादक के रूप में नाम गया था। उस पर आरोप था कि यह लड़का रहता मुंगेर में है। केवल वजीफा लेने के लिए आता है और यह सब जानते हुए निर्देशक काशीनाथ इसका प्रगति विवरण संस्तुति कर देते हैं। आरोप लगत सिद्ध हुए, लेकिन यह नियम बना कि विश्वविद्यालय में शोध छात्रों की उपस्थिति पंजिका रखी जाए।

मेरी पत्नी कुसुम सिंह को विश्वविद्यालय से 100 रु. की स्कॉलरशिप मिली। यह सन् 1980 के आसपास की बात है। यह हर प्रथम श्रेणी पाने वाले शोध छात्र को दी जाती थी। कुसुम पहले से अपने प्रयासों से बाल भारती विद्यालय में 200 रुपये की नौकरी कर रही थीं। मैंने विभाग में लोगों से बात की कि वजीफा छोड़कर वह नौकरी करेंगी। विभाग के लोगों ने कहा कि यहाँ तमाम शोध छात्र स्कॉलरशिप लेते हुए स्थानीय दैनिक अखबारों या आकाशवाणी में अथवा स्कूलों में काम कर रहे हैं, और यह तो एक निजी स्कूल है। थोड़े दिनों बाद ही मालूम हुआ कि इस पर जाँच समिति बैठ गई है। तीन-चार साल जाँच चलती रही। इसी बीच मैं रीडर हुआ और उसके खिलाफ भी मुकदमा हो गया। मुकदमा विभागीय मित्रों ने ही किया। स्टे हट गया, मुकदमा तीन-चार साल चलता रहा।

तीसरी जाँच समिति का सम्बन्ध मेरी बेटी रचना से है। वह आरम्भ से ही प्रथम श्रेणी पाने वाली छात्रा रही है। यूजीसी की परीक्षा उसने उत्तीर्ण कर ली। फेलोशिप मिलने की बात आई। आरोप लगाया गया कि पेपर सेटर इसके पिता के बड़े भाई नामवर सिंह थे। इस पर भी जाँच कमेटी बैठी। भइया पूछा, तो पता चला कि पाँच-छह लोगों की एक कमेटी होती है और उसका एक चेयरमैन होता है, जिसके निर्देशन में चार-पाँच प्रश्नों वाला प्रश्न बैंक तैयार होता है। सारे प्रश्न यूजीसी को सौंप दिये जाते हैं। यूजीसी कैसे या किससे पेपर तैयार कराती है, यह उस पर निर्भर

करता है। भइया चेयरमैन जरूर थे उस कमेटी के। नतीजा क्या निकला पता नहीं, लेकिन इससे यह जरूर हो गया कि मेरे बच्चों दिलचस्पी हिन्दी में हमेशा के लिए खत्म हो गई। ये 22 वर्ष मेरी मानसिक यंत्रणा के भी वर्ष रहे हैं।

हिन्दी विभाग में ज्वॉइन करते समय मेरे दिमाग में प्रसाद के नाटक *चन्द्रगुप्त* के पात्र सिंहरण का एक वाक्य—"मैं भूत की चिन्ता नहीं करता, भविष्य की परवाह नहीं करता, वर्तमान को अपने अनुकूल बना ही लूँगा, इतना विश्वास है।" मैंने वर्तमान को अपने अनुकूल बनाए रखने की कोशिश की थी। अपने वरिष्ठों का हमेशा सम्मान किया। उनका खयाल रखा, लेकिन मुझसे कहाँ चूक हुई, मैं कभी समझ नहीं सका। अब दूसरों को दोष क्या दें? और क्यों दें?

## बन्दा चला अस्सी अपनी ही तलाश में

लिखते हुए पचास वर्ष हो गए। इस दौरान मैंने सात कहानी-संग्रह, तीन संस्मरण, पाँच उपन्यास, एक नाटक, और एक आलोचना की किताब लिखी। इंटरव्यू की दो किताबें भी आईं। यह संख्या ज्यादा नहीं कही जाएगी, लेकिन परिवार के साथ बच्चों की परवरिश, शिक्षा-दीक्षा, शादी-ब्याह, माँ-बाप व भाभी की देख-रेख, दवा-दारू और जाँच कमेटियों की चिन्ताओं व मानसिक यातनाओं को देखा जाए, तो ये उतनी कम भी नहीं हैं। मेरी विडंबना यह है कि जिसने मुझे देखा, उसने मुझे नहीं, बड़े भाई नामवर जी को देखा। कभी मेरे आगे कभी मेरे पीछे। इसमें दो राय नहीं कि नामवर जी मेरे 'रामानन्द' थे। वह मुझे गाँव से नगर ले आए। एमए कराया। साहित्य में रुचि पैदा की। साहित्यिक संस्कार दिये। लेकिन, दिल्ली जाने से पहले यह भी कहते गए—"देख भाई, घर में हम भाई हैं। साहित्य में नहीं। यह भवसागर है। जब इसमें उतर गए हो, तो तैरकर पार करो या डूब मरो—यह तुम जानो।" लोगों ने मुझे देखा, लेकिन उनका यह नहीं सुना। बहरहाल, डूबने से बचाया मेरी पत्नी और मझले भाई रामजी सिंह ने। पत्नी ने मुझे कभी पता नहीं चलने दिया कि मेरे बच्चे कहाँ पढ़ रहे हैं? किस क्लास में हैं? कैसे आ-जा रहे हैं? खाली वक्त में क्या कर रहे हैं? सारी जिम्मेदारियाँ उन्होंने अपने सिर ले लीं। और जिम्मेदारियाँ सिर्फ अपने पाँच बच्चे-बच्चियों की नहीं, दो भाभियों और उनके बच्चों की भी। और मझले भैया? वह नौकरी में रहते हुए खेती-बारी सँभालते रहे और हमारे लिए सालभर का राशन भिजवाते रहे। वह पिछले चालीस साल से यही कर रहे हैं। एक बार भी यह नहीं कहा कि मैं तुम्हारा नौकर नहीं हूँ, कुछ जिम्मेदारियाँ तुम भी देखो। आज के जमाने में दुर्लभ है ऐसा भाई! तो इन्हीं के बूते मैं लेखक बन बैठा हूँ।

मेरा पहला कहानी-संग्रह 1968 में आया। बहुत सन्तोष नहीं हुआ। लग रहा था कि जन पढ़े-लिखे लोगों के दायरे में रहता हूँ, वह अनुर्वर और एकरस है।

अगर कुछ नया और अच्छा करना है, तो इसके लिए बाहर की दुनिया देखो। उन दिनों राजनीतिक-सामाजिक बदलाव की बयार भी बह रही थी। मैं नक्सलियों के एक ग्रुप से जुड़ गया। कहानियों का मिजाज बदला। उनको जनवादी कहा गया। प्रशंसा भी हुई, लेकिन उनके पाठक वही, जो मार्क्सवादी विचारधारा में विश्वास रखते हैं। धीरे-धीरे बोध हुआ कि कहानी विचार से नहीं, भाव और संवेदना से बनती है। अन्तिम कहानी-संग्रह आया—सदी का सबसे बड़ा आदमी। इस संग्रह की कहानियाँ नक्सली ग्रुप के मोह भंग के बाद लिखी गई थीं और पहले से बेहतर थीं, लेकिन बस! कहानियाँ छोड़कर मैंने कुछ और लिखने का मन बनाया, जिमसें थोड़ा खुलकर खेल सकूँ। ध्यान 'संस्मरण' पर गया—उपेक्षित विधा। साहित्य में दलित। नीरस सूचनापरक। कवि या लेखक के बारे में कुछ जानना हो तो पढ़ो, नहीं तो छोड़ो। सोचो—अगर तथ्य में कल्पना मिलाई जाए, व्यक्ति को पात्र बनाया जाए, संस्मरण को कहानी का लिबास पहनाया जाए, हाड़-मांस के आदमी का संघर्ष दिखाया जाए, तो कैसा रहे? मैंने कई संस्मरण लिखे—नामवर, त्रिलोचन, धूमिल, आचार्य द्विवेदी पर। और पाया कि इन संस्करणों के आगे मेरी ही नहीं, बहुत लोगों की कहानियाँ फीकी पड़ गईं। इन संस्मरणों ने कहानी का एक विकल्प पेश किया। इसके बाद तो संस्मरण हर पत्रिका के अनिवार्य अंग बन गए।

लेकिन अब मैं संस्मरण छोड़कर कुछ और करना चाहता था—कुछ नया और एकदम अलग। 1969 में एक उपन्यास लिख चुका था। उन दिनों यह नया उपन्यास माना गया था। युवाओं में लोकप्रिय भी हुआ, लेकिन शेष समाज ने उसमें कोई नहीं ली। मैंने गौर किया कि उपन्यास तो लिखे जा रहे हैं और अच्छे से अच्छे, लेकिन सब मिलाकर है 'उपन्यास' ही। यानी बँधा-बँधाया कलेवर, सुसम्बद्ध कथानक, चरित्र-चित्रण, यथार्थ वातावरण। मेरे भीतर उपन्यास को इनसे थोड़ा-बहुत मुक्त करने की बेचैनी थी। कारण था बदलता हुआ समाज। भूमंडलीकरण, उसके चलते उदारीकरण-निजीकरण। नई राजनीतिक शक्तियों का उभार। हर चीज खंड-खंड हो रही थी। फिर साहित्य की कोई विधा ही परिभाषा और तत्त्वों में सिमटी क्यों रहे? इन्हीं दिनों छात्र जीवन में पढ़ा प्रेमचन्द का कथन याद आया—"कहानी के नियम होते हैं और वे उपयोगी होने के लिए होते हैं। यदि वे हृदय के प्रवाह में बाधक हों, तो उन्हें तोड़ देना चाहिए।" और यह भी कि नियम टूटना हमारी इच्छा पर नहीं, रचना के विषय पर निर्भर करता है। अब सवाल था—विषय-वस्तु क्या हो? ऐसी ही परेशानी के वक्त कबीर से भेंट को गई। बोले—"मोको कहाँ ढूँढ़े रे बन्दे, मैं तो तेरे पास में।" समझ गया मैं और कदम 'अस्सी' की तरफ चल पड़े। खुले दिल-दिमाग से, सारी झिझक और लिहाज छोड़कर।

## 'अस्सी' से चलकर 'उपसंहार' तक

अगर हिन्दी विभाग मेरे लिए *मुगले आजम* का अकबर था, तो 'अस्सी' मेरा सलीम। एक कहता था—"अनारकली, मैं तुझे जीने नहीं दूँगा," तो दूसरा कहता था—"हम तुम्हें मरने नहीं देंगे।" अस्सी पर मेरे जीवन के 27 साल गुजरे। वहीं रहकर पढ़ाई पूरी की, नौकरी शुरू की, शादी की, बच्चे पैदा किये। वहीं निराला, महादेवी, पंत को देखा, फिराक, कैफी आजमी, मकबूल फिदा हुसैन को देखा। वहीं हुए दिनकर, यशपाल, जैनेंद्र, भुवनेश्वर, फणीश्वरनाथ रेणु, नागार्जुन, शमशेर, केदारनाथ अग्रवाल, त्रिलोचन आदि को तो देखा ही नहीं, सुना भी। तुलसीदास के मुहल्ले का वासी मैं इतना जड़मति तो था नहीं कि इतनी विभूतियों के दर्शन और श्रवण के बाद भी 'बुड़बक' रह जाता।

मैंने अस्सी छोड़ा 1980 में—बच्चों की पढ़ाई-लिखाई के लिए मन मारकर। जैसे ही विभाग से छूटता, पाँव अपने आप अस्सी का रास्ता पकड़ लेते। लंका होते हुए अस्सी। आना-जाना छह किलोमीटर रोज।

जिस 'लोक' की कल्पना मैंने की थी, वह आया 'काशी का अस्सी' में, जो न कहानियों में आ पाया था, न संस्मरणों में। ग्लोबलाइजेशन हो चुका था, बाबरी मस्जिद ढहाई जा चुकी थी, मंडल आयोग लागू हो चुका था, नई सरकार बन चुकी थी, सोवियत संघ विघटित हो चुका था—ये सारी घटनाएँ अमेरिका, रूस, दिल्ली या अयोध्या में नहीं, 'अस्सी' की चाय की दुकान में घट रही थीं। उपन्यास का पहला परिच्छेद देख तमाशा लकड़ी का इसी बदलाव की झाँकी था और छपा था 1991 के हंस में। इसके छपते ही 'अस्सी' पर हंगामा मच गया। रातोंरात ढाई-तीन सौ प्रतियाँ फोटोस्टेट होकर बँट गईं। वहाँ लोग मुझे अध्यापक के रूप में जानते थे, कथाकार के रूप में नहीं। मेरी खोज शुरू हुई—"साल मिले तो हाथ तोड़ गोली मार दे...।" महीने भर हंगामा रहा। किसी रात सम्पादक राजेन्द्र यादव का फोन आया—"साले बनारसी, तू सो रहा है और मुझ पर धुआँधार गालियाँ पड़ रही हैं। बड़ा मजा आ रहा है। अब हीरो हो गया है तू। दूसरा रिपोर्ताज जल्दी से जल्दी भेज। तुरन्त।" पाठकों की प्रतिक्रिया मुझे मालूम हो रही थी, साहित्य-जगत की प्रतिक्रिया का पता नहीं। यह पता चली झाँसी में। शैलेंद्र सागर के 'कथाक्रम' में। राजेंद्र यादव मंच पर थे। शैलेश मटियानी ने चीखते हुए पूछा—*तुमने देख तमाशा लकड़ी का* छापने की हिम्मत कैसे की? मेरी भी तलब हुई। यादव—शैलेश में बोलचाल बन्द हो गई।

उन्हीं दिनों जून की दुपहरिया में एक बजे मेरे घर एक आदमी आया—पसीने से तर-बतर। पिए हुए था। सोए से मुझे जगाया, बताया कि मध्यप्रदेश के बिलासपुर से आ रहा हूँ—सीधे जीप से। लौटना है अभी। उसके हाथ में हंस की प्रति थी। तहसीलदार था। मुझे देखकर देर तक हँसता रहा, फिर आँखें पोंछता हुआ बोला—मैं

सिर्फ आपको देखने आया था और कोई बात नहीं। अस्सी देखते हुए लौट जाऊँगा बस। उपन्यास छपते-छपते साहित्यकारों को छोड़कर सारा माहौल बदल चुका था—अस्सी भी और अस्सी के लोग भी। जो भी बनारस आता, पप्पू की दुकान और पात्रों को देखने अस्सी जरूर जाता। काशी का अस्सी 'हिन्दी' और 'साहित्य' से ज्यादा उन लोगों तक पहुँचा और पसन्द किया गया, जिसे हम 'लोक' कहते हैं। 'लोक' शब्द को प्रेमचन्द के सन्दर्भ में देखा जाना चाहिए, गुलशन नन्दा, गुरुदत्त जैसे बाजारू लेखकों के सन्दर्भ में नहीं।

साहित्यकारों के बीच यह उपन्यास चर्चित, विवादित और निंदित जरूर रहा, उपेक्षित नहीं। उनकी आपत्तियाँ जितनी इसकी भाषा को लेकर रही हैं, उतना ही इसके 'फार्म' को लेकर। उनका कहना रहा कि इसमें बहुत भद्दी व फूहड़ गालियों और लोकोक्तियों की भरमार है। यह अस्सी की जवान भले हो, साहित्य में इनका प्रयोग उचित नहीं। इसे संस्मरण कह लो, रिपोर्ताज कह लो, चाहे जो कहो, पर उपन्यास मत कहो। इसमें न सुगठित कथानक है, न कोई नायक, न 'क्लाइमैक्स' उपन्यास की मान्य शर्तें पूरा नहीं करता। मुझे उनकी आपत्तियों से कोई एतराज नहीं।

इसके बाद मेरा तीसरा उपन्यास *रेहन पर रग्घू* आया, जिसे 'साहित्य अकादेमी' पुरस्कार मिला। यह 'अस्सी' का ही पूरक था। मैंने नई सदी के विकास के ध्वस्त का असर एक मुहल्ले पर तो देखा था, गाँव बच गया था। मैं जिस कॉलोनी में रहता हूँ, वह गाँव से आए बूढ़े-बूढ़ियों की ही कॉलोनी है। उनके बेटे-बेटी आज बेंगलुरु, हैदराबाद, मुम्बई, जर्मनी, टोक्यो, न्यूयॉर्क में हैं, लेकिन उनकी आँखों में चमक गायब है। उनके मरने की खबर पड़ोस को तीन दिन बाद उनकी बदबू से चलती है। अभी हाल में मेरा पाँचवाँ उपन्यास आया है *उपसंहार*। महाभारत के बाद के कृष्ण के जीवन पर। यह है उपसंहार मेरी अब तक की यात्रा का।

['चौपाल', अंक 16, 2022]

# रहना नहीं देस बिराना है

मरने से पहले स्मृतियाँ बहुत साफ हो जाती हैं—ऐसा गुलेरी जी 'उसने कहा था' में कह गए हैं; कह गए हैं कि जन्म भर की घटनाएँ एक-एक करके सामने आती हैं।

अपने घर से हजारों-हजार मील दूर योरप में जर्मनी के खिलाफ लड़ता हुआ लहना घायल हो गया है और मर रहा है! लहना को अमृतसर याद आ रहा है! मेरा अमृतसर जीयनपुर है!

एक छोटा-सा गाँव, उस जमाने में धुर-ऊसर। इसी गाँव के बाहरी हिस्से में माधो भैया का दुआर! उसके सामने कुआँ जहाँ से दक्खिन का सारा सिवान—जौ-गेहूँ की फसलों से हरा-भरा सिवान नजर आता। यह सिवान उन्हीं के खेतों से शुरू होता। माधो भैया नहा रहे हैं कुएँ की जगत (चौतरा) पर! हम दो-तीन बच्चे नीम की छाँह में बैठे हैं और जगत के खाली होने का इन्तजार कर रहे हैं।

माधो भैया के कोई सन्तान नहीं थी। उनसे किसी बाबा ने कहा था कि बच्चा साल भर 'सूर्य देवता' को अर्घ्य दो। पहले नहाओ, फिर 'इस' मंत्र का जाप करते जाओ, साथ-साथ सूर्य भगवान की ओर मुँह करके लोटे का पानी गिराते जाओ—धीरे, धीरे! और वह भी एक पैर पर खड़े होकर।

माधो भैया यही कर रहे थे। मंत्र बुदबुदाने के साथ ही लोटे से जलधार गिराना शुरू किया ही था कि उनकी नजर अपने खेत में घास काटने वाली पर चली गई। बस क्या था? इधर लोटे से पानी की धार गिरती रही और उधर उनके मुँह से भद्दी-भद्दी गालियाँ बरसती रहीं—'छिनरी! बुजरी!' आदि-आदि के साथ तुम्हारे 'उसमें' 'यह' कर देंगे, 'वह' कर देंगे...

हम हँसते-हँसते लोट-पोट हो गए थे और उन्होंने लोटा फेंककर हमें दौड़ा लिया था।

हे तात काशीनाथ! आज—जबकि मैं तुम्हें अर्घ्य दे रहा हूँ, बार-बार मेरी नजर सिवान की ओर क्यों जा रही है?

कहीं यह उसी घराने का असर तो नहीं है? ओम् शान्तिः! ओम् शान्तिः!

चालीस साल हो रहे हैं मुझे बनारस में रहते हुए।

जुलाई सन् तिरपन में आया था। हमारे पिता और भाइयों के लिए निर्णायक वर्ष था यह। मैं हाईस्कूल का इम्तहान दे रहा था और मझले भाई इंटर का! चैती की फसल जब खलिहान में आई तो मास्टर यानी मेरे पिता भाइयों के बीच तलब किये गए। पिता के दो भाई और थे—बड़े सागर, छोटे बाबू नन्दन! बाबू नन्दन के एक, मगर सागर और नागर के तीन-तीन बेटे! बड़े भाई के तीनों बेटे खेती करें और मास्टर के तीनों बेटे पढ़ाई करें—यह कहाँ का न्याय है? ये देहाती-भुच्च रह जाएँ और वे लाटसाहबी करें—इसे परगने भर में कौन जायज ठहराएगा? मास्टर ने पूरी सफाई दी कि मैंने तो उन्हें पढ़ाने-लिखाने में अपनी ओर से कुछ उठा नहीं रखा लेकिन वे नालायक निकल जाएँ और न पढ़ें तो मेरा क्या कसूर? लेकिन मास्टर को भी तो हल-बैल से कोई मतलब नहीं? जब देखो तब छड़ी नचाते हुए कभी भदाहुँ, कभी हेतमपुर कभी कहीं! ठूँसने को मिल ही जाता है, और क्या चाहिए? और वह जो बाबू नन्दन हैं इन्हें हरमोनिया बजाने और लवंडा नचाने से फुर्सत नहीं!...तो भैया, ऐसा है कि सारा कुछ ओसा-दवाँकर खलिहान में रखा है, अपना-अपना हिस्सा बाँट लो! यह रोज-रोज की किच-किच अच्छी नहीं। फिर यह कहने को न रहे कि सागर ने बेईमानी की!

बेईमानी? आपने कुछ उठा रखा है अब तक? काका ने तमककर कहा और भाइयों में 'तोर-मोर' शुरू हो गई। रात भर की बहस, झगड़े-झंझट के बाद नतीजा यह कि तीन भाई और तीन चूल्हे? सारी गर्मी इसी बाँट-बखरे में चली गई!

अब समस्या आई पिता के सामने! कौन खेती देखे और कौन पढ़े? सब पढ़ें तो सारा कुछ चौपट! यही मौका था पिताजी के सपने के साकार होने का! बड़े बेटे के आगे उनका बस नहीं चला था! उन्होंने कहा कि इन दोनों में से एक नॉर्मल की ट्रेनिंग करे और पास के किसी स्कूल में मास्टरी! खेती भी सँभल जाएगी और आमदनी भी होती रहेगी! बड़े बेटे ने विरोध किया और मुझे अपने साथ बनारस चलने के लिए तैयार होने को कहा! मझले बेटे ने बड़े भाई का साथ दिया और कहा कि वे खेती-बारी का काम देखते हुए बी.ए. प्राइवेट करेंगे!

तो इस तरह, तीन सेर सतुआ, नमक और प्याज, गुड़ की पिंडिया, ढेर सारा भूँजा और दर्रे की ढूँढ़ियाँ—मैं बनारस आया तिरपन की जुलाई में। क्या जलवा था मेरा? पहली बार रेलगाड़ी देखी, राजघाट का पुल देखा, शहर देखा, बिजली देखी, रिक्शे देखे। ठहरा भैया के साथ गिरजाघर चौमुहानी के पास 'सरस्वती प्रेस' की पहली मंजिल पर, इसलिए और भी बहुत कुछ देखा!

मगर जल्दी ही जलवा फीका पड़ गया! दो टाइम के बजाय एक टाइम खाना! भैया सतुआ से ऊबते तो इडली-डोसा भी खा लेते लेकिन मैं! नया-नया कसरती लौंडा गाँव का। भुक्खड़ और पेटू! गाँव पर बासी-तिवासी भी चल जाता था मगर यहाँ सतुआ का विकल्प भूँजा! एक ही बार इडली खाई तो वह सावाँ के भात जैसी लगी और दोसा कंडे की राख! थुहू!

लेकिन उस गरीबी और तंगी में पूरे तरन्नुम के साथ मैंने जीना सीखा।

भूख लगती तो भैया कबीराना अन्दाज में आवाज देते—'पांडे, तू सतुआ, हम पानी।'

एक ही कमरा। हम एक कोने से सतुआ निकालते और भैया दूसरे कोने से पानी! अपने-अपने कटोरे में घोल के सरपोटना शुरू कर देते।

उन्हीं दिनों हमारे बीच एक और मुहावरा चला—'गुड़ंजल'! दोपहर बाद का मुहावरा। यानी गुड़ निकालो तो जल पिया जाय!

इसी 'गुड़ंजल' और 'सत्तूक' के साथ अगस्त में लोलार्क कुंड आए और पढ़ाई चालू की!

मित्रो, जब तक काशी बनारस में पढ़ाई-लिखाई और कविताई सीखें तब तक चलिए, उनके स्वर्गीय पिता-माता को 'गया जी' में बिठा आएँ!

जी हाँ, गया जी माने 'हंस'। हम लेखकों के लिए भले वह मणिकर्णिका घाट हो, उनके लिए 'गया जी' ही है!

बताइए भला, दो-दो बेटे लेखक और बाप-माँ की आत्मा पिछले दस-बीस साल से भटक रही है! दोनों में से किसी ससुरे ने यह बताने की जरूरत नहीं समझी कि उनके माँ-बाप कौन थे, थे भी कि नहीं और थे तो क्या थे? कैसे थे? जबकि चन्दौली-महाइच में आज भी किसी बड़े बुजुर्ग से कहिए कि नामवर कासी! तो वह यही कहेगा—'अच्छा! वो मास्टर के बेटे! तो उन्हीं की बात कर रहे हैं आप!'

तो भाई जान! पिता तो सबके महान, विलक्षण, अद्‌भुत और जाने क्या-क्या हुआ करते हैं लेकिन मेरे पिताजी भी मुदर्रिस थे! हम उन्हें 'बाबू' बोलते थे। सीधे-सादे चुप्पा किस्म के आदमी। सोलह रुपये माहवार से नौकरी शुरू की थी उन्होंने! यह सदी—जिससे हमारा अन्त होने जा रहा है—उनके साथ ही शुरू हुई थी। सन् '85 में पचासी साल की उम्र में चल बसे!

उनकी कई खूबियाँ थीं! तेज इतना चलते थे कि उनके साथ चलने वाले पीछे-पीछे दौड़ते-से लगते थे। साल में कुछ-एक मौकों पर हँस भी लेते थे! कभी बीमार नहीं पड़े, कोई दवा नहीं खाई, अस्पताल में मरने के सिर्फ एक दिन पहले गए—अन्तिम बार। एक बार सिला कुर्ता-धोती तब तक चलाते थे जब तक उसमें प्यौना और चकत्तियों के लिए जगह रहती थी! खुद सबुनाते और फींचते थे! बेटों की कमाई को कभी अपनी नहीं समझा! कभी किसी से उधार नहीं लिया! मरे भी तो कफन और श्राद्ध के लिए पेंशन के अपने पैसे छोड़कर!

वे प्यार भी करते थे मगर भाइयों के बच्चों को (शायद अपने बेटे-बेटियों को सबके सामने प्यार करने का रिवाज नहीं था गाँव में! संयुक्त परिवारों के आधारों में से एक था यह) अपने बेटों के लिए प्यार की एक ही भाषा थी उनके पास—थप्पड़! जब कभी उनका बहुत मन आता, मुझे छुए या प्यार किये बगैर रहा नहीं

जाता, अन्दर ही अन्दर कसमसाहट बनी रहती, वह किसी बहाने डाँटकर बुलाते और एक झन्नोटदार थप्पड़!

वे साल में दो-तीन बार अपनी खुशी और प्यार इसी शैली में व्यक्त करते! गाँव में वे किसी से बात नहीं करते थे! लोग भी इनसे बतियाते हुए डरते थे! होली जैसे त्योहार पर भी उन पर रंग डालने की किसी की हिम्मत न पड़ती थी! मगर वे खुद साफ धुला कुर्ता-धोती पहनकर रंगभरी बाल्टी के पास आ खड़े होते थे—और इन्तजार करते थे किसी की पिचकारी का!

उन्हें अपने बेटों पर गर्व था लेकिन जाहिर नहीं करते थे! जव दूसरे उनके 'सौभाग्यशाली पिता' होने की चर्चा करते तो वे सिर झुका ऐसे सुनते जैसे उनसे कोई अपराध हुआ हो! कभी-कभी वे उनकी प्रशंसा सुनने की इच्छा से बेटों की भर्त्सना भी करते थे! लेकिन यह बहुत कम लोगों को पता था कि वे हमसे सन्तुष्ट नहीं थे।

एक-दो ही ऐसे थे जिनसे वे अपना दुखड़ा रोए थे। 'मैंने सबसे बड़ी गलती यह की घुरफेंकन, कि बेटों को पढ़ाया! उन सबको पढ़ाना मेरी सबसे बड़ी भूल थी! सब मुझसे बिछुड़ गए—कोई तीर घाट, कोई मीर घाट। मैं अकेला रह गया इस जीयनपुर में। किसी को फुर्सत नहीं जो आए और घर-दुआर देखे! मैं दुआर अगोरने के लिए जिए जा रहा हूँ।'

घुरफेंकन लुहार गाँव में उनके अकेले मित्र थे। वे खटिया पर, घुरफेंकन मचिया पर—और घंटों चुपचाप बैठे रहते!

माँ पिताजी के एकदम उलट थी—स्वभाव में भी और आदतों में भी। नाम बागेश्वरी मगर अपढ़। किसी की पढ़ाई का आतंक उस पर कभी नहीं देखा गया। बेटों को पढ़ाने के लिए गहना-गुरिया, बर्तन-भाँडा सब कुछ बेचने को तैयार! अकसर पिताजी से झगड़ पड़ती इसके लिए! हमेशा खुशी, हँसी, उल्लास और उत्साह से भरी हुई, कोई ऐसा मौसम नहीं, कोई ऐसा मुहूर्त नहीं जिसके लिए उसके पास गीत न हों। इतने कि रात बीत जाए और वे चुकें नहीं। गाते-गाते रोती थी और रोते-रोते गाने लगती थी। कहानियाँ इतनी याद कि हर शाम घराने के सारे बच्चे जुट जाते। अहिरान, लोहरान, कहरान—कहीं भी चली जाती थी उनके सुख-दुख में गाने-बजाने!

एकदम सरल और निश्छल! लोलार्क कुंड आने पर जब उसने देखा कि यहाँ लोगों को बुलाने के लिए नाम में 'जी' जोड़ते हैं तो वह हिन्दी विभाग के चपरासी को 'चपरासी जी' कहती थी!

हेलियों-मेलियों से ही नहीं, कुंड पर आने वाले देशी-विदेशी लोगों से भी भोजपुरी में ऐसे बतियाती थी जैसे एक जमाने का परिचय हो!

भाई श्रीपत राय—अमृत राय भी हैं और रामकुमार—निर्मल वर्मा भी—मैं नहीं जानता, उनके रिश्ते कैसे हैं? लेकिन अपने बेटों के रिश्ते की नींव माँ की रखी हुई है। वह हमें देखकर हमेशा गाती रहती थी—

*निमिया रे करुआइन, तबहू सीतल छाँह!*
*भैया रे बेगाना, तबहू दाहिन बाँह!*

नीम चाहे जितनी कड़वी हो, उसकी छाँह शीतल होती है। भाई जितना भी बेगाना हो, दाहिनी बाँह होता है।

मुझे हैरत है कि जब हमारा परिवार संयुक्त था—सन् '53 से पहले, तब उसकी ये और दूसरी खूबियाँ कहाँ थीं? प्राय: रोज ही औरतों में झगड़े होते थे तब यही माँ बिल्ली और बँदरिया की तरह कटकटाती हुई भद्दी-भद्दी गालियों के साथ दूसरों पर झपट्टा मारती थी।

गाँव पर तो पता नहीं चल सका लेकिन शहर में ही जान सका कि बुढ़िया और बुढ़वा में कितना प्यार था? वे दोनों एक-दूसरे के बारे में इन्हीं नामों से बात करते थे हमारे सामने। जिस दिन पिताजी के गाँव से आने की खबर मिलती, वह बेचैन-सी सीढ़ियों से नीचे आती, ऊपर जाती, फिर नीचे आती, फिर ऊपर जाती। कई-कई बार!

वह अचानक चल बसी सन् '72 के जून में।

भीमसेनी एकादशी से एक दिन पहले बनारस आई थी! गाँव पर पिताजी को अकेला छोड़कर।

क्रिया-कर्म के बाद मूँड़ मुँड़ाए, नंगे बदन, उँगली में पैंती पहने, हाथ में लोटा-कुश लिए परिवार के साथ जब गाँव के बगीचे में पहुँचा तो अँधेरा घिर आया था। नहर से गाँव के छौरे की ओर जैसे ही मुड़ा—जी 'धक्' से हो गया। पिताजी अँधेरे में चुपचाप अकेले खड़े थे जैसे मेरा ही इन्तजार कर रहे थे। (बगीचा गाँव से काफी बाहर है और घर तो दूसरे सिरे पर।) मैं अचंभित! उन्हें कैसे पता चला? ऐसा तो कभी नहीं करते थे वे! हाँ, माँ जब भी बेटों के पास आने के लिए जिद करती, वे गुस्से में हमेशा चीखते थे—'जा बुढ़िया, वहीं मर। फिर लौट के अपना थोबड़ा न दिखाना!'

वे बिना बोले-चाले चुपचाप हमारे आगे चल पड़े! घर पहुँचकर लालटेन जलाई, बरामदे में लटकाई और हमारी ओर पीठ करके कुछ देर खड़े रहे। उनकी पीठ हिलती रही इस दौरान! फिर जाने क्या हुआ कि वे चीखे—'विजयी!' और फूट-फूट कर रोने लगे। (विजय मेरे भतीजे का नाम जो उन दिनों मास्को में था)

पिताजी भी रोते हैं—रो सकते हैं—मुझे उसी दिन पता चला!

पिताजी गुजरे उसके बारह साल बाद—सन् '85 की फरवरी में!

वे घर में दोपहर का खाना खाकर अपने कमरे से बाहर निकले ही थे कि अचानक लड़खड़ाए और गिर पड़े। हमने उठा-पठाकर बिस्तरे पर लिटाया तो उन्होंने बोलने की कोशिश की—'दि...दि...दिल्ली!' मैं समझ गया! मझले भैया को लोलार्क

कुंड से बुलवाया और कहा कि दिल्ली खबर भेज दो। उनका चेहरा टेढ़ा होने लगा था और जबान लटपटा रही थी। डॉक्टर ने 'ब्रेन हैमरेज' और 'लकवा' बताया! बावजूद इसके वे होश में थे और आँखें खोलकर चारों ओर देख लेते थे—उनकी आँखें शायद तीसरे बेटे को ढूँढ़ रही थीं। वे कुछ कहना चाहते थे और किसी एक या दो से नहीं, तीनों से। शायद कोई बहुत बड़ी बात! शायद अपनी सारी जिन्दगी का निचोड़। शायद ऐसा अनुभव जो हमारे जीवन को सजाने-सँवारने के काम आए। शायद गीता, कबीर, श्रीमद्भागवत्, मानस, पुराण—जिन्हें वे पिछले कई वर्षों से पढ़ रहे थे, उन सबसे प्राप्त ज्ञान का अनमोल सूत्र!

और वे बोले! जब उन्हें आभास हो गया कि उनके पास समय नहीं है, जीभ निष्क्रिय होने वाली है, बड़े बेटे का इन्तजार बेकार है तो सभी उपस्थित औरतों, बच्चों और बेटों से बोले—"तेइस रुपये आठ आने सोबराज (हलवाहा) के यहाँ, सत्रह रुपये तीन आने भंटा (सोबराज की माँ) के यहाँ और सात रुपये पाँच आने... तीनों भाई आपस में। हूँ?..."

मेरे तो रोंगटे खड़े हो गए! पाँव तले की जमीन जैसे खिसक गई। उन्हें पता था अपने बेटों की तनख्वाह, उनकी माली हैसियत, रोजाना के खर्च और उनके आपस के प्यार के बारे में! फिर इस रुपये आने का क्या मतलब?

यह आज भी मेरे सामने रहस्य है कि वे सचमुच यही कहना चाहते थे जो कह गए या कुछ और कहना चाहते थे जो नहीं कह सके!

बहरहाल, मित्रो! मैं इन्हीं बुढ़वा-बुढ़िया की सबसे छोटी रचना हूँ। इति माता पितरौ वंदे!

अब तक काशी उदंत बाछा थे, सन् '65 में 'मरद' हुए—कन्धे पर जुआठ रखकर खत की जुताई करने वाला बैल!

चार-चार जवान बेटियों के बाप का जो हाल होता है इस मुल्क में, वही हाल मेरा था! माँ, बीवी, दो बच्चियाँ, भतीजा, भतीजी, गरज कि पूरा परिवार, शहर का खर्च और सबकी उम्मीद की किरन काशी! जरूरत की सारी डिग्रियाँ पास में मगर न रात को नींद, न दिन को चैन! आपने महीनों दौड़-धूप करके किसी राम के लिए दशरथ को पटाया कि कोई चुपके से पहुँचा और हँसी-हँसी में काट आया—'अरे वो! क्या बात है? बहुत अच्छा और होनहार लड़का है। बस यही है कि नामवर का भाई है! फिर भी आप चाहते ही हैं तो आजमा के देख लेने में कोई हर्ज नहीं है।'

अब किसे पड़ी है कि आजमाए या आजमाने का खतरा मोल ले!

और यह बैल महाराज! अगर कहीं बैठने या खड़ा होने की गुंजाइश भी दिखाई पड़ती तो अपने स्वभाव के मुताबिक वहाँ गोबर कर आते!

यही किया था उन्होंने हिन्दी विभाग में अपनी नियुक्ति के समय!

अध्यक्ष थे उन दिनों डॉ. शर्मा—हमारे स्वर्गीय गुरु (ईश्वर उनकी आत्मा को शान्ति दे और मुझ कृतघ्न को क्षमा करे) तब वे किसी संकट में फँसे थे या फँसा दिये गए थे! कभी जिस 'नागरी प्रचारिणी सभा' के सर्वेसर्वा थे वे, किन्हीं कारणों से उन्हीं के लाए हुए लोग उनके खिलाफ हो गए थे। यह 'खिलाफत' भी ऐसी-वैसी नहीं, अपनी और बनारस की शान के टक्कर की खिलाफत यानी यह कि उठवा लेंगे, हाथ-पैर तुड़वा देंगे, जिन्दा नहीं छोड़ेंगे वगैरह! शर्मा जी परेशान! उसी समय मौका-महाल देखकर, आगा-पीछा सोचकर, अपनी जान हथेली पर लेकर विभाग में ही रिसर्च करने वाला एक कसरती नौजवान पहुँचा और उसने शर्मा जी को अपनी सेवाएँ अर्पित कर दीं। उसने उन्हें विभाग से घर और घर से विभाग लाने-ले जाने की जिम्मेदारी अपने ऊपर ली और उनके घर से थोड़ी दूर पर किराए का मकान लेकर रहने लग गया।

धीरे-धीरे उसने गुरु के घर के राशन-पानी, घी-दूध, खर्च-वर्च का दायित्व भी अपने बलिष्ठ और चौड़े-चकले कन्धों पर उठा लिया।

इन्हीं दिनों विभाग में दो जगहें खाली हुईं! उसकी नियुक्ति तो लगभग पक्की थी लेकिन मेरे पास उसकी प्रदीर्घ साधना की कोई काट नहीं थी।

साक्षात्कार का दिन सिर पर और मैं बेचैन। चारों ओर अँधेरा ही अँधेरा! अगर चूके तो सारा कुछ गया। यही नहीं, बनारस भी छूटा हमेशा के लिए...कि इसी अँधेरे में एक-एक दिन सहसा बिजली कौंधी और कोई देवदूत प्रकट हुआ—'वत्स! इस मुल्क में बिना में बिना घूस के कुछ नहीं होता। जो इसका विरोध करते हैं, वे भी अन्दर से गद्‌गद होते हैं! इस कलिकाल का यही सच है!'

मैंने इस देवदूत को पहचानने की कोशिश की। अरे, यह तो मझले भैया हैं—राम जी, चकबन्दी में कानूनगो, यह उन्हीं की आवाज है जिसे कई बार सुन चुका हूँ! बिना किसी से पूछे-ताछे मैंने भी मन बना लिया कि श्रद्धा बड़ी चीज है, धन-दौलत नहीं। ऐसी चीज दूँगा शर्मा जी को जो 'चीपो' भी हो और 'बेस्टो' भी। और दौड़-धूप करके पता कर लिया कि गुरुजी कभी-कभार 'ड्रिंक' भी कर लेते हैं।

किसी को कानोंकान खबर नहीं। हल्की-हल्की बारिश हो रही थी! पूछते-पाछते शाम को अंग्रेजी शराब की दुकान पर पहुँचा। बोतलों के दाम सुनकर दिल बैठ गया! सबसे सस्ती एक बोतल मिली! आकार भी बड़ा और दाम भी कम! बताया कि इसे 'बियर' बोलते हैं—गोल्डन ईगल! चुपके से झोले में डाला और जा पहुँचा औरंगाबाद! शर्मा जी घर पर नहीं थे! नई मुसीबत! ऐसी चीज के साथ घर नहीं लौट सकता था!

आधा घंटा-पैंतालीस मिनट सड़क पर प्रतीक्षा के बाद भी जब शर्मा जी नहीं आए तो वापस जाकर उनकी पत्नी को बोतल दे दी!

"यह क्या है?" उनकी पत्नी ने पूछा!

"कुछ नहीं! बस गुरुजी के लिए!" कहते हुए मैं बदहवास भागा और घर आया।

अगले दिन विभाग में शर्मा जी टकरा गए—अनायास!

"इधर तो आ!" कहते हुए वे अपने चेंबर में घुसे!

उन्होंने मुझे ऐसे देखा जैसे भस्म कर देंगे। आँखें लाल! कड़कती आवाज! "गधे! मूर्ख! हिम्मत कैसे की तूने? वह भी पत्नी को देने की? भाग जा और फिर कभी विभाग में नजर न आना!"

नाश! सत्यानाश! क्या सोचा था, क्या हो गया!

यह साक्षात्कार से दो दिन पहले की घटना थी!

अगले दिन बैल महाराज पहुँचे अपने असल गुरु पं. करुणापति त्रिपाठी के पास! संस्कृत, पालि और व्याकरण के आचार्य! मैंने उन्हीं के निर्देशन में पी-एच.डी. की थी! जब पूरे नगर ने 'नामवर का भाई' होने के कारण मुझे अछूत घोषित कर दिया था तो लोगों के विरोध के बावजूद उन्होंने अपनाया था!

तो पहुँचे—थके, टूटे, हारे और निराश!

मैं, काशी, देवी-देवताओं की साक्षी देकर ऐलान करता हूँ कि आज तक मैंने करुणापति त्रिपाठी से बड़ा 'मनुष्य' नहीं देखा है!

यह साबित करने के लिए दो घटनाएँ काफी हैं!

सम्भवत: सन् '62 का चुनाव।

चन्दौली क्षेत्र में भयानक सरगर्मी। कांग्रेस को हराना है—किसी भी कीमत पर! कमलापति त्रिपाठी को उनकी हैसियत बतानी है! समाजवादी उम्मीदवार जबर्दस्त टक्कर दे रहा था। वोटों को तोड़ने-जोड़ने का काम जोरों पर था। उसी क्षेत्र में हमारी भी रिश्तेदारियाँ थीं, सम्बन्ध थे, दोस्त-मित्र थे। तीन-चार दिन से एक जीप में सोशलिस्ट पार्टी का झंडा लगाए गाँव-गाँव घूम रहा था कि चन्दौली चौराहे पर सामने से आती हुई एक कांग्रेसी एंबेसेडर रुकी और खड़ी हो गई। मैं पहले से अपनी जीप के बोनट के पास खड़ा था।

एंबेसेडर से पं. करुणापति त्रिपाठी बाहर निकले तो मैं घबड़ा गया। मेरे सुपरवाइजर और थीसिस बस पूरी होने के करीब! पंडित जी मुझे देखकर मुस्कुराए। मैंने उनके पाँव छुए! उन्होंने मुझे देखा और पूछा—"दिन भर कहीं खाने-पीने को मिला कुछ?" फिर मुझे चुप देखकर बोले—"दुर्गत मेरी है! बाहर खा-पी नहीं सकता। अपना सारा राशन-पानी, झोले में लेकर चलना पड़ता है।" बतियाते हुए अलग ले गए और बोले—"ज्यादा तो नहीं, तीन-चार सन्तरे, दो सेब और थोड़े से अंगूर मैं दे सकता हूँ, रख लीजिएगा, काम आएँगे। लेकिन आइए, पहले पान खाइए!" मैंने उन्हें अपने किसी विद्यार्थी को 'तुम' बोलते नहीं सुना था!

चुनाव का हालचाल पूछते हुए वे पान की दुकान तक गए और अन्त में बोले—"अब आप जाइए! जीप में लोग आपका इन्तजार कर रहे हैं!"

दूसरी घटना तब की है जब उनके भाई रेलवे मंत्री थे। काफी रोब-दाब था उनका रेलवे में। मैं पाँच नंबर के प्लेटफॉर्म पर टहल रहा था कि अचानक एक टिन के बक्से पर बैठे पंडित जी नजर आए। बेहद भीड़-भाड़। उनके साथ मामा जी भी थे—कमलापति जी के साले! पंडित जी बैठे थे और उनके आगे-पीछे धक्का-मुक्की करते हुए लोग इधर से उधर भाग रहे थे। गाड़ी प्लेटफॉर्म पर बस लगने वाली थी। उन्होंने मुझे देखा—"कहिए, आप भी दिल्ली चल रहे हैं?"

"हाँ, पंडित जी।"

"किस बोगी में हैं आप?"

"एस-2 में! लेकिन आप यहाँ क्यों हैं? ए.सी. और फर्स्ट क्लास तो उधर लगता है!"

"किसी सरकारी काम से नहीं जा रहा हूँ। बस ऐसे ही, भैया से भेंट करनी है!"

थोड़ी देर इधर-उधर की बातों के बाद मैंने कहा—"वे तो ए.सी. और फर्स्ट क्लास के पास बाँटते रहते हैं लोगों को!"

"हाँ, बाँटते हैं!" वे उठ खड़े हुए "एस सिक्स कोच किधर है, जरा देखिए तो! अब यह है कि इस उम्र में थोड़ी तकलीफ होती है।"

मैं इन्हीं पंडित जी के पास पहुँचा था यह सोचकर कि वे शर्मा जी के पड़ोसी हैं, आना-जाना भी है, कुछ-न-कुछ असर जरूर पड़ना चाहिए इनकी बात का! हालाँकि यह भी सुनने में आता था कि शर्मा जी से उनकी नहीं बनती!

मैं तब तक चुप बैठा रहा जब तक अपनी सिफारिश में आए दो श्रद्धाशील ब्राह्मण बटु चले नहीं गए!

"कहिए काशी नाथ जी! सुनाइए!"

मैं चुपचाप सिर झुकाए बैठा रहा—गम्भीर!

"मैंने अब तक किसी काम के लिए तो शर्मा जी से कहा नहीं। ऐसे भी आप जानते हैं कि उनके बटुए में तरह-तरह के जीव-जन्तु पड़े रहते हैं!"

"ऐसा लगता है पंडित जी" कहते-कहते जैसे मेरी आवाज रुँध गई—"बनारस आखिर छूट ही जाएगा!"

"छूटना ही हो तो छूट जाए। अब क्या रह गया है इस बनारस में?" वे मुस्कराते हुए बोले जो मुझे अच्छा नहीं लगा। इसके बाद वे दूसरी-दूसरी बातें करते रहे—पिता के बारे में, माँ के बारे में, गाँव-घर के बारे में। साथ में कौन-कौन रहता है, राशन-पानी कहाँ से आता है आदि-आदि सब बकवास!

मैं चला आया!

पंडित जी ने कभी कुछ नहीं कहा। दूसरों ने ही बतलाया कि उसी दिन शाम को वे शर्मा जी के घर गए थे और एक वाक्य बोलकर चले आए थे—"अगर उसके साथ न्याय नहीं किया गया तो आपके दरवाजे पर पेशाब करने भी नहीं आएँगे!"

इति श्री गुरवे नमः।

तो बेटा काशीनाथ! अब मजा लो जिन्दगी का। बड़ी तकलीफें उठाईं और देख लिया कि भगवान के घर देर है, अंधेर नहीं! यह पिछले तीन साल से शादी के समय का जूता, मोजा, कोट, पैंट, कमीज पहने हुए जो चल रहे हो, उसे बदलो। यह क्या कि पाजामे-धोती पर भी बूट!...और देखो, यह रोज-रोज का आलू और कद्दू भी छोड़ो। और भी सब्जियाँ हैं बाजार में—करेला है, नेनुआ है, भिंडी है, परवल है, टमाटर है, सारा कुछ तो है। जो चाहो खाओ, जैसा चाहो पहनो, जैसे चाहो जियो!

और सुनो, बड़ी अमन-चैन की नौकरी है इनवर्सिटी के मास्टरी की! दस बजे से पाँच बजे तक का चक्कर नहीं। पढ़ाओ और किस्से-कहानियाँ लिखो। अब यह बहाना नहीं चलेगा कि ऐसा है तो वैसा है। जो लिखना है, तबीयत से लिखो! जरा जम के! साल में ये जो दो-तीन कहानियाँ लिख मारते हो और डेढ़ साल सीना फुलाए घूमा करते हो—इससे, भोला बाबू-ढोला बाबू से कुछ होने जाने वाला नहीं। वाह रजा कासीनाथ! 'उठ जाग मुसाफिर भोर भई अब रैन कहाँ जो सोवत है!' जरा ऊपर ताको! आकाश में! अमरत्व हाथों में फूलों का गजरा उठाए तुम्हारा ही इन्तजार कर रहा है!

मुसाफिर उठ खड़ा हुआ। मगर तीन साल के दौरान दो बच्चियों की आमद हो चुकी थी। उनकी देखभाल न की जाए तो खाना न मिले। नौ बजे विजय को क्वींस कॉलेज जाना! दस-ग्यारह बजे मुझे विभाग जाना। बुढ़ापे में भूख बहुत लगती है, माँ आठ बजे से ही रसोई में ताक-झाँक करने लगती—किसी न किसी बहाने से!

सो, लिखने की तैयारी में खड़े मुसाफिर सिरहाने कागज-कलम रखकर लेट जाते! एक बच्ची बगल में, दूसरी छाती पर, फिर शुरू होता—'लिलिलि... लिलिलि...ऑ...ऑ।' यह भी चलता और दिमाग में कहानी का खाका भी चलता! कबीर भी यही करते रहे होंगे। ताना-बाना भी चल रहा है और नैया बीच नदिया भी बह रही है।

यह जो देखी है आपने! आनन-फानन में बच्चों को सुलाने की मेरी महारत, उन्हीं दिनों की है। तो, बच्चियों को सुला देने के बाद जैसे ही दफ्ती और कलम उठाता कि 'गोदान' की धनिया की मुद्रा में श्रीमती कुसुम कुमारी प्रकट होतीं—यह क्यों नहीं कहते कि आपको पत्नी नहीं, नौकरानी चाहिए थी? ऐसा ही था तो मुझे क्यों लाए? तीन साल से खट रही हूँ इस घर में और कोई नहीं जो देखे कि मर रही हूँ या जी रही हूँ। सबको अपनी-अपनी पड़ी है। अपने से एक कप चाय बना के

भी कोई नहीं पी सकता! अब तक कहीं और होती तो हजार-पाँच सौ की नौकरी कर रही होती और किसी की धौंस भी न रहती...

यह श्रीमती जी के मूल वक्तव्य की भूमिका मात्र है महज, इससे यह नतीजा नहीं निकाला जाना चाहिए कि हमारा श्रृंगार रस कलह रस में बदल चुका था। आँखें मिलते ही उनके चेहरे का तनाव ढीला पड़ जाता।

'बड़का लेखक बनने चले हैं! भैया कोई कम थे क्या? जो तीर मारेंगे? वह मैं भी देखूँगी? बाजार जाते हैं तो खब्तुल हवास रहते हैं? मैंने कहा था कि फूल वाला झाड़ू और हल्दी के साथ ही पंचफोरन ले आइएगा। जीरा और मँगरैल तो अभी पड़ा था, उसके लिए किसने कहा था आपसे? उसे फेर के यह ले आइए तब गोदान-कर्मभूमि लिखिए! उठिए जाइए!'

निर्वेद की स्थिति में सड़क पर निकलता—झोला लटकाए। एक तरफ लगता कि वे गलत नहीं कह रही हैं और दूसरी तरफ वे तमाम लेखक याद आते जिनका जीवन संघर्षों में गुजरा है! यहाँ तक कि कई ऐसे जो अपने लेखन के कारण कम, संघर्षों के कारण ज्यादा याद किये जाते हैं।

सड़क पर उस वक्त या किसी वक्त कभी-न-कभी कोई-न-कोई ऐसा जरूर मिल जाता तो कुछ-कुछ इस शैली में बातें करता—

"का गुरु, सब चकाचक है न?"

"क्यों सन्देह है तुम्हें?"

"अरे अब काहे का सन्देह? लेकिन बड़ा लम्बा हाथ मारा गुरु! भैया से कह के कहीं मेरा भी जुगाड़ बिठा दो यार!"

"उन्हें क्या मतलब इन सब चीजों से जी!"

"सुना है आजकल आलोचना छोड़कर तुम्हारे लिए कहानियाँ लिख रहे हैं?"

"किसने कहा तुमसे?"

"कहा किसने, शहर में यही कहते हैं लोग?"

बहरहाल, इसे मजबूरी कहिए या पसन्द, मैंने अपनी जीविका के लिए यही शहर चुना!

अखंड हरिकीर्तनों का शहर!

रात-रात कव्वालियों और विरहा-दंगलों का शहर!

कन्धे पर लँगोट या लँगोट की पगड़ी बाँधे सिर का शहर!

पान की दुकानों के आगे सुबह-शाम गप्पें मारता और ठहाके लगाता शहर!

गलियों और गालियों, घाटों और मालियों, 'हर हर महादेव' के नारों और तालियों का शहर!

प्राणों से प्यारा शहर  
दुनिया में न्यारा शहर

आँखों का तारा शहर
मस्ती का मारा शहर
हाय हाय हमारा शहर!

'हाय-हाय' इसलिए कि यह शहर भी था और एक भारी-भरकम ओखल भी, जिसमें अपनी मर्जी से अपना सिर डाले हुए सारा जीवन पड़ा रहा! वह हमेशा मुझे अपने उस पिता की याद दिलाता रहा जो अपना प्यार 'थप्पड़ों' की भाषा में व्यक्त करते थे। जितना ही अधिक प्यार, उतने ही अधिक थप्पड़।

जब भी मैं याद करता हूँ इस नगर को, यह 'मुगले आजम' फिल्म के अकबर की तरह मेरी आँखों के आगे खड़ा, तमतमाया हुआ, हाँफता-हूँफता नजर आता है। वही गुस्से में आग उगलती आँखें, थरथराता बदन, घनघनाती आवाज। सुनाई पड़ता है—'अनारकली, सलीम तुम्हें मरने नहीं देगा और हम तुम्हें जीने नहीं देंगे!'

यह अकबर और कोई नहीं, हिन्दी विभाग था और सलीम मेरा अस्सी, अस्सी मुहल्ले के लोग, वहाँ के मेरे पढ़-अपढ़ यार-दोस्त और वे लड़के जिनके साथ मैं पढ़ता-पढ़ाता था और जिन्हें हाल-हाल तक नहीं पता था कि अकसर हमारे बीच उठता-बैठता यह चमरकिट-सा आदमी मास्टर के सिवा भी कुछ है।

विभाग में तीस साल के तीन-चौथाई वर्ष किसी न किसी तरह की 'इंक्वायरी कमेटी' और मुकदमों का सामना करते गुजरे हैं, तरह-तरह के लांछनों, आरोपों और अफवाहों को झेलते बीते हैं जिनसे मेरा कोई ताल्लुक नहीं था या यह सफाई देते बीते हैं कि लोगो, यह मैंने नहीं किया, मुझे तो इसकी जानकारी भी नहीं। मैंने विभाग से ही जाना कि 'सच' के लिए लड़ना, ईमानदार बने रहना या चुप मार के अपना काम करना भी 'पॉलिटिक्स' है।

यह और कोई नहीं, अकबर था जिसके सामने आधी से ज्यादा जिन्दगी गुजर गई यह साबित करने में कि मैं नामवर का सिर्फ भाई नहीं हूँ और बची-खुची यह जाहिर करने में कि मेरी जैसी प्रतिभा ही नामवर का भाई हो सकती है।

(जनांतिक : इसी दारुण कथा को सुनकर अंसारी रोड की कथापीठ पर विराजे श्री श्री 1008 स्वामी राजेन्द्र यादवानन्द जी महाराज बोलते भए—'हे भक्तजन! किस भाँति दुर्लभ मानुस जोनी में प्राप्त हीरा जस अनमोल जनम को बिरथा गँवाय दिया एक माया-मोहग्रस्त प्राणी ने, यह अपनी आँखों देख लो।')

तो भाई जान! मैं इस अकबर के खौफ से भाग-भाग जाता था कहानियों में। वे ही मुझे शरण देती थीं, मुझे प्यार करती थीं, सहलाती थीं और मरहम-पट्टी करती थीं। वहाँ भोला बाबू थे, ज्वान थे, जादू थे, सुधीर घोषाल थे, बिपत थे, सीताराम थे, शौक साहब थे और भी कई थे और उनकी पूरी बस्ती थी! जब मैं नहीं भाग पाता था, कहानियाँ खुद मेरे पास चली आती थीं। लेकिन आप कहना ही चाहें तो शौक से कह सकते हैं कि इस आदमी का लेखन एक भगोड़े का लेखन है। मुझे कोई आपत्ति न होगी।

मैं उन कलाकारों में नहीं हूँ जो सितार के तारों पर चलने वाली अपनी ही उँगलियों की करामात पर मचलते रहते हैं!

लेकिन एक चीज बता दूँ आपको, औसत आदमी में मेरी कभी दिलचस्पी नहीं रही। औसत से मेरा मतलब खाता-पीता तुष्ट आदमी! मुझसे बेहतर औसत आदमी कौन हो सकता है? मुझे वे लोग बराबर खींचते रहे हैं जो कुछ कर गुजरना चाहते हैं—अच्छा या बुरा कुछ भी! गलत-सही कुछ भी! मैं आदमी को नापसन्द कर सकता हूँ, उससे घृणा नहीं कर सकता! वह गलत हो सकता है, बुरा हो सकता है—घिनौना नहीं हो सकता! उन्हीं लोगों के बीच मुझे सुकून मिलता रहा है, अपनापन मिलता रहा है। वे जब लिहाज छोड़ देते हैं तो खुल जाते हैं—खिले फूल की तरह, अपनी हर एक पंखुड़ी छितराए हुए!

ऐसे दस-बारह नहीं, जाने कितने नन्दलाल इन नैनों में बसे हुए हैं!

कभी-कभी मुझे लगता है कि मेरे बदन से ही एक खास तरह की तीखी और धूसर गन्ध फूटती रहती है। यह गन्ध पढ़े-लिखे विद्वज्जनों में मूर्खता के नाम से जानी जाती है और अपढ़ों और कमपढ़ों में सरलता के नाम से!

मैं भूल नहीं सका हूँ कई साल पहले की बिलासपुर की एक घटना को। प्रगतिशील लेखक संघ का प्रान्तीय अधिवेशन था या भीष्म साहनी सम्मान—मुझे ठीक से याद नहीं। मैं अध्यक्ष मंडल में था शायद, बीच में उठकर पान खाने निकला—थोड़ी देर के लिए! तभी एक अधेड़-सा आदमी आया और बोला—"पहले चाय हो जाए मेरी ओर से, तब पान खाएँ!" मेरे 'नहीं' करते-करते गिलास पकड़ा दी और बोला—"मुझे आपसे बातें करनी हैं!"

"कब?"

"अभी?" उसने कहा।

"आप मुझे जानते हैं?"

"नहीं। लेकिन इसमें आए हैं तो लेखक ही होंगे!"

"आप भी लिखते हैं क्या?"

"नहीं साहब! मैं नाई हूँ। बस अड्डे के पास मेरा सैलून है। कल से बन्द पड़ा क्योंकि मैं इधर ही फँसा हूँ। सुन रहा हूँ आप लोगों को!"

मैंने चाय खत्म करते हुए कहा, "ऐसा है, तब तक आप दूसरों से बात करें, मैं जरा खाली हो लूँ।"

"मुझे दूसरों से नहीं, आपसे ही बात करनी है जनाब! सिर्फ आधा घंटा! "जिस अधिकार के साथ उसने कहा, मैं देखता रह गया। जोगिया रंग का मैला कुर्ता, नीचे से नुचा पाजामा, कन्धे पर गमछा। दुबला-पतला साँवला अधेड़!

"अच्छा, आइए! कहाँ बैठें?"

हम हॉल के पीछे खुले में ऐसी जगह बैठे जहाँ माइक की आवाज नहीं पहुँच रही थी!

दो घंटे कैसे गुजर गए बैठे-बैठे, पता ही नहीं चला!

और सच कहें आपसे, 'अक्करमाशी' और मराठी दलित साहित्य की बड़ी चर्चा हुई हिन्दी में, मैंने वादा किया था उस नाई नन्दलाल से (शायद यही नाम था उसका) कि कुछ ही दिनों में टेप रिकॉर्डर लेकर आऊँगा और इसे ज्यों का त्यों—इसी तुम्हारी छत्तीसगढ़ी हिन्दी में, इन्हीं संवादों और वर्णनों के साथ—टेप कर जाऊँगा! लेखक तुम्हीं रहोगे। किसी जनम में मैं इसे इस तरह नहीं लिख सकता, जिस तरह सुना रहे हो! न मेरी जबान में यह हुनर है और न कलम में ताकत!...अपनी जिन्दगी के भयानक अनुभवों, भटकावों, उतार-चढ़ावों में खोया, बीच-बीच में हँसता-रोता, जैसे यह जिन्दगी उसकी अपनी नहीं किसी और की हो—ऐसी नि:संगता के साथ! और क्या ढंग था सुनाने का? रियासत की चाकरी से लेकर सियासत की चाकरी तक। भोपाल में बड़े से बड़े पार्टी नेता की कॉमरेडशिप जीने वाला नन्दलाल किस तरह बस अड्डे के सैलून तक पहुँचा—यह बयान करते हुए उसकी हँसी नहीं थम रही थी।

नन्दलाल! तुम आज भी इस बस अड्डे पर मिल सकते हो क्या? मगर मिलो भी तो क्या और न मिलो तब भी क्या! जो रह गया, सो रह गया!

ऐसे ही, कभी-कभी समझ में न आने वाले हादसे भी हो जाते हैं। तब मैं लोलार्क कुंड पर रहता था। दिसम्बर या जनवरी के जाड़े की रात! समझिए, पाला पड़ रहा था। सहसा, साढ़े तीन-चार बजे रात को दरवाजे के बाहर रोने-धोने, चीखने-चिल्लाने की आवाज! घबरा के बाहर निकला मैं। सामने एक अधेड़ किस्म की गँवई औरत! 'क्या है?' तो पता चला कि वह मेरी मझली भाभी की चाची है। वह दवा-दारू के लिए अपने पति को अस्पताल लाई थी और वे आधी रात को गुजर गए! रिश्तेदारी का मामला! पूछते-पाछते किसी तरह यहाँ तक पहुँची थी! मैंने उसकी माँग पर कफन वगैरह के लिए डेढ़-दो सौ रुपये दिये और कंबल लपेटकर उसके साथ रिक्शे पर बैठ गया।

उसका रोना बन्द हो गया था। वह रास्ते भर अपने पति को कोसती और गालियाँ दे रही थी—"हम कहते रह गए मुँहझौंसा से कि मरना है तो यहीं मर! फेंकने-पबारने वाले दो-चार लोग मिल जाएँगे लेकिन मरेंगे तो कासी जी में। अब भर गया पेट न? यहाँ मरने से मिठाई मिलती है तो खा मिठाई! भर ले पेट..." रास्ते भर इसी तरह की बकबक!...

पहुँचने पर उसने कहा कि तकलीफ न हो तो गाँव चले जाओ। बेटे को खबर दे दो। वह आ जाए तो विपत टले।

तीन-चार घंटे का पैदल और बस का रास्ता! रास्ते भर परेशान रहा कि बाप के मरने की सूचना बेटे को कैसे दी जाए कि उसे सदमा न पहुँचे! वह संयोग से

दरवाजे पर ही मिल गया, खेत पर जाने की तैयारी कर रहा था। मैंने काफी लपेटकर जब सूचना दी तो बोला—"जब मर ही गए हैं तो मैं क्या करूँ?"

"अरे चलो! माँ अकेली परेशान हो रही है!" उसने लाठी कन्धे पर रखी—"आप हैं ही, फूँक-फाँक दीजिएगा। मेरा कोई काम तो है नहीं।" और चलता बना!

इस पूरे मामले का और भी दिलचस्प पहलू यह है कि चार बजते-बजते शाम को लौटकर जब अस्पताल आया तो उस जगह न औरत थी, न लाश। इधर-उधर जानकारी की तो पता चला कि सवेरे से ही वह औरत गाँव जाने के लिए रो रही थी और दोपहर के पहले ही चली गई शायद!

"और लाश?"

"यहीं तो थी उसके जाने के बाद तक! जरा मुर्दाघार में देख लीजिए।"

मित्रो! यह भी ऐसे ही रह गया—अनलिखा, अनसुलझा।

सच मानिए, कभी-कभी मुझे लगता है कि मैंने सारा जीवन वह लिखा जिसे नहीं लिखता, तब भी चल जाता मगर वह नहीं लिखा जो लिखना चाहिए था!

तो आज, जबकि अपने बीवी-बच्चों को रोता हुआ छोड़कर दिवंगत लेखक मित्रों के बुलावे पर यमलोक जा रहा हूँ—अपने एक पाठक का कथन याद आ रहा है! उसने कहा था कि गुरु, मरने का जो मजा दिल्ली में है, वह इन शहरों-कस्बों में कहाँ?

वहाँ आयुर्विज्ञान संस्थान है, आकाशवाणी है, दूरदर्शन है, हिन्दी अकादमी, साहित्य अकादेमी, और दूसरी अकादमियाँ हैं, 'नवभारत टाइम्स', 'जनसत्ता' और दूसरे हिन्दी-अंग्रेजी अखबार हैं, मंत्रियों की फूल मालाएँ हैं, राष्ट्रपति के शोक-सन्देश हैं—क्या-क्या नहीं है वहाँ? आप चाहे जितने चिरकुट या फटीचर कवि-कथाकार हों, जाइए और मर जाइए, अगर रात नहीं तो सुबह तक राष्ट्र को पता चल जाएगा कि आपके साथ ही 'एक युग का अन्त' हो गया है। और अगले दो दिन में उसकी पुष्टि एक-दो आयोजित शोकसभाएँ कर देंगी कि आपमें कितना गहरा 'मानवीय सरोकार' था, कि आप अपनी 'जड़ों' से किस कदर जुड़े थे, कि आपकी 'अनुपस्थिति' से निराला या प्रेमचन्द की परम्परा को कितना गहरा 'आघात' पहुँचा है?

और यह बनारस? यह भी कोई मरने की जगह है? मरो और देख लो कि क्या गत होती है? 'सरगौ नरक ठिकाना नाहिं!' रावण से भी बुरी! कोई दीया-बाती करने वाला भी नहीं रहेगा! यही 'तुलसी रोड' जिस पर तुम खेला करते थे—जब इसी रोड के सामने से तुम्हारी अर्थी गुजरेगी, कंचा खेलने वाले लौंडे चिल्लाएँगे—'राम नाम सत्त है! मुर्दा साला मस्त है!' और वे तब तक चिल्लाते रहेंगे जब तक तुम उनकी आँखों से ओझल न हो जाओगे!

और यह रहा हरिश्चन्द्र घाट!

चार जनों के कन्धों से नीचे आओ और उस चिता के बगल में लेट रहो जो तुम्हारे लिए तैयार की जा रही है।

अब जरा आँखें खोलकर ऊपर देखो—सीढ़ियों की तरफ! अपने संगे-सम्बन्धियों की ओर, दोस्तों-मित्रों की ओर, उन सहयोगियों की ओर जिनके साथ तुमने तीस साल बिताए हैं। कितने रह गए हैं घाट तक आते-आते! और वे कहाँ हैं जिनके लिए तुमने बदनामियाँ सही थीं? और वे भी कहाँ हैं जो तुम्हारे आगे-पीछे रहकर अपनी साख बनाए हुए थे?

खैर छोड़ो यह सब, सिर्फ उन्हें देखो जो घाट पर रह गए हैं और तीन-तीन चार-चार के ग्रुपों में जहाँ-तहाँ खड़े हैं और खुस-फुस कर रहे हैं। देखो और सुनने की कोशिश करो!

**एक ग्रुप**

"तो...अब तो हो गया, चला जाए!"

"अरे, थोड़ा रुक जाओ! आग तो लग जाने दो भई।"

"कहते हो तो ठीक है! बात यह है कि जब यहाँ तक आए हैं तो सोचते हैं क्यों न थोड़ा चौक हो लें!"

"चौक तो मुझे भी चलना है लेकिन एक शर्त पर। टेम्पो या रिक्शे से नहीं केदारघाट से बोट लें और दशाश्वमेध होते हुए चलें। बहुत दिन हो गए बोटिंग किये। मंजूर?"

"मंजूर! मगर चुपके से, किसी को पता न चले। अरे, तुम उधर कहाँ चले?"

"बस पाँच मिनट! देखो, एक नियम है मेरा। जब भी यहाँ आता हूँ। जूते पर पॉलिस जरूर करवाता हूँ। उपरां 'पंजीकरण' के बगलिया में जो पॉलिसवाला बैठता है न, उसी के यहाँ से आ रहा हूँ! खिसक मत जाना, ठीक?"

**दूसरा ग्रुप**

"ससुरा कसिया के चक्कर में सुबह से कुछ खाया-पिया नहीं, गैस बन रही है।" कहते हुए उन सज्जन ने पैंट थोड़ी ढीली की और तबीयत से हवा खोली!

"अब तो गाली न दो भई, बहुत दे चुके!"

"जरा अशोक से पूछो, ऊपर कहीं साउथ कफे है—हनुमान घाट की तरफ, उसे पता होगा!"

"थोड़ा रुक जाओ यार, चिता पर रख दिये जाएँ तब!"

"सुनिए डॉक्टर साहब!" यह तीसरा स्वर था थोड़ा धीमा, "इतनी जल्दी मरने के पीछे कहीं कोई राज तो नहीं है?"

जरा देर का सन्नाटा!

"यही कि न हम रहेंगे, न सेलेक्शन होगा!"

"तो?"

"यही कि आगे आने वाले दिनों में न कोई सेलेक्शन होगा, न हम आप रीडर-प्रोफेसर होंगे! तब तक रीडर हेड से काम चलाइए!"

"यार गजब खोपड़ी है तुम्हारी। हर चीज में पॉलिटिक्स देखते रहते हो! सेलेक्शन न हो, इसके लिए कोई मर जाएगा?"

"ठीक है, हमें क्या? कर जाइए सब लोग अइसे रिटायर!"

"अच्छा तो चुप!...वो आ रहा है, बाद में अब!"

**तीसरा ग्रुप**

"कहो, रस्ते में एक मिला (आदमी) बोला था कि ई लेखक भी थे। कुछ पता है तुमको?"

"सुना तो हमने भी है, लेकिन क्या लिखते थे, नहीं पता!"

"जरा सुखदेव से पूछो, ऊ जानते होंगे!"

"बहिर बकलोल आदमी से कौन चिल्लाए, तुम्हीं पूछो!"

'कहिए सुखदेव जी! आप तो इनके मित्र थे, क्या लिखते थे?"

"जी हाँ, जी हाँ, लिखते भी थे!"

"वही तो! क्या लिखते थे? कैसे लेखक थे?"

"जी हाँ! नामवर इन्हें अच्छा कहानीकार मानते हैं।"

"अरे, उनकी बात छोड़िए! ऊ तो भाइये हैं! अपनी बताइए!"

"मैं भी लिखना चाहता था इन पर लेकिन इन्होंने ही कह दिया कि आप के लिखने से क्या और न लिखने से क्या, जाने दीजिए! अब जब मर ही गए तो लिखकर क्या करूँगा?...जी हाँ, बहुत चिट्ठियाँ आती हैं। हर महीने दो-तीन सौ। बीस-पच्चीस कहानी-संग्रह भी आ जाते हैं। कभी घर आइए तो दिखाएँ! बहुत अच्छा लिख रहे हैं लोग! भुवनेश्वर, राजी सेठ, रामदरश मिश्र, कमल गुप्त, मृदुला गर्ग—खूब लिखा है लोगों ने!"

"छोड़ो यार! क्या पूछ रहे हैं और क्या बक रहा है?"

"दिखाते हैं अभी आपको! कल ही मुजफ्फरपुर से पाँच पेज की एक चिट्ठी आई है।..."

इन ग्रुपों से अलग सीढ़ी पर तीन जन चुपचाप बैठे हैं—वकील साहब, बच्चन सिंह और चौथी राम! वे न किसी को सुन रहे हैं, न आपस में बोल रहे हैं, बेजान और सूनी आँखों से मेरी ओर ताक रहे हैं।

चिता पर लिटाए जाने से पहले मैंने आकाश की ओर देखा—ठीक उस जगह जहाँ लिखना आरम्भ करते समय 'अमरत्व' को देखा था—मेरी ओर देखकर मुस्कराते और फूलों का हार लिए।

अबकी अद्‌भुत और भयानक दृश्य था। कल्पना से परे। पंडाल और पंडाल के बाहर का मैदान खचाखच भरा था। कहीं तिल रखने की जगह नहीं। ताज्जुब की बात यह थी कि वहाँ उनकी संख्या ज्यादा थी जिन्होंने अभी दो-चार कविताएँ-कहानियाँ लिखी थीं और जिनके 'दिवंगत' होने में साठ-सत्तर साल लगने हैं। हर 'स्वर्गीय' लेखक को मंच के ज्यादा से ज्यादा करीब पहुँचने की जल्दी थी। ऐसे में ठिंगने और नाटे लेखकों की बन आई थी। जब तक कुमारेन्द्र पारसनाथ जैसे भारी-भरकम काया वाले लोग कुर्ते की बाँहें चढ़ाए और धकियाते हुए निकलें तब तक उनकी टाँगों के नीचे से वे आगे बढ़ जाते थे!

सहसा मेरी नजर गई गेट के बाहर धक्का-मुक्की करते तीन बूढ़ों की ओर। चार-पाँच पहरेदार डंडे भाँज-भाँजकर इन्हें खदेड़ रहे थे मगर थोड़ी देर के लिए हट-बढ़कर ये फिर गेट के पास। मंच से बार-बार उद्‌घोषणाएँ हो रही थीं—'लेखक बन्धुओ! कृपया वे लोग वापस चले जाएँ, जो अनामंत्रित हैं। वे तब तक सब्र करें जब तक उन्हें बुलाया न जाए! हमारी अपील है कि वे लौट जाएँ!' लेकिन कौन सुनता है यह अपील? इसी बीच एक बूढ़ा पहरेदार के स्टूल पर खड़ा हो गया और भाषण करने लगा—"हम तुम्हें भी बेनकाब करके छोड़ेंगे, समझते क्या हो अपने आपको? जब हमने राहुल, गांधी, नेहरू, जगजीवन राम जैसों को नहीं छोड़ा तो तुम क्या चीज हो? मुझे पता चल गया है कि तुम्हारे पास चार-पाँच तरह की मालाएँ हैं लेकिन मंच पर सिर्फ गेंदे के फूलों की मालाएँ रखी हैं तुमने! मैं पूछना चाहता हूँ कि कमल, गुलाब, कुईं और दूसरे-दूसरे फूलों वाली मालाएँ क्यों छिपा रखी हैं तुमने? आखिर किनके लिए?"

"देखो! देख रहे हो इसे?" टोपी और छड़ी वाला दूसरा बूढ़ा बोला—"बना खेल बिगाड़ रहा है अपने पागलपन में! मैं तो, भइया कासीनाथ! हिन्दी का एक ग्रीब लेखक। मुझे तो पता था कि यहाँ पर क्या होना है! मैं घर से ही चन्दन की माला लेके चला आ रहा हूँ! यह देखो! मेरे जन्मदिन पर सेरा यात्री ने इसे मँगवाया था मैसूर से! मैं तो कहता हूँ कि रखो अपनी माला अपने पास! बस इतना करो कि यही अपने हाथों मेरे गले में डाल दो। तुम भी खुश, मैं भी खुश! लेकिन यहाँ कोई सुन ही नहीं रहा है! ग्रीज आदमी हूँ मगर अपने एक ही उपन्यास को दसियों तरह लिख चुका हूँ..."

"मैं सब सुन रहा हूँ। तुमने जो दो टोकरे इलाहाबादी अमरूद अन्दर भिजवाए हैं, उसे नहीं बताओगे!" स्टूल पर खड़े बूढ़े ने चीखकर कहा।

"कह दिया कि वह मैंने नहीं, कालिया ने भिजवाए हैं, मानते क्यों नहीं?" छड़ी वाला बूढ़ा गरजा।

"इति नमस्कारांते काशीनाथ जी!" सफेद केशों वाले तीसरे बूढ़े ने कहा जिसकी कमर में बंगाली धोती और गले में कनेर के पीले फूलों की माला थी। "देख रहे हैं अंधेर? कोई ऐसा पुरस्कार नहीं, जो मुझे न मिला हो। कोई ऐसी विधा नहीं जिसमें लिखा न हो। मगर यह देखिए! यह देखिए और उधर जाकर शमशेर को भी देख आइए! क्या मैं उस लायक भी नहीं? भारत का अकेला वानस्पतिक कवि...

मैंने तीनों के आगे हाथ जोड़ लिए—"देखिए, आप हमारे सम्मानित बुजुर्ग हैं। शतायु हैं आप! ऐसे ही अमर हैं आप! मेरा कहा मानें, लौट जाएँ!"

"वाह! वाह! हम लौट जाएँ और ये कल के छोकरे जो धक्के मार रहे हैं, कनात फाँद रहे हैं, ऊधम मचा रहे हैं; और मैं तुम्हीं से पूछूँ कि तुम किसलिए आए हो यहाँ? बोलो!" छड़ी वाले बूढ़े ने डाँटा।

मैं कोई जवाब दूँ इसके पहले ही एक नारी का चीत्कार सुनाई पड़ा, "कह दिया कि हमें नहीं चाहिए, नहीं चाहिए, हजार बार नहीं चाहिए।"

स्वर कुछ जाना-पहचाना लगा। मुड़कर देखा तो मैदान में दूर घास पर महिला कथा-लेखिकाओं की टोली नजर आई—कुछ रूठी, कुछ मुँह फुलाए, कुछ नाराज! मुझे अपने पास देखकर डाँट खाए वालंटियर की जान में जान आई—"साहब! मैं कब से कह रहा हूँ कि इधर भीड़भाड़ है, उस वाले गेट से आप लोग मंच पर चलें, महाराज माल्यार्पण के लिए बुला रहे हैं तो मैडम सुन ही नहीं रही हैं।"

"आप तो 'स्वतंत्र महिला लेखन' के पक्षधर हैं काशीनाथ जी!" लेखिकाओं की नेता ने बड़े शान्त और दृढ़ स्वर में कहा—"इस मूर्ख को आप समझा दीजिए। कि हमें यह वाली माला नहीं चाहिए!"

"हम वो वाली कहाँ से लाएँ साहब! यहाँ न 'परिवार नियोजन केन्द्र' है, न कोई मेडिकल शॉप!" वालंटियर ने झल्लाते हुए कहा।

मैडम भी हँस पड़ीं और मैं भी! मैंने कहा, "लगता है, इसने भी 'चितकोबरा' पढ़ रखा है! और 'दूरदर्शन' भी देखता रहता है शायद!"

लेखिकाओं ने तंग आकर उसे साफ-साफ समझाया कि 'यह' वाली से हमारा मतलब उस माला से है जिसे राजेन्द्र यादव, गिरिराज वगैरह अपने गले में लटकाए हुए घूम रहे हैं। मैंने उसे और खुलासा किया कि पुरुष लेखकों के लिए मंच पर रखी गेंदे की नहीं, बेले के फूलों की माला।

"साहब! इतना और बता दें कि गले के लिए या जूड़े के लिए!" उसने फिल्मी नौकरों वाले अन्दाज में फिर पूछा।

"इससे तुमसे मतलब?" मैडम उखड़ गईं अबकी।

"है मैडम! मतलब है!" वह उतनी ही गम्भीरता से बोला, "बेले का सीजन नहीं है यह।"

"हम नहीं जानते, जा के अपने महाराज से कहो।"

मुझे लग गया कि यह बहस इतनी जल्दी और आसानी से खत्म होने वाली नहीं है लिहाजा वहाँ से चुपके से फूट जाना ही बेहतर समझा।

इस बीच पंडाल के अन्दर शोर-शराबा बढ़ गया था—कुछ-कुछ मार-पीट और उठा-पटक जैसा शोर-शराबा। मैंने दो कनातों की फाँक से अन्दर झाँककर देखा—स्वर्णजड़ित वस्त्राभूषण से सुसज्जित अमरनाथ महाराज लोगों की भीड़भाड़ से इतने घिर गए थे कि सिर्फ उनके उठे हुए हाथ और कवियों-लेखकों की लम्बी गर्दनें नजर आ रही थीं। नाम किसी लेखक का पुकारा जा रहा था, गर्दन किसी और की लपक रही थी। माला उठी नहीं कि गर्दन घुसी नहीं। कभी-कभी तो हड़बड़ी में एक ही माला में दो-दो-गर्दनें! वह भी एक साथ!

कि अचानक क्षण भर के लिए चारों ओर घुप्प अन्धकार।

कि अचानक जगमग रोशनी और 'क्या हुआ? क्या हुआ?' की चीख-पुकार।

कि अचानक 'पकड़ो! पकड़ो!' का हाहाकार।

पता चला कि कोई लेखक अँधेरे का लाभ उठाकर मालाओं का पूरा गट्ठर ही ले भागा है और पहरेदार उसका पीछा कर रहे हैं। भागने वाला जब कनात समेत मुझे रौंदते हुए बगल से निकला तो मैं अपने वश में नहीं रह गया और ललकार उठा, "जियो मेरे शेर! शाबाश मधु..." गनीमत समझिए कि अपने को सँभाल लिया और नाम गले में ही रह गया!

लेकिन क्या फर्राटा दौड़ थी? कार्ल लुइस को भी मात करने वाली। वह भी इस बुढ़ापे में!

विश्वास कीजिए, मैंने तो किसी को कुछ नहीं बताया लेकिन साहस और बहादुरी के इस कारनामे को देखकर किसी को यह समझते देर नहीं लगी कि हो न हो, यह बिहार का ही कोई लेखक है।

"चल भइयू कासीनाथ, अब तेरा खेला खतम। चिता इन्तजार कर रही है!" कह तो दिया मैंने खुद से, लेकिन रास्ते भर इधर-उधर ताकते हुए आया कि कौन जाने, भागमभाग में गट्ठर खुल गया हो और कहीं पर कोई माला—जलकुंभी की ही सही—गिरी पड़ी हो!

## एक अलिखित कथा का अन्त

मित्रो, 15 सितम्बर, 1993 ई. को मैं बिलासपुर गया था। आलोचक राजेश्वर सक्सेना के घर मैंने प्रताप ठाकुर, रफीक खान, शाकिर अली और दूसरे लेखक साथियों से नन्दलाल के बारे में जो जानकारी हासिल की, वह इस प्रकार है—

भाई या किसी रिश्तेदार ने बस स्टैंड वाले सैलून को हथिया लिया और नन्दलाल को निकाल बाहर किया। वह वर्षों तक सड़क पर रहा। इस दौरान वह अकसर

प्रताप ठाकुर के स्टूडियो में जाता था और तीन-चार घंटे पत्रिकाएँ और उपन्यास पढ़ा करता था...आज से तीन-चार साल पहले बिलासपुर शहर के बाहर एक लाश मिली थी जिसकी शिनाख्त नहीं हो सकी! पुलिस ने उसे लावारिस मानकर वहीं जमीन में गाड़ दिया। बाद में गीदड़ों-कुत्तों ने उसे खोद निकाला और नोच-नोचकर खा डाला! इस हादसे की सूचना प्रताप ठाकुर को स्वयं दो-तीन महीने बाद मिली थी। उनका अनुमान है कि वह लाश नन्दलाल की ही थी।

बहरहाल, यह 'आत्मतर्पण' स्वर्गीय नन्दलाल की स्मृति को समर्पित है!

['हंस', अप्रैल 1999]

# कहानी की वर्णमाला और मैं

एक जमाने में एक लेखक जब 'मैं' का इस्तेमाल करता था तो उसकी छाती चौड़ी हो जाती थी, गरदन ऐंठ जाती थी और चेहरा बहुत कुछ हिटलर जैसा हो जाता था लेकिन आज के लेखक का 'मैं' दलगज्जन साब के उस टट्टू की तरह है जो अपनी पीठ पर तीन बोरा तिलहन और दलगज्जन साब को लादकर जीयनपुर से पहाड़पुर के लिए रवाना होता है और चलता चला जाता है—चला चलता है।

मैं आज पन्द्रह साल से चल रहा हूँ—सन् '70 के आस-पास धीरे-धीरे समझने लगा कि क्यों चल रहा हूँ और चलकर कहाँ जाना है, फिर भी मेरी आदतों में कोई फर्क नहीं आया। आज भी 'कहानी' मेरे लिए बड़ी खास चीज है—ऐसी चीज जिसके लिए मुझे 'मूड' का इन्तजार करना पड़ता है, कुछ वैसे ही जैसे जीयनपुर के लोगों को नहर या ट्यूबवेल न होने पर बादल का इन्तजार करना पड़ता था।

यह निहायत ही गंदी और बेहूदी आदत है, यह महसूस करता हूँ। दूसरे शब्दों में, यह मूड आलस्य और आरामतलबी का ही एक नाजुक नाम है। मैं समय पर विभाग गया, समय पर कॉपियाँ जाँचीं, समय पर घर की जरूरतें पूरी कीं मैंने लेकिन, लिखने के काम को कभी मूड पर छोड़ा, कभी इत्मीनान पर, कभी फुर्सत पर, कभी कुछ पर। ऐसा कभी नहीं सोचा कि नहीं लिखूँगा तो खाना नहीं मिलेगा; नहीं लिखूँगा तो अपनी विचारधारा के साथ विश्वासघात करूँगा या नहीं लिखूँगा तो जीने का अर्थ नहीं रह जाएगा। यानी लिखने के काम को छोड़कर ऐसा कोई काम नहीं था, जिसे टाला या छोड़ा जा सके—यहाँ तक कि आज और अभी अगर कुलपति आदेश दें कि इस सारी रात तुम्हें यहाँ खड़ा रहना है तो मैं इनकार नहीं कर सकता, लेकिन अगर कोई कहे कि सुबह तक तुम्हें यह कहानी पूरी कर देनी है, तो कहूँगा, भई रचना के साथ ऐसी जबर्दस्ती नहीं चलती।

जबकि दलगज्जन साब के टट्टू ने कभी नहीं कहा कि आज पहाड़पुर जाने का मूड नहीं है।—भारतेन्दु और प्रेमचन्द जैसे लोगों ने 'कमिटमेंट' की बातें कभी नहीं कीं, क्रान्ति पर बहसें भी कभी नहीं कीं, लेकिन उनमें अपनी जिम्मेदारी का भाव बराबर रहा और हम इसे यूँ कहकर उड़ाना भी चाहें कि तब लिखना आसान था, कि तब परिस्थितियाँ और थीं, कि तब जीवन इतना जटिल नहीं था, तो नहीं

उड़ा सकते। हम अपने लिखने के काम को अपने 'मकसद' से अनिवार्यत: जोड़ नहीं सके। इसका अर्थ यह है कि हममें कहीं बुनियादी खोट है, जिसे 'डिफेंड' करने के लिए हमारे पास कुछ नहीं है। कम से कम मेरे पास तो नहीं ही है, सिवा अपनी मध्यवर्गीय शर्मिंदगी के।

खैर, इस पर कभी फिर बातें होंगी, फिलहाल तो मैं यह बताना चाहता हूँ कि लिखना मैंने कैसे जाना?

देखिए, लिखने की ओर मेरी दृष्टि तब गई जब मैं रिसर्च कर रहा था। घर का माहौल साहित्य से भरा-पूरा था। भाई साहब (नामवर सिंह) के लिए साहित्य ओढ़ना-बिछौना था। हिन्दी का विद्यार्थी होने के बावजूद जब-जब मुझे कितबों की सफाई करनी पड़ती, झुँझला उठता। होते-होते घर पर आने-जाने वाले साहित्यकारों से चिढ़-सी हो गई थी—उनके बातचीत करने के तौर-तरीके से, रहन-सहन से, उनकी कविताओं और लेखों से। इसके दो कारण थे—एक तो जिस कमरे में कवि और लेखक लोग घंटों जमावड़ा करते, उस कमरे को छोड़कर तब तक के लिए मुझे इधर-उधर भटकना पड़ता, जब तक वे उसे खाली नहीं कर देते, इसके साथ ही चाय-पान-सिगरेट के लिए समय-समय पर मुझे दौड़ना भी पड़ता। और अगर बाहर से आया कोई लेखक रात को रहने की योजना बना बैठता तो कभी-कभी मुझे ऊपर रसोईघर में सोना पड़ता। दूसरी वजह थी, मेरे मझले भाई (रामजी सिंह) जो साहित्यकारों को निकम्मा, बेमतलब का, निरर्थक, फालतू और गरजू समझा करते थे, वे कभी-कभी मुँह पर और कभी-कभी पीठ पीछे उनकी भयंकर भर्त्सना करते थे। चिढ़ के कारणों में से एक कारण यह भी था कि मिलने-जुलने वाले साहित्यकार मुझे मूर्ख समझा करते थे। वे मुझसे मेरी थीसिस के बारे में पूछते, सेहत और अखाड़े और रियाज के बारे में। बतियाते, सब्जी और राशन का हालचाल पूछते। उनका मेरे बारे में ऐसा सोचना गलत भी न था, क्योंकि 'कोर्स' और 'थीसिस' के सिवा मुझे सब बेकार लगता था।

धीरे-धीरे इस चिढ़ ने मेरे भीतर रुचि पैदा की और मुझे भी लगने लगा कि जब अतन्त: पढ़ने-पढ़ाने का ही काम करना है, तो लिखना चाहिए। ऐसे भी जो कवि लेखक मिलते थे, मैंने देख लिया था कि किसी में सुरखाब का पर नहीं लगा है। और एक दिन मैं कुछ कहानियाँ लिखने का निर्णय कर बैठा। मैंने लिखने के लिए यही 'फार्म' क्यों चुना, इसकी भी वजहें हैं—एक तो भाई साहब 'कहानी' और 'नई कहानियाँ' में लगातार स्तम्भ लिख रहे थे, जिसके चलते कहानीकारों का आना-जाना काफी हो चला था और चर्चाएँ भी प्राय: कहानियों पर हुआ करती थीं; और दूसरे, 'कहानियों का खजाना' मेरी माँ और मझले भाई किसी घटना को ऐसी बुलन्दगी के साथ 'नैरेट' करते थे कि समाँ बँध जाता था।

सो जनाब, मैंने कुछ कहानियाँ लिखीं और भाई साहब को दीं। मन में भीतर कहीं लोभ भी था कि कहानियाँ तो उत्तम कोटि की हैं ही, शायद कहीं छपवा देना चाहें। सभी सम्पादक इनके मित्र हैं। दिन और हफ्ते गुजर गए। एक ही घर। रात-दिन का मिलना-जुलना। दुनिया भर की बातें हो रही हैं, लेकिन कहानियों के मामले में चुप। मैंने इतना देख लिया था कि वे कहानियाँ मेज से उठकर किसी दिन थोड़ी देर के लिए उनके हाथों में गई थीं।

बहरहाल, चूँकि मैं उन्हें जानता था इसलिए कहानियों पर उनकी राय समझ गया था, फिर भीं साहस करके एक दिन पूछा। उन्होंने मुझसे दो सिगरेटें मँगवाईं और उनमें से एक पीने को मुझे दी। (जबकि न वे सिगरेट पीते थे और न मैं)—'हुम्' सिगरेट खत्म होने के बाद वे बोले—"तुमने एक जगह लिखा है कि 'सिगरेट बुझ गई'। देखा तुमने? बुझती बीड़ी है, सिगरेट नहीं।...जिस चीज के बारे में नहीं जानते, उसे मत लिखा करो।...और इधर देखो, और तो पढ़ा नहीं मैंने, लेकिन इस कहानी के ये-ये वाक्य निकाल दिये जाएँ तो कोई हर्ज होगा?"

(मैंने जो-जो निशान देखे, इससे इसी नतीजे पर पहुँचा कि अगर यह या ऐसी कहानी न लिखी जाए तो कोई हर्ज होगा?)

"दूसरी बात, अगर तुम समझते हो कि मैं तुम्हारी कहानियों की सिफारिश करूँगा, किसी सम्पादक को छापने के लिए कहूँगा, तो यह न होगा। अगर दूसरे के सहारे लेखक बनना चाहते हो तो लिखना बन्द कर दो!

"और अन्तिम बात ध्यान से सुनो।...यह भाईचारा घर में तो चलेगा लेकिन साहित्य में नहीं चलता। यह रास्ता तुम्हें अकेले तय करना होगा—अपने दमखम पर। भूल जाओ कि मैं तुम्हारा भाई हूँ।"

और हम अपने-अपने काम पर चले गए।

मुझ पर क्या गुजरी, यह न पूछिए, लेकिन यह मेरे कहानीकार के लिए 'क' 'ख' 'ग' था! उस समय तक मैंने लिखने और छपने के काम को, यानी एक शब्द में साहित्य को, बड़ी हल्की-फुल्की चीज समझ रखा था, लेकिन वह सहसा बड़ी गम्भीर और महत्त्वपूर्ण चीज हो गई।

उसी दम मैंने कुछ बड़े अटपटे और बेतुके निर्णय लिए, जो तब के मेरे व्यक्तिवादी रुझान की सूचना देते हैं और गलत होते हुए भी किसी-न-किसी रूप में आज तक मुझमें शेष हैं। जैसे, जिनसे भाई साहब के सम्बन्ध हैं, उनके यहाँ नहीं छपना है चाहे वे भैरव प्रसाद गुप्त (तब 'नई कहानियाँ' और अब 'समारम्भ') हों चाहे मार्कंडेय ('कथा')। ऐसे ही उनसे भी दूर ही रहना है, जो एक आलोचक के भाई होने के कारण मुझ पर 'कृपालु' या 'शंकालु' हों।...

तो यहाँ से मैं शुरू हुआ।

शुरू करने के पहले मैंने यह जान लेना जरूरी समझा कि मुझे क्या और कैसा नहीं लिखना है। इसके लिए 'नई कहानी' के कहानीकारों के प्रकाशित सारे संग्रह पढ़े। 'कहानी' और 'नई कहानियाँ' की फाइलें पलटीं, कहानियों के बारे में वे क्या सोचते हैं, इसे जाना!...इसके सिवा अपने दौर के युवा कथाकारों की कहानियाँ पढ़ीं और अपनी गँवार और अनगढ़ रुचियों के अगल-बगल रखकर देखने की कोशिश की। मुझे लग गया कि ये सब बड़ी ऊँची और गूढ़ चीजें हैं, जिन्हें मैं काफी अध्यवसाय और ज्ञान के बाद ही समझ सकूँगा। नतीजा यह कि अपने लिए रास्ता चुनने के चक्कर में और अधिक 'कन्फ्यूज' हो गया। यह लगभग सन् '60 से '63 तक का किस्सा है।

भला हो, 'हाशिए पर' के आलोचक नामवर सिंह का जिन्होंने उन्हीं दिनों मेरा परिचय चेखव, तुर्गनेव, हेमिंग्वे, तालस्ताय से कराया। मैंने एक नाम अपने से जोड़ा प्रेमचन्द का जिन्हें एक जमाने से खारिज कर दिया गया था और उस समय भी उनके खिलाफ गर्म हवा चल रही थी। मैंने इन लेखकों को खोज खोज कर पढ़ना शुरू किया और इनके या सामान्यतः कहानी के बारे में उन लोगों से जानकारियाँ इकट्ठी करनी शुरू कीं, जो साहित्य-प्रेमी या पाठक तो थे लेकिन लेखक और आलोचक नहीं थे।

इन्हीं दिनों, जब मैं किताबी ज्ञान का तेल डाले, दीया के साथ घूम रहा था कि कोई मिले और तीली जला दे, गाँव जाते समय बस में भेंट हो गई बचपन के एक सहपाठी कैलाश से। वह प्राइमरी से हाईस्कूल तक मेरे साथ पढ़ा था और किसी तरह से हाईस्कूल पास कर गया था। इसके आगे की पढ़ाई के लिए शहर में आया था और नहीं पढ़ सका था। उसकी गिनती शहर के गुंडों में थी और कोई ऐसी रंडी न थी जो उसे न जानती रही हो। उसने ठीकेदारी में लाखों रुपये कमाए थे और इन्हीं सबमें फूँक दिया था। हम हाईस्कूल के बाद पहली बार मिले थे और यह जानते हुए भी कि मैं जल्दी ही कहीं बी.ए., एम.ए. के लड़कों को पढ़ाने लगूँगा, वह मुझसे ऐसे बात करता रहा जैसे उसके आगे मैं कोई बच्चा हूँ। बड़े-बड़े गलमुच्छे, तना सीना, अकड़ी गरदन, चेहरे पर आत्मविश्वास—और वह अपनी जिन्दगी की ढेर सारी घटनाएँ सुनाता रहा। उसने मुझे विश्वास करा दिया कि किताबें और ज्ञान बेकार हैं, असल चीज है जिन्दगी, उसके अनुभव, उलट-फेर...

इसी प्रकार जैसे-जैसे लोगों से मिलता गया, मुझे विश्वास होता गया कि हर आदमी के पास ऐसा कुछ है जिसे सीखा जा सकता है। मुझे हरदम यह याद रखना चाहिए कि मुझे लिखना है और मिलने-जुलने वाले प्रत्येक व्यक्ति को—यहाँ तक कि उसकी शारीरिक बनावट को भी गौर से देखना चाहिए। अगर उसके व्यक्तित्व में कुछ खास बातें हों, उसके कुछ अपने विशिष्ट अनुभव हों, तो उससे सम्पर्क बनाना चाहिए, उसका पीछा करना चाहिए और भरसक अपने लेखकीय इरादे को छिपाते हुए उसे खुलने का मौका देना चाहिए।

इसी दौरान मैंने यह भी जाना कि किसी भी आदमी की दिलचस्पी जानी या देखी हुई चीजों को जानने में नहीं होती। वह उसे जानना चाहता है जो असाधारण हो, विशिष्ट हो, उसकी अपनी परिचित दुनिया से बाहर का हो। यथार्थ और विश्वसनीय होते हुए भी उसे लगे कि उसने वह जाना है जिसे नहीं जानता था, उसने वह देखा है जो अब तक उसकी आँखों से ओझल था। यह हमारे समकालीन लेखकों की धारणाओं के खिलाफ बात थी क्योंकि वे रोजमर्रा की जिन्दगी की हर छोटी-बड़ी बात लिख रहे थे।

ऐसे ही अपने दौर के एक और संकट से मुझे उबारा चेखव ने! बल्कि आप यूँ भी कह सकते हैं कि मेरे अज्ञान ने। उस समय हिन्दी लेखकों से सार्त्र, काफ्का, कामू वगैरह की धूम मची हुई थी और उनके प्रभाव में हर लेखक अपने बारे में—अपनी मुश्किलों और ऊब और घुटन और अकेलेपन के बारे में लिख रहा था। मैं काफी दिनों तक बड़े असमंजस में पड़ा रहा, क्योंकि मेरे उस्ताद यानी क्रान्तिपूर्व रूसी लेखक और प्रेमचन्द मुझे दूसरा पाठ पढ़ा रहे थे। मसलन चेखव ने कहा कि अपने बारे में लिखना जितना आसान है उतना ही खतरनाक और मुश्किल। खतरनाक इसलिए कि कथाकार तटस्थ और ईमानदार नहीं रह पाता। बहुत जल्दी भावुक हो उठता है। उसे लिखना ही हो तो तब लिखना चाहिए जब वह 'मेच्योर' हो जाए, अपने प्रति निर्मम हो सके, अपने को दूसरा आदमी मानकर दूर से देख सके।

मेरे उस्तादों ने एक-दो ऐसी मोटी बातें बताईं जिन्हें साठ के बाद के कहानी आन्दोलन झुठला रहे थे और मुझे दुविधा में डाल रहे थे। उनमें से एक बात यह थी कि कहानी अन्ततः कहानी है, चाहे उसे जैसे और जितना तोड़ो-मरोड़ो। दूसरी बात यह कि कहानी विचारों से नहीं बनती, वह बनती है जिन्दगी से, वह जिन्दगी जो समाज में कई स्तरों पर फैली है और किसी रूप में अपने अस्तित्व के लिए संघर्ष कर रही है।

इस तरह मैं एक तरफ साहित्य में अपने पैरों पर खड़ा होने की कोशिश में लगा था और दूसरी तरफ परिवार को उसके पैरों पर खड़ा करने के लिए थीसिस में जुटा था। थीसिस थी व्याकरण पर, हिन्दी भाषा में क्रियाओं के प्रयोग पर। जो काम अब तक व्यर्थ और उबाऊ लगता था, उसी काम ने उन्हीं दिनों मुझे एक अद्‌भुत दृष्टि दी थी जो इसके पहले नहीं मिली थी। वह यह कि भाषा हमारी तरह एक जीवित सावयव प्रक्रिया है, जिसके भीतर फैले हुए संज्ञा, सर्वनाम विशेषण, क्रिया, अव्यय वगैरह स्नायु-जाल की तरह हैं। यदि वे वाक्य में आएँ तो इनका निजी अर्थ और अस्तित्व होना ही चाहिए, उनका फालतू या बेजा इस्तेमाल कुछ वैसा ही अपराध है जैसा बिना जरूरत के किसी आदमी को कहीं खड़े रहने का हुक्म देना।...इस बोध ने जहाँ मुझे भाषा की शक्ति और क्षमता का अनुभव कराया, वहीं मेरा नुकसान भी किया। एक तरफ लगा कि मुझे भूल जाना चाहिए कि मैंने

विधिवत शैक्षणिक जीवन जिया है, विश्वविद्यालय में पढ़ाई की है, वह भाषा जिसे अब तक देखा, जाना, सुना है, हमारे काम की नहीं है, और दूसरी तरफ यह कि मुझे व्यर्थ और अनावश्यक नहीं लिखना चाहिए, कम-से-कम शब्दों से अधिक बात कहनी चाहिए, सही जगह पर सही शब्द रखने की आदत डालनी चाहिए। (इसी अर्थ में हेमिंग्वे की भाषा मुझे काम की लगी।)

तो संक्षेप में, जैसे-जैसे आँख खुलती गई, मैं कहानी के लिए अपने पास-पड़ोस और गाँव-गिराँव की जिन्दगी में धँसने लगा। मैंने आरम्भ में किसी आदमी की हुलिया या दृश्य या घटना का वर्णन सीखा। कम से कम शब्दों और छोटे वाक्यों में उसका आकार खड़ा करने की कोशिश करने लगा—ऐसा आकार जो साफ-साफ दिखाई पड़े। धीरे-धीरे मुझे अहसास हुआ कि ऐसे काम नहीं चलेगा। जिस भी चीज को देखो, यह मानकर देखो कि इसे तुमने इसके पहले कभी नहीं देखा था, कि तुम पहली बार देख रहे हो और यह भी कि इसे इस धरती पर देखने वाले तुम पहले आदमी हो—('सुख' कहानी)। इस नजर ने मुझे उस चीज की तफसील में जाने को लाचार किया और उस 'देखने' या 'सुनने' या 'छूने' की संवेदना को सोख्ते की तरह जज्ब करना सिखाया।

...आज काफी दूर आने के बाद मैं इन कई चीजों को अलग-अलग करके देख रहा हूँ, लेकिन जब शुरू किया था तब ये चीजें एक में ही काफी घुली-मिली थीं। मैं लिखता था और छपाने का साहस नहीं बटोर पाता था, क्योंकि मैं अपने को हवा के रुख के साथ नहीं पा रहा था और जब-जब रचनाएँ लौट आतीं, आत्मविश्वास डगमगा उठता था। इसी मानसिक स्थिति में रहने के कारण 'सुख', 'कस्बा, जंगल और साहब की पत्नी', 'चायघर में मृत्यु' जैसी कहानियों को प्रकाश में आने के लिए दो-तीन साल का इन्तजार करना पड़ा और 'लोग बिस्तरों पर' जैसी कहानियाँ भी लिखनी पड़ीं, जो मेरी रुचि के खिलाफ पड़ती थीं। अन्त में मैंने फैसला किया कि हे मन, अपनी ही चाल चलो। गोली मारो इस आधुनिकता और समसामयिकता और अस्तित्ववाद को। यह अपनी जमीन है और अपने लोग हैं और माँ की कहानियों के संस्कार हैं।

तो भाई जान, यह तब की कहानी है जब मैं लिखने का मतलब नहीं जानता था। 'क्यों लिख रहा हूँ, किसलिए लिख रहा हूँ', इसका पता न था, सिर्फ लेखक होना चाहता था।

मैंने लिखने का मतलब जानना शुरू किया 'लोग बिस्तरों पर' के प्रकाशन के बाद, और जब जानना शुरू किया तो लिखना मुश्किल लगने लगा। मेरे बारे में यह मशहूर था कि मैं किताबें नहीं, आदमी पढ़ता हूँ। इसका कारण यह था कि जब कभी साहित्य की गम्भीर समस्याओं पर कहीं चर्चा चलती तो मैं उजबक की तरह

विद्वानों को टुकुर-टुकुर ताका करता। अन्ततः मैंने सोचा कि भई, इनमें से कुछ समस्याओं का सम्बन्ध हमारी कहानियों से भी है, इसलिए मुझे अपने ढंग से इन्हें हल कर लेना चाहिए।

इसे मुल्क में '68-69' का जमाना कहिए, या लोगों का बढ़ता हुआ असन्तोष या मेरी अपनी कहानियों की जरूरत कि मुझे महसूस होने लगा—एक लेखक में चीजों को देखने की एक साफ दृष्टि होनी चाहिए। जगह-जगह पर चीजें बिखरी हुई हैं, इधर-उधर फैली हुई हैं—बेतरतीब और बेढंगी : सवाल यह है कि हम उन्हें किस नजर से देखते हैं? 'सामाजिकता' मेरी पहले की कहानियों में भी थी लेकिन दृष्टि साफ नहीं थी।

मेरी इस समस्या को और तीखा किया 'काश्मीर-यात्रा' ने। मेरे साथ आलोचक-कथाकार विजय मोहन भी थे। हम गुलमर्ग, सोनमर्ग, खिलनमर्ग, पहलगाम और वापसी में डलहौजी गए। इन स्थानों का जिक्र हिन्दी-उर्दू के ढेर सारे कथाकारों की कहानियों-उपन्यासों में देखा था। मैं एक तरफ काश्मीर देख रहा था और दूसरी तरफ यहाँ के रहने वालों को। मेरे मन में सवाल उठ रहा था कि ये चीजें—यह स्वर्गिक सौन्दर्य जैसा हमें लग रहा है, वैसा इन्हें क्यों नहीं लग रहा है? इसकी वजह न तो उनका इन चीजों से अतिपरिचय था और न उनसे ऊब—बल्कि उनकी जिन्दगी थी जिससे वे संघर्ष कर रहे थे और जिसने उन्हें 'बेईमान, भ्रष्ट, झूठा, मक्कार, फरेबी' बना रखा था।

कभी मेरी एक कहानी 'कस्बा, जंगल और साहब की पत्नी' की चर्चा करते हुए राजेन्द्र यादव ने उसमें 'तटस्थता' की तारीफ की थी। एक जमाने से लेखक का 'तटस्थ' होना बड़ी बात मानी जाती थी। तब मुझे अच्छा भी लगा था लेकिन जब इन स्थितियों में सोचा तो लगा कि 'तटस्थ' का शब्दिक अर्थ है—तट या सरहद पर स्थित। न इधर, न उधर। उधर से खतरा दिखे तो इधर भाग आए और इधर से दिखे तो उधर। यानी अपने बचाव और निजी सुरक्षा के लिए तत्पर एक भगोड़ा की शक्ल तटस्थ से उभरने लगी।

अब तक के अनुभव से मैंने जान लिया था कि चीजों की सही समझ बाजार से पैदा होती है। अगर लेखक खाने, पीने, रहने, पहनने वाला शख्स है तो उसके जीने के ये सारे सामान बाजार से ही मिलते हैं। बच्चों के छोटे होने के कारण बाजार सारे काम मुझे ही करने पड़ते थे—सब्जी, तेल, माचिस, गेहूँ, चावल, दाल, कपड़े-लत्ते सभी कुछ। भावों का उतार-चढ़ाव रोज देखता था। जीयनपुर की उपज और विश्वेश्वरगंज की सट्टी और हमारे मुहल्ले के बदरी साहू की दुकान के रिश्ते धीरे-धीरे मेरी समझ में आने लगे। 'तटस्थता' के सवाल का उत्तर भी मुझे वहीं मिला और मैं इस नतीजे पर पहुँचा कि लेखक क्या, कोई भी तटस्थ नहीं हो सकता।

यह सवाल—और इस तरह के दूसरे सवाल मुझे मार्क्सवाद और मार्क्सवादी साहित्य की ओर ले गए। 'लोग बिस्तरों पर' में संकलित नई कहानियाँ गवाह है कि यह आकस्मिक नहीं था। इसके पहले विद्यार्थी जीवन में विश्वविद्यालय में जब भी छात्रसंघ का चुनाव होता, 'फेडरेशन' की तरफ से किसी न किसी पद के लिए विद्यासागर नौटियाल चुनाव लड़ा करते थे और मैं उनके लिए काम करता था। सन् '59 ई. में भाई साहब ने कम्युनिस्ट पार्टी के टिकट पर संसद का चुनाव लड़ा था और मैंने प्रचार किया था। लेकिन इन कामों की बुनियाद में जितनी विचारधारा नहीं थी, उससे अधिक व्यक्तिगत सम्बन्ध थे। और उसके बाद मैं व्यक्तिगत सम्बन्ध को विचारधारात्मक सम्बन्ध में बदल पाता, इसके पहले ही साठ के बाद के कहानी आन्दोलनों के मुद्दों ने—कहानियों-कविताओं की धारा ने यह सोचने का मौका ही नहीं दिया कि साहित्य और राजनीति में गहरे ताल्लुक होते हैं। और जब कभी सोचा भी, तो धारा से कट जाने या हम उम्र लेखकों से पीछे छूट जाने के डर ने मुझे भटकने को मजबूर कर दिया।

बहरहाल, उन्हीं दिनों मेरे हाथ लगे मैक्सिम गोर्की, आस्त्रोव्स्की, जूलियसफ्यूचिक, बर्टोल्ट ब्रेष्ट। उनका जो कुछ हासिल हुआ, मैंने पढ़ना शुरू किया। नाटकों के कारण ब्रेष्ट मुझे अपनी कहानियों के लिए बहुत काम के न लगे थे तब, लेकिन रूसी लेखकों की एक चीज बेहद पसन्द आई—उनका वर्णन-कौशल किसी भी दृश्य या वस्तु-स्थिति को 'डिस्क्राइव' करने की क्षमता। लेकिन गोर्की ने मुझे एहसास कराया कि क्रान्ति से पहले रूस की सामाजिक-राजनीतिक और आर्थिक स्थितियाँ बहुत कुछ ऐसी ही थीं जैसी अपने मुल्क में हैं। और इन स्थितियों में गोर्की क्रान्तिकारियों के साथ थे—मात्र विचारों से नहीं, सक्रिय रूप से। चूँकि भावी रूस सभी क्रान्तिकारियों के लिए सपना था इसलिए गोर्की ने भी ऐसे चरित्रों की रचना की जो समाज में भले न रहे हों लेकिन उनका होना सामाजिक परिवर्तनों के लिए बेहद जरूरी था।

इनके सिवा 'हंस', 'नए पत्ते' 'नया पथ' कुछ देशी-विदेशी पुराने 'क्लासिक्स', 'सोवियत लिटरेचर', 'चाइनीज लिटरेचर' की फाइलें देखने के बाद मेरी समझ में जो बातें आईं, उनमें से कुछ ये हैं—

- चूँकि समाज वर्गों में बँटा है, इसलिए लेखक भी वर्गों में बँटे हैं। ऐसा कोई लेखक नहीं हो सकता जो सबके लिए स्वीकार्य और अच्छा हो। उसे किसी न किसी वर्ग के खिलाफ होना होगा और किसी वर्ग के साथ!
- पत्रिकाएँ भी किसी न किसी वर्ग के लिए होती हैं इसलिए एक जनवादी लेखक को सभी पत्रिकाओं में आँख मूँदकर नहीं लिखना चाहिए। उसे यह देखना चाहिए कि कौन-सी पत्रिका किस वर्ग के हित में निकाली जा रही है।

- एक रचनाकार को अपनी सामग्री के लिए रेस्त्रां, कॉफी हाउस, अपने कमरे और साहित्यकारों की दुनिया से बाहर आना चाहिए। इस प्रकार ज्यादा से ज्यादा और तरह-तरह के लोगों से घुलमिल कर अपने अनुभव, ज्ञान, और समझ को समृद्ध करना चाहिए।
- लेखक बाहर सड़क पर या कहीं भी दर्शक या घुमंतू व्यक्ति के रूप में नहीं, बल्कि उस व्यक्ति के रूप में अपने को प्रगट करे जो समाज में चल रहे झूठ, फरेब, मक्कारी, गलत और अन्याय को बर्दाश्त नहीं करता। यानी, वह अपनी 'सामाजिकता' को सिर्फ कागज पर नहीं, व्यवहार में प्रमाणित करे।
- साहित्य क्रान्तिकारी परिवर्तन का शक्तिशाली हथियार है। अगर जनवादी लेखक का मूल मकसद क्रान्ति है, तो उसे इसमें सक्रिय भूमिका निभानी होगी। केवल इच्छा, बातें और लिखना बेमानी है। और भी वगैरह-वगैरह—

मैं अपनी सीमा के भीतर इस दिशा में सक्रिय हुआ। मैं साफ कर दूँ कि मैंने राजनीति का साथ अपने साहित्य के लिए पकड़ा था—यह जानते हुए कि मैं उनके साथ काम करते हुए बहुत कुछ जान सकूँगा, सीख सकूँगा, क्रान्तिकारी चरित्रों के जीवन से परिचित हो सकूँगा! मैं जिनके साथ था, उन्हें मेरे क्या, किसी के भी साहित्य से कोई सरोकार न था। यही नहीं, राजनीतिक काम छोड़कर किस्सा-कहानी-कविता लिखना फालतू का काम था उनकी दृष्टि में। यह काम एक तरह से मध्यवर्गीय विलासिता और आरामतलबी की प्रवृत्ति का अंग था। उनमें से किसी नये साथी को जैसे ही पता चलता कि यह शख्स लेखक भी है, वह सन्देह की नजर से देखने लगता—गोया इस बेकार के आदमी की यहाँ क्या जरूरत? मैं कभी-कभी उनसे बहस करता—क्रान्ति के सन्दर्भ में साहित्य की कारगर भूमिका की चर्चा करता क्योंकि किसी मार्क्सवादी या स्वयं माओ ने भी इसके महत्त्व से इनकार नहीं किया था लेकिन उनके सोचने का ढंग ही दूसरा था। वे जो काम सौंपते, मैं करता और उत्साह से करता लेकिन जब नहीं कर पाता किन्हीं कारणों से, तो वे 'पेटी बुर्जुआ' प्रवृत्तियों पर आक्रमण करते।

ये वे साल थे जब लिखने पर से सचमुच मेरा विश्वास डगमगा रहा था।

इस डगमगाते विश्वास पर अनजाने ही चोट कर बैठा मेरा दोस्त धूमिल। मेरी और धूमिल की दोस्ती शहर और बाहर रंग ला रही थी। वह मेरी माँ का चौथा बेटा था। रात और दिन हमारे साथ बीत रहे थे। हम दोनों के घर एक-दूसरे के घर थे। किसी भी दिन हम बनारस में हों और न मिलें—नामुमकिन था! हम दोनों में एक स्वाभाविक समानता थी—हम कहानियों—कविताओं की प्लानिंग अलग-अलग साइकिल पर करते, क्या लिखना है? कैसे लिखना है? किस तरह शुरू करना है? शीर्षक क्या हो? आदि!

लेकिन हमारे लिखने के तरीके अलग थे। त्रिलोचन और नामवर के बाद बनारस का तीसरा आदमी था धूमिल जो चौबीस घंटे लेखक था। साहित्य उसके रोजमर्रे की जिन्दगी से भिन्न चीज नहीं था। वह हर मिलने वाले सौ आदमियों से सौ दफे एक ही बात उसी उत्साह से कह सकता था और प्राय: कुछ न कुछ पंक्तियाँ रोज लिखा करता था।—इसके ठीक उलटा मैं चुप्पा किस्म का आदमी था। उस अर्थ में लेखक भी हर समय नहीं था। मुझ पर लिखने के 'फिट्स' या दौरे पड़ते रहते थे। अगर मैं उदास दिखाई पडँ, ज्यादातर चुप रहने लगूँ, खाने-पीने की ओर से दिलचस्पी खत्म हो जाए, अकेला रहना पसन्द करने लगूँ और मेरे हाथ में या बिस्तर पर पेंसिल दिखाई पड़े तो धूमिल या मेरे करीब रहने वाला कोई भी जान सकता था कि मैं लिख रहा हूँ या निकट भविष्य में लिखना शुरू करने वाला हूँ। उस समय भीड़-भड़ाके, क्लास, विभाग, सड़क—हर जगह और हर समय मेरी सारी चेतना कहानी की तरफ लगी रहती है। यहाँ तक कि घर में रेडियो बज रहा है, कुंड पर नाच हो रहा है, मेरे बिस्तरे पर बच्चे कूद रहे हैं, लड़ रहे हैं, रो-गा रहे हैं, कोई एक मेरी गोद में बैठा हुआ है और मैं पेंसिल से लिख रहा हूँ और काट-कूट कर रहा हूँ—

'यहाँ तक तो गनीमत थी लेकिन मेरे लिखे हुए को अगर किसी ने पढ़ लिया तो वह कहानी गई। फिर मैं लाख कोशिश करूँ, लिख ही नहीं सकता। दूसरी भले शुरू कर दूँ लेकिन उसे—उस पहली वाली को नहीं पूरी कर सकता : लगता था, जैसे मैं सरेआम नंगा देख लिया गया हूँ। इसी का एक पहलू और था और आज भी है। मैं अपनी 'कहानी' या 'रचना' को डिफेंड नहीं कर सकता। अच्छी से अच्छी कहानी को आप बिना तर्क के कह दीजिए कि घटिया है, कूड़ा है—मैं अपनी ओर से नहीं कह सकता कि आप गलत कह रहे हैं।

इस माने में धूमिल कहानी और कविता में फर्क नहीं देखता था। वह अपनी दो-चार पंक्तियों या पूरी कविता के साथ-साथ आ धमकता था, उस पर बहस करता था और मैं जैसे ही मुँह-हाथ धोने या नहाने चला जाता था, वह मेरे फुलस्केप पन्ने उठा लेता था—चाहे मैं जहाँ भी छिपाकर रखूँ (ऐसे भी इस तरह की सारी जगहें उसे मालूम थीं।) और मेरे लौटने पर एक पैराग्राफ या कुछ संवादों के आधार पर वह पूरी कहानी पर अपनी राय दे डालता था—"तुम दूसरों को तो ऐसा-वैसा कहते हो, और यह क्या कर रहे हो तुम! यही कहानी है?"

तो भाई जान, एक तरफ मेरे राजनीतिक साथी और दूसरी तरफ धूमिल—नतीजा यह हुआ कि 'लोग बिस्तरों पर' के बाद मैंने कम से कम कहानियाँ लिखीं—और जो लिखनी शुरू कीं, उन्हें पूरी नहीं कर सका। अन्त में खीझकर मैंने कहानियाँ बन्द कर दीं और 'अपना मोर्चा' में हाथ लगाया।

'अपना मोर्चा' ने बंगाल और बिहार के कुछ ऐसे नये साथियों से मेरा परिचय कराया जो विश्वविद्यालयों से निकलने के बाद सारी सुविधाएँ ठुकराकर आदिवासियों और खान मजदूरों और किसानों के बीच काम कर रहे थे। मैं देखकर चकित रह गया कि मार्क्सवाद ही नहीं, वह मार्क्सवादी साहित्य—जो दुनिया की किसी भी भाषा में लिखा गया है और अंग्रेजी या भारतीय भाषा में उपलब्ध है और जिसके बारे में—मुझे कोई जानकारी नहीं—इनमें से अधिकांश का पढ़ा हुआ है। यही नहीं कि पढ़ा हुआ है, बल्कि वे उसके बारे में—उसकी खूबियों और खामियों के बारे में साफ ढंग से बातें कर सकते हैं। मैंने पाया कि उनमें से कइयों के भारतीय भाषाओं—बांग्ला, मराठी, पंजाबी, मलयाली, तेलुगु—के जनवादी साहित्य और साहित्यकारों से अच्छे सम्बन्ध हैं। वे किसी पुस्तक के बारे में बात करते समय पूरी ईमानदारी से कह सकते हैं—'अच्छा तो यह किताब? इसे अभी मैंने नहीं, अमुक ने पढ़ा है और किताब भी अभी उसी के पास है। अगर वह इधर आया तो आपसे बात करेगा।'

मैं कह सकता हूँ कि इस सम्पर्क ने मेरे भीतर के अलसाए दायित्व को ठोंक कर जगाया और नये उत्साह के साथ खड़ा किया।

इनमें से ज्यादातर हमसे कम उमर के थे, लेखक भी नहीं थे, सामान्य पाठक भी नहीं थे मगर हमारी तुलना में कहीं अधिक अनुभव-समृद्ध। उनका कोई दावा नहीं था कि वे ही सही हैं और दूसरे गलत लेकिन दूसरे कहाँ गलत हैं—इसे वे अपनी दृष्टि से बता सकते थे। जिस साहित्य को हम हथियार के रूप में पैना कर रहे थे और जिसमें अपना सारा गुस्सा और नारा उड़ेल रहे थे—उन्होंने ढंग से 'हथियार' और 'साहित्य' की अलग-अलग भूमिकाएँ स्पष्ट कीं। मैंने महसूस किया कि साहित्य को वही काम करना चाहिए जो उसके बस का है लेकिन यह भी कि कमरे में बन्द होकर वे काम नहीं किये जा सकते—आप लिखते समय कविता-कहानी में हर समय बन्दूक दागा करें और आपको ठीक से उनका क, ख, ग भी नहीं मालूम—यह हास्यास्पद बात है। और अगर कहीं यह काम भी करना हो तो हम जानते हैं कि यह आपसे बेहतर एक मजदूर या अपढ़ कर सकता है जो उसकी जरूरत ज्यादा महसूस करता है।

इस दौरान मैंने खुद से कई सवाल किये—हिन्दी में आदिवासियों की जिन्दगी पर कोई उपन्यास है? खान मजदूरों पर किसी ने कुछ लिखा है? 'गोदान' के जमाने में मिलमालिक खन्ना बहुत बच्चा था, अब काफी सयाने हो गए हैं, उन पर या उन जैसे लोगों पर कोई कहानी लिखी गई है? धनिया के बाद उस तरह की कोई दूसरी औरत? दिन-रात हड्डी-पसली तोड़ने वाले मजदूर भी हँसते हैं, गाते हैं—उनकी यह हँसी और गान कहीं किसी कहानी-उपन्यास में है?—आप लोग कभी इस पर भी विचार करते हैं कि मजदूर गुलशन नन्दा, गुरुदत्त, रानू वगैरह को क्यों पढ़ते हैं?

कभी उनको ध्यान में रखते हुए उनकी जिन्दगी के बारे में किसी ने लिखा है? वे उन बाजारू किताबों को छोड़ने के लिए तैयार हैं लेकिन उन्हें पढ़ने के लिए कुछ चाहिए—आप क्या दे रहे हैं?

हिन्दी के ढेर सारे आलोचकों की तरह इन्होंने भी कहा कि आप लोग बेकार लिखते हैं, उससे कोई लाभ नहीं लेकिन उनके और इनके कहने में फर्क था। जब इन्होंने कहा तो इनके पास ठोस आधार थे। इन्होंने 'अपना मोर्चा' और दूसरी कहानियाँ—जिन्हें वे पसन्द करते थे, मेरी ही नहीं, हिन्दी के कई जनवादी लेखकों की कविताएँ और कहानियाँ—लोगों को पढ़कर सुनाई थीं, उन्हें समझाई थीं, उन पर उनसे राय माँगी थीं, उनकी प्रतिक्रिया जानी थी और उस बिना पर उनके बारे में वे बातें करते थे। उन्होंने पूछा कि 'अपना मोर्चा' बेशक अच्छा है लेकिन उन्हीं दिनों बंगाल में जो आन्दोलन हुए थे, उसके आगे यह क्या है?

मैंने अपने तईं साहित्य और वस्तु-जगत के यथार्थ के बीच के फासले को खोलकर सामने रखा, जीवन और जगत और साहित्य के अन्त:सम्बन्धों पर लोगों से बातें कीं, साहित्य की जनवादी परम्परा के बारे में अपने सोचने के तौर-तरीके पर फिर से गौर किया। हमारी यह प्रवृत्ति हो चली है कि किसी भी जनवादी लेखक की रचनाओं पर बात करते समय हम यह देख लेना जरूरी समझते हैं कि वह सी.पी.आई. है या सी.पी.एम. या एम.एल.। हमारे राजनीतिक मतभेद उसकी रचना की आलोचना के आधार बन जाते हैं। इसी आधार पर हम उनकी रचना के बारे में अपनी राय कायम करते हैं। मैंने यह पाया कि हमारी विचारधारा रखने वाला लेखक उस जनवादी लेखक के मुकाबले कमजोर और अनुपयोगी हो सकता है जो हमारी विचारधारा से मेल नहीं खाता। असल चीज है समाज की जीवित प्रक्रिया को पकड़ना। आदिम कबीलों से लेकर नंगी आँखों से सीधे-सीधे न दिखाई पड़ने वाले साम्राज्यवाद के बीच जाने कितने स्तरों-उपस्तरों तक फैला हुआ है यह समाज। इसकी जड़ें इतनी गहरी, जटिल और पोख्ता है जितनी दुनिया के किसी भी देश के समाज की नहीं। अनेक उलझनें हैं, पेचीदगियाँ हैं, समस्याएँ हैं, मुश्किलें हैं, रीति-रिवाज हैं, नए-पुराने संस्कार हैं, यह कहना बहुत आसान है कि बन्दूक छीन लो और गोली मार दो। यह आत्महत्या करने के समान है। पुश्त-दर-पुश्त से चली आ रही एक छोटी-सी सामान्य-सी व्यवस्था है घर। घर छोड़कर निकलने पर क्या होता है और अव्वल तो यह घर छोड़ने की जरूरत ही क्यों पड़ती है—जिसने घर छोड़ा है वही जानता है। आज सिद्धान्त के स्तर पर समाज को जितनी अच्छी तरह हम समझते हैं प्रेमचन्द या चेखव या टालस्टाय नहीं समझते थे लेकिन यह भी सच है कि अपने समय के समाज की जीवित प्रक्रिया को—उसके बदन में बिछी हुई नसों के जाल को जितना वे जानते थे, उसके निकट सम्पर्क में जितना वे थे—अपने को 'कम्युनिस्ट' कहने वाले हम लेखक नहीं जानते!

और इस अर्थ में हमसे भी कहीं अधिक खस्ता हालत आलोचक की है। हमारी रचनाओं में चित्रित यथार्थ पर टिप्पणी वह बुद्धिजीवी-आलोचक करता है जिसे यथार्थ की जानकारी हमारे अधूरे अनुभव और ज्ञान पर आधारित रचनाओं से मिलती है।

धीरे-धीरे मुझे अपने कद का एहसास हुआ—अपने दूसरे मित्रों की तरह जहाँ कभी-कभी मुझे भी विषय और थीम की कमी दिखाई पड़ती थी, वहाँ मुझे लगा कि असल में यह मेरी अपनी कमी है। इतना ही नहीं, जब अपने भीतर झाँका तो एक-एक करके बहुत-सी कमियाँ खुलती चली गईं! लगा कि सच में मैं पिछले दिनों 'क्रान्तिकारी रुमान' का शिकार हो चला था। मेरी रचनाओं पर निष्क्रिय और निरर्थक उत्तेजना हावी हो रही थी। यह एक 'शार्टकट्' था अपने अज्ञान को छिपाने का, चीजों की तफतीश में गए बगैर अपनी ओर से नतीजा निकाल लेने का, लेकिन जो नतीजा हम निकालते थे, पढ़नेवाला उसे स्वीकार नहीं करता था—इसका कारण था चरित्रों का बेजान रह जाना और बेजान होने का कारण था हमारी दृष्टि का द्वंद्वात्मक न होना जबकि समाज और व्यक्ति के अन्तर्विरोधों को द्वंद्वात्मक दृष्टि ही जीवित पकड़ सकती है।

कभी-कभी इतिहास की धारा के विरुद्ध अपने विवेक को साथ लेकर दृढ़ता से खड़ा होने की जरूरत भी पड़ती है और हम चूक जाते हैं। ऐसा हम कर सकते हैं लेकिन स्वीकृति का लोभ अक्सर हमारे अपने विवेक पर भारी पड़ता है।

मुझे अपनी रचनाओं के प्रति मोह कभी नहीं रहा—शायद इस लायक मैंने लिखा ही नहीं है अब तक। एक बार लिख जाने के बाद दुबारा अपनी चीज कभी नहीं पढ़ी—कभी किसी को सुनाना पड़ा तब की बात दूसरी है लेकिन लिखने के क्रम में पीछे मुड़कर नहीं देखा। लिखे हुए का दिमाग पर सिर्फ एक प्रभाव रहता है कि ऐसा लिखा है और अब आगे वैसा नहीं लिखना है। हमें बराबर लगता है कि अपने अनुभवों को—सामाजिक ज्ञान को बहुत सीमित कर रखा है हम लेखकों ने। हम व्यवहार में जिसके खिलाफ लड़ने की बात करते हैं, उसके बारे में कुछ नहीं जानते। हमारी रचनाओं में कोई सेठ-पूँजीपति नहीं है, जमींदार नहीं है, मंत्री नहीं है, नौकरशाह नहीं है—वे हमारे दुश्मन हैं और हमें उनके बारे में कोई जानकारी नहीं। इतिहास में कोई ऐसी भी लड़ाई लड़ी गई हो जिसमें दुश्मन के बारे में कुछ पता न हो—मुझे जानकारी नहीं। हमारे पाठकों को कोई जानकारी नहीं—हम दे ही नहीं सके। हम अधिक से अधिक उनके वर्गीय चरित्र के आधार पर एक आकार खड़ा कर देते हैं जिससे कोई सूरत नहीं बनती। यहाँ तक कि हम अपने को जिनकी तरफ से खड़ा करते हैं, उन किसानों-मजदूरों को भी नहीं जानते—सिवा इसके कि वे बदलाव लाने वाली क्रान्तिकारी शक्तियाँ हैं।

सचाई सिर्फ यही नहीं है कि साहित्य की जितनी अधिक जरूरत इस वक्त है, उतनी कभी नहीं रही, बल्कि यह भी कि उसकी सम्भावनाओं के दरवाजे आज जितने चौड़े हैं, उतने कभी नहीं रहे। बड़ी सीमित मात्रा दो-चार कहानियों की कमाई पर हम लेखक बन बैठे हैं, यह मुफ्त का मिला हुआ सम्मान है।

इसके पहले मुझे अपने साथी लेखकों में से कई एक से ईर्ष्या होती थी कि वे मुझसे अच्छा कैसे लिख रहे हैं? कुछ के प्रति मेरे भीतर दुर्भावना आती थी कि उनकी चर्चा क्यों हो रही है? लेकिन समझ के विकास के साथ अपने साथी लेखकों के प्रति मैंने 'भाईचारे' और बिरादरी की भावना महसूस की। मुझे लगा कि यदि हमारा मकसद एक है—समाज को बदलने वाली शक्तियों की गति को तेज करना, उसे संगठित करना, वर्ग संघर्ष की चेतना को प्रखर बनाना—तो अगर वे वह काम कर सकें जो मैं करना चाहता हूँ या उतना अच्छा लिख सकें जितना मैं चाहते हुए भी नहीं लिख सकता तो बहुत अच्छा। इतिहास की जीवित प्रक्रिया का इतिहास पेश करना तो बहुत बड़ी बात है—एक दौर के सभी जनवादी लेखकों के समूह का काम है और वह भी एकजुट होकर, लेकिन अपनी कहानियों में हम उस जीवित प्रक्रिया के कुछ छिटपुट टुकड़े ही चुन सकें तो कम बात नहीं।

इतना सब लिखते हुए हम जानते हैं कि अपने राजनीतिक साथियों के काम के मुकाबले हमारा काम भले उनकी या किसी की नजर में दूसरे दर्जे का हो लेकिन पाँव बढ़ाने और हाथ उठाने से पहले दिमाग को—सांस्कृतिक चेतना को गतिशील करना पड़ता है और यह काम हम कर सकते हैं—बशर्ते ढंग से, अपनी जिम्मेदारी समझकर करें।

['हिरावल', 1976]

# मुसाफिरखाना में चार दिन

लोलार्क कुंड पर एक मुसाफिरखाना था।

पिछले पैंतीस वर्षों के दरम्यान इस मुसाफिरखाने में तरह-तरह के लोग आए, कुछ दिन ठहरे, हा-हा, हू-हू किया, गाया-बजाया, गप्पें लड़ाईं, हँसे भी, रोए भी... और चले गए।

वे मुझे बहुत याद आए, फिर कम याद आए, फिर जब-तब याद आते रहे।

इनमें मेरे दोस्त भी थे, लेखक भी, विद्यार्थी भी।

लेकिन दो लड़के ऐसे थे, जिनके साथ मैं जिया, जिनका साथ मैंने जिया—वे एक ही साथ यह सब थे मगर इनके सिवा भी थे।

वे जब थे तो कम याद आते थे, बल्कि नहीं भी आते थे और आज जब नहीं रह गए हैं तो लगता है जैसे याद करने के लिए उनके सिवा मेरे पास कुछ नहीं है।

वह मुसाफिरखाना मैं ही था जहाँ वे ठहरे थे—चार दिन! यानी कि पूरी उम्र। महेश्वर दो दिन और कुमार सम्भव चार दिन।

माना कि यह जगह बहुत साफ-सुथरी न थी, पलस्तर भी टूटे-फूटे थे, झाला-मकरा भी लगा हुआ था—लेकिन इसके सिवा उनके लिए और कोई जगह भी नहीं थी जहाँ वे ठहरते।

सो, उन्हीं दिनों के ठहराव की जो थोड़ी-बहुत यादें मेरे दिमाग में रह गई हैं, वही मैं आपके सामने पेश कर रहा हूँ और पेश करते हुए यह कहने में मुझे जरा भी संकोच नहीं कि हमारी जिन्दगी के सबसे अच्छे दिनों में थे वे, जबकि मैं उनके साथ-साथ खुद को अपने भविष्य के लिए तैयार कर रहा था।

मगर उनके बारे में बताऊँ, इससे पहले मेरी स्थिति क्या थी, उस वक्त तक, इसे समझ लें।

'लोग बिस्तरों पर' और 'सुबह का डर' कहानी-संग्रह आ चुके थे। 'अपना मोर्चा' उपन्यास भी छप चुका था तब तक! संग्रहों से तो नहीं, उपन्यास से मेरी बदली सोच का पता चलता होगा शायद। उन दिनों वीरभारत तलवार मेरे साथ रिसर्च कर रहे थे। उनके नक्सलाइटों से ताल्लुकात थे। वे अकसर उनके बारे में बातें करते थे। तलवार खुद उनके इतने गहरे असर में थे कि स्कॉलरशिप छोड़कर धनबाद में

और झारखंड में आदिवासियों के बीच काम करने का निर्णय ले लिया उन्होंने! मैं भी एक नक्सलाइट से—दुर्गापुर की स्टील फैक्टरी में काम कर रहे मृत्युंजय दास गुप्ता से मिल चुका था।

('अपना मोर्चा' के ज्वान पर मृत्युंजय की घनी छाया है।)

दूसरी बात यह कि 'परिवेश' का सम्पादन मैंने स्वीकार कर लिया था। धूमिल की असहमति और विरोध के बावजूद! मैं बाहर के मित्र लेखकों से मदद लेने के बजाय विश्वविद्यालय के ही ऐसे लड़कों की खोज में था जो एक टीम के रूप में पत्रिका के लिए काम कर सकें, लिख सकें और रचनात्मक माहौल पैदा कर सकें।

ऐसे ही में मेरी मुलाकात हुई रमेश और महेश्वर से!

'72 में कभी मेरे घर दो लड़के आए!

एक ने अपना नाम रमेशचन्द्र पांडेय बताया और दूसरे ने महेश्वर शरण उपाध्याय। रमेश ने कहा कि यह आपके साथ रिसर्च करना चाहते हैं।

मैं दोनों में से किसी को नहीं जानता था।

रमेश तो, खैर, इतिहास का था। मुझे आश्चर्य महेश्वर को देखकर जरूर हुआ। अपने ही विभाग में दो साल पढ़ा, टॉपर! विभाग में शायद ही कोई विद्यार्थी था जिसे मैं नहीं जानता था? और यह लड़का? बातों से पता चला कि यह मुंगेर का रहने वाला है, वहीं कोई शशिभूषण शीतांशु उसके गुरु रह चुके हैं, उन्हीं के चलते इसकी रुचि संरचनावाद और सौन्दर्यशास्त्र में है। 'अपने-अपने अजनबी' उसे प्रिय है और अस्तित्ववाद में रुचि है। जब रिसर्च के टॉपिक की बात चली तो उसने अज्ञेय और उनकी कविताओं में अपनी पसन्द बताई।

मैंने गौर किया कि वह हकला रहा है और 'र' का 'ग' जैसा उच्चारण कर रहा है। यानी 'गुरु जी' को 'गुगुजी'।

मैंने यह भी गौर किया कि जैसे ही वह 'गुगुजी' बोलता है, रमेश मुँह पर हाथ रखकर अपनी हँसी छिपाने की कोशिश करता है।

बाद में तो रमेश ने महेश्वर का नाम ही 'गुगुजी' रख दिया! कहिए डाक साहब, गुगुजी किधर गए?

आगे चलकर यही दोनों पाँच-छह वर्षों के लिए मेरे संगी-साथी बने।

मैंने या किसी ने इन दोनों में से किसी एक को कभी अकेला नहीं देखा।

यदि वे पैदल हैं तो साथ, नहीं तो महेश्वर रमेश की साइकिल के डंडे पर!

रमेश मुँहफट, निडर, साहसी और घुलने-मिलने वाला।

महेश्वर चुप्पा, डरा हुआ, संकोची और दो-चार के बीच अलग-थलग पड़ जाने वाला।

वह मुझसे या रमेश से चहक रहा है अभी कि इसी बीच कोई तीसरा आया या मिला—अपरिचित, और वह चुप!

वह आत्मग्रस्त था मगर शार्प। उसकी याददाश्त बहुत अच्छी थी! किसने कहाँ पर क्या लिखा है, उसे याद रहता था। बहस के दौरान उसका रुख होता था—'जो मैं कह रहा हूँ, वही ठीक है। आप सिर्फ बकवास कर रहे हैं।'

इसे देखते हुए कह सकता हूँ कि रमेश में खुलापन था! उसमें वह शार्पनेस नहीं थी, मगर दृढ़ता थी। कुछ ऐसा, जैसे—आप मानें न मानें आप की मर्जी!

कई बार हालत यह होती थी कि बीच बहस में रमेश दखल न दें तो महेश्वर पिट जाएँ! कोई बात आक्रामक तरीके से कहना उसकी आदत-सी थी।

मगर ये बहुत बाद की स्थितियाँ थीं, आरम्भ के वर्षों में तो किसी ने महेश्वर को मुँह खोलते नहीं देखा।

एक बात और! एक-दो रूसी लेखक को छोड़कर मैंने महेश्वर को किसी की तारीफ करते नहीं पाया और यह स्थिति लगभग बनारस छोड़ने के समय तक बनी रही। यह मुझे इसलिए याद है कि उसने अपने मन से पी-एच.डी. के लिए जो थीसिस लिखी थी, उसमें उसने बताया था कि आज तक हिन्दी में जनवादी साहित्य लिखा ही नहीं गया है। उसकी यह स्थापना कबीर, भारतेन्दु, प्रेमचन्द जैसे लोगों के साहित्य के आधार पर निर्मित हुई थी।

ऐसा लगता था जैसे वह असुरक्षा के बीच जी रहा है और उसे बराबर किसी न किसी का साथ या सहारा चाहिए। जैसे इसी सहारे के लिए उसने रमेश को पकड़ा हो!

वजहें शायद यही रही हों कि मैं पसन्द तो रमेश को करता था, मगर प्यार महेश्वर को!

'परिवेश' का प्रवेशांक आ चुका था। दूसरे अंक की तैयारी चल रही थी। पहली बार मैंने उन दोनों को एक काम सौंपा! आलोचक विजय मोहन का साक्षात्कार! वे चेक-अप के लिए विश्वविद्यालय के अस्पताल में भर्ती थे। दूसरे दिन दोनों लिखित साक्षात्कार के साथ हाजिर। जब मैंने विजय मोहन को ठीक-ठाक करने के लिए दिखलाया तो वे चकित—कि उन्होंने न टेप किया, न नोट लिया! वाक्य और शब्द तक मेरे हैं।

बहरहाल, दूसरे अंक में दोनों द्वारा लिया हुआ साक्षात्कार! पहली बार महेश्वर का एक लेख, रमेश की तीन छोटी-छोटी कविताएँ!

यह अंक इसलिए भी उल्लेखनीय है कि यहीं से 'कुमार सम्भव' का जन्म हुआ। बर्तोल्त ब्रेष्ट की एक कविता का अनुवाद मैंने किया था 'कुमार सम्भव' के नाम से।

बाद के अंकों में भी यह नाम दिखाई पड़ेगा। कहानी के अतिरिक्त मैं कुछ और लिखता था 'परिवेश' में तो इसी नाम का इस्तेमाल करता था।

रमेश जब बाट-माप निरीक्षक होकर मुरादाबाद गया तो उसने लिखा कि मैं 'पत्रिका' और 'कुमार सम्भव' नाम—दोनों आपसे अपने लिए माँग रहा हूँ। अब इस नाम की आपको कोई जरूरत न रह गई होगी!...खैर, हिन्दी कहानी का यह कुमार सम्भव जीवन भर मेरे लिए रमेश ही रहा!

दूसरे अंक के बाद से 'परिवेश' के अभिन्न अंग बन गए वे। काम के मामले में दोनों भूत थे। वे रात-दिन दौड़ते रह सकते थे और थकान का नाम नहीं। जैसे-जैसे उसके खिलाफ विद्यार्थी परिषद का विरोध बढ़ता गया, वैसे-वैसे पत्रिका वैचारिक हथियार बनती चली गई कैंपस में—पैनी और धारदार! इसका श्रेय इन्हीं को है।

अन्ततः आपातकाल में विश्वविद्यालय ने इसे बन्द कर दिया।

बीच के दिनों की एक घटना याद आ रही है। देश में 1974 में 'मानस चतुश्शती समारोह' जगह-जगह आयोजित हो रहे थे। विश्वविद्यालय ने भी लाख से ऊपर रुपये खर्च करके एक आयोजन किया था। लेकिन उसके पहले 'परिवेश' ने एक छोटी गोष्ठी की जिसकी रपट 'मुराहूँ राम' के नाम से परिवेश में छापी गई। उसे लेकर इतना हो-हल्ला मचा धर्मप्राण नगरी में कि एक सज्जन ने कुलपति निवास के आगे आमरण अनशन की तैयारी कर ली। नागरिकों का प्रतिनिधिमंडल अलग से मिला कुलपति से। यहाँ तक गनीमत थी। बहुत दिनों बाद लखनऊ में मुख्यमंत्री हेमवती नन्दन बहुगुणा की अध्यक्षता में कुलपतियों का एक सम्मेलन हुआ। श्रीमाली जी कुलपति ने मुझे बुलाकर पूछा था—'बहुगुणा जी ने मुझे यह पत्रिका दी और जानना चाहा कि महामना के मन्दिर में यह क्या हो रहा है? कोई जवाब है आपके पास?'

शुरुआती दिनों में एक नियम-सा बन गया था उनका—शाम 4-5 बजे लोलार्क कुंड आना, उसके बाद तुलसी रोड के सामने मुकुंद की दुकान पर चाय पीना और कौन क्या लिख-पढ़ रहा है, उसके बारे में बातें करना, राजनीतिक विश्लेषण करते हुए इस नतीजे पर पहुँचना कि हमें भी कुछ करना चाहिए। सिर्फ लिखना काफी नहीं है, सामाजिक सक्रियता भी जरूरी है...आदि-आदि।

मैंने 'सूचना', 'सुधीर घोषाल' और 'आदमीनामा' संग्रह की कई कहानियाँ उन्हीं दिनों लिखीं और उन्हें सुनाईं। आस्त्रोव्स्की महेश्वर-रमेश का प्रिय लेखक हो गया था और वे 'अग्नि-दीक्षा' और 'जय जीवन' के हिस्सों का पाठ करते थे। लू शुन भी उन्हें पसन्द थे, हम उन्हें पढ़ते-सुनते थे। (हालाँकि मुझे लगता था कि रमेश की दिलचस्पी रचनात्मक साहित्य में है और महेश्वर की सैद्धान्तिक साहित्य में। वह बड़े अनमने भाव से कहानियाँ सुनता था) मगर 'आस्त्रोव्स्की' के बारे में बातें करते समय कुछ इस तरह भावुक और उत्साहित हो उठता था जैसे खुद को उससे एकात्म कर रहा हो!

उन दिनों विश्वविद्यालय की दीवारें एक छोटे-से ग्रुप (एम. एल.) के क्रान्तिकारी नारों से रंग डाली गई थीं। उस ग्रुप का नाम था 'न्यू ब्लड फोरम' यानी एन. बी. एफ.! आठ युवक थे और उनका नेता था रणजीत! मेरा विचार था कि उसके साथ सहयोग करना चाहिए लेकिन इनका कहना था कि उसके साथ हमारे मतभेद हैं। इसके लिए एक शब्द चला था—कंट्राडिक्शंस!

इसी बीच एक घटना हो गई जिसके चलते मैं रमेश के ज्यादा करीब आया और उसे जानने-समझने का मौका मिला।

हुआ यह कि महेश्वर के खिलाफ हिन्दी विभाग के आठ शोधछात्रों ने कुलपति को एक हस्ताक्षरित पत्रक दिया। आरोप यह था कि लम्बे समय से यह शोधछात्र विश्वविद्यालय से वजीफे की रकम ले रहा है, न छात्रावास में है, न कभी विभाग में दिखाई पड़ता है, मुंगेर में रहता है और 'बातचीत' नाम की पत्रिका निकालता है। उन्होंने पत्रक के साथ 'बातचीत' की वह प्रति भी संलग्न कर दी थी जिसमें विभाग के वरिष्ठ अध्यापक और कथाकार शिवप्रसाद जी पर भद्दे और गाली वाले शब्दों में टिप्पणियाँ की गई थीं। उनकी माँग थी कि उस लड़के से वजीफे की रकम वापस ली जाए और निष्कासित किया जाए। साथ ही उसके सुपरवाइजर काशीनाथ के खिलाफ कार्रवाई की जाए जो इस तथ्य को छिपाते हुए उसके प्रगति विवरण को अग्रसारित करते रहे।

मुझे सिर्फ इतना पता था कि मेरे निर्देशन में आने से पहले वह कुछ-एक बार शिवप्रसाद जी से मिल चुका था और उन्हीं के साथ रिसर्च करना चाहता था।

मैंने 'बातचीत' पत्रिका देखी।

महेश्वर से पूछा कि अनावश्यक रूप से बिना मतलब के शिवप्रसाद को घसीटने का क्या तुक था?

उसने बताया कि पत्रिका में मेरा नाम भर है, बाकी चीजों से कोई सम्बन्ध नहीं।

वह झूठ बोल रहा है—ऐसा लगा। भरत सागर का शिवप्रसाद से क्या लेना-देना?

फिर पूछा कि छात्रावास की तुम्हारी लॉबी में ऐसे कितने विद्यार्थी हैं जो कह सकें कि तुम इस दौरान वहीं थे।

"एक भी नहीं!" उसने कहा!

यह मैं जानता था कि उसके व्यवहार के चलते कोई अध्यापक भी उसके पक्ष में बोलने वाला नहीं है।

एक बात थी लेकिन, जो चीज उसके खिलाफ थी, वही उसके पक्ष में भी जा रही थी। 'उपस्थिति-पंजिका' न छात्रावास के छात्रों के लिए थी, न विभाग में शोध छात्रों के लिए।

मैंने अध्यक्ष से बातें कीं। वे स्वयं उससे नाराज थे और चाहते थे कि ऐसा 'मगरूर' और 'उद्दंड' लड़का जितनी जल्दी विभाग से चला जाए उतना ही अच्छा। उन्होंने अपनी ओर से मुझे नसीहत देते हुए सूचना दी कि जाँच समिति गठित हो गई है। संस्कृत विभाग के अध्यक्ष और भूतपूर्व संकाय प्रमुख प्रो. सिद्धेश्वर भट्टाचार्य—जो कानूनविद् भी हैं—जाँच करेंगे। जाँच के मामलों में भट्टाचार्य की छवि बेहद खराब! इसके पहले भी वे कई जाँच कमेटियों में रह चुके थे और बहुत सख्त निर्णय दे चुके थे।

इधर यह सब चल ही रहा था, उधर महेश्वर मुंगेर चला गया। ऐसे वक्त में सिर्फ रमेश था जो, यही नहीं कि सिर्फ मेरे साथ लगा रहा, बल्कि यह भी कि महेश्वर के मुंगेर जाने की अनिवार्यता की वकालत करता रहा।

जाँच लगभग डेढ़-दो साल चली। महेश्वर सब कुछ मुझ पर छोड़कर बीच-बीच बनारस-मुंगेर करता रहा—निश्चिन्त!

सिद्धेश्वर जी ने रिपोर्ट क्या दी यह नहीं पता (जाँच में मुझसे जिस तरह के सवाल किये गए थे, उससे सिर्फ अनुमान लगा सकता था मैं) लेकिन एक दिन सी.पी.आई. के अपने परिचित मित्रों से पता चला कि कुलपति एक्शन लेने जा रहे हैं। उनका कहना है कि और सब माफ किया जा सकता है लेकिन पत्रिका में जैसी गाली दी गई है, वह न तो साहित्य है, न शिष्टता।

मैंने पता किया तो महेश्वर फिर मुंगेर! मैंने रमेश से कहा कि उसे तार देकर तुरन्त बुलाओ!

"करना क्या है?" उसने पूछा!

मैंने बताया कि मैं पिछले दस-बारह वर्षों के साहित्य में प्रयुक्त ऐसे शब्दों वाले उद्धरणों के साथ श्रीमाली से मिलना चाहता हूँ और कहना चाहता हूँ कि यह तो समकालीन साहित्य की जबान है, आज की भाषा है यह! आप ऐसी कोई गलती न कर बैठें जल्दबाजी में कि सारे साहित्यकार इसे अपनी प्रतिष्ठा का प्रश्न बना लें।

"अगर इतना ही काम है तो यह मैं कर देता हूँ, महेश्वर की क्या जरूरत?" रमेश ने कहा और तुरन्त चल पड़ा!

पन्द्रह-बीस दिन लगे 'आधा गाँव', 'मुर्दाघर', 'संसद से सड़क तक', 'भूखी पीढ़ी', 'श्मशानी पीढ़ी', अकवितावादियों, राजकमल चौधरी और दूसरे कवि-कथाकारों की रचनाओं से उद्धरण जुटाने में। लगभग पन्द्रह पृष्ठों की सामग्री के साथ कुलपति से मिला। मैंने तय कर लिया था कि उन्हें इन उद्धरणों को सुनाते समय न हिचकिचाना है, न विचलित होना है।

श्रीमाली नेहरू मंत्रिमंडल के शिक्षामंत्री रह चुके थे। राज्यों की तो बात छोड़ें, केन्द्र से आने वाले मंत्रियों-वंत्रियों को कुछ नहीं समझते थे। उनका सम्बन्ध गुजरात से निकलने वाली एक पत्रिका 'भवन्स जर्नल' से भी था। साहित्य की उनकी समझ

कैसी थी, इसका पता उस प्रश्न से चलता है जो उन्होंने आधा घंटा मेरा वाचन सुनने के बाद किया—"डॉक्टर साहब, यह सब ठीक। आपने जितने उद्धरण सुनाए, वे सब कविता, कहानी, उपन्यास से थे। इनमें से एक भी उद्धरण आलोचना से नहीं था। यदि हो तो उससे सुनाइए।"

मैं चुप! भाषा के बारे में समकालीन समीक्षकों की टिप्पणियों के साथ अलग से पाँच पेज लिखकर ले गया था, पकड़ा दिया उन्हें!

श्रीमाली ने उसे एक तरफ रखते हुए कहा—"डॉक्टर साहब, कविता-कहानी में तो यह चल जाएगा—यथार्थवाद के नाम पर, लेकिन आलोचना में इसे गाली कहेंगे।"

थोड़ी देर बाद उठते हुए उन्होंने कहा—"ठीक है, जाइए! मैं देखूँगा!"

विश्वविद्यालय को पता था कि जिस चीज को वे देखने के लिए कहें, उस ओर से निश्चिन्त हो जाना चाहिए!

इस पूरे प्रसंग से मुझे बेहद तकलीफ हुई थी। वह ऐसे किनारा किये रहा जैसे इस मामले का ताल्लुक केवल मुझसे हो। वह एक दिन हमेशा की तरह हँसते हुए रमेश के साथ आया। मैंने इतना भर कहा—"अजब मनोविज्ञान है तुम्हारा! तुम तो जो चाहो, सो करो और सोचते हो कि तुमसे जुड़े हुए बाकी लोग तुम्हारी चिन्ता करने के लिए हैं।"

"बिलकुल ठीक" रमेश ने मेरे गुस्से का मजाक बनाते हुए उसे झिड़का—"तुम तो क्रान्ति करो और भुगते हम? क्या कॉमरेडशिप यही कहलाती है?"

फिर मेरी ओर देखकर दोनों हँस पड़े।

रमेश जानता था कि मैं बहुत देर तक महेश्वर से नाराज नहीं रह सकता!

कहते हैं जहाँ चाह है, वहाँ राह है!

इस दौरान उन्हें मिल गए थे गुरुदर्शन सिंह यानी जी.डी. सिंह। जी.डी. अर्थशास्त्र से एम.ए.! सुप्रीम कोर्ट में वकील! मार्क्सवाद के अच्छे सिद्धान्तकार! सारा कुछ छोड़-छाड़कर रामनगर आ गए थे—गंगा पार! मा. ले. का काम करने के इरादे से।

उन्होंने कहा कि रामनगर दूर है, उनसे निरन्तर सम्पर्क बनाए रखना कठिन है, कहीं पास ही नगर में बुलाइए!

मैंने अपने घर के बगल में ही किराए पर एक कमरा दिलवा दिया। उनसे विश्वविद्यालय में पढ़ने वाले दो-तीन लड़के और जुड़े थे—विनोद, अंगद, सुरेश, श्रीनिवास!

उन दिनों नगर के नक्सलाइटों के चार-पाँच ग्रुप थे। एक ग्रुप था कंचन कुमार का, दूसरा राम नरेश का, तीसरा अंबिका का, चौथा एन. बी. एफ. वाले रणजीत का और पाँचवाँ जी.डी. का। इसी से मैं भी जुड़ा था।

मैंने पाया कि जी.डी. के ग्रुप को छोड़कर बाकी ग्रुप का मतलब था—एक आदमी एक ग्रुप! बनारस में वे ही अपने ग्रुप भी थे और उसके नेता भी! जी.डी. के साथ ही नहीं, उनमें आपस में भी एक-दूसरे से मतभेद थे—'लाइन' और 'मुख्य शत्रु', संशोधनवादी रूस और अमरीका को लेकर!

उस समय जे. पी. का आन्दोलन काफी जोरों पर था। दूसरी आजादी के नारे की गूँज पूरे देश में फैल रही थी। आन्दोलन को राष्ट्रीय स्वयंसेवक संघ और विद्यार्थी परिषद और जनसंघ के हाथों में जाते हुए हम देख रहे थे। कम्युनिस्ट पार्टियाँ सहयोग-अहसयोग करने को लेकर असमंजस में थीं। या फिर अमरीकापरस्त मानकर विरोध में।

ऐसे में हुआ कि 'एम. एल.' के जितने ग्रुप हैं, उन्हें मिल-बैठ कर बात करनी चाहिए, एक कोआर्डिनेशन कमेटी बनाई जानी चाहिए और एक निर्णय लेकर जुट जाना चाहिए!

अब निरापद जगह की तलाश शुरू हुई। जो निर्विवाद हो, जहाँ खतरे न हों, किसी को सन्देह न हो और जहाँ आने में किसी को आपत्ति न हो। अन्त में मेरा घर निश्चित हुआ।

हर रविवार को सभी ग्रुप वहाँ जुटते और बहस होती।

महीनों की बहस के बाद नतीजा निकला कि एका सम्भव नहीं है!

एक बार फिर जरा अपने बारे में!

हमारे ग्रुप में और अन्य ग्रुपों में जितने साथी थे; उनमें नौकरी और कमाई सिर्फ मेरे पास थी! और यही मुसीबत की जड़ थी!

मैं उनका 'वर्गशत्रु' तो नहीं था लेकिन मेरा 'वर्ग चरित्र' उनके लिए सन्दिग्ध था।

जी.डी. ने रमेश-महेश्वर के दिमाग में भी यह बात बिठाने की कोशिश की थी। रमेश ने मुझे बताया था और अपनी असहमति जाहिर की थी। ग्रुप के व्यवहार से भी कभी-कभी ऐसा आभास मिलता था।

मुझे तकलीफ होती थी! हर महीने चन्दे मैं दूँ, पर्चे या लीफलेट छपवाने हों तो मदद मेरी ली जाए, कोई और काम हो तो लोग मेरे पास आएँ, गोष्ठियाँ मैं आयोजित करूँ (क्योंकि उनमें से किसी के बुलाने पर तो लोग आने से रहे, यहाँ तक कि उनके किसी से ऐसे सम्बन्ध ही नहीं थे कि वे कहीं जा सकें) फिर भी उनकी निगाह में सन्दिग्ध रहूँ। पूरे विश्वविद्यालय में एकमात्र अध्यापक मैं था जो उनके साथ था, फिर भी 'साथी' नहीं था।

मुझे लगता था कि या तो मैं बेवकूफ हूँ या ये मुझे अपने लिए इस्तेमाल करने का एक जरिया समझ रहे हैं! फिर भी मैंने कभी किसी से कुछ नहीं कहा।

एक दिन महेश्वर ने जी.डी. के हवाले से कहा—"डॉक्टर साहब, यह जो आप कहानियाँ-वहानियाँ लिखते हैं, यह क्या ऐयाशी नहीं है?"

हम पप्पू की दुकान में बैठकर चाय पी रहे थे। चौंककर मैंने उसे देखा—"तुमने पिछले दिनों वह कहानी क्यों लिखी थी और 'पहल' में छपने के लिए क्यों भिजवाई थी?"

"जी.डी. सिंह कहते हैं, इसलिए पूछा।"

"मैं तुमसे पूछता हूँ कि कविता-कहानी या साहित्य के महत्त्व से किसने इनकार किया है? मार्क्स ने, कि लेनिन ने, कि माओ ने?"

"लेकिन हालात ऐसे हों जब हथियार उठाना जरूरी हो जाए तो लिखते रहने का क्या मतलब?"

"कोई मतलब नहीं मगर क्या हालात ऐसे हैं?"

इस तरह से बातें देर तक होती रहीं। मुझे उसकी बातों से लगा कि ये सिर्फ जी.डी. के विचार नहीं। उसके भी हैं। उसने 'परिवेश' के निकालने के औचित्य के बारे में भी कई सवाल किये। अन्त में झल्लाकर मैंने कहा—"देखो महेश्वर, मैं ऐसे समाज की कल्पना नहीं कर सकता जिसमें साहित्य के लिए कोई जगह न हो। अगर ऐसे ही समाज के लिए हम इतनी मेहनत कर रहे हैं तो जी.डी. सिंह से कहना मुझसे मदद की उम्मीद छोड़ दें।"

मैंने कह तो दिया लेकिन एक शरारत सूझी। दो-चार दिन बाद जी.डी. से मिला और कहा कि आप 'परिवेश' के लिए 'भारत का आर्थिक संकट और साम्राज्यवाद' की क्या भूमिका रही है इसमें—इस पर एक लेख दीजिए। वे बड़े उत्साहित हुए। दो-तीन महीने लगकर उन्होंने लम्बा लेख तैयार किया। जब वह छपा और लोगों ने तारीफ करनी शुरू की तो उन्हें लगा कि 'लिखने का भी अर्थ हुआ करता है।'

एक दिन मैंने रमेश और महेश्वर से कहा—"देखो भई, हमारी शक्तियाँ और क्षमताएँ सीमित हैं। हमें देखना चाहिए कि हम अपने को किसमें अच्छी तरह या पूरी तरह व्यक्त कर सकते हैं। मैं स्वयं को जानता हूँ, आप लोग अपनी जानें!"

मेरे कहने के पीछे एक दर्द था और इसलिए कहा कि महेश्वर ने बताया था—डॉक्टर उसके गले के एक ग्लैंड को ऑपरेशन के जरिए निकालने के लिए कह रहा है! उससे फ़र्क यह पड़ेगा कि लार बनना बन्द हो जाएगा जिसका असर किडनी पर पड़ेगा।

यहीं मेरा ध्यान एक विचित्र संयोग की ओर गया। हमारे ग्रुप में कोई भी शारीरिक रूप से स्वस्थ नहीं था। विनोद की रीढ़ की हड्डी खराब हो गई थी और जीवन में कभी ठीक होने वाली नहीं थी। उसके दोनों पाँव खराब हो गए थे, वह झुका हुआ लँगड़ाकर चलता था। अंगद को टी. बी.। श्रीनिवास को टी. बी., रमेश को टी. बी. हो चुकी थी हालाँकि इन दिनों स्वस्थ था। यहाँ तक कि जी.डी. को भी टी. बी. की आशंका थी! और अब महेश्वर!

शरीर के इस हाल का असर इन सबके व्यवहार, बातचीत के लहजे और सामान्य आचरण पर दिखाई पड़ता था। सब गलियों या सड़कों पर चलते हुए आशंकित या भयभीत नजर आते थे, ऐसे जैसे कोई पीछा कर रहा हो। बहस में अस्वाभाविक रूप से उग्र हो उठते थे और आवाज ऊँची हो जाती थी। भीड़-भाड़ से कन्नी काटते थे और अपरिचित से बातें करने में हिचकिचाते थे। इन तमाम बातों में मुझे अकेला रमेश दिखता था जो अकुंठ, बेखौफ और सामान्य था। वही था जो खुलकर ठहाके लगाता था। हँसता महेश्वर भी था लेकिन उसकी हँसी में सामने वाले व्यक्ति पर व्यंग्य का भाव रहता था।

बीच में एक बात रह गई बताने को! तलवार साहब धनबाद तो चले गए थे लेकिन उनके ग्रुप के बाकी साल में दो-तीन बार बनारस जरूर आते थे मुझसे मिलने। वे अपना असली नाम नहीं बताते थे, मैं जानने की कोशिश भी नहीं करता था। बातों से ही पता चलता था कि कौन बंगाल से था, कौन आन्ध्र से, कौन बिहार से, कौन मध्यप्रदेश से। मैंने उनमें से किसी से यह भी नहीं पूछा कि आप लोग एम. एल. के किस फ्रैक्शन से हैं?

उन्हें पता था कि मैं यहाँ किन लोगों से जुड़ा हूँ, लेकिन वे उनके बारे में कोई बात नहीं करते थे। मुझे लगता कि उनके लिए इतना ही काफी है कि मैं माले विचारधारा से जुड़ा हूँ और समाज के मौजूदा ढाँचे में बदलाव चाहता हूँ और अपनी सीमा में उसके लिए सक्रिय हूँ।

वे मुझे बेहतर, सहज और सुलझे इनसान लगते! उनसे मिलने और एक-दो दिन बातें करने, संग-साथ रहने के बाद मैं आत्मग्लानि नहीं, अपने भीतर ऊर्जा महसूस करता।

वे मुझसे राजनीति की कम, साहित्य के बारे में ज्यादा बातें करते। और उसी साहित्य के बारे में नहीं, जो क्रान्तिकारी है, उसके बारे में भी जो 'मानवीय सौन्दर्य' से भरपूर है! वे चाहते थे कि मैं एक ऐसा पुस्तकालय खोलूँ जिसमें देशी-विदेशी भाषाओं का सिर्फ जनवादी साहित्य रहें। उन्होंने ऐसी पुस्तकों की सूची भी भिजवाई थी।

उनका नेटवर्क ज्यादा फैला और सन्तुलित था। उनका जो भी साथी आता, उस सन्दर्भ और उन बातों के साथ आता, जो पाँच-छह महीने पहले उसके किसी साथी ने मुझसे की थीं।

उनसे मिलने के बाद जब मैं अपने ग्रुप के लोगों को देखता तो मेरा मन खट्टा हो जाता! ये मुझसे इस तरह बातें—'गार्डेड' बातें करते जैसे मैं कभी भी इनके लिए संकट खड़ा कर सकता हूँ।

बहरहाल, इसी बीच चुनाव आया। सन् '74 में विधानसभा का। हमने कड़ी बहसों के बाद फैसला किया कि विधानसभा और संसदीय प्रणाली पर आक्रमण

करते हुए चुनाव बहिष्कार की अपील करनी चाहिए, इसके लिए हमें पर्चे निकालने चाहिए और नगर की दीवारों पर नारे लिखना चाहिए।

जब चुनाव-प्रचार में गति आई तो एक दिन मेरे पास रमेश और महेश्वर आए! (जी.डी. सीधे मुझसे कम बातें करते थे। महेश्वर से कहते थे और महेश्वर अपनी उपस्थिति में मुझसे रमेश से कहलाता था)।

रमेश ने मुझसे कहा कि हम पर्चे बाँटने और वाल-राइटिंग के काम आपकी लीडरशिप में करना चाहते हैं।

"क्यों और साथी नहीं हैं?"

"हैं क्यों नहीं, मगर कोई सीनियर साथी होना चाहिए।"

"जी.डी. सिंह को ले लो।"

"यह उन्हीं का निर्णय है।"

महेश्वर ने इसे साफ करते हुए बताया—"उन्हीं का नहीं, हम सबका। हम देखना चाहते हैं कि समय आने पर आप हमारे साथ 'ऐक्शन' में भी उतर सकते हैं या नहीं।"

मेरे बदन में जैसे आग लग गई। किसी भी चीज की एक हद होती है। मेरी ही गोद में पले-बढ़े लौंडे मेरा इम्तहान ले रहे हैं। पिछले चार-पाँच साल से यही कर रहे हो तुम लोग! जबकि मीटिंग, पर्चे, जुलूस—और तुम मेरा इम्तहान लिए जा रहे हो? सिर्फ इसलिए कि मैं एक यूनिवर्सिटी का खाता-पीता अध्यापक हूँ और तुम सड़क पर हो!

और यह 'ऐक्शन!' जैसे डकैतों का सरगना किसी नये आदमी को भर्ती करने से पहले कहता हो कि जाओ इनके साथ, पहले दो-चार हत्याएँ करके मेरा विश्वास हासिल करो।

खतरों से मैं कभी नहीं डरा। बल्कि ऐसे कामों में मुझे मजा आता है जिसमें खतरे हों और वह भी किसी बड़े उद्देश्य के लिए हों तो क्या कहने? मगर एक तो मुझे शामिल किये बगैर यह निर्णय, दूसरे इम्तहान लेने जैसी मंशा।

बहरहाल हमने योजनाएँ बनाईं। घर में गेरू और गोंद पकाया गया। कूँचियाँ तैयार की गईं। रात में गश्ती पुलिस कब-कब ड्यूटी बदलती है, इसका पता किया। हमने नगर के वार्डों के हिसाब से दिन तय किये।

जाड़े की रात में हम ग्यारह बजे घर से चुपके निकलते थे और सूर्योदय से पहले लौट आते थे। दस-बारह दिनों में कैसी-कैसी दिलचस्प मुश्किलों का सामना करना पड़ा, इसे फिर कभी।

(रमेश की सबसे अधिक याद उन्हीं रातों के प्रसंग में आती है। दुनिया दोनों बदल रहे थे लेकिन अपने-अपने ढंग से। महेश्वर बेहद गम्भीर! तनावग्रस्त। आशंकित और कुछ-कुछ सहमा। उसके लिए काम का मतलब सिर्फ काम था। रमेश उससे कम काम नहीं करता था—मगर गुनगुनाता हुआ, चुहल और मजाक करता बन्द

दरवाजों और खिड़कियों से पर्चे डालता हुआ, अगर सन्देह में कहीं गश्ती पुलिस ने टोका—तो हवलदार साहब! लाल सलाम! यानी लाल पगड़ी को सलाम! उसके साथ सिगरेट या बीड़ी सुलगाता हुआ और चुनाव के महत्त्व पर प्रकाश डालता हुआ...आदि-आदि)।

चुनाव खत्म हो गया।

हमारे नारों और पर्चों का असर न मतदान पर पड़ा, न किसी बुद्धिजीवी पर!

हम चार के चार ही रह गए।

इन्हीं घटनाओं के बाद अगले महीने जब महेश्वर हमेशा की तरह लेवी (चन्दे) के लिए मेरे पास आया तो मैंने इनकार कर दिया। ऐसा करते हुए मुझे कोई खुशी नहीं थी लेकिन कोई चारा नहीं रह गया था। मैं जानता था कि इसके बाद सारा कुछ बिखर जाएगा और वही हुआ।

हमने दो खुले मंच खोल रखे थे—विश्वविद्यालय के लिए 'परिवेश' और नगर के लिए 'साहित्य मंच'। इसी 'साहित्य मंच' की ओर से कभी-कभी 'तुलसी पुस्तकालय' में गोष्ठियाँ हुआ करती थीं।

धूमिल को गुजरे साल भर हो रहा था। मैंने 'आलोचना' के धूमिल विशेषांक के लिए एक लेख लिखा था—'विपक्ष का कवि : धूमिल'। अब तक अंक आया नहीं था और मेरे भीतर उत्सुकता थी लोगों की प्रतिक्रिया जानने की। संयोग से विजय मोहन जी उन दिनों बनारस में थे।

हमने उन्हीं की अध्यक्षता में गोष्ठी का निर्णय किया। उस समय 'साहित्य मंच' के काम शायद चौथीराम जी यादव देख रहे थे जिसमें वे नगर के सभी युवा कवियों, लेखकों और बुद्धिजीवियों को बुलाते थे। इसमें भी आनेवालों की संख्या अच्छी-खासी थी।

बनारस में गर्म और उत्तेजक और तिलमिला देनेवाली गोष्ठियों का लम्बा इतिहास रहा है लेकिन मुक्तिबोध के बाद के सबसे चर्चित और महत्त्वपूर्ण रचनाकार धूमिल पर आयोजित और चौथीराम जी द्वारा संचालित यह गोष्ठी कई मायने में ऐतिहासिक थी।

—एक तो यह कि इसमें पहली बार यह सवाल उठाया गया कि गोष्ठी 'इस पर' क्यों हो रही है, 'उस पर' क्यों नहीं हो रही है? और 'उस पर' से तात्पर्य बर्टोल्ट ब्रेष्ट—यानी एक विदेशी लेखक जिसे प्रस्तावित करनेवाला खुद ठीक से नहीं जानता, सिवा इसके कि इन्हीं तिथियों में किसी दिन वह पैदा हुआ था।

—दूसरा यह कि मेरे सभी शत्रुओं और हितैषियों की छाती इस गोष्ठी से जुड़ा गई—कहो बच्चू, अब बोलो! हम शुरू से ही कहते आ रहे थे कि ज्यादा मुँह न लगाओ, बहुत सिर न चढ़ाओ, भस्मासुर न पालो!

—तीसरा यह कि बुजुर्ग लेखकों ने ही नहीं, सामान्य श्रोताओं और भागीदारों ने भी महेश्वर द्वारा अपने लिए 'कूप मंडूको!' सम्बोधन सुनकर इतना अपमानित महसूस किया कि लम्बे समय तक साहित्य-मंच की कोई गोष्ठी न हो सकी!

ऐसा क्यों हुआ या महेश्वर ने क्यों किया—यह जानने के लिए तफसील में जाना पड़ेगा। घटना की पृष्ठभूमि में!

मैंने इससे पहले भी कहीं लिखा है कि धूमिल को महेश्वर-रमेश फूटी आँख नहीं सुहाते थे। यहाँ तक कि धूमिल मेरे दरवाजे के बाहर रमेश की साइकिल देख लेते थे तो बाहर से ही लौट जाते थे। वे इन्हें कर्कट-दमनक बोलते थे। वे अस्सी पर मेरे कई परिचितों से बोल चुके थे कि कसिया इन लौंडों के चक्कर में नष्ट हो रहा है। अपने बारे में धूमिल की राय से वे दोनों वाकिफ थे।

इनमें से किसने चर्चा की थी यह मुझे याद नहीं—एम. ए. के दौरान धूमिल का नाम सुनकर ये दोनों उसके घर नवाबगंज गए थे और उससे कविताएँ सुनी थीं। कविताएँ सुनने के बाद इन्होंने धूमिल की घिसाई शुरू की। (जैसा बताया गया) तो उसने डाँटकर घर से बाहर कर दिया। हालाँकि धूमिल ने अपनी ओर से कभी नहीं बताया था मुझे।

इस व्यक्तिगत राग-द्वेष से अलग साहित्य के बारे में महेश्वर की अपनी समझ थी। उसने अपने शोध-प्रबन्ध का पूरा 'फर्स्ट ड्राफ्ट' मुझे देखने के लिए दिया था। उसमें कहा गया था कि हिन्दी में जनवादी साहित्य नहीं है। मैंने उससे कहा था कि इन क्रान्तिकारी विचारों को स्वतंत्र पुस्तक के रूप में प्रकाशित कराओ। यदि पी-एच.डी. चाहिए तो दूसरी तरह से लिखना होगा। हिन्दी का कोई भी परीक्षक इसे स्वीकार न करेगा।

उसने डिग्री के लिए दूसरी थीसिस लिखी; लेकिन अपनी समझ पर फिर से विचार करना चाहिए या उसमें संशोधन करना चाहिए—ऐसी जरूरत उसने नहीं महसूस की। वह अपनी मान्यता पर इतना अडिग था कि मुझे डरपोक और 'व्यवस्थावादी' समझ रहा था।

इसी गोष्ठी के सन्दर्भ में अन्तिम बात! गोरख पांडेय अब तक न तो हमारे संगठन में थे, न किसी साहित्यिक या साहित्येतर आयोजन में आए थे। हम ठीक से उन्हें जानते भी नहीं थे। वे किस संगठन में थे, मुझे यह भी नहीं पता। मेरे मित्र (तब शिष्य) बलराज पांडेय ने दो-एक बार उनकी चर्चा करते हुए बताया था कि उनकी लॉबी में इस नाम़ का एक तेज-तर्रार लड़का है जो भोजपुरी में बहुत कुछ अच्छे गीत लिख रहा है। उन्होंने यह भी कहा था कि वह एम. एल. की विचारधारा का है। किसी बात को लेकर गोरख और बलराज के बीच कभी कहा-सुनी हुई थी—यह सुनकर मुझे आश्चर्य हुआ था क्योंकि बलराज की छवि एक निहायत ही सीधे, सरल और कम बोलनेवाले लड़के के रूप में

थी। वे किसी से झगड़ा कर सकते हैं या उनसे किसी का हो सकता है—यह मेरी कल्पना से बाहर था।

बहरहाल, ग्रुप के बिखरने के बाद महेश्वर गोरख के निकट सम्पर्क में आया। कारण जो भी रहे हों, गोरख की राय भी धूमिल के बारे में खराब थी और शायद मेरे बारे में और ज्यादा खराब! अकारण।

'तुलसी पुस्तकालय' की घटना गोरख-महेश्वर के मिले-जुले विवेक की इसी योजना का नतीजा थी!

मुझे उस गोष्ठी के प्रसंग में सिर्फ इतना याद है कि डॉ. यादव ने संचालन किया था। मैंने लेख पढ़ा था, बोलने के क्रम में जब गोरख आए तो उन्होंने धूमिल को फासिस्ट करार देते हुए गोष्ठी की निरर्थकता की बात करते हुए वर्तमान राजनीति का चरित्र समझाना शुरू किया जिस पर अध्यक्ष ने हस्तक्षेप करते हुए विषय पर आने की बात की। इसके बाद महेश्वर ने 'आदरणीय कूपमंडूको!' के सम्बोधन से ब्रेष्ट पर गोष्ठी करने की माँग की।

यहीं से सब लोग खड़े हो गए।

"आपको कौन रोक रहा है ब्रेष्ट पर गोष्ठी करने से? क्यों नहीं करते?" मैंने गुस्से में कहा।

हम 'तुलसी पुस्तकालय' से ही अलग-अलग बाहर आए।

(मैंने इन्तजार किया—मगर न गोष्ठी होनी थी, न हुई)

मैं कई दिनों तक उदास रहा।

उदास और बेचैन! इसलिए कि महेश्वर मेरे लिए विद्यार्थी भर नहीं था। मैं उसे प्यार करता था और एक छोटे भाई की तरह। वह मेरे परिवार के अभिन्न सदस्य जैसा था। मैं उसकी कुछ ऐसे चिन्ता करता रहा था—जैसे कोई बाप अपने किसी अपंग या विकलांग बच्चे की चिन्ता करता है। मैंने इतने वर्षों में उस पर होने वाले किसी आक्रमण को उस तक नहीं पहुँचने दिया था। लेकिन अब मुझे लग रहा था कि इस प्यार की उसके लिए कोई अहमियत नहीं थी। शायद कभी नहीं थी। मैं सिर्फ भ्रम पाले रहा।

मैं उसे अच्छी तरह समझता था—उसमें एक आग थी, कुछ करने की, कुछ कर गुजरने की। लेकिन वह आग उन्हें भी जलाए जिन्होंने उसके हाथ में दी थी, और खुद उसे भी—मुझे यह बेतरह खल रहा था।

क्या मानवीय रिश्ते जैसी कोई चीज नहीं है—उस व्यवस्था में जिसका हम सपना देखते हैं?

ऐसे में ही एक दिन अचानक रमेश आया! कुछ-कुछ परेशान।

"क्या बात है?" मैंने पूछा।

उसने जो कुछ बताया, उसका सार यह था :

हॉस्टल के एक दादा टाइप लड़के की साइकिल चोरी चली गई एक दिन! चार-पाँच दिन पहले। उसने चोरी का आरोप एक ब्लॉक सर्वेंट पर लगाया झूठ-मूठ का। उस दादा ने उसकी पिटाई की थी। इन लोगों को बुरा लगा। रात में ये दोनों उसकी बस्ती में गए। ब्लॉक में काम करने वाले सभी छह-सात नौकरों को जुटाया, उन्हें समझाया-बुझाया और अगले दिन काम पर न जाने और हड़ताल करने के लिए राजी कर लिया! वे 'गोलबन्द' हुए और काम पर नहीं गए। प्रोटेस्ट के तौर पर।

पूरे हॉस्टल में उनकी इस हरकत की भयानक प्रतिक्रिया हुई। लड़कों को पता चल गया कि इसके पीछे कौन लोग हैं। किसी और ने नहीं, उन नौकरों ने ही बताया।

लड़कों ने वार्डेनों और अधिकारियों के बीच यह घोषणा की कि कल से हम इन सालों—नौकरों को हॉस्टल में घुसने नहीं देंगे। अब हम इनसे काम नहीं कराएँगे। हमारे लिए दूसरे कक्ष-सेवकों की व्यवस्था की जाए।

दूसरे दिन जब वे सेवक पहुँचे काम करने के लिए, तो लड़कों ने सबको मार-पीटकर भगा दिया।

कहते-कहते रमेश को हँसी आ गई—"हालत यह है कि हमें दोनों ढूँढ़ रहे हैं—नौकर भी और लड़के भी!"

नौकर अपनी मदद करने के लिए और लड़के मारने के लिए! कहते हैं—हाथ-पैर तोड़ देंगे और देखें, हॉस्टल में कैसे रहते हैं?

रमेश ने बताया कि हम चार दिनों से भागे हुए हैं। रात को बाहर ही सो रहे हैं।

"महेश्वर कहाँ है?"

"परसों भेंट हुई थी। कह रहा था, एक-दो रोज में मुंगेर चले जाएँगे। जब मामला ठंडा हो जाए तो खबर कर देना!...मैं उससे मना कर रहा था लेकिन उसने बखेड़ा कर दिया!"

"उसे मुंगेर जाने की जरूरत नहीं है, एक-दो रोज इसी तरह से काट लो। बाकी मैं देख रहा हूँ।" मैंने उसे दिलासा दिया।

हाँ, मेरे दिमाग में एक बात जरूर आई—दौड़-धूप करते हुए कि अपनी चिन्ताएँ और जिम्मेदारियाँ दूसरे के सिर डालकर क्रान्ति करना कितना आसान है।

रमेश ने सहसा एक दिन सूचना दी कि उसका चयन बाट-माप निरीक्षक के पद पर हो गया है और 'अमुक दिन' उसे ट्रेनिंग पर बुलाया गया है।

मुझे कोई खुशी नहीं हुई क्योंकि यह नौकरी उसके लायक नहीं थी। फिर भी मैंने कहा कि चलो, इस खुशी में तुम्हें सरदार की बर्फी खिलाते हैं।

"किसी अच्छी नौकरी के लिए इन्तजार नहीं कर सकते?"

"नहीं, बहुत दिनों तक घर पर बोझ बने रहना ठीक नहीं!" उसने बताया।

रिसर्च के शुरू से ही वह मेरे साथ था। उसकी कोई दिलचस्पी नहीं थी रिसर्च में! वह कभी अपने सुपरवाइजर से मिलता भी था या नहीं, नहीं मालूम। महेश्वर वजीफा पा रहा था लेकिन वह ट्यूशन से काम चला रहा था। मुझे उन दोनों की बातचीत से कभी आभास मिला था कि रमेश उस लड़की को प्यार भी करता था जिसे पढ़ाता था।

रूमानियत और 'एडवेंचर' उसके स्वभाव में थे।

कुछ लोग होते हैं जिन्हें देखते ही रोयाँ गिर जाता है। मन करता है कि जितना ही जल्दी फूटें, उतना ही अच्छा। एकदम गम्भीर रस जैसे दुनिया की सारी मुसीबतें उन्हीं के सिर आ पड़ी हों। रमेश इससे अलग किस्म का इनसान था—बहुत खुला हुआ, छेड़छाड़ करना और नकल उतारना उसे अच्छा लगता था। वह देर तक न खुद चुप रह सकता था, न दूसरे को रहने देता था।

लेकिन वह चिन्तित था उस शाम। कुछ परेशान भी।

उसने कहा, "बहुत दिन हो गए हैं गंगा किनारे गए, चलिए तुलसीघाट!"

"महेश्वर को कहाँ छोड़ आए? उसे भी लाए होते।"

"वह आएगा थोड़ी देर बाद!" उसने कहा और फिर बोला—"बहुत गालियाँ दे रहा था वह! व्यवस्था का दलाल, घूसखोर! जाने क्या-क्या वोलता रहा। मैं नहीं जानता कि वह नौकरी मिलने से नाराज है या अकेला पड़ जाने के डर से। इन वर्षों में कभी अकेला नहीं रहा वह!"

हम घाट की सीढ़ी पर बैठ गए थे—"डॉक्टर साहब! मैं जहाँ भी रहूँगा, वहीं से 'परिवेश' शुरू करूँगा! आपको एतराज तो नहीं है न!"

"कर सको तो बहुत अच्छा!"

"एक बात और, मैं लिखना चाहता हूँ। आप बता सकते हैं कि मैं क्या लिख सकता हूँ? कविता, कहानी, आलोचना!"

"यह सवाल क्यों कर रहे हो तुम?"

"बात यह है कि अब तक तो पॉलिटिकल ऐक्टिविस्ट ही थे हम लोग! लिखना-पढ़ना जो भी किया, 'परिवेश' के चलते ही किया लेकिन उसे भी गौण ही समझते रहे! अब, जब अलग होने के दिन आ गए हैं तो मैं इसे गम्भीरता से लेना चाहता हूँ वरना नौकरी तो सारे लोग कर रहे हैं। इसी मामले में आपकी राय जानना चाहता हूँ...।"

"यह तुम्हारी अपनी समस्या है, मैं क्या बताऊँ?"

"फिर भी?"

"लिखकर देखो, क्या बेहतर लिख सकते हो! मतलब कि जिसमें तुम खुद को पूरा का पूरा व्यक्त कर सको!"

"आपसे छिपा नहीं है; मेरी रुचि कहानियों में है।"

हम देर तक कुछ इसी तरह की बातें करते रहे। न मैं वहाँ से हिलना चाहता था, न वह। उसने बताया नहीं कि महेश्वर से उसकी झड़प हो चुकी है, कि एक अदनी-सी नौकरी पाते ही वह प्रतिक्रान्तिकारियों या क्रान्ति के शत्रुओं की पाँत में शामिल हो गया है...

"डॉक्टर साहब!" आप बुस न मानें तो हम जानना चाहते हैं कि इन वर्षों में आपके क्या अनुभव रहे हैं?"

"यही कि किसी से मोह नहीं पालना चाहिए, तकलीफ होती है।"

"हाँ, हम कुछ ज्यादा ही हिलमिल गए थे आपसे, दोस्तों की तरह! क्या इससे पहले भी आप ऐसा ही सम्बन्ध रखते थे?"

"नहीं! कभी नहीं! और आगे भी नहीं रखना है।"

हम दोनों ही हँसे—एक साथ।

"हम जो सुनना चाहते थे, वह बचा गए आप!" उसने मेरी ओर देखा।

"क्या?"

"यही कि हमने सिर्फ खोना सीखा है, पाना नहीं। बताइए, जब हमने शुरू किया था तो कितने थे और आज?...ताज्जुब तो यह है कि इसे हम स्वाभाविक प्रक्रिया मान रहे हैं और अपने 'अकेलेपन' के दम्भ में मगन हैं।"

"छोड़ो ये बातें! वापस चलो। मुकुन्द के यहाँ चाय पीते हैं।"

हम सीढ़ियाँ चढ़ते हुए ऊपर आए। उसने साथ-साथ चलते हुए कहा—"ऐसे आपको बहुत प्रसन्न होने की जरूरत नहीं है, ट्रेनिंग के बाद फिर आ रहा हूँ और पोस्टिंग होने तक रहूँगा ही!"

थोड़े दिन बाद ही रमेश चला गया।

इसके बाद महेश्वर भी बहुत दिनों तक बनारस न ठहर सका! पहले मुंगेर, फिर पटना।

इस बीच पटना से उसके संगठन के साथी आते रहे। वे उसके बारे में बड़े आदर से और सम्मान से बातें करते रहे—वे 'यह' कर रहे हैं, 'वह' कर रहे हैं, बिहार के गाँव-गाँव घूम रहे हैं, उनके लिखे गीत घर-घर में गाए जा रहे हैं, अमुक फ्रंट पर उन्होंने ये-ये काम किये हैं...यानी तब से अब बहुत फर्क आया है उनमें।

मैं सुनता रहा और गर्व से भर उठता रहा।

इन सत्रह-अट्ठारह वर्षों में मेरी भी उससे भेंट हुई—बहुत तो नहीं, सिर्फ चार-पाँच बार। हम गले मिलते और देर तक एक-दूसरे के कन्धे पर सिर रखते। वह हर बार सुनाता बिहार में होनेवाले क्रान्तिकारी परिवर्तनों के बारे में, स्वतःस्फूर्त

जन-उभारों के बारे में, परम्परागत हथियारों और तीर-धनुष से लैस जलूसों के बारे में, राष्ट्रीय और अन्तर्राष्ट्रीय राजनीति के बारे में...

मैं विदा होने से पहले हर बार सोचता कि तबकी नहीं तो अबकी जरूर पूछेगा रमेश के बारे में—अपने उस दोस्त के बारे में जिसकी साइकिल के डंडे पर पाँच साल घूमता रहा, जिसके साथ पोस्टर चिपकाए, पर्चे बाँटे, दीवारों पर नारे लिखे, रतजगा किया, खाए और फाँके किये, और भी क्या-क्या नहीं किया?

लेकिन उसने एक बार भी साँस तक न ली।

शायद रमेश मरने से बहुत पहले उसके लिए मर चुका था!

मगर रमेश?

इस दरम्यान उससे भी मेरी मुलाकात होती रही और कुछ ज्यादा ही। हर साल कहीं न कहीं किसी न किसी आयोजन में, कभी बनारस, कभी इलाहाबाद, कभी लखनऊ, कभी रामपुर। महेश्वर की चर्चा के बगैर कभी वह विदा नहीं हुआ। कैसे है? कहाँ है? क्या कर रहा है? कभी मिलता है कि नहीं।...क्या ऐसा नहीं हो सकता कभी कि हम तीनों एक बार फिर कहीं मिलें? किसी के घर नहीं, कहीं तीसरी जगह? जहाँ न हमारी बीवियाँ हों, न बच्चे? मिलें कुछ दिन के लिए पहले की तरह?

अन्तिम से पहले की भेंट कुछ ऐसी रही कि क्या बताएँ? रामपुर के आयोजन से पहले की भेंट।

मुझे बरेली एक काम से जाना था, रुहेलखंड विश्वविद्यालय के काम से। मैंने रमेश को अपने आने की सूचना दी थी। गाड़ी साढ़े आठ के बजाय साढ़े दस बजे पहुँची। वह प्लेटफॉर्म पर मिला और अपनी मोटरसाइकिल से एक साधारण से लॉज में ले गया। बताया कि बरेली रुकना होता है तो वह हमेशा यहीं—इसी कमरे में ठहरता है...। उसने शाम चार बजे ही आकर सारी तैयारी कर ली थी—यानी नमकीन, चिकन तन्दूरी, प्याज और ह्विस्की!

हम तैयार होकर थोड़ी देर बाद ही बैठ गए।

वह गंजी और लुंगी में! पहली घूँट के ही साथ वह दो दुर्घटनाओं में टूटे-फूटे अपने शरीर के अंगों को दिखाने से शुरू हुआ, बताया कि कैसे वह मरते-मरते बचा है अबकी बार!...फिर वह बुढ़ऊ महेश राही और 'यादव' मूलचन्द गौतम के दिलचस्प किस्से बयान करता रहा। इन प्रसंगों में उसकी मस्ती और हँसी देखते बन रही थी...फिर कैसे कविता-कहानी में दिल्ली छोटे शहरों और कस्बों में अच्छा लिख रहे लेखकों पर अपने 'खोखलेपन' का दबदबा कायम कर रही है, उसकी चर्चा!...इधर फिल्मों में कभी-कभी कितने अच्छे गाने आ रहे हैं, बताते हुए गाना शुरू किया—चाँद जैसे मुखड़े पर बिंदिया सितारा—ये सितारा...वो सितारा...जब तीन बजने लगे, बाहर चिड़ियों के चहकने की आवाज सुनाई पड़ने लगी और मैं बिस्तरे पर ढह-सा गया तो वह कुर्सी का हत्था पकड़कर उठा और हिलता-डुलता अपने

बिस्तरे पर जा बैठा!..."डाक् साहब! महेश्वर की हालत काफी नाजुक है—आपने सुना है?" उसकी आवाज बदल गई।

एकबारगी जैसे सारा कुछ बदल गया। पूरा माहौल और वह भोर। वह मुरझाई और उखड़ी आवाज में बड़बड़ाने लगा—"आज तक मुझे नहीं पता चल सका कि वह क्यों नाराज है? जबकि नाराज मुझे होना चाहिए था लेकिन वह नाराज हुआ! ऐसा कैसे हुआ डाक् साहब!"...वगैरह-वगैरह।

आज दोनों नहीं हैं और दोनों ने दुनिया उसी क्रम से छोड़ी जिस क्रम से बनारस छोड़ा था। यानी पहले रमेश फिर महेश्वर।

वे मुझे बहुत-बहुत याद आते हैं मगर एक प्रार्थना के साथ कि हे ईश्वर, किसी के सिर को इतना ऊँचा कभी न उठा कि उसे अपने पाँव तक नजर न आएँ।

['हंस', जून 1995]

# नेशनल हाइवे पर ढाबा : काशी का अस्सी

सन् '70 के जमाने में *साप्ताहिक हिन्दुस्तान* ने एक स्तम्भ शुरू किया था—एक अंक में किसी कहानीकार की कोई कहानी, उसके बाद वाले अंक में उस कहानी पर दो आलोचकीय टिप्पणियाँ और कहानीकार का अपना वक्तव्य! मेरी कहानी थी हस्तक्षेप। उस पर एक टिप्पणी थी आदरणीय विष्णु प्रभाकर की। दूसरी किसकी थी, यह याद नहीं! वक्तव्य में कहा था—मैं तो *आदमी* लिखता हूँ—वह कहानी ही बनेगा, इसका आश्वासन नहीं देता!

आशय शायद यह रहा हो कि कहानी को धारदार, मारक और नुकीली बनाने के लिए इतनी बेमुरव्वत कटाई-छँटाई न करें कि अपनी हरियाली और गाँठों समेत बाँस गायब हो जाए, हाथ सिर्फ लाठी आए!

लगता है, तीस साल बाद भी मेरी समझदारी में बहुत फर्क नहीं आया। मैंने जब उपन्यास के बारे में सोचना शुरू किया तो यही तय किया कि लिखना अस्सी को ही है, वह उपन्यास हो, चाहे न हो!

यह खोट मेरे साहित्य-संस्कार में ही रही है!

लेखन के शुरुआती दिनों की कुछ बातें वैसे ही नहीं भूलतीं जैसे बचपन की! वे चाहे-अनचाहे, जाने-अनजाने आपकी शिराओं और धमनियों में बहती रहती हैं—हमेशा आप उस बहाव को भले महसूस न करें, वे आपके रचना-कर्म में दखल देने से बाज नहीं आतीं।

रिसर्च के दिनों में ही एक किताब पढ़ी थी—पुरानी हिन्दी! लेखक थे उसने कहा था कहानी के कहानीकार चन्द्रधर शर्मा 'गुलेरी'। आचार्य और बहुभाषाविद्। उन्होंने लिखा था कि लोक में प्रचलित बोली जब व्याकरण के नियमों में बँध जाती है तो वह भाषा बनकर निर्जीव होती हुई धीरे-धीरे मर जाती है। यही संस्कृत, पालि, प्राकृत के साथ हुआ, लेकिन बोली का प्रवाह जारी रहता है क्योंकि वह अपनी शक्ति लोक से ग्रहण करती है।

इसके दो नतीजे निकलते हैं—एक वैयाकरण भाषा का हत्यारा होता है। दो, लोक से परहेज करने वाली भाषा का भविष्य नहीं होता!

जैसे भाषा के नियामक होते हैं, वैसे ही साहित्य-रूपों के भी! वे साहित्य के वैयाकरण हैं, ये काव्यशास्त्री या साहित्याचार्य अपने समय तक छपी रचनाओं के आधार पर नियम बनाते हैं कि क्या-क्या हो तो वह कहानी कहलाएगी, कि उपन्यास के लक्षण क्या-क्या हैं; कि रिपोर्ताज में किन बातों पर केन्द्रित होना पड़ता है? वगैरह! इन्हीं दिनों मैंने प्रेमचन्द का एक वक्तव्य पढ़ा—शायद आरम्भिक दिनों का ही, कहानी के नियम होते हैं और वे उपयोगी होने के लिए होते हैं!... यदि वे नियम हृदय के प्रवाह में बाधक हों तो उन्हें तोड़ देने में कोई हिचक नहीं होनी चाहिए!

कहानीकार बनने का सपना पालने वाला मैं! यश:प्रार्थी लेखक! मेरे भी सीने में एक दिल था! जो प्रवाहित तो नहीं था, *म्याऊँ म्याऊँ* या *च्यावँ-च्यावँ* जैसा कुछ किया करता था! वह पूरे लेखन के दौरान समय-समय पर चीं-चीं' करता रहा—पगले, नियम की वे जानें जो बनाते हैं। ऐसे भी, नियम तोड़े जाने के लिए ही बनते हैं। कोई लेखक बँधुआ नहीं होता नियमों का! आगे तुम्हारी मर्जी!

तो, कहानियाँ लिखता रहा और छपता रहा! ज्यादातर लघु पत्रिकाओं में और कभी-कभी बड़ी पत्रिकाओं में! मेरी पसन्द लघु पत्रिकाएँ ही थीं लेकिन छपा बड़ी यानी व्यावसायिक पत्रिकाओं में भी! इस तोहमत से बचने के लिए कि मैं वहाँ छपने लायक नहीं! लोभ यह भी था कि उनके जरिये पाठकों का बड़ा समाज मिलेगा!

लेकिन अफसोस! जो पाठक मुझे यहाँ मेरी, वे ही वहाँ! जिन्हें मैं पढ़ता था। वे ही मुझे पढ़ते थे! यानी मेरी कहानियाँ वे और उनकी कहानियाँ मैं! हमीं लेखक, हमीं पाठक। हमारे सिवा दस-पाँच ऐसे लेखक जिनकी दिलचस्पी थी कथा-समीक्षा में! वे भी हिन्दी के अध्यापक!

यानी लेखक जनता के—उनकी समस्याओं, उनकी मुश्किलों, उनकी जद्दोजहद, उनके संघर्षों के, और उन्हें खबर ही नहीं कि हम उनके लेखक हैं। उनके न सही, लेखक हैं—यह भी नहीं जानती वह!

पाठकों का यह अकाल—ऐसी उदासीनता मुझे खल रही थी! इसे मैं दूसरों को नहीं अपनी कमी के रूप में देख रहा था! टटोल रहा था खुद को! लगता था जैसे कि मैं किसी अमूर्त जनता का लेखक हूँ—उसका जिसका बाहर वजूद ही नहीं है! लगा, इसी जनता के बारे में अगर मैं जीवन भर इसी तरह लिखता रहा, तब भी कोई बहुत फर्क पड़ने वाला नहीं! न जनता को, न पाठकों को, न मुझे! यह झुँझलाहट थी जिसके चलते मैंने अपनी पिछली कहानियों को फटेहाल कहा था!

लिहाजा मैं कहानियों के टूल्स के साथ संस्मरण के रास्ते पर आ गया! यह वीरान पड़ा था—अनाकर्षक और बंजर! धूल-धक्कड़ से भरा और कच्चा! उस रास्ते कोई भूले-भटके ही गया था—होशो-हवास के साथ नहीं! उधर कोई ताकता भी नहीं था। ताके वह जिसे गरज हो! मैंने महसूस किया कि अगर उस रास्ते पर

छिड़काव कर दिया जाए, अगल-बगल पेड़-पौधे लगा दिये जाएँ। हरियाली उगा दी जाए तो आवाजाही शुरू कर सकते हैं मुसाफिर!

मैंने संस्मरणों के लिए कुछ *ग्लैमरस* बड़े नाम चुने जिनके प्रशंसकों और पाठकों की बड़ी तादाद थी! इन्होंने उन्हें पढ़ा था, सुना था, देखा भी था लेकिन उत्सुकता थी और जानने की। उनमें से कोई मेरा गुरु था, कोई भाई, कोई दोस्त, कोई कुछ लेकिन मैंने उन्हें ऐसे देखा जैसे कहानीकार अपने पात्र को देखता है—बाहर से भीतर तक! पूरी निर्लिप्तता और आत्मीयता के साथ! मैं उनके साथ था भी और नहीं भी! मेरी जगह दर्शक दीर्घा थी! कोशिश यही थी कि तथ्यों के साथ छेड़-छाड़ न हो।

मैंने सिर्फ इतना किया कि कलम के साथ हाथ में ब्रश लिया और स्याही के साथ रंग-समझ गया था कि मनहूस और उदास चेहरे के पास कोई नहीं फटकना चाहता! लोग फटकना चाहते हैं उस चेहरे के पास जो उनके चेहरे के लिए आईना हो! ये ऐसे ही ताँबई चेहरे थे—संघर्ष की आँच में तपे हँसते हुए जीवट के!

इन संस्मरणों को एक हद तक पाठक मिले—साहित्यिक बिरादरी से बाहर के! ऐसे पाठकों ने भी उन्हें पसन्द किया जिन्हें मेरी कहानियों से शिकायत थीं! मैंने राहत की साँस ली कि सही रास्ते पर चल रहा हूँ!

और यही रास्ता मुझे एक दिन *काशी का अस्सी* ले गया!

पहले पप्पू की दुकान, फिर अस्सी घाट, फिर चौराहा और बहरी अलंग, फिर मुहल्ले के अन्दर।

अस्सी पर रहा था अट्ठाइस साल। सन् '53 से '80 तक। वहीं जिन्दगी के सबसे कीमती दिन बीते थे। लेकिन कभी नही लगा कि अस्सी भी विषय हो सकता है लिखने का! '80 के बाद गया विश्वविद्यालय कैम्पस में। हर दिन अस्सी के लिए हूक उठती मन में। शाम ढलते ही पाँव खुद-ब-खुद चल देते चौराहे के लिए, दूरी ढाई-तीन किलोमीटर! लौटता रात ग्यारह बजे। पैदल जाता पैदल आता! तब भी नहीं लगा था कि यह भी कोई विषय है!

लेकिन जब '85 में नामवर जी की षष्ठिपूर्ति के लिए *गरबीली गरीबी* वह लिखना हुआ तो पिछले दिनों की डायरियाँ और नोट्स देखे! उनमें से कुछ उपयोग के थे, कुछ नहीं! जो नहीं थे उन्हें छोड़ दिया कि शायद कभी काम आएँ!

बाद में जब वी. पी. सिंह कांग्रेस से अलग हुए और अस्सी के ब्राह्मण समाज ने (यह ब्राह्मण समाज आजादी के बाद से ही कांग्रेसी था) उनका राजतिलक किया तो अस्सी—मरा पड़ा अस्सी—सहसा सुर्खियों में चला आया। फिर तो चन्द महीनों बाद ही मंडल आयोग और आडवाणी की रथयात्रा ने इसे दिल्ली की लड़ाई में ला खड़ा किया!

यहीं से पुनर्जन्म हुआ अस्सी का—क्योंकि ज्योतिष और कर्मकांड की कृपा न होती तो राजा प्रधानमंत्री न होते!

और यहीं से पुनर्जन्म हुआ पप्पू की दुकान का भी!

क्योंकि इससे पहले भँगेड़ियों को छोड़कर वहाँ कोई जाता न था!

पप्पू की दुकान अस्सी में थी लेकिन *अस्सी* नहीं थी! अस्सी वाले वहाँ आते भी नहीं थे—वहाँ आते थे दूसरे-दूसरे मोहल्लों से वकील, पत्रकार, छात्रनेता, युवानेता, चित्रकार, गायक, वादक, रिक्शेवाले, मजदूर, बेरोजगार, नौजवान, अध्यापक! मुहल्ले के थे भी, तो बाशिन्दे नहीं, किराएदार! सब के सब देश और दुनिया के लिए चिन्तित और परेशान!

ये अड़ीबाज कहलाते थे बनारस में। यह प्रतिपक्ष था अस्सी के अन्दर! प्रतिपक्ष इससे पहले भी था अस्सी पर। '55 से '65 के दरम्यान। लेकिन लेखकों-कवियों और बुद्धिजीवियों का। बौद्धिक चर्वण और आपस में गुफ्तगू करने वालों का। यहाँ जनता थी और जनता की आवाज! मुद्दे भी उसी के थे। जमीनी हकीकत से जुड़े इन अड़ीबाजों ने '90 के आगे-पीछे से अपनी आवाज बुलन्द करनी शुरू की थी और तब तक चीखते-चिल्लाते रहे जब तक सरकार बदल नहीं गई! अब सत्ता में आई राजग सरकार, थोड़े दिनों बाद ही पहला न दूसरे को सुनने के लिए तैयार, न तीसरे को! ये चकित और चुप!

समझते देर नहीं लगी संघी या भाजपाई मार-पीट तो कर सकता है, बहस और संवाद नहीं! विचार उसके जीन्स में ही नहीं है!

सदी खत्म होते-होते पप्पू की दुकान में हुआँ-हुआँ सियार जबकि मुहल्ले में आई बहार!

अभी तक अस्सी न मेरी योजना में था न दिमाग में।

मैंने *दंतकथाओं में त्रिलोचन* पूरा किया था और तलाश थी किसी ऐसी ही शख्शियत की! बार-बार ध्यान जा रहा था बाबा नागार्जुन पर। आयोजनों में ही नहीं, बनारस में भी उनसे मिलता था! बनारस में उनके ठहरने के तीन ठिकाने थे—मदैनी में एक मठ, मेरा घर, और कोई छात्र या छात्रा जो उन पर शोध कर रहे हों! इसमें भी ज्यादा दिन मेरे घर! पहली बार उन्हें अपने ही घर देखा था बन्दरटोपी लगाए हुए— '58-'59 में। फिर दूसरी बार आरा में चन्द्रभूषण तिवांरी के घर जहाँ वे नंगी खटिया पर नीम की डाल से छाँव में लेटे थे! वे जितने सरल और सीधे लगते थे, उतने ही जटिल भी! वे हर युवा-बूढ़े लेखक-कवि की जाति भी जानते थे और उसके लफड़े भी! उनकी धँसी और पैनी आँखें और कभी-कभी छिछली बातें तालस्तोय की याद दिलाती थीं!

लग रहा था, उन्हें समझने के लिए थोड़ा और वक्त चाहिए!

*अगर बाबा नहीं तो दूसरा कौन?* यही सवाल घुमड़ रहा था मन में!

*यदि व्यक्ति* पर संस्मरण हो तो *स्थान* पर क्यों नहीं? सहसा दिमाग में कौंधा!

और इसी कौंध का परिणाम था *देख तमाशा लकड़ी का!*

निरगुन का यह बोल मुझे मिला था गाजियाबाद और नई दिल्ली के बीच ट्रेन में। खँजड़ी पर गा रहा था एक अन्धा भिखारी! इसे बहुत पहले सुना था मसान

पर—हरिश्चन्द्र घाट पर। बनारसी मिजाज का निरगुन सुनकर चौंका था मैं! बाद में पप्पू की दुकान में सूरदास मिठाई लाल को देखा तो तस्वीर साफ हुई! वे ट्रेन से कहीं आते-जाते हुए इस कला से कमाई भी कर लेते थे और टिकट के झमेले से बच भी जाते थे! तब तक मैं उन्हें जानता नहीं था!

तो, मैंने जो सोचा था, वह नहीं हुआ! *देख तमाशा* ने संस्मरण होने से साफ इनकार कर दिया! इतना ही नहीं किया, उसने परेशानी में डालने वाली भी कुछ बातें कीं—मसलन : देख रहे हो जमाना? कितनी तेजी से बदला है इस बीच? तुम भी टी.वी. ले आए कल? क्यों लाये? रेडियो और ट्रांजिस्टर तो थे तुम्हारे पास! अखबार भी मँगाते थे तुम! क्यों ले आये? सुनो, कोई सुनना चाहता है आज! समाचार हो या कुछ भी हर चीज को देखना चाहते हैं लोग! घटित होता हुआ अपनी आँखों के सामने!

यह कलम से कैमरे का काम लेने जैसी चुनौती थी! और यह चुनौती सिर्फ मेरे लिए थी दूसरों के लिए नहीं। जाने कितने कथाकार हैं भारतीय भाषाओं और हिन्दी के ही जो भाषा को *विजुअल* बना चुके हैं! उनके यहाँ शब्द सुनाई ही नहीं, दिखाई भी पड़ते हैं।

इसके सिवा कुछ-एक छोटी-मोटी मुश्किलें थीं। जिन्हें मुझे ही निपटना था। जैसे, गालियाँ, गालियाँ ज्यों-की-त्यों लिखने का चलन नहीं था हिन्दी कथा में! उनकी जगह डाट्स (...) या डैश (—) छोड़ दिया जाता था! अश्लील माना जाता था इन्हें! बनारसी समाज इससे अलग था! यहाँ के आम जनजीवन के संविधान में गालियाँ स्वीकृत और मान्य थीं। यहाँ नंग-धड़ंग साधू-सन्त-जोगी भी बाबा कहलाते थे—नागा बाबा! औरतें तक उनकी पूजा करती थीं, आरती उतारती थीं! घाटों पर पंडों और मल्लाहों की आपसी बातचीत का *बायोलिटरेचर* था यह। कबीर के नाम से गालियों का बड़ा जखीरा तो आज तक चला आ रहा है! गाँवों से आने वालों ने इसमें और जोड़ा ही है, घटाया नहीं! क्या किया जाए इनका?

अगर मैं अस्सी के अड़ीबाजों से कहूँ कि *भइया, बहस करो!* गालियाँ मत दो। तो समझिए, उनकी जबान काट ली मैंने! वे एक चुप, हजार चुप! उसके बगैर बोल ही नहीं सकते वे! और अगर वे बहस के दौरान एक-दूसरे को गालियाँ देते हुए भी साथ चाय पी सकते हैं, ठहाके लगा सकते हैं, दोस्त बने रह सकते हैं, उनमें कोई मनमुटाव नहीं होता, मार-पीट नहीं होती, आत्मीयता और सौहार्द में कमी नहीं आती तो किसी का क्या बिगड़ता है?

और अगर ये गालियाँ अश्लील हैं तो सड़क से आती-जाती औरतें खड़ी होकर तमाशा क्यों देखती हैं?

इसके बावजूद विकल्प खुला रखा कि *गालियाँ रहें या निकाल दी जाएँ* लिख जाने के बाद देखेंगे!

समस्या यह भी आई कि अड़ीबाजों के नाम असल रहें या बदल दिये जाएँ! एक तो दिमाग में संस्मरण और संस्मरण *कल्पित* के बारे में नहीं होता, दूसरे, जब असल मौजूद हों तो नकल या *डुप्लीकेट* क्यों? और बदलें ही क्यों? सिर्फ इसलिए कि वे कोर्ट-कचहरी जा सकते हैं? मुकदमे कर सकते हैं? यह विचार ही कायराना लगा था मुझे!

बहरहाल, तय पाया कि पप्पू की दुकान बनेगी—संस्मरण बने या न बने!

जैसे-जैसे देश की राजनीति गहराती गई, वैसे-वैसे पप्पू की दुकान में भीड़ बढ़ती गई!

मैं रोज जाने लगा—तीन-साढ़े तीन घंटे के लिए, एक कोने में बैठ जाता था—चुपचाप। किसी से बातें करता तब भी मेरे कान फुटपाथ और सड़क की बातों पर लगे रहते और आँखें उनकी हरकतों पर। उन्हें आभास तक नहीं था कि किसलिए मैं इतना नियमित हो गया हूँ?

वे सब मुझे जानते थे। मुझसे काफी छोटे थे लेकिन मेरे मित्रों जैसे थे। मेरा सम्मान करते थे इसलिए कि जिस विश्वविद्यालय में पढ़ चुके थे, उसी में प्रोफेसर था। (हालाँकि वे प्रोफेसर और अध्यापक को चूतिया समझते थे) मेरा सम्मान शायद इसलिए करते थे कि मैं उनकी बहसों में किसी ग्रुप का पार्टी नहीं बनता था! यहीं नहीं, मेरी उपस्थिति से उनकी मस्ती, उन्मुक्तता और गाली-गलौज में खलल नहीं पड़ता था!

वे यह भी जानते थे कि में लेखक हूँ लेकिन क्या लिखता हूँ, उन्हें नहीं मालूम। वे इतना ही जानते थे कि मेरे जैसे लेखक गली-गली में चूतियों की तरह मारे-मारे दाँत-चियारे घूमते-फिरते हैं।

उन सबके पास अपनी-अपनी सूचनाएँ होती थीं—अखबारों से, आकाशवाणी से, बी.बी.सी. से, टी.वी. से, अफवाहों से, उनमें से कई उसी दिन लौटकर आए होते थे पटना से, या लखनऊ से या दिल्ली से, इसलिए दूसरा माने या न माने, वे और भी अधिक प्रामाणिक और विश्वसनीय होती थीं। (उनके आने-जाने पर सबको सन्देह रहता) उन्हें अपनी विरोधी पार्टी के नेताओं के बेडरूम से लेकर रेकार्डतोड़ भ्रष्टाचार की सूचना रहती थी!

मैं जानता था कि पत्र-पत्रिकाओं के बारे में उन्हें न जानकारी है, न कोई दिलचस्पी है लेकिन एक आशंका थी कि यदि यह छपा और उन्हें पता चला तो? इस *तो* ने मुझे बहुत सतर्क कर दिया था। मेरी कोशिश थी कि मेरी ओर से कोई चूक नहीं होनी चाहिए—एक का संवाद दूसरे के मुँह में नहीं! जिसका जो संवाद हो वह उसी के मुँह से निकलना चाहिए...इसलिए कि पढ़ने के बाद ये चाहे जो आरोप लगाएँ लेकिन ये न कह सकें कि यह या ऐसा हमने नहीं कहा था! आश्वस्त था कि उन्हें सुनने वाले दुकान में और दुकान के बाहर पचीसों आदमी खड़े रहते हैं और उनमें से किसी को किसी का डर नहीं है!

बाकी तो मैं और मेरा अपना तमाशा!

रात साढ़े दस—और कभी-कभी ग्यारह बजे मैं चौराहे से घर के लिए रवाना होता जब सड़कें लगभग सूनी होतीं।

अन्ततः *देख तमाशा* तो लिख गया लेकिन यह संस्मरण नहीं रहा! न संस्मरण, न रिपोर्ताज, न कहानी, न रेखाचित्र। जाने क्या बना? कई चीजों का घालमेल। *ऑडियोविजुअल* जैसी चीज।

छपा तो अस्सी को पता लग गया दूसरे ही दिन। फिर पप्पू की दुकान में रतजगा और शुरू हो गया हंगामा! साले का अँगूठा काट लेंगे। हाथ-पाँव तोड़ देंगे, गोली मार देंगे—आए तो! उन्हें शिकायतें गालियों से नहीं थीं, अपने संवाद से भी नहीं थी; शिकायतें थीं तो मेरी टिप्पणियों से! वे मुझे शरीफ समझते थे और इतना नीच निकला मैं! तन्नी गुरु ने कहलाया—*सरऊ, कुम्भीपाक नरक में भी जगह नहीं मिलेगी तुम्हें!* अध्यक्ष होने वाला था अगले महीनों, किसी ने कुलपति को लिखा—*ऐसा चरित्रहीन, पतित और निकृष्ट कैसे बना हुआ है अभी तक विश्वविद्यालय में?* आदि-आदि!

मुझे अफसोस इनका नहीं था, था तो यह कि सम्पादक राजेन्द्र यादव को छोड़कर सारे लेखकों ने साहित्य से ही खारिज कर दिया था इसे! अपनों ने भी!

इसके बाद मुझे फिर नहीं लिखना था अस्सी पर! एक हो गया, बस! लेकिन मैं खुद से ऐसा भी नहीं कह पा रहा था!

कुछ महीने अस्सी के सामान्य होने में लगे! मैं अछूत नहीं रह गया उनके लिए—धीरे-धीरे!

मैंने '80 के दिनों में शुरू हुआ एक उपन्यास उठाया!

यह उपन्यास अपने ही गाँव जीयनपुर के ठाकुरों और चमारों के संघर्ष के बारे में था! तीन चमटोलों से घिरा हुआ था मेरा गाँव! हलवाहों ने हलवाही, बोझा और केड़ा बढ़ाने को लेकर पहली बार हड़ताल की थी सन् '60 में! अपनी चमटोल ठाकुरों के खेतों के बीच थी! ठाकुरों ने ही बसाया था उन्हें—कि हमेशा हलवाहे और मजूरे मिलते रहें!

हलवाहों ने बड़ा निर्णायक दिन चुना था हड़ताल के लिए! गंगा दशहरा का दिन। इस दिन किसानों के नये सत्र की शुरुआत होती है। इसी दिन मालिक और हलवाहों के बीच साल भर के लिए अनुबन्ध होता है कि वे बीच में—मझधार में एक-दूसरे को नहीं छोड़ेंगे। बरसात सिर पर और इधर हड़ताल। ऐसा कभी नहीं हुआ था! दोनों तरफ पंचायत पर पंचायत हो रही थी! ठाकुरों ने बहुत समझाने-बुझाने की कोशिश की लेकिन बात नहीं बनी! आखिर ठाकुरों ने चेतावनी देते हुए ऐलान किया—*सभी हलवाहे अपने-अपने मालिक को चौबीस घंटे के अन्दर कर्जे वापस कर दें—सूद समेत। इसके बाद वे, उनकी औरतें, बच्चे, सुअर, बकरियाँ हमारे खेतों में न दिखाई पड़ें। दिसा—फराकत भी करना हो तो अपने झोंपड़ों में*

*करें, हमारे खेतों में नहीं!* हाल यह था कि झोंपड़े के लट्ठे भर आगे से ही ठाकुरों के खेत शुरू हो जाते थे!

इस घोषणा का एक ही मतलब था—दो-तीन दिन बाद गाँव में खून, कतल, बलवा!

दोनों ओर से लाठी, बल्लम, गँड़ासे, भाले जुटाये जाने लगे! तैयारियाँ शुरू हो गईं!

उन्हीं दिनों एक भयानक घटना आवाजापुर में हुई—मेरे बगल के गाँव में। ठीक पचैयाँ (नागपंचमी) के दिन। इस गाँव में हम इसी दिन कुश्तियाँ लड़ने जाते थे। अखाड़े के उस्ताद ठाकुर थे! कुँवारे, पहलवान और बेलगाम, उनका नाजायज ताल्लुक था अपने हलवाहे की औरत से! इसे पूरा गाँव भी जानता था और चमटोल भी! पचैयाँ की सुबह ही उनकी लाश पाई गई गाँव से बाहर उनके खेत की मेंड़ पर। वे नंग-धंड़ग थे और उनके गुप्तांग काटे गए थे। अनुमान था कि उनकी हत्या चमटोल में की गई थी और वहीं लाकर फेंक दिया गया था!

गाँव में किसी की हिम्मत नहीं थी कि चमटोल में जाए और पता करे। लेकिन शाम तक पुलिस से मालूम हुआ कि चमटोल से सारे मर्द सुबह से ही फरार हैं, केवल बच्चे और औरतें ही रह गई हैं। और यह भी कि परगने के सारे चमार एकजुट हैं और उन्होंने चन्दे से भारी रकम इकट्ठा कर ली है मुकदमे के लिए!

दोनों घटनाएँ अलग-अलग दिख रही थीं लेकिन एक थीं और इसी को आधार बनाया था मैंने उपन्यास का! इसे सन् '82 में लिखना शुरू किया था—लगभग 80 पेज! लम्बी कहानी व *तीन* घर के बाद!

मैंने उसे एक बार पढ़ा फिर दूसरी बार...और फिर छोड़ दिया।

अभी यह शुरू हुआ था—काफी कच्चा। रेखांकन की शक्ल में। मेहनत की जाती तो अच्छा हो सकता था। पहली प्रतिक्रिया यही हुई कि समय बीत चुका है। उन्हीं दिनों अगर यह हो गया होता तो हो गया होता, आज यह दलित विमर्श है। इसे लिखने का मतलब है फैशन परेड में शामिल होना! (उन दिनों हिन्दी का हर बड़ा-छोटा-बूढ़ा-जवान लेखक दलित-विमर्श में लगा था)

*अगर यह नहीं तो फिर?*

मैं जब भी बेचैन होता हूँ, सड़क की राह पकड़ता हूँ और यह राह अस्सी ले जाती है!

'98 के चुनाव की सरगर्मी थी और पप्पू की दुकान फिर नगर के आकर्षण का केन्द्र हो चली थी! सिर्फ अड़ीबाजी नहीं अपनी भौगोलिक स्थिति के कारण। यह सीमान्त था नगर का, विश्वविद्यालय का, आसपास के गाँवों का! इसके उत्तर शहर, दक्षिण विश्वविद्यालय और देहात! नगर में गाँव और गाँव में नगर।

मुझे देखते ही अड़ीबाजों ने टिप्पणी की—*देखो, श्राद्धपक्ष आ गया है!* मुँडेर पर मँडराने लगे हैं गुरु! मैंने ऐसा जाहिर किया जैसे मेरी दिलचस्पी न दुकान में है, न अड़ीबाजों में। मैं गलियों से होता हुआ घाट की ओर निकल गया। ध्यान गया कि

इस बीच काफी बदल गया है मुहल्ला, विदेशियों की तादाद भी बहुत बढ़ गई है, पहले वे आते थे तो गंगा में बजड़े पर रहते थे कुछ दिनों के लिए! अबकी वे घरों में से निकलते हुए दिखाई पड़ रहे थे! घाट के मकान भी सजे-सँवरे और चकमक लग रहे थे। गंगा जरूर सिकुड़ गई थी! रेती पड़ गई थी अस्सी के घाट के सामने ही!

एक और बदलाव नजर आ रहा था। पुराने मन्दिरों की रँगाई-पुताई हो गई थी और दो-एक नये मन्दिर खड़े हो रहे थे! जहाँ कहीं कीर्तन हो रहे थे, वहाँ माथे पर चन्दन पोते कुछ विदेशी भी बैठे थे और आँखें बन्द किये झूम रहे थे!

घाट की सीढ़ियाँ उतरते समय जैसे किसी ने मेरे कान में धीमे-से कहा—*यही तुम्हारा मेरीगंज है!*

मैंने चौंककर इधर-उधर देखा—कहीं भी फणीश्वरनाथ रेणु नहीं थे!

याद आया कि इन्हीं घाटों पर लतियाये जाने के बाद कबीर को ज्ञान हुआ था इसलिए इस मेरीगंज को खड़ा करना हो तो बाँस-बल्ली कबीर से माँगो!

मुझे उपन्यास लिखना था, औपन्यासिक प्रबन्ध नहीं और नींव में *देख तमाशा* दिखाई पड़ रहा था! उपन्यास का एक नया *डिक्शन*।

ऐसे भी, *मैला आँचल* को छपे पचास साल होने जा रहे थे। पचास साल पुराने मकान आज खँडहर हो रहे थे। दीवारें नोना खा रही थीं। छत टपक रही थी। दरवाजों और खिड़कियों के पल्ले घुन गए थे। ऐसे मकान में कौन आना और रहना चाहेगा आज?

*अपनी हैसियत मकान की न सही, एक ढाबे की तो है ही!* मैंने तय पाया!

नेशनल हाइवे के किनारे अड़ीबाजों से भरा ढाबा! *नेशनल हाइवे* माने उपन्यास की धारा।

*लोकेल* अस्सी,
पात्र अड़ीबाज,
बीसवीं सदी का आखिरी दशक यानी अन्तिम दस साल,

यह होगा उपन्यास—*सन्तों घर में झगरा भारी* लिखने के दौरान मैंने सोचा। यह नहीं सोचा था कि उपन्यास का संचालन या नियंत्रण मेरे हाथ से निकलकर अस्सी के हाथ चला जाएगा! और अस्सी सारे कूल-किनारे तोड़-ताड़ कर पहाड़ी झरने की तरह मेरे भीतर बहने लगेगा। लेकिन यह हुआ लगातार दस सालों तक। (हंस, कथादेश और तद्भव के कई पाठकों को हैरत होती थी कि कोई आदमी एक ही मन:स्थिति में कैसे दस साल तक रह सकता है?) *देख तमाशा* पहली कथा है, दूसरी है *सन्तो घर में* इन दोनों के बीच सात-आठ साल का अन्तराल है। दूसरी कथा के बाद अस्सी का क्रम नहीं टूटा। जाहिर है कि इन सात सालों के बीच आगे की कथाओं पर मेरा दिमाग गुपचुप काम कर रहा था। देख रहा था यह उपन्यास हो सकता है तो पप्पू की दुकान के सिवा वे कौन-से खास पहलू हैं जो छूट रहे हैं।

मैंने अस्सी की पाँचों कथाओं को अध्याय या परिच्छेद नहीं कहा है, कह सकता था क्योंकि इन्हें एक ही सूत्र में अस्सी जोड़ रहा था लेकिन नहीं कहा। क्योंकि ये अपनी संरचना में परिच्छेद से अधिक *एपिसोड* के ज्यादा करीब थे!

*मित्रो!* मेरे पाठक भी थे, श्रोता भी और दर्शक भी! यह एक *डिवाइस* थी जिसका इस्तेमाल कुछ कहानियों में भी किया था और संस्मरणों में भी! लेकिन मुझे सन्तोष नहीं हुआ था। मुझे लगता था—आसमान की तरफ मुँह उठाकर कुत्ते की तरह भूँक रहा हूँ और कोई सुन नहीं रहा है! यह मेरी अपनी कमी थी। वे रचनाएँ *सम्बोधन* के बावजूद किसी को सम्बोधित नहीं कर रही थीं—सिर्फ अपने और अपने सम्बन्धों के बारे में बोल रही थीं! मैं इसे सुनना और दिखाना चाहता था—उस अस्सी को जिसमें जाने कितने अस्सी भरे पड़े हैं!

मैंने *मित्रो* लिया था रामदेव से—*भाइयों और बहनों* के विकल्प में। अस्सी से ही! अस्सी पर जब कभी *विरहा दंगल, कव्वाली दंगल, खेला, रामलीला, होने को होता था, रामदेव पूरे मुहल्ले में डुगडुगी बजाता हुआ घूम जाता था—सुनो, सुनो, सुनो! भाइयो और बहनों!*

मैं जैसे ही *मित्रो* कहता था। लगता था श्रोता और दर्शक सचमुच ही मेरी आँखों के आगे बैठे हुए हैं! इस आत्मीयता, अन्तरंगता और खुलेपन का अलग आनन्द था जो मैं लिखने में उठा रहा था!

बोले थे तन्नी गुरु *काशी का अस्सी* पढ़ने के बाद मजाक में—*आखिरस कलई खुल ही गई। तुम ठाकुर नहीं, ग्वाले हो। बहुत पानी मिलाया है दूध में*। उनका आशय था यथार्थ में कल्पना से!

यह तो लेखक का विशेषाधिकार है जिसके लिए तन्नी क्या, कोई कुछ नहीं कर सकता। शुरू के दो एपिसोड में मैं लेखक से ज्यादा पत्रकार हूँ, प्रसंग दुकान के हैं, और संवाद अड़ीबाजों के। मैंने जहाँ-जहाँ रन्दा चलाया है प्रसंग और बहसों पर। उसकी खोंचें और गाँठें निकाल दी है मैंने! तीसरे एपिसोड में मामला फिफ्टी-फिफ्टी है, बल्कि कल्पना की भूमिका थोड़ी ज्यादा है लेकिन *पांड़े* और *ठगवा* वाली दोनों कहानियाँ मेरी है—पूरी तरह!

*पांड़े कौन कुमति तोहें लागी, सन्तों, असन्तों*...लिखने के दौरान तब कैथरीन का प्रवेश होता है पप्पू की दुकान में! मैंने सन्तों, असन्तों, छोड़कर पहले पांडे पूरी की क्योंकि जब तक मुहल्ले के बाशिन्दा न हों तब तक अस्सी क्या? सारे एपिसोडों में सबसे सहजता से—और शायद कम समय में *पांड़े* लिखी गई।

सबसे ज्यादा मशक्कत करनी पड़ी थी *कौन ठगवा* में! सन् '91 में इसके पाँच-सात पेज लिखे थे स्वतंत्र रूप से! इसका अस्सी से कोई सम्बन्ध था नहीं तब। यह किस सन्दर्भ में लिखा था, यह भी याद नहीं! मुझे चौराहे पर होने वाले विरहा-दंगल के बारे में लिखना था क्योंकि ऐसा दंगल बनारस ही नहीं, पूर्वांचल

की लोक-संस्कृति का हिस्सा है! सवाल-जवाब के बहाने से मुझे सदी का दारुण अन्त दिखाना था! यह कहानी मेरे कथा-कौशल का इम्तहान थी। वक्त सबसे ज्यादा लिया, लेकिन पूरी हुई तो जान में जान आई!

*काशी का अस्सी* लिखने के दौरान एक नया अनुभव हुआ। अब तक *कहानियाँ* और संस्मरण लिखता आया था बैठे-बैठे! बैठे-बैठे तो इसे भी लिखा, लेकिन उसे लिखना नहीं, लिपिबद्ध करना कहना चाहिए! पूरा उपन्यास रचा गया सड़क पर आते-जाते! *देख तमाशा...*अरविन्द कॉलोनी। दो मील जाना, दो मील आना! बाकी चार लिखे गए सुन्दरपुर से अस्सी के बीच। आते-जाते आठ किलोमीटर!

पैदल चलते हुए मेरी आँखों के आगे यथार्थ नहीं, यथार्थ का सपना होता था। और लगता था कि सपने का यथार्थ उस देखी हुई निराकार वास्तविकता की तुलना में ज्यादा सजीव और ठोस है!

देर होती थी हर कथा की खोज में। फिर उसके धागे के पहले और आखिरी छोर की खोज में, फिर शुरू करने में। और फिर वह शुरू हो जाती थी तो फिर चैन नहीं लेने देती थी—उठते-बैठते, सोते-जागते, खाते-पीते लोगों से मिलते-जुलते भीतर ही भीतर अपना काम करती रहती थी!

मेरी कोशिश रहती थी कि वह मशक्कत और पसीने किसी को नजर न आएँ!

इस काम में मेरी मदद की जातकों और पंचतंत्र की कहानी के भीतर कहानी कहने की शैली ने, उनसे तो जैसे याराना हो चला था। जैसे ही मुझे चिन्तित देखते, चले आते मेरे पास!

यह कहने में मुझे कोई संकोच नहीं कि *अस्सी* लिखने के क्रम में मेरी *स्कूलिंग* भी हुई—सामान्य आदमी के बोलने-बतियाने की भाषा की। पहले भी मुझे परहेज था किताबी और अनुवादी भाषा से लेकिन यह अस्सी ने पढ़ाया कि जब आम आदमी बोलता है तो उसकी जबान पर एक के बाद दूसरा कौन-सा शब्द या वाक्य खुद ब खुद चढ़ आता है—बेरोक-टोक।

जिन दिनों पुस्तक प्रेस में जाने वाली थी, उन्हीं दिनों संयोग से समीक्षक नामवर जी आए थे बनारस! किसी आयोजन में! मैंने उनके आगे अपनी दुविधा पेश करते हुआ पूछा—*प्रभो! आप सर्वज्ञ हैं। सृष्टिकर्ता भी हैं, संहारक भी! मेरी मुश्किल को! जरा बताएँ कि उपन्यास के सिवा और क्या कहा जा सकता है इसे?*

वे क्षण भर चुप रहे। सोचा थोड़ी देर, फिर बोले—*उपन्यास!*

*और इसका नाम?*

उन्होंने उसी शैली में यानी वीरासन की मुद्रा में जवाब दिया—*काशी का अस्सी*।

यह पहला अवसर था जब घर के बड़े बुजुर्ग ने मेरे किसी मानस-पुत्र का नामकरण किया था!

['बनास', अंक 2, 2009]

# 'परिवेश' स्मृतियों में

'परिवेश' त्रैमासिक ने दशकों के हिसाब से तीन शहर और तीन सम्पादक बदले!

70 के दशक में शहर हुआ बनारस और सम्पादक हुए काशीनाथ!

80 के दशक में शहर रामपुर और सम्पादक हुए कुमार सम्भव!

90 के दशक में पहुँचा चन्दौसी और सम्पादक हुए मूलचन्द गौतम!

आज यह उत्तराखंड की इकलौती साहित्यिक पत्रिका है जो अनेक आर्थिक संकटों से घिरी होने के बावजूद अपने दुर्दिन का आभास दिये बगैर मूलचन्द गौतम जैसे जुझारू सम्पादक के हाथों में सुरक्षित है।

'परिवेश' का इतिहास दिलचस्प है लेकिन मैं सिर्फ इतिहास के उसी टुकड़े की बात करूँगा जिसका ताल्लुक मुझसे रहा है। अगर महेश्वर या कुमार सम्भव जीवित होते तो यह काम मुझे नहीं करना पड़ता। हालाँकि ये दोनों युवा उत्साही लेखक मिले प्रथम अंक के प्रकाशित होने के बाद, इसके बावजूद वे उन परेशानियों से थोड़े-बहुत परिचित थे जिनका सामना मुझे शुरुआत से करना पड़ रहा था।

सन् 1970 तक विश्वविद्यालय में मेरी छवि कम्युनिस्ट विचारधारा वाले विद्रोही युवा अध्यापक की बन चुकी थी। 'युयुत्सा' में 'घोआस' नाटक छप चुका था और पत्र-पत्रिकाओं में प्रकाशित कहानियों का एक संग्रह 'लोग बिस्तरों पर' आ चुका था। नगर पिछले तीन-चार वर्षों से नुक्कड़ नाटकों और लघु पत्रिकाओं के आन्दोलन का केन्द्र बना हुआ था जिसके अगुआ दस्ते में मेरी भागीदारी भी देखी जा रही थी। उन्हीं दिनों 'अपना मोर्चा' या तो लिखा जा रहा था या लिखने की तैयारी चल रही थी।

ऐसे ही समय में '70 में कभी इंजीनियरिंग का एक दक्षिण भारतीय छात्र के. एस. रमेश आया। मैं उसे नहीं जानता था। उसने सिर्फ इतना कहा कि छात्र कल्याण कार्यालय की ओर से या डीन की ओर से किसी पत्रिका के सम्पादन का प्रस्ताव आए तो इनकार मत कीजिएगा! डीन दक्षिण भारतीय थे—प्रो. वाई. एस. आर. के. शर्मा। न वे मुझे जानते थे, न मैं उन्हें जानता था! इतना पता था कि वे गंगा स्नान, पूजा पाठ करने वाले विज्ञान के प्रोफेसर हैं।

फिर महीनों तक कोई खबर नहीं। उस बीच जो भनक मिली उसका लुब्बे-लुबाब यह है—

विश्वविद्यालय के जितने संकाय और कॉलेज थे, सबकी अपनी-अपनी छात्र कल्याण समितियाँ थीं और सबके प्रतिनिधियों की एक समिति बनाई गई थी। बहस पत्रिका के स्वरूप और सम्पादक को लेकर होती थी। कला, सामाजिक, संस्कृत संकाय के प्रतिनिधि समेत डीन किसी वरिष्ठ और प्रतिष्ठित नाम शायद शिवप्रसाद जी के पक्ष में थे और विज्ञान-इंजीनियरिंग के छात्र काशीनाथ के पक्ष में। ये सभी प्रतिनिधि किसी-न-किसी छात्र संगठन से जुड़े हुए थे।

एक दिन सहसा मुझे डीन का पत्र मिला कि सम्पादन का दायित्व सँभालें और मुझसे मिलें।

मैं उनसे मिला। उन्होंने पहले प्रतिमाह कुछ 'आनरेरियम' देने की बात की, जिसे मैंने अस्वीकार कर दिया। इस पर उन्हें आश्चर्य हुआ क्योंकि वे पत्रिका के प्रबन्धक और संरक्षक थे और विश्वविद्यालय में फोकट में काम करने का कोई प्रावधान नहीं था।

इसके बाद पत्रिका के स्वरूप को लेकर उन्होंने जो बातें कीं, वे और ज्यादा दिल तोड़ने वाली थीं। मसलन, उन्होंने कहा कि आधी पत्रिका अंग्रेजी में हो, आधी हिन्दी में। संस्कृत, विज्ञान, टेक्नोलॉजी, आयुर्वेद, माइनिंग, कृषि, वाणिज्य यानी प्रत्येक संकाय के छात्रों-शोध छात्रों के लेख और शोधपत्र छापे जाएँ। इनके साथ ही विद्वान प्रोफेसरों के लिए अलग से पृष्ठ सुरक्षित रखे जाएँ। विश्वविद्यालय का मोनोग्राम हो, कुलपति का सन्देश हो, अध्यापकों को मिलने वाले पुरस्कारों और उपलब्धियों का विवरण हो, छात्रों-छात्राओं के लिए किये गए इनके कार्यों की विवरणिका हो, आदि-आदि।

"अगर यही था तो लड़कों को बिठा के साल भर से खामख्वाह बहस कर रहे हैं आप! ढाई-तीन हजार अध्यापकों में से कोई भी मिल जाएगा इसके लिए।" कहकर मैं चला आया।

जब कुछ दिनों बाद मुझे सम्पादक बनवाने वाले लड़के बधाई देने आए तो मैंने उन्हें अपनी मजबूरी बताई और बताया कि मेरे अपने दिमाग में पत्रिका का क्या नक्शा था?

फिर महीनों तक बहस और गतिरोध।

अन्त में सन् '71 ई. में किसी विश्वविद्यालय से प्रकाशित होने वाली अपने ढंग की अकेली उस 'लघुपत्रिका' का जन्म हुआ जिसका श्रेय इस विश्वविद्यालय की युवा चेतना को था और उसे सात अंकों तक जारी रखने का पत्रिका के संरक्षक गणितज्ञ और साहित्य प्रेमी प्रो. कमला प्रसाद सिंह को वरना बीस हजार छात्रों और तीन हजार विद्वानों की बहुमुखी प्रतिभाओं को झेलना अकेले मेरे बूते से बाहर का था!

मैंने कैम्पस से निकलने वाली उस पत्रिका को नाम दिया—'परिवेश'।

मेरी सहायता के लिए आगे आए पत्रकारिता के छात्र प्रभु नारायण झिंगरन जो आज कहीं दूरदर्शन में केन्द्र निदेशक हैं।

पहला अंक निकलने के बाद रमेश चन्द्र पांडेय 'कुमार सम्भव' और महेश्वर मेरे करीब आए और अन्त तक जुड़े रहे।

कार्यालय के नाम पर 'विज्ञान संकाय' में छात्र-सलाहकार प्रो. के. पी. सिंह का कमरा था जिसमें एक क्लर्क और एक चपरासी। 'परिवेश' का अपना न कोई कार्यालय था, न क्लर्क-चपरासी, न पैड। लेकिन प्रो. कमला प्रसाद जी ने कभी इस कमी का अहसास नहीं होने दिया।

'परिवेश' का न कोई मूल्य था, न कोई बिक्री-केन्द्र। वह 120 विश्वविद्यालयों के पुस्तकालयों में और हिन्दी के लेखकों के पास मुफ्त भेजा जाता था। वह विश्वविद्यालय के हर विभाग में तो जाता ही था उन छात्रों-छात्राओं को भी दिया जाता था जिनकी कविता-कहानी-आलोचना लिखने-पढ़ने में दिलचस्पी थी।

एक विश्वविद्यालय के भीतर 'परिवेश' की भूमिका क्या हो—इसे लेकर मेरे मन में कोई दुविधा नहीं थी। रचनात्मक प्रतिभाओं की खोज करना, अपना 'लेफ्ट' तेवर बरकरार रखते हुए छात्रों-छात्राओं को सामाजिक, सांस्कृतिक और राजनीतिक स्तर पर सचेत और जागरूक रखना, उनमें साहित्यिक संस्कार पैदा करना, देशी-विदेशी साहित्य और चिन्तन से उन्हें परिचित कराना—यह मकसद था 'परिवेश' का। और पाँच-छह वर्षों में छात्र-छात्राओं ने यह अनुभव किया कि 'परिवेश' पत्रिका नहीं, सांस्कृतिक आन्दोलन है। इसका आभास विश्वविद्यालय और नगर के लोगों को 'परिवेश' के चौथे अंक (1973 का दूसरा अंक) में ही हो गया।

1. 'परिवेश' में 'अखिल भारतीय अन्तर्विश्वविद्यालयीन कहानी प्रतियोगिता' आयोजित की गई थी जिसमें सभी विश्वविद्यालयों से 100 कहानियाँ आई थीं। उन पर टिप्पणी।

2. प्रथम अंक से ही आर. एस. एस., अभाविप और जनसंघ ने यह आरोप लगाना शुरू कर दिया था कि पैसा विश्वविद्यालय का और पत्रिका कम्युनिस्टों की—यह नहीं होने दिया जाएगा। विश्वविद्यालय का पैसा इस काम के लिए नहीं है। सम्पादक के नाते मैंने उनसे अनुरोध किया कि आप अपनी कविताएँ, कहानियाँ, लेख, विचार जो देना चाहें दें, न छपे तब बोलें लेकिन कुछ भी लिखने या देने के नाम पर शून्य। बहरहाल, परिवेश 4 में मैंने सभी विचारधारा के लोगों को आमंत्रित करते हुए एक बहस आयोजित की—'भारतीय परिवेश/साहित्य में प्रगतिशीलता' जिस पर उनकी ओर से लिखने वाला सिर्फ एक छात्र और इधर से लिखने वालों में कई छात्रों के सिवा बाहर से प्रसिद्ध कवि शलभ श्रीराम सिंह और कर्मेन्दु शिशिर जैसे लोग।

वस्तुत: इस बहस का एक और सन्दर्भ है जो ज्यादा महत्त्वपूर्ण है कई दृष्टियों से।

3. पूरे देश में 'मानस चतु:शती समारोह' के आयोजन शुरू हो गए थे। काशी हिन्दू विश्वविद्यालय में भी जबर्दस्त तैयारियाँ चल रही थीं। विश्वविद्यालय उस धर्मप्राण नगरी का अंग है जहाँ रहकर तुलसीदास ने मानस की रचना की थी। नगर में जुलाई 73 से ही उत्सव शुरू थे। ऐसे ही वक्त में 'परिवेश' ने भी मानस और तुलसी पर बात करनी जरूरी समझी। हमने धर्मचन्द जैन नाम के एक युवा लेखक से एक आलेख तैयार करवाया—'तुलसी के बहाने पुराने साहित्य की प्रासंगिकता पर विचार'। गोष्ठी हुई अगस्त के मध्य में। लेख पढ़ा गया—मानस की लोकप्रियता और महत्त्व को व्यासों, कथावाचकों, आचार्यों, ब्राह्मणवादियों, धर्माचार्यों से जोड़ा गया था और वर्तमान समाज के लिए अप्रासंगिक करार दिया गया था। भयानक और बीहड़ गोष्ठी हुई। सभी प्राध्यापक एक तरफ, उन्हीं के छात्र उन्हीं के खिलाफ दूसरी तरफ। यह खबर पूरे शहर और कैंपस में धीरे-धीरे आग की तरह फैली। इसमें घी का काम किया मुराहू राम के नाम से छपी आँखों देखी बेहद दिलचस्प रिपोर्ट ने।

'परिवेश 4' में प्रकाशित आलेख और गोष्ठी—रपट के महत्त्व का पता इससे चलता है कि इसकी अनुगूँज विश्वविद्यालय द्वारा आयोजित मानस-चतु:शती समारोह की उस अन्तर्राष्ट्रीय संगोष्ठी में भी बनी रही जो चार दिन चली थी और जिस पर लाखों रुपये खर्च हुए थे।

खबर कुलपति डॉ. कालूलाल श्रीमाली तक पहुँची। 'परिवेश' के खिलाफ कुलपति से नगर का प्रतिनिधिमंडल मिला। एक रामभक्त ने तो कुलपति-आवास के सामने/धरना देने और आमरण अनशन करने की धमकी दी।

लेकिन ये बातें धीरे-धीरे ठंडी पड़ने लगीं।

'परिवेश' का महत्त्वपूर्ण अंग था इसके प्रत्येक अंक में प्रकाशित होने वाले अनुवाद—कविताओं, कहानियों और लेखों के। जरा इन पर नजर डालें—

परिवेश 1—1971
एक माँ के बोल (चेक कहानी : जिरी मारेक)
शान्ति केवल अमरीकी साम्राज्यवाद के विरोध के जरिए (लेख : बर्टेंड रसेल)
परिवेश 2—1972
तलवार खाने वाले की मौत (हंगेरियन कहानी : अलेक्जान्द्र साहिया)
निर्णय (कहानी : काफ्का)
सिर भारी है (कविता : बर्टोल्ट ब्रेष्ट)
नेरुदा जनता का कवि (बांग्ला : सुस्निग्ध दे)
परिवेश—3 1973 का पहला अंक

नौसिखुए कवि को पत्र (रनर मारिया रिल्के)
कैंप में (कविता : जीवनानन्द दास)
सात पेनियाँ (हंगेरियन कहानी : सिगमंड मौरिज)
बुर्जुआ समाज के संकट का प्रतिबिंब : अस्तित्ववाद
(लेख : थियोडोर आइजर मन)
परिवेश 4—1973 का दूसरा अंक
मिकेलांजेलो : जिन्दगी की एक रात (आर्थर काउंड द गोबिनो)
एक शरीर वैज्ञानिक के कुछ साहसिक प्रयोग (लेख : जे. बी. एस. हाल्डेन)
नारी मुक्ति के सन्दर्भ में (जार्ज रेड्डी और राजेश्वरी की बातचीत)
बाघ—शिकार (बांग्ला कहानी : स्वर्णमित्र)
ज्ञानी, मूर्ख और गुलाम (कहानी : लू शुन)
परिवेश 5—1974 का पहला अंक
नेग्रीट्यूड : काली कविताएँ
नव अफ्रीकी साहित्य का आत्मबोध और राष्ट्रीय मुक्ति संघर्ष (अनु : रमेशचन्द्र पांडेय) राहगीर (एकांकी : लू शुन)
परिवेश 6-7 (संयुक्तांक) 1974-75, यह अंक स्वर्गीय कवि धूमिल को समर्पित था।
ब्रेष्ट की तीन कविताएँ (अनु : विद्यानिवास मिश्र)
हारान का नतजमाई (बांग्ला कहानी : मानिक बन्द्योपाध्याय)
अराजनीतिक बुद्धिजीवी (ओतो रेने कास्तिलो अनुः मंगलेश डबराल) लू शुन के दो लेख (अनु : जसवीर सिंह चावला)
साहित्य में वामपंथी संकीर्णता (जोजेफ रेवाइ)

मैं मजबूरी में ही पहले से अनूदित रचना साभार लेता था, कोशिश यही रहती थी कि विश्वविद्यालय के ही किसी अध्यापक या छात्र से अनुवाद कराए जाएँ।

मैं हर अंक में 'सम्पादकीय' लिखता था जिनके विषय विश्वविद्यालयीय पाठ्यक्रम, अध्यापक, छात्र सम्बन्ध से जुड़े होते थे। कभी-कभी 'धर्मकीर्ति', 'कुमार सम्भव', 'मुराहू राम' नाम से अनुवाद या फीचर भी लिखता था। रामपुर जाने के बाद रमेशचन्द्र पांडेय 'परिवेश' और 'कुमार सम्भव' भी ले गया।

यदि 'परिवेश' के सभी अंक देख लिए जाएँ तो वीर भारत तलवार, महेश्वर, रमेशचन्द्र पांडेय (कुमार सम्भव) के सिवा सिर्फ दो ऐसे छात्र थे जिनमें रचनात्मक ऊर्जा या क्षमता के संकेत मिलते हैं। वे हैं—उज्ज्वल भट्टाचार्य और जसबीर सिंह चावला। उन दिनों एक बी.ए. भाग 1 का विद्यार्थी था और दूसरा आई.टी.आई.

का। इनके सिवा सुधेन्दु पटेल, वशिष्ठ मुनि ओझा, योगेन्द्र नारायण शर्मा, नरेन्द्र नीरव ने आगे चलकर 'पत्रकार' के रूप में अपनी पहचान बनाई।

मैंने बड़ी कोशिश की कि छात्र जिनकी रुचि है वे समकालीन कविता, गीत या कहानी से परिचित हों और लिखें। लेकिन वे जैसी लिखते थे उन्हें मेरे लिए छापना सम्भव न था। मैंने 'मॉडल' के तौर पर कैंपस से बाहर हिन्दी के चर्चित महत्त्वपूर्ण कवियों धूमिल, लीलाधर जगूड़ी और वेणु गोपाल की ताजी कविताएँ छापीं। धूमिल की 'हत्यारे' 'वापसी' और 'नौजवान' तो छपीं ही, जगूड़ी की अत्यंत महत्त्वपूर्ण लम्बी कविता 'बलदेव खटिक' भी पहली बार 'परिवेश' में ही छपी। इसी तरह रमेश रंजक और देवेन्द्र कुमार के गीत भी नमूने के तौर पर मँगवाए और छापे लेकिन छात्रों में जैसे क्षमता ही नहीं थी। वे 'छायावादी' और कवि सम्मेलनी संस्कारों से ऊपर नहीं उठ सके।

आपातकाल लागू होने के पहले की बात है।

रामनगर में 'नगर निकाय' का कोई जलसा था। उसमें कुलपति श्रीमाली मुख्य अतिथि थे और मैं भी आमंत्रित था। वहीं पर समारोह के अन्त में कॉफी पीते हुए श्रीमाली ने मुझे बुलाया और पूछा—"'परिवेश' में आपने तुलसीदास पर कुछ छापा है क्या?" मैंने कहा—"छापा तो है लेकिन यह ढाई-तीन साल पहले की बात है।" वे गम्भीर हो गए—"मैं कल ही लौटा हूँ लखनऊ से। कुलपति-सम्मेलन था। उसी में मुख्यमंत्री बहुगुणा जी ने 'परिवेश' की एक प्रति रख दी मेरे सामने और पूछा कि यह क्या हो रहा है आपके विश्वविद्यालय में? मुझे कुछ पता ही नहीं।" कहते हुए वे दूसरी ओर मुड़ गए।

श्रीमाली ऐसे कुलपति थे जो किसी मुख्यमंत्री या केन्द्रीय मंत्री की परवाह नहीं करते थे, इसलिए मैंने एक कान से सुना और दूसरे कान से निकाल दिया।

थोड़ी देर बाद घूमते हुए फिर आए—"कितने अंक निकल चुके हैं?"

"छह सात अंक।"

"आगे भी निकालने की योजना है क्या?"

"योजना तो है ही। तैयारी चल रही है।"

वे हँसने लगे—"'स्टूडेंट्स वेलफेयर फंड' में इतने पैसे हैं क्या? आपने पता किया है?" मैं चुप।

"अच्छा, देखेंगे।" कहते हुए वे अपनी कार में बैठ गए।

"देखेंगे!" श्रीमाली का बड़ा अर्थपूर्ण हुआ करता था, इसे विश्वविद्यालय भी जानता था और मैं भी। और जब 'आपातकाल' लागू हुआ तो कुछ पता करने की जरूरत ही नहीं रही।

['कहन' 2000]

# काची बाबू की चुहलें

## 1

[काची बाबू उर्फ काशी बाबू उर्फ काशीनाथ सिंह। काची बाबू के यहाँ पर एक नौकर आया था, छह महीने के लिए—1953 के जमाने में। नाम शिवमूरत था। वह 'श' को 'च' बोलता था। वह उन्हें काची बाबू बोलता था, और काची बाबू उसे चिमूरत! निम्नलिखित करतूतें उन्हीं काची बाबू की हैं।]

### दर्शन सम्पूर्णानन्द जी का

काची बाबू उन दिनों इंटर के छात्र थे। लोलार्क कुंड, भदैनी पर रहते थे, दंड-बैठक लगाते थे और चिमूरत के साथ गोस्वामी तुलसीदास के अखाड़े में जोर-आजमाइश करते थे। किताब-कॉपी से जरा दूर का ही वास्ता रखते थे। एक दिन उनके बड़े भाई नामवर सिंह ने कहा कि 'आज सड़क पर 'केशव स्वाध्याय मन्दिर' की ओर से 'प्रसाद और कामायनी' पर आयोजन है जिसमें नगर के सभी विद्वानों के साथ बाहर से भी विद्वान और समीक्षक आ रहे हैं। इसमें शिक्षा मंत्री सम्पूर्णानन्द जी 'कामायनी' के दर्शन पर लेख पढ़ेंगे। तुम्हें यह सब भी देखना-सुनना चाहिए।'

काची बाबू सब करते थे, लेकिन बड़े भाई के सुझाव और आदेश की अवज्ञा नहीं। संस्कार। काची बाबू पंडाल में अपने तीन दोस्तों के साथ बिराजते भए। श्रोताओं में सबसे पीछे। वह उनकी पसन्दीदा जगह थी। जैसे क्लास में सबसे पिछली बेंच। मजबूरी में ही आगे बैठते थे। पंडाल में मंच पर माइक के सामने अपने लेख के साथ सम्पूर्णानन्द जी, सामने विद्वान और रसिक श्रोता, पीछे जिज्ञासु विद्यार्थी। उन्हीं में काची बाबू। उनके पीछे जहाँ-तहाँ पुलिस। श्रोताओं की संख्या बहुत नहीं थी।

स्थूलकाय, श्यामल वर्ण के धनी गांधी टोपी में सम्पूर्णानन्द जी। बेहद गुरु-गम्भीर। लेख उनसे भी अधिक गम्भीर और उबाऊ। 'कामायनी' के दर्शन पर दार्शनिक और दुरूह शब्दावलियों से बोझिल। लेख बहुत बड़ा था। दूर से ही कई पन्ने दिखाई पड़ रहे थे। आकर फँस गए थे काची बाबू। उन्होंने यारों से कहा, 'यार' पीछे सड़क

पर मूँगफली वाला है। लाओ तब तक वही खाया जाए'। मूँगफली लाई गई। हम चारों ने अपनी-अपनी मूँगफली लगभग एक साथ फोड़ी, फट-फट। आवाज ऐसी हुई कि आगे के विद्वानों ने तो चौंककर हमें देखा ही, सम्पूर्णानन्द जी ने भी रुककर चश्मे के ऊपर से पीछे की तरफ देखा।

काची बाबू ने भी चकित होकर इधर-उधर देखा कि इस सन्नाटे में आवाज कहाँ से आई? सम्पूर्णानन्द जी ने थोड़ा ठहरकर फिर पढ़ना शुरू किया, उतनी ही गम्भीरता से। यह शान्ति बहुत देर तक कायम नहीं रह सकी। मूँगफलियाँ एक साथ फिर फूटीं और उतनी ही ध्यानाकर्षक!

सम्पूर्णानन्द जी ने अबकी चश्मे के ऊपर से घूरकर उसी दिशा में देखा। काची बाबू फिर आश्चर्य से इधर-उधर ताकते, इसके पहले ही दोस्तों समेत उनके भी कान पुलिस की उँगलियों की पकड़ में थे। वह खींचती हुई सड़क पर ले गई और नितम्बों पर प्रहार करते हुए बोली, 'साले, भाग जा, फिर नजर मत आना।'

## 2

उसके साथ होली में मजा नहीं आता है, जो सचमुच होली खेलना चाहता है। मजा उसके साथ आता है, जो खेलने से बचना चाहता है। छायावाद के जाने-माने आलोचक शान्तिप्रिय द्विवेदी रंग-अबीर से बचनेवाले ऐसे ही व्यक्ति थे। (यह दुर्भाग्यपूर्ण है कि हिन्दी-जगत ने उन्हें वह सम्मान नहीं दिया, जिसके वह हकदार हैं। तरल गद्य लिखनेवाले अपने समकालीनों में वह विरल हैं।)

द्विवेदी जी काची बाबू के घर के बगल में रहते थे—एक कोठरी में। कुँवारे थे, इसलिए अकेले। दुबले-पतले, ठिंगने, लम्बे-लम्बे घने सफेद बाल, जिनके रखरखाव में और जिन्हें सँवारने में वह काफी समय लगाते थे। वज्र बधिर थे, इसलिए शान्तिप्रिय थे। वह ऊँची से ऊँची आवाज से अविचलित रहते थे। सुनाई ही नहीं पड़ता था, तो विचलित कहाँ से होते?

काची बाबू के घर के ठीक सामने दस-पन्द्रह फीट की दूरी पर सार्वजनिक नल था। यह नल मुहल्ले का पनघट था। औरत-मर्द बच्चे वहीं से अपने लिए पानी ले जाते थे। शान्तिप्रिय जी सुबह आठ-साढ़े आठ बजे अपनी दातून के साथ वहाँ आ जाते और नल की टोटी पर कब्जा करके खड़े हो जाते। होली के दिन वह मुहल्ले के सभी बच्चों की भौजी थे। जिसे रंग-गुलाल के लिए कोई न मिलता, वह उनके घर की खिड़की में ताक-झाँक करता। और वह जितने गुलाल से नहीं, उससे अधिक रंगों, वार्निश और कालिख से भयाक्रान्त रहनेवाले। सबसे अधिक चिन्तित वह अपने धवल, श्वेत कन्धों तक लटके केश के लिए रहते थे। वह सूर्योदय से पहले ही बच-बचा के गंगा किनारे तुलसीघाट चले जाते थे और

तब लौटते थे, जब होली के हुड़दंग की समाप्ति की सूचक शिव की बारात गुजर जाती थी, यानी ग्यारह बजे। फिर वह वहाँ से लौटकर निश्चिन्त भाव से नल के नीचे नहाते थे। काची बाबू बी.ए. में आ गए थे, लेकिन उनके हरामीपन में कोई बहुत कमी नहीं आई थी। वह उस दिन वार्निश-पुते अपने टेक्निकलर बदन के साथ भाँग के नशे में झूमते हुए पहुँचे। अस्सी लंका का चक्कर काटने के बाद शान्तिप्रिय जी को नल के नीचे केश भिगोते देखा और देखा कि पूरे बदन पर रंग की एक भी बूँद नहीं।

उनकी जेब में तीन पुड़िया रंग बचे थे—लाल, हरा, बैगनी। उन्होंने चुपके से बालों पर लाल रंग के पाउडर छिड़के और घर में घुस गए। शान्तिप्रिय जी सिर धोते और आश्चर्य से इधर-उधर ताकते। कहीं कोई नहीं। आधे घंटे की मशक्कत के बाद भी बाल के रंग नहीं गए। जब वह थककर बदन भिगोने की तैयार कर रहे थे, तभी काची बाबू ने हरे रंग का पाउडर छिड़का—बगैर किसी आहट के। अबकी शान्तिप्रिय जी रुआँसे हो गए—रंग छुड़ाने में। वह इधर-उधर ताकते जाते और गालियाँ देते हुए बड़बड़ाते जाते। अब अन्तिम पुड़िया बच गई थी, बैगनी रंग की। यह सबसे तकलीफदेह रंग होता है, जो छुड़ाए नहीं छूटता। इसे छिड़कने के लिए जैसे ही काची बाबू ने किवाड़ खोला कि सामने भीगे कपड़ों एवं बिखरे बालों में शान्तिप्रिय जी। उनकी आँखें भरी हुईं और लाल थीं। उन्होंने सिर झुकाकर भरभराए स्वर से कहा, 'लो, गरदन काटकर फेंक ही दो, शान्ति मिलेगी।' काश, काची बाबू को शान्तिप्रिय द्विवेदी होने का मतलब तब पता होता!

## 3

जिन दिनों काची बाबू एम.ए. के (मेधावी कम, दुखदायी ज्यादा) छात्र थे, उन दिनों उनके प्राध्यापक गुरु थे श्री पद्म नारायण आचार्य, जो अब स्वर्गीय हैं।

आचार्य जी ऋषितुल्य थे। बड़े सरल, सीधे, सज्जन। बिना आयास के उनके जैसी सहज बोधगम्य हिन्दी बोलनेवाला अध्यापक देखा नहीं गया था। विद्वान तो थे ही, आचार्य केशव प्रसाद मिश्र और प्रसाद जी के निकट के लोगों में थे। भाषा-विज्ञान के सुपरिचित आचार्य। बाबूराम सक्सेना और धीरेन्द्र वर्मा से अच्छे सम्बन्ध थे। बड़ा लोकलुभावन व्यक्तित्व था। साँवला रंग, बड़ी-बड़ी आँखें, कन्धे तक झूलते काले बाल। सफेद कुरता-धोती पहनते थे।

आचार्य जी काची बाबू की कक्षा को भाषा-विज्ञान पढ़ाते थे। लेकिन 'भाषा विज्ञान' कभी पढ़ाया नहीं, वह सालभर केशव, प्रसाद, रत्नाकर, सुनीति बाबू आदि-आदि के संस्मरण ही सुनाते रहे। और रोज-रोज वही संस्मरण, जो कई बार उन्हीं के मुँह से सुने जा चुके थे। परीक्षा सिर पर आ गई, कक्षा के विद्यार्थी

चिल्लाने लगे कि विषय पढ़ाया जाए, आचार्य जी विषय पढ़ाने के बजाय उसके महत्त्व को समझाते, लेकिन विषय पर बात न करते।

काची बाबू क्लास में सबसे पीछे बैठते थे। उसके कई लाभ थे—आप संस्मरण नहीं भी सुन सकते थे, उपन्यास पढ़ सकते थे, कार्टून बना सकते थे, कानाफूसी कर सकते थे, आपस में चिटों का आदान-प्रदान भी कर सकते थे। काची बाबू ने इनमें कुछ नहीं किया, उन्होंने 'आचार्य चालीसा' लिखी। और एक दिन, जब आचार्य जी की कक्षा थी और वह छुट्टी पर थे, मित्रों के आग्रह पर उसका सार्वजनिक वाचन किया :

*कक्षा बीच भई नभ बानी। पढ़ो नहीं तो होगी हानी॥*
*और पधारे पदुम नरायन। हाथ रजिस्टर जटा बढ़ायन॥*
*बोले मधुर सुबोध छात्रो। सुनो ध्यान से ज्ञानपात्रो॥*
*यह विग्यान कठिन अति दुर्गम। मैं, प्रसाद, केशव जी हरदम॥*
*एहि लगि कठिन साधना कीन्हीं। केशव जी प्रमाण तब दीन्हीं॥*
*अहह तात तुमको मैं जानी। हो निस्चय भाखा विग्यानी॥*
*धीरेन्दर, चैटर्जी जितने। विश्वनाथ, सक्सेना कितने॥*
*मोहि सराहे, मोहि परसंसे। धिक तुम सब जो मोहि असंसे॥*
*बालक! तुम सब मूढ़मति, हँसी उड़ावत मोहिं।*
*हँसत, विरोधत औ भगत, लाज न लागत तोहिं॥*

यह चालीसा पाठ तब किया गया, जब परीक्षा की तैयारी की छुट्टी करीब थी। इस पाठ के बाद आनन-फानन में छात्रों ने अध्यक्ष के नाम एक परिपत्र तैयार किया, जिसमें अनुरोध किया गया था कि भाषा-विज्ञान पढ़ाने के लिए दूसरा अध्यापक दिया जाए। सबके हस्ताक्षर के साथ उस पर काची बाबू का भी हस्ताक्षर था।

दूसरे दिन आचार्य जी ने आते ही काची बाबू को तलब किया। वहाँ पहले से नामवर जी हाजिर थे। दोनों को लेकर आचार्य जी कॉलेज की छत पर गए। वह बोले, 'नामवर जी, आप मेरे सुबोध छात्र ही नहीं रहे हैं, पुत्र के समान भी हैं। आप जानते हैं कि मेरी एक पंक्ति की रिपोर्ट पर इसका निष्कासन हो सकता है। आप ही बताइए, मैं क्या करूँ?'

'जो सुना है, क्या वह सही है?' नामवर जी ने काची बाबू से पूछा।

' 'चालीसा' जरूर मैंने लिखी है, लेकिन 'परिपत्र' क्लास ने लिखा है, मेरा हस्ताक्षर भर है।'

नामवर जी ने आचार्य जी से कहा, 'आप जो उचित समझें, करें। मुझे कोई आपत्ति नहीं है।'

'नामवर जी, मैं आपके उत्तर से प्रसन्न हुआ।' आचार्य जी सन्तुष्ट थे। 'मैं क्षमा करता हूँ इसे। लेकिन ऐसे कुसंस्कार इसमें कहाँ से आए, इस पर विचार कीजिए और ठीक कीजिए।'

## 4

अपने शोध कार्य-काल के दौरान काची बाबू ने तय किया कि वह भी 'साहित्य-सरोवर' के कमल या हंस भले न बनें, जलकुम्भी या दादुर या सेवार जरूर बनेंगे। इसी के चलते उन्होंने काशीनाथ सिंह के नाम से एक कहानी लिखी, जो उनके दुर्भाग्य से हैदराबाद की 'कल्पना' पत्रिका में छप गई।

मझले भाई रामजी सिंह उनके संरक्षक और निर्माता थे उन दिनों। वह घर में ही बड़े भाई नामवर सिंह के समानान्तर एक अलग साहित्य-सत्ता थे। वह साहित्य से कुछ उसी तरह का द्रोह रखते थे जिस तरह का क्षत्रियों से परशुराम। वह लेखकों-कवियों को 'शोभा का बैल' कहते थे, जो चरनी पर खूँटे से बँधा रहे। आते-जाते लोग देख-देखकर 'वाह-वाह' करते रहें, न जुताई-बुआई के काम का, न किसी और मसरफ का। खाए-पिए और मुस्टंड रहे। विजय मोहन सिंह, परमानन्द श्रीवास्तव जैसे किसी दुबले-पतले लेखक को देखते थे, तो काची बाबू को बुलाकर धीरे से कान में बोलते थे, 'कहो, ई का लिखेगा? जोर से फूँक दो तो उधिराय जाय। का लिखेगा ई?'

आलोचक तो नामवर जी थे, लेकिन जलवा था रामजी भाई का। उनके अपने कविरत्न थे, कई रसों के, कई बोलियों के। अवधी के श्याम तिवारी (अब स्वर्गीय) और भोजपुरी के हरिराम द्विवेदी ऐसे ही रत्न थे। घर के सामने पीपल के चौतरे पर रामजी भाई लुंगी-गंजी में बैठ जाते थे और इशारा करते थे, 'तो श्याम जी, वह कैसे हैं—'बीत गई सौना-भदौना की रात, सखि आए न पाहुन दुआर! जरा हो जाए। ऐसे नहीं, पिहिककर!' और श्याम जी पिहिककर इतने ऊँचे सुरों में गाते कि भीड़ लग जाती। जब कवि-दरबार उठ जाता, तो वह काची बाबू को बुलाकर कहते, 'देखा? एक ये हैं कि सुनाते हैं, तो भीड़ लग जाती है, और एक वो भैया (नामवर) के कवि हैं कि बाँचना शुरू करें, तो खड़ी भीड़ भी भाग खड़ी हो।'

वह हौवा थे विश्वविद्यालय के युवा कवियों के लिए। लोलार्क कुंड नामवर जी के पास आने से पहले अस्सी चौराहे पर ही वह पता कर लेते थे कि रामजी भाई हैं या गाँव गए हैं। वह तभी घर आते थे, जब रामजी भाई कहीं और होते थे। उनकी प्रतिभा का यह चमत्कार उनकी नौकरी के दरमियान भी बना रहा। एक बार उनके साहब ने कहा, 'देखो, रामजी, मई में बेटी की शादी है। ज्यादा नहीं, सिर्फ तीन कुन्तल गेहूँ। यही है तुम्हारे जिम्मे।'

'साहब, सिर्फ तीन कुन्तल? कमाल कर रहे हैं साहब! पाँच-सात कुन्तल तो हम जैसों के कार-परोजन में ही खप जाता है। मैं तो दस कुन्तल के बारे में सोच रहा था, लेकिन क्या बताएँ साहब, सारा गेहूँ अबकी भादों की बारिश और बाढ़ में बह गया। तहसील की जनता त्राहि-त्राहि कर रही है।' वहाँ से लौटकर काची बाबू को बताया कि साला शहर में पला-बढ़ा सिन्धी है, उसे पता ही नहीं कि बारिश और बाढ़ में धान बहता है, गेहूँ नहीं। उसे पता ही नहीं कि गेहूँ की फसल कब होती है? तो, जिन दिनों 'कल्पना' में काची बाबू की कहानी छपी, रामजी भाई इलाहाबाद की भरवारी तहसील में कानूनगो थे। महीने में एक-दो बार उन्हें इलाहाबाद जाना पड़ता था और जब जाते थे, तब कथाकार मार्कंडेय से जरूर मिलते थे। यह दुखद समाचार उन्हें मार्कंडेय से मिला। उन्होंने तुरन्त बनारस के लिए टिकट कटाया और सीधे घर आए।

काची बाबू उनके तेवर देखकर चिन्तित हुए। फिर भी उन्होंने मझले भाई के सम्मान में वह सब किया, जो छोटे भाई को करना चाहिए। सामने मेज पर एक गिलास पानी और गुड़ रखा।

'यह क्या सुन रहा हूँ मैं?'

'क्या?'

'तुमने कुछ लिखा है किसी पत्रिका में?'

काची बाबू चुप।

'एक जने कम थे घर को बरबाद करने के लिए?'

काची बाबू फिर चुप।

'कान पकड़ो कि फिर यह कुकरम नहीं करोगे?'

'नहीं करूँगा।' काची बाबू बोले।

'ऐसे नहीं। कान पकड़ो और प्रतिज्ञा करो—मुँह से बोलकर, तभी पानी पिऊँगा। इतना समझा-बुझाकर गया था और उसका कोई असर नहीं?'

काची बाबू ने कान पकड़े और प्रतिज्ञा की।

## 5

हर आदमी के जीवन में ऐसे कुछ दिन, ऐसी कुछ तारीखें, ऐसे कुछ बरस कभी-न-कभी आते हैं, जिन्हें वह कभी नहीं भूलता। यह बरस काची बाबू के जीवन का उन्नीस सौ साठ था! सबसे कठिन और सबसे निष्ठुर! उस बरस की उम्र बारह महीने नहीं, साठ महीने थी! साठ महीनों का एक बरस। इसकी शुरुआत हुई थी, उनके बड़े भाई नामवर से। अभी बनारस से निकले या निकाले हुए साल भर भी नहीं बीता था कि सागर से भी निकाल दिये गए। जिस अटैची के साथ गए थे, उसी

अटैची के साथ वापस। उतने ही सामान के साथ। हल्का तन, हल्का मन। हल्का हो गया था 'हल्कू' पूस की रात का! नील गायें चर गई थीं खेत। जाड़े की रात में सोना नहीं पड़ेगा अब। लौट आए थे बेफिक्र और सही-सलामत। खुश थे। वह खुशी न तो दिखावा थी, न घरवालों को दिलासा देने के लिए। सचमुच की खुशी।

काची बाबू की दिलचस्पी सागर में थी, 'क्यों हुआ? कैसे हुआ? क्या हुआ?' इसमें! लेकिन सागर जैसे उनके जेहन में था ही नहीं। जैसे वे न वहाँ गए थे, न रहे थे। थोड़े दिनों का दाना-पानी था, जैसे-तैसे कट गया। सोचना ही हो, तो उस दूसरे मकान के बारे में सोचो, जिसमें जाना है। इसे खाली करना है इधर ही, पंडित बोल गए हैं। शिफ्ट करने के बारे में सोचो!

माँ उनके आगे-पीछे डोलती रही बैसाखियों के सहारे। पता ही नहीं चल रहा था कि उसके टूटे कूल्हे में दर्द भी है। वह उनसे बिना उत्तर की उम्मीद के सवाल पर सवाल करती रही और वह हाँ-हूँ करते हुए अपना कमरा ठीक करते रहे। रात के खाने के बाद काची बाबू और रामजी छत पर गए और नामवर अपने कमरे में। उमस ज्यादा थी, पानी से तर करने के बाद भी छत तप रही थी। नामवर ने कहा था, तुम लोग चलो, लेटो, हम आ रहे हैं। रात बीत गई, वह नहीं आए। बहुत दिनों बाद उस कमरे ने रतजगा किया!

बहुत दिनों बाद किताबों और पांडुलिपियों ने उँगलियों के पसीने का स्वाद चखा। चाय पीते समय सुबह नामवर ने काची बाबू से कहा, 'बहुत कर ली नौकरी, अब नहीं करनी!' यह बात कही गई थी काची बाबू से, लेकिन जाने कैसे महतो ने सुन ली। महीने-डेढ़ महीने बाद। बैठे-बैठे तीस कोस दूर जीयनपुर में। वह भी बड़े बुरे वक्त में। शायद पहली जुताई थी वह। उसी दिन रिटायर हुए थे महतो। उन्होंने सोलह रुपये महीने पर प्राइमरी स्कूल में मास्टरी शुरू की थी उन्नीस सौ सोलह में और सत्तर रुपये पर रिटायर हुए सन् साठ में। हेडमास्टर थे तब। (नामवर पिताजी को होरी महतो बोलते थे! इसलिए कि होरी की तरह उनकी भी एक लालसा थी—गाँव में अपना एक मकान हो, और वह अन्तिम दम तक बनी रही।) घनघोर बारिश हुई थी उस शाम। मौसम की पहली बारिश और वह भी घनघोर। वही वक्त था धान के खेतों की जुताई का। निकल चुके थे गाँव के सभी खेतिहर सिवान में अपने हल-बैल के साथ। झींसियाँ अब भी पड़ रही थीं हल्की-हल्की और सिवान गूँज रहा था। ऐसा लग रहा था, जैसे पूरे गाँव में अकेले महतो हैं, जिनके न खेत हैं, न बैल हैं, न हलवाहे। वह ओसारे में बैठकर हुक्का पी रहे थे और चरनी पर भीगते एवं पगुरी करते अपने दोनों बैलों को देख रहे थे।

काची बाबू सुबह ही पहुँचे थे शहर से! महतो अपने बेटों से नहीं बोलते थे—शुरू से ही। लेकिन, उन्होंने जिस नजर से काची बाबू को देखा, समझते देर नहीं लगी कि महतो को अपने बड़े बेटे के बारे में सारा कुछ मालूम हो गया है। काची बाबू

उनकी नजरें बचाकर चुपके से बगीचे में खिसक गए और दोस्तों के साथ आम के मजे लूटते रहे। शाम को लौटे, तो बारिश और पसीने में लथपथ। जब वह दालान में गमछे से अपनी देह पोंछ रहे थे, तो उन्हें महतो की हँसी सुनाई पड़ी, 'सारी दुनिया को मूर्ख समझते हैं वे। अरे, तुम्हें देगा ही कौन नौकरी? अब भी रह गए हो इस लायक? मैंने उसी समय कहा था कि चुनाव मत लड़ो, पहले नौकरी पक्की करो। यह रुपये-पैसे की बरबादी है और कुछ नहीं! लड़े और निकाल दिये गए! लेकिन भाग्य अच्छा था कि तुरन्त नौकरी मिल गई। और साल भी नहीं बीता कि वहाँ से भी कान पकड़कर बाहर कर दिये गए! और कहते हैं, नौकरी नहीं करेंगे। बेवकूफ समझते हैं दुनिया को...!'

जिस समय महतो का स्वर ऊबड़-खाबड़ रास्ते पर सरपट भाग रहा था, काची बाबू लुंगी पहन चुके थे, लेकिन हिम्मत नहीं थी कि ओसारे में आएँ। वह खड़े-खड़े वहीं से सुनते रहे, 'कोई चिन्ता नहीं। किसी की कोई चिन्ता नहीं—न घर-दुआर की, न खेती-बारी की, न माँ-बाप की। कहते हैं लोग कि भारी विद्वान हैं, बड़के लेखक हैं, बड़ी इज्जत है, बड़ा नाव-गाँव है, क्या करें हम इन सबका? फेंटकर चाटें? ऐसी ही बरसात हो गई दो दिन, तो यह घर और बैठका ढहते देर नहीं लगेगी। सागर (उनके बड़े भाई)चले गए, बाबू नन्दन (उनके छोटे भाई) चले गए, सभी छोड़-छाड़कर चले गए यहाँ से; एक हमीं बच गए हैं खँडहर अगोरने के लिए...।'

काची बाबू चुपचाप सुनते भी रहे और मुस्कराते भी रहे, क्योंकि जानते थे कि महतो नामवर को भला-बुरा चाहे जितना कह लें, गर्व भी उन्हीं पर करते हैं, काची बाबू जैसे 'गोबर' पर नहीं।

उनका बड़बड़ाना जारी रहा, 'तुम लोग क्या करोगे वहाँ रहकर? यहाँ आ जाओ सबको ले-देकर! दाल-भात तो मिलेगा कम-से-कम? बाकी उनका करमभोग...!'

['अमर उजाला', जुलाई 2007]

# बनारस अब बूढ़ा हो रहा है

जाने क्यों, कभी-कभी लगता है कि बनारस अब बूढ़ा और जर्जर हो रहा है। हो सकता है यह मेरे अपने बूढ़े होते जाने की छाया हो जो उस पर मुझे दिखाई पड़ती हो, लेकिन यह सच है कि उसके बदन पर फालतू की चर्बी बढ़ती जा रही है। पेट आगे निकल आया है। गोश्त हड्डियाँ छोड़ रहा है। चमड़ी पर जगह-जगह पपड़ी पड़ने लगी हैं। अपनी झुर्रियों और दाग-धब्बों को छिपाने के लिए प्लास्टिक सर्जरी भी करवा रहा है समय-समय पर, लेकिन उससे क्या? उमर तो उमर, छिपाई नहीं जा सकती।

वह बूढ़ा हुआ है अचानक इन्हीं चालीस-पैंतालीस सालों के अन्दर। उसके कन्धे पर आज भी चादर पड़ी हुई है। गंगा की चादर, जो कभी निर्मल, धवल और झलमल लहराती रहती थी कन्धों पर आज मटमैली और धूमिल हो चुकी है। उसकी आँखों के आगे धुन्ध है और वह जिए जा रहा है। अपने शानदार इतिहास की स्मृतियों में, अतीत की यादों के भरोसे जो उसे ऊर्जा और गर्व से भर रही है।

मैं आया था बनारस आजादी के पाँच साल बाद। बनारस तब अपनी साहित्यिक सांस्कृतिक गरिमा में जगर-मगर था। जवान और अल्हड़ व मस्त। प्रेमचन्द, प्रसाद और आचार्य शुक्ल गुजर चुके थे लेकिन उनकी पदचाप हर चौराहे और गली-नुक्कड़ पर थी। नगर के उत्तरी सिरे पर नागरी प्रचारिणी सभा और दक्षिणी छोर पर काशी हिन्दू विश्वविद्यालय में आचार्य हजारीप्रसाद द्विवेदी का हिन्दी विभाग—बीच में चाय-पान, सब्जी की दुकानें, कहीं भी, किसी भी वक्त आपको ऐसा परिचित-अपरिचित युवक मिल सकता था जिसकी जेब में कविता या कहानी हो। माहौल ही ऐसा था। गले में गीत लिए घूमने वाले तो अनगिनत थे। हर हफ्ते कहीं-न-कहीं रचना-पाठ व कविता पाठ भी हो सकता था और कहानी पाठ भी। मुहल्ला स्तर की संस्थाओं की भरमार थी। हैदराबाद से *कल्पना,* दिल्ली से *आलोचना,* इलाहाबाद से *कहानी* या *नई कविता* किसी एक के यहाँ पहुँचती थी और दूसरे दिन सड़क पर गूँजने लगती थी। बी.ए. करते-करते हिन्दी का ऐसा कोई बड़ा लेखक कवि मसलन पन्त, महादेवी, यशपाल, जैनेन्द्र, अज्ञेय, रामविलास शर्मा, शमशेर, नागार्जुन नहीं था जो देखने-सुनने से बचा हो। बाहर के किसी भी लेखक का बनारस के सम्पर्क

में होना कबीर, तुलसी, भारतेन्दु, प्रसाद, प्रेमचन्द और शुक्ल जी की परम्पराओं से जुड़ने या उनसे अलग रास्ता तलाशने जैसा था उन दिनों।

ऐसे ही सघन और हरे-भरे माहौल में पले-बढ़े और तैयार हुए थे नामवर सिंह, बच्चन सिंह, ठाकुरप्रसाद सिंह, शिवप्रसाद सिंह, रामदरश मिश्र, केदारनाथ सिंह, विष्णुचन्द्र शर्मा, विद्यासागर नौटियाल, रमाकान्त, कृष्णबिहारी मिश्र, विजयमोहन सिंह और भी जाने कितने कवि, कथाकार, आलोचक। उन्हीं दिनों कवि त्रिलोचन, शम्भुनाथ सिंह और आलोचक चन्द्रबली सिंह भी सक्रिय थे और नये के लिए संरक्षण और प्रोत्साहन का एम कर रहे थे। सच कहिए तो धूमिल ही नहीं, बनारस में साठ की पीढ़ी भी इसी माहौल का विस्तार और विकास थी। एक समूचे परिदृश्य में उर्दू के शायर नजीर बनारसी को नजरअन्दाज नहीं किया जा सकता जो नजीर अकबराबादी की विरासत लिए हिन्दी वालों के साथ बड़ी मुस्तैदी से चलते रहे। ये वे दिन थे जब बनारस सचमुच भारतीय संस्कृति ही नहीं, साहित्य की भी राजधानी था।

हालात बदलने शुरू हुए। 1960 के बाद से। आचार्य हजारीप्रसाद द्विवेदी उसी साल चंडीगढ़ चले गए। फिर तो जैसे जाने वालों का सिलसिला ही शुरू हो गया। कोई पडरौना गया, कोई आरा, कोई अहमदाबाद, कोई दिल्ली, कोई लखनऊ, कोई शिमला, कोई कहीं और। एक दिन नामवर जी भी दिल्ली चले गए। रही-सही कसर त्रिलोचन ने पूरी कर दी। दिल्ली, भोपाल, सागर जाकर। इतना ही रहा होता तो गनीमत थी, लेकिन लोगों की प्राथमिकताएँ भी बदलनी आरम्भ हो गईं। जो नागरी प्रचारिणी सभा स्वाधीनता आन्दोलन में हिन्दी भाषा के प्रचार-प्रसार के लिए समर्पित संस्था के रूप में जानी जाती थी, वह बैंकों और दुकानों का कटरा होकर रह गई। ऐसे ही पता कीजिए ज्ञानवापी पर कि प्रेमचन्द-गृह कहाँ था? गिरजाघर चौमुँहानी के पास कभी सरस्वती प्रेस था। प्रेस भी था और साथ में रिहाइशी विशाल भवन भी, जिसमें प्रेमचन्द की पत्नी शिवरानी देवी रहा करती थीं। उन दिनों अमृतराय और हिन्दी के बड़े-बड़े लेखक भी ठहरा करते थे। प्रगतिशील लेखक संघ और साहित्यिक संघ की गोष्ठियाँ भी वहीं हुआ करती थीं। आज वहाँ किसी निदान केन्द्र का बोर्ड है। इसी तरह आचार्य रामचन्द्र शुक्ल का आवास तबेला और शोध संस्थान बन चुका है। जो विवाह मंडप, शादी-विवाह और भाड़े पर आयोजनों-समारोहों के काम आता है। पता नहीं, आधुनिक युग के जन्मदाता भारतेन्दु और प्रसाद जी के ठिकानों के क्या हाल हैं? ज्यादा नहीं, ये बीस-तीस वर्षों के अन्दर हुए बदलाव हैं जिनका रफ स्केच है यह टिप्पणी। हाँ, राजधानी आज भी है यह नगर, लेकिन कला और संस्कृति की नहीं, धार्मिक अनुष्ठानों और कर्मकांडों की। इस पर कोई गर्व करना चाहे तो कर सकता है।

मित्रो! बनारस गंगा भी है और गलियाँ भी। किसी एक का नाम नहीं है बनारस, और यह सच है कि गंगा का रास्ता गलियों से होकर जाता है। गलियाँ टेढ़ी-मेढ़ी,

उल्टी-सीधी, एक-दूसरे को काटती हुई, एक-दूसरी में गुम होती हुई। कभी खुली, कभी बन्द। न हवा, न रोशनी। न आकाश, न तारे। चक्करदार, तंग और सँकरी। इनका काम ही है भटकाना, गति को मद्धिम कर देना, रोक देना।

मुल्ला, पंडित, पुरोहित, मौलवी—क्या थे कबीर के लिए? किनके खिलाफ लुकाठा लेकर खड़े हुए थे वे? यही गलियाँ। जिनसे तंग आकर तुलसी ने कहा था—*माँग के खाइबो, मसीत पे सोइबो, लेबे को एक न देबे को दोऊ।* भारतेन्दु, प्रेमचन्द, प्रसाद, द्विवेदी—ऐसा कौन है जिसे तंगमिजाज, संकीर्ण, दकियानूस, चक्करदार पथरीली गलियों ने भटकाने और भरमाने की कोशिश न की हो। वहाँ लेकिन यह भी सच है कि गलियाँ वहीं हैं जहाँ गंगा है। जहाँ गंगा नहीं, गलियाँ नहीं। गंगा का मतलब है अप्रतिहत गति, सतत प्रवाह, कलकल-उच्छल जीवन, खुला आकाश, हवा, आवेग, प्रकाश, अछोर-अनन्त विस्तार। तट पर खड़े हो जाइये और आँखें खोलिए, तो हो सकता है कि वह दिखाई पड़े जो नंगी आँखों से कभी न दिखा हो। गंगा दृश्य भी है और दृष्टि भी—बशर्ते आँखें हों। और आँखें हों भी, तो मायोपिक न हों। मायोपिक होंगी तो सिर्फ तट के किनारे मचलती-उछलती सिधरी मछलियाँ ही देख सकेंगी। पार की हरियाली, बगुले और बादलों में छिपा सूरज नहीं। गलियाँ और उनके आजू-बाजू की दीवारें आँखों को मायोपिक बनाती है।

तो मित्रो! बूढ़ा—किसी जमाने का अक्खड़ और फक्कड़ बूढ़ा—बैठा है शिवाला घाट पर। बगल में देखता है—चेतसिंह का किला किसी ताज या ओबेराय ग्रुप का होटल हो चुका है। धरोहर के रखरखाव के नाम पर फाइव स्टार होटल। गंगा स्विमिंग पूल में बदल चुकी है और घाट की सीढ़ियों पर लेटे नंगे-अधनंगे विदेशी पर्यटक धूप सेवन कर रहे हैं। बूढ़ा बैठा है और सामने ताकता है धुन्ध में। नहीं समझ पाता कि यह धुन्ध दृष्टि की है या दृश्य की। लेकिन सामने धुन्ध है। निचाट उजाड़, जिसमें कभी-कभी पानी की पतली-सी चमक कौंध उठती है। यह भी उसकी समझ में नहीं आता कि यह गंगा की ही कोई धारा है या वरुणा? या गंगा ही सिकुड़कर वरुणा हो गई है? इस उजाड़ में घाट पर बैठे बूढ़े को जो चीज जिलाए जा रही है वह है, कहीं दूर से आती हुई धुन, बल्कि धुनें, कभी शहनाई की, कभी ठुमरी की, कभी तबले की। प्रार्थना कीजिए उसका यह भ्रम बना रहे कि ये धुनें राजा चेतसिंह घाट के होटल के डाइनिंग हॉल से नहीं आ रही हैं।

['बनास', अंक 2, 2009]

# खंड 2

# या तरुवर महँ एक पखेरू

क्या दिन आ गए हैं?

आज से तीस-पैंतीस साल पहले सपने आते थे। ऊसर का रहवइया मैं और सपने बहारों के। सपनों में हरी-भरी वादियाँ, वादियों के बीच झरने, झरनों में तैरते हुए बादल, बादलों के पुरइन के पत्तों पर चाँद की डोंगी, डोंगी में पाँव लटकाए बैठी झीने वस्त्रों में परी, हँसती-खिलखिलाती अपनी हथेलियों से पानी उछालती परी! वह पानी उछाल रही है और किनारे-किनारे उसके साथ चल रहा मैं भीग रहा हूँ...

ये जवानी के दिन थे और इसी तरह के रंग-बिरंगे सपने थे।

मगर हाय! जवानी गई और सपने भी गए।

लेकिन इधर फिर एक सपना आने लगा है। जब-तब वही सपना। सपने में जलतरंगों से एक स्वर फूटता है—बार-बार पोपले मुँह से निकलता अस्फुट भारी स्वर!

'रे मतिमन्द! आँखों के मांड़े हैं ये! ये माया-मोह और यह श्रद्धा और यह भक्ति मोतियाबिंद हैं आँखों के। पर्दा हटा और वास्तविकता देख! न तेरे साथ कुछ जाना है, न उनके साथ जिनके पीछे मोहग्रस्त है तू। तू भी जाएगा और वे भी। रह जाएगा उनका किया-धरा और तेरा किया-धरा। और सच कह तो वह भी कहाँ रहना है? रिश्ते-नाते टाँगें पकड़े हुए हैं तेरी; अगर अपने को नहीं छुड़ाता तो चलने की धुन में मुँह के बल गिरेगा और टें बोल जाएगा...'

क्षण भर के लिए सन्नाटा होता है और उन्हीं स्वर-लहरियों में तीन बूढ़े झाँकते हैं—जर्जर और अझेल। मुझे लगता है कि मेरे जैसा मनहूस और खूसट बूढ़ा सपने में देखेगा भी तो और क्या? कि स्वर फिर गूँजता है एक बार—'इन्हें गौर से देख! ये दूसरे नहीं, तू स्वयं है! इनसे अलग कहाँ है तू? अगर समझता है तो तेरा भ्रम है। तू और ये सब—एक हो। एक हो इसीलिए अनेक हो और अनेक हो इसीलिए एक हो और सच तो यह है कि वह एक—अनेक भी वही है जो है—इसलिए आँखें खोल और अपने को देख...

सपना चल रहा है और मैं देख रहा हूँ।

देख रहा हूँ आर्यों के एक कबीले को दर्रा बोलन में घुसते हुए—घोड़ों, गधों, खच्चरों और पैदल चलने वालों के हुजूम के साथ। भूखे-प्यासे और थके-माँदे। अगल-बगल ऊँची-ऊँची हिन्दूकुश की चोटियाँ, देवदार के लम्बे-लम्बे पेड़, डरावनी और धुआँरी घाटियाँ! कबीला अपने बाल-बच्चों और गठरी-मोटरी के साथ धीरे-धीरे दर्रा पार कर रहा है और आर्यावर्त में प्रवेश कर रहा है!

काफिले के सबसे आगे हैं दीक्षित जी—अपनी टुट-हूँ-टूँ साइकिल पर! सिर पर हैट, बदन पर हाफ कमीज, मुद्धे से एक बित्ता ऊपर उटंग पाजामा। साइकिल के कैरियर में 'तुलसीदास और उनका युग', 'तुलसी-सन्देश', 'मंडूक पुराण' और इनके ऊपर घास का छोटा-सा गट्ठर। साइकिल के पहिया में हवा कम है लेकिन वह अपने आप चल रही है या दीक्षित जी चला रहे हैं—कौन जानता है? वे जिस तरह हुमच रहे हैं और पसीना-पसीना हो रहे हैं, उससे लग रहा है वे सचमुच चला रहे हैं!

पीछे-पीछे दीक्षित जी की बकरी है—अपनी प्रकृति से लाचार, अगल-बगल घास-ही-घास! वह कभी इधर भागती है, कभी उधर लेकिन दीक्षित जी निश्चिन्त। आखिर भागेगी भी तो कहाँ जाएगी? उसका मेमना जो साइकिल की टोकरी में है। वह बुला रहा है अपनी माँ को लगातार और अनथक में-में-में!

इसी बीच दीक्षित जी को पीछे से किसी की आवाज सुनाई पड़ती है—"अरे दीक्षित जी, कहाँ भागे जा रहे हैं? सबके साथ तो चलिए!

दीक्षित जी साइकिल से उतर जाते हैं और घूमकर कहते हैं—"सुना है, काशी जी में कोई मालवीय महाराज हैं। ऐसे तो उनकी कृपा के लिए दीन-हीन ब्राह्मण होना ही काफी है और यहाँ तो गोस्वामी जी का आशीर्वाद भी है—ऊपर से। बताना किसी को मत, मैं चला...

और दीक्षित जी चलते रहे—महीनों; शताब्दियों, सहस्राब्दियों। इस दरम्यान दीक्षित जी का पाजामा बदला होगा, हाफ कमीज बदली होगी, बकरी बदली होगी, हो सकता है साइकिल भी बदली हो हालाँकि देखने से नहीं लगता लेकिन हो न हो हैट वही है!

यही दीक्षित जी कलिकाल में मेरे आदिगुरु हुए!

'सेंट्रल हिन्दू कॉलेज' कमच्छा का पहला दिन। पहला नहीं तो शुरुआती दिन। हम चालीस-पैंतालीस छात्र। गाँव-देहात से आए हुए। श्रद्धा-भक्ति से ओत-प्रोत और ज्ञान के भूखे, दीक्षित जी ने सिर से हैट उतारा, मेज पर रखा और उसके बगल में बैठ गए। आरम्भ में उन्होंने 'ब्रह्मचर्य' के महत्त्व पर बोलते हुए 'समाचार-पत्र' पढ़ने के फायदे पर भाषण किया और बताया कि पुस्तक कभी उधार या मँगनी की नहीं पढ़नी चाहिए!

क्या पता, दीक्षित जी डोंगी के डाँड़े को खेते हुए हमें किस किनारे लिए जा रहे हैं?

इसी बीच कॉलेज का चपरासी एक भारी-भरकम बंडल मेज पर रख गया और वहीं से दीक्षित जी का स्वर हृदयविदारक हो गया! उन्होंने दारुण दुख के साथ कहा—"गुसाईं जी का सन्देश नहीं सुना तो क्या सुना? उसके मरम को नहीं जाना तो क्या जाना? जिया तो क्या जिया? यदि जीवन में कुछ करना है, कुछ बनना है, भविष्य सुधारना है, प्रथम श्रेणी का अंक लाना है तो प्रात:काल शौच इत्यादि से निवृत्त होकर उनके सन्देशों का स्मरण करना चाहिए और यदि इतना ही करोगे तो स्वार्थी कहलाओगे इसलिए माता-पिता, भाई-बहन सबको पढ़ने के लिए कहना चाहिए।"

'हाँ' उन्होंने क्षण भर सोचा और फिर कहा—"हाँ, पड़ोसी को, दोस्त को, रिश्ते-नातेदार को, चाहे कोई जितना भी हितचिन्तक या कल्याण की कामना करने वाला क्यों न हो, उसे नहीं देना चाहिए! उसे नून दो, तेल दो, चावल-चीनी-लकड़ी चाहे जो दे दो मगर किताब मत दो। अगर वह पढ़ना ही चाहे तो कहो—खरीदकर पढ़े। तुम लोग नये-नये आए हो, नगर के बारे में तुम्हें कुछ पता नहीं इसलिए तुम्हें बताना होगा कि 'तुलसी-सन्देश' कहाँ मिलेगा? अब बुक सेलर का पता नोट करो।"

वे पता नोट कराते हुए उन लोगों के नाम भी बताते जाते थे जो 'तुलसी-सन्देश' पढ़कर कलक्टर, डॉक्टर, इंजीनियर और मंत्री बन चुके हैं।

इसके बाद दीक्षित जी ने बंडल को प्रणाम किया, खोला और फिर इत्मीनान से हाजिरी लेनी शुरू की! वे एक-एक करके नाम बोलते, विद्यार्थी को बुलाते और 'तुलसी-सन्देश' की एक प्रति पकड़ाते जाते।

हम सब बड़े खुश! भई, गुरु हो तो ऐसा!

इसी बीच उन्होंने सिर पर हैट रखा और खड़े हो गए—"याद रहे, कल से उसी लड़के की हाजिरी बनेगी तो पुस्तक-मूल्य के दस रुपये साथ लाएगा!"

यह मेरे नागरिक जीवन का पहला दिन था!

पहला दिन! न लड़कों का एक-दूसरे से परिचय, न बातचीत, न ठीक से दुआ-सलाम, सोचने-समझने और सँभलने का मौका भी नहीं कि गुरु ने औचक में लंगी मार दी!

मित्रो, इसी के बाद मुझसे वह पातक हुआ—वह जघन्य अपराध, जिसके लिए नरक में भी मुझे ठिकाना नहीं।

जिसे आज वयस्क लोग 'अश्लील' कहते हैं लड़कपन में वही 'हास्य रस' का विषय हुआ करता है!

लेकिन अपराध तो अपराध! हो गया। मगर उसके लिए अकेले मैं दोषी नहीं, पूरा क्लास था और उसमें भी सबसे ज्यादा विनोद चौरसिया, जिसकी कोदई चौकी पर परचून की दुकान थी!

उसने गौर किया कि गुरुजी को एक छोटा-सा चित्ताकर्षक मगर कष्टकर 'हाइड्रोसील' है जिसके लिए वे पाजामे में अलग से थैलीनुमा-सा मियानी बनवा रखते हैं। जब वे 'ध्रुवस्वामिनी' पढ़ने के लिए मेज पर बैठते हैं—जाँघ पर जाँघ चढ़ाकर—तो उसे एक किनारे बड़े जतन से रख देते हैं।

"कल उसी पर 'टन्न' से मारो!" विनोद ने रणनीति की घोषणा की!

अब हुआ कि मारेगा कौन?

"काशी!" वह बड़ी निर्ममता से बोला। मेरा जी 'धक्' से कर गया!

यह जरूर है कि गर्मियों में बगीचे में घूम-घूमकर दोपहर भर आम के टिकोरों पर ढेले से निशाना साधा करता था और सिद्ध भी हो चुका था। इसके नमूने कैंपस के पेड़ों पर भी पेश कर चुका था लेकिन कला का ऐसा दुरुपयोग? मैंने कभी सोचा भी नहीं था!

आखिरकार जनमत के आगे हार माननी पड़ी! मैंने 'हल्दीघाटी' के कवि को बार-बार स्मरण किया—लक्ष्य तो महान है! एक इम्तहान है! अर्जुन, द्रोण, कर्ण, एकलव्य, पृथ्वीराज चौहान—सभी निशानेबाजों को याद करते हुए मैंने यह निष्कर्ष निकाला कि गुरु को नहीं, निशाने को देखो!

जब मैं अगले दिन क्लास में सबसे पीछे—जहाँ बैठा करता था—बैठा तो विनोद ने चुपके से मेरी ओर खड़िया के सात-आठ टुकड़े बढ़ाए। यह मेरी तौहीन थी। बस एक-दो काफी थे मेरे लिए! मैंने उसे हिकारत से देखते हुए सिर्फ दो उठाए और किताब खोल ली।

दीक्षित जी ने शुरू ही किया था अपनी 'डाँट-फटकार' और 'चाहिए' शैली में—ध्रुवस्वामिनी क्या थी? नारी ही तो थी! चन्द्रगुप्त क्या था? पुरुष ही तो था। उन दोनों के सन्देहास्पद सम्बन्ध को देखकर रामगुप्त ने जब ध्रुवस्वामिनी को डाँटा तो उसने सह लिया। कैसे सहा? जैसे 'बुंद अघात सहै गिरि कैसे?'...अरे मूर्ख! उधर क्या ताक रहा है? किताब में देख। मैंने क्या कहा था तुम गधों से? विद्यार्थी को कैसा होना चाहिए? 'काक चेष्टा बकुल ध्यानं'...तो कैसे सहा? 'खल के वचन सन्त सहै जैसे!'

पूरे क्लास ने सहसा देखा कि गुरु के हाथों से किताब छूटकर नीचे गिरी है, और वे पीड़ा से बेचैन आँखें मूँदे अर्द्धचेतन से मेज पर कुहनी टेके बैठे हैं और मद्धिम स्वर में बुदबुदाए जा रहे हैं—'बास्टर्ड! स्टुपिड!'

"मूर्खो! गधो! सूअर के बच्चो!" विनोद दीक्षित जी के ही शब्दों में गालियाँ देता हुआ लपका—"कौन गुंडई किया है? खड़े हो जा और सच-सच बता दे नहीं तो किसी की खैर नहीं। मैं बिलकुल बर्दाश्त नहीं करूँगा यह गुंडई। मैं मुक्का से ईंटा फोड़ सकता हूँ तो सिर क्या चीज है? गुरु जी, मैं प्रतिज्ञा करता हूँ कि ऐसे नीच को कॉलेज से न निकलवाया तो मेरा नाम नहीं!"

घटित तो इतना ही हुआ था लेकिन जाने क्यों मुझे लगा कि हाथ में तिरंगा लहराता मैं ओलंपिक फील्ड का चक्कर लगा रहा हूँ और चारों तरफ खड़ी भीड़ जय-जयकार कर रही है!

तीसरे दिन जब मेरे नाम से दीक्षित जी का बुलावा आया—स्टाफ रूम में; तो चलते समय मेरे कानों में 'सिकंदर-पोरस-संवाद' के ऐतिहासिक वाक्य गूँज रहे थे!

अब वहाँ के हाल सुनिए!

बड़ा-सा कमरा। बीच में लम्बी-चौड़ी मेज। मेज के चारों ओर कुर्सियाँ। मेज पर हैट रखे बैठे गुरुदेव। चेहरा देखा तो सिट्टी-पिट्टी गुम।

"यह ले, अभी तुझे नहीं मिला है न? घर जा, वहीं चाँदमारी का अभ्यास कर।" दीक्षित जी का स्वर अस्वाभाविक रूप से शान्त और गम्भीर था। मैंने कागज देखा, 'तीन साल के लिए निष्कासित'।

शिष्य अभी पढ़ ही रहा था कि सहसा एक जोर की हिचकी निकली और शुरू हो गया मिमियाता हुआ सुबकने का स्वर। फिर सुनाई पड़े कुछ मर्माहत करने वाले शब्द—नराधम! कृतघ्न! पातकी! नीच! बीच-बीच में 'थुड़ी-थुड़ी' और प्रश्नों की बौछारें चल रही थीं—देखने में कितना सीधा-सादा! कितना भोला-भाला! और कर्म इतना घृणित? किसके उकसावे पर यह कुकृत्य किया? अब क्या विलाप कर रहा है? पहले नहीं सोचना था? देखो तो कितने गंदे संस्कार? क्या करते हैं तुम्हारे पिता?

शिष्य के दिमाग में सिर्फ यही आ रहा था कि अब किस मुँह से घर जाएगा? माँ-बाप को क्या बताएगा? पढ़ने और अफसर होने के लिए आया था नगर में!

"बोल क्या करते हैं तुम्हारे पिता?" गुरु ने डपटकर पूछा—दुबारा!

"पढ़ाते हैं। अध्यापक हैं स्कूल में।"

"क्या बोला अध्यापक?" गुरु अचकचाए थोड़ा—"झूठ! तू अध्यापक का बेटा हो ही नहीं सकता।"

इसके बाद देर तक गुरु क्या बोलते रहे, क्या-क्या पूछते रहे—शिष्य ने कुछ भी नहीं सुना, उसका मुँह सिर झुकाए भराई आवाज में सिर्फ 'अध्यापक' 'अध्यापक' की रटन लगाए रहा। अनवरत बहते लार की तरह!

अन्त में गुरु ने उसके हाथ से कागज ले लिया और फाड़कर फेंक दिया—मेरे मुँह पर!

"और कुछ कहना है तुझे?" उन्होंने पूछा। मेरे मुँह से पहली बार बकार फूटी—"छिमा बड़न को चाहिए छोटन को उत्पात।"

"अरे, तू उपदेश देगा मुझे? तू बताएगा कि मुझे क्या करना चाहिए? उपदेश देगा और अभी और उत्पात करेगा? अध्यापक का बेटा और उत्पात करता रहेगा?"

भाव-विह्वल मैं उनके चरणों की ओर लपका। उन्होंने पाँव खींच लिए—"इस लायक नहीं है तू! निकल जा चुपचाप!"

आज दीक्षित जी विभाग में नहीं हैं।

उनकी उदारता और दयालुता से अभिभूत मैं आज भी उनके चरण याद करता हूँ तो पहले मुझे उनका हैट दिखाई पड़ता है!

पसीने और तेल से चीकट और लसलस हैट!

मौसम चाहे जो हो—गरमी, बरसात, जाड़ा—हैट अपनी जगह! अडिग और अचल।

हैट दीक्षित जी की टोकरी भी था, हैंडबैग भी, जुओं और खटमलों की सराय भी, मक्खियों का होटल भी, पुलिस के लाठीचार्ज के समय हेलमेट भी और स्वामी के सिर का ताज भी!

जहाँ जैसी जरूरत हो!

उनके लिए जगत मिथ्या था, सत्य सिर्फ हैट था!

उन्होंने हैट की कभी चिन्ता नहीं की लेकिन हैट उनके लिए बराबर चिन्तित रहा। वह जहाँ भी रहा, उनकी याद में परेशान ही रहा।

कहते हैं, एक बार हैट कहीं बिछुड़ गया। किसी परचून की दुकान पर। मौसम की गलती से। गरमी बेहद थी और पसीना आँखों में नमक झोंक रहा था! जाने कहाँ-कहाँ से होते हुए दीक्षित जी घर पहुँचे और सिर से जब हैट उतारा तो वह नदारद। बहुत याद करने की कोशिश की लेकिन बेकार!

पाँच-छह महीने बाद जाड़ा जब शुरू ही हुआ था कि एक युवक हैट के साथ विभाग आया और उसने दीक्षित जी की चरण-रज ली।

"इतने दिन कहाँ रहे मूर्ख!" उन्होंने हैट छीनते हुए पूछा।

"मैं धन्यवाद देने आया हूँ गुरुदेव!"

"किस बात का धन्यवाद? इतने दिन रखे रहने के लिए? यही शिक्षा दी थी तुम्हें?"

"इसका मतलब, मुझे पहचान रहे हैं?"

"कौन हो तुम? लगता यही है कि शिष्य थे!"

"सही पहचाना आपने! काशीनाथ से पूछिएगा तो विनोद चौरसिया के बारे में बता देंगे!" वह बोला, "हाँ, जाते-जाते निवेदन कर जाऊँ कि इस हैट को अब कहीं मत छोड़िएगा। बड़े काम का है। जितने दिन हमारी दुकान में था, मक्खियों से जान बची थी! पूरी गरमी और बरसात चैन से कट गई! गुड़, घी, तेल, मसाले—सब कुछ छोड़-छाड़ कर सारी मक्खियाँ इसी में व्यस्त रहती थीं। अब मक्खियों का सीजन गया, आप सँभालें! एक बात और, क्या अगले सीजन में इसे भाड़े पर उठाएँगे?"

दीक्षित जी कुछ बोलें, इससे पहले ही हँसते हुए वह निकल गया।

कहते हैं, दीक्षित जी के लाख एहतियात के बावजूद हैट एक बार और गायब हुआ! और हर बार की तरह इस बार भी लगा कि दुबारा लौटकर नहीं आएगा! दीक्षित जी भी निराश हो चले थे लेकिन एक सुबह सहसा दीख गया। जब बकरी ने उन्हें आवाज दी और वे भूसी लेकर पहुँचे तो खुश हो गए। उसी हैट में कोई भूसी डाल गया था और वह निश्चिन्त खाए जा रही थी!

कई मौकों पर तो हैट ने दीक्षित जी की जान भी बचाई थी, इतिहास में इसके भी उदाहरण मिलते हैं। मसलन, एक बार दीक्षित जी बैंक से लौटते समय छात्रों के जुलूस में फँस गए। आन्दोलन उग्र था और लाठी-चार्ज हो गया। जैसे ही भगदड़ मची और दीक्षित जी के सिर पर डंडा तना, वे चिल्लाए—"अरे, मैं रीडर हूँ।" जवान ठहरकर कुछ सोचे, तब तक दूसरा बोला—"लीडर है! देखता क्या है, मारो!"

इस संकट में हैट न होता तो सिर का जाने क्या होता?

सूचनार्थ निवेदन है कि इन्हीं बातों को ध्यान में रखते हुए जिन दिनों मेरे साथ के उदीयमान कवि 26 जनवरी पर ओजस्वी और 'बसन्त' पर ललित कविताएँ रच रहे थे, मैं 'हैट हजारा' लिखने में लगा हुआ था। भगवान की दया से तिरपन छंद हो भी गए थे लेकिन एक टुच्चे नामाकूल से प्रश्न ने पांडुलिपि को खंडित छोड़ देने के लिए विवश कर दिया। वह प्रश्न था कि आदमी पैदा किसलिए होता है?

दीक्षित जी के सक्रिय जीवनकाल में आजादी मिली, कई चुनाव हुए, कई सरकारें आईं और गईं, देश ने कई युद्ध किये, कभी हारे-कभी जीते, *नक्सलबाड़ी* आन्दोलन हुआ, दूसरी आजादी की भी लड़ाई हुई, आपातकाल लागू हुआ, राशन-पानी कपड़े-लत्ते महँगे होते रहे—दीक्षित जी सिर पर हैट, हॉफ कमीज, मुद्धे से बित्ता भर ऊपर उटंग पाजामा पहने साइकिल से आते-जाते रहे। उन्हें कभी विचलित, चिन्तित, उद्विग्न, उदास नहीं देखा! 'सादा जीवन, उच्च विचार' रखने वाले आदमी, बने-बनाए सामाजिक नियमों और कायदे-कानून में विश्वास करने वाले आदमी, 'वर्णाश्रम' में आस्था रखने वाले गोस्वामी जी के भक्त दीक्षित जी को 'कलिकाल' ने कभी परेशान नहीं किया। दैहिक, दैविक, भौतिक तापों से मुक्ति का एक ही मार्ग था उनके आगे—मन्दिर से होते हुए बैंक और बैंक से होते हुए मन्दिर!

## 2

दर्रा बोलन के मुहाने पर दीक्षित जी को जिस बूढ़े ने रुककर साथ चलने के लिए हाँक लगाई थी उसका नाम विजय शंकर मल्ल था। दीक्षित जी साइकिल से, मल्ल जी पैदल रास्ता एक; लेकिन मल्ल जी भी उसी वक्त पहुँचे जब दीक्षित जी पहुँचे थे। सो कैसे? यह 'सूत्र' मल्ल जी ने आज तक किसी को नहीं बताया!

जब मल्ल जी पहुँचे तो अकेले नहीं, साथ में बच्चन सिंह भी थे।

सन् पचास से अस्सी-पचासी तक नगर ने—शायद संसार ने भी इन्हें अकेले नहीं देखा। रिक्शा हो, कार हो, सड़क हो, बाजार हो, धूप हो, छाँव हो, आँधी हो, तूफान हो—ये जहाँ दिखे, साथ दिखे। साथ ही रहे और साथ ही हैं—अगल-बगल 'निराला-निवेश' में। साहित्य में कदम भी दोनों ने साथ ही रखा था—मल्ल जी ने 'काव्य में प्रगतिवाद' से और बच्चन जी ने 'क्रान्तिकारी कवि निराला' से।

ये 1948 के आसपास की बातें हैं।

ये दोनों बूढ़े एक-दूसरे के जीवनसाथी भी हैं और पर्यायवाची भी। ये एक-दूसरे के धुआँ हैं। कौन किसका धुआँ है कहना मुश्किल है? लेकिन अगर एक दिख गया, किन्हीं कारणों से अकेले, तो मान लिया जाता था कि दूसरा भी कहीं इधर-उधर ही है। एक ही कद, एक ही काठी, एक जैसा चेहरा, एक जैसी चाल। कभी आगे, कभी पीछे; कभी हाँ-हाँ, कभी ना-ना।

फर्क सिर्फ धज में था! मल्ल जी के बदन पर एक लम्बा भूरा कोट रहता था जिसके लिए सुकवि केदारनाथ कह गए हैं कि—

*यों तो हैं और भी दुनिया में पहनने वाले*
*बना है कोट मगर विजय शंकर मल के लिए*

कौन किसके लिए बना है, कौन किसे पहनता है, पहले कोट आया फिर मल्ल जी या पहले मल्ल जी आए, फिर कोट—ये लम्बे समय से बहस के मुद्दे रहे हैं इस नगर में, लेकिन यह निर्विवाद रहा है कि मल्ल जी के बगल में या साथ दिखाई पड़ने वाला दूसरा बूढ़ा कौन है?

मल्ल जी यही भूरा कोट पहनकर सन् '48 में हिन्दी विभाग में आए और यही पहने पहने सन् '81 में रिटायर कर गए।

सच कहिए तो कोट पहनने का मजा तब है जब उसका मैच धोती से हो और धोती का मैच पंप से; लेकिन पंप पहनने का मजा तो मोजे के साथ है!

इस मोजे ने एक बार मल्ल जी को इतना परेशान किया कि कहिए मत!

कुछ लोगों का कहना है कि मोजे ने नहीं, बच्चन जी ने परेशान किया।

जबकि जनमत यह है कि परेशान होना या रहना मल्ल जी का स्वभाव है और हर बात पर विस्मित होना उनका स्थायी भाव!

लीजिए, फैसला आप कीजिए!

मल्ल जी उन दिनों विश्वविद्यालय के आखिरी छोर पर रहते थे—हैदराबाद कॉलोनी में। बच्चन जी शहर में रहते थे—उनसे अलग। जाने कैसे मल्ल जी को खबर किये बगैर, साथ लिए बगैर अकेले गए और मोजा खरीद लाए। रही होगी कोई मजबूरी लेकिन खबर तो करते; मल्ल जी जाते चाहे न जाते! सो दुखी और दुर्मन मल्ल जी दोपहर से पहले ग्यारह बजे शहर के लिए मोजा खरीदने रवाना हुए।

उनकी समस्या यह है कि उन्हें वही—उसी रंग का गर्दखोर मोजा चाहिए और उनसे कम कीमत पर! मल्ल जी ने तीन बजे तक पूरा शहर छान मारा—गोदौलिया देखा, दशाश्वमेध देखा, बाँसफाटक देखा, चौक देखा, बुलानाला देखा, मैदागिन भी देखा। इन चार घंटों में जलपान और पान-पत्ते खाने-खिलाने में उनके तीस रुपये स्वाहा हो गए लेकिन लहुराबीर जाकर उन्होंने सात रुपये के मोजे साढ़े पाँच रुपये में हासिल करने में सफलता प्राप्त कर ली!

उन दिनों कचहरी से हैदराबाद कॉलोनी तक नगर की बसें चला करती थीं।

कहा जाता है कि मल्ल जी गोदौलिया पर खड़े होकर बस का इन्तजार करने लगे। जब देर हो गई और बस नहीं आई तो मल्ल जी ने सोचा—जब तक यहाँ खड़े-खड़े इन्तजार करेंगे तब तक यदि पैदल चलें तो सोनारपुरा पहुँच जाएँगे। किराया भी कम लगेगा।

चलते-चलते मल्ल जी पसीना-पसीना हो गए। एक-डेढ़ किलोमीटर कम नहीं होता। फिर भी बस नहीं आई। वे रिक्शे से भी जा सकते थे लेकिन किराया तिगुना-चौगुना होता। तंग आकर उन्होंने चौराहे पर एक दुकानदार से पूछा—"भई, यहाँ से बस का हैदराबाद का किराया कितना होता है?"

"आठ आने।" उसने बताया।

मल्ल जी की आँखें फैल गईं—"और गोदौलिया से?"

"वहाँ से भी आठ आने।"

"तब मैं यहाँ से क्यों बैठूँ जी?"

"गोदौलिया से ही क्यों न बैठूँ?"

और कहते हैं कि मल्ल जी उलटी दिशा में वापस गोदौलिया के लिए लौट चले!

बड़े अटपटे मौके पर पहुँचा था मैं हैदराबाद कॉलोनी। सुबह-सुबह। बड़ी कष्ट की घड़ियाँ थीं ये मल्ल जी के लिए। मल्ल जी ने मुरादाबाद से एक बड़े साइज का गिलास खरीदा था जिसमें पौन लोटा पानी अटता था। वे सुबह उठते ही एक गिलास पानी पीते और लॉन में तेजी से आधे घंटे तक टहलते, फिर एक गिलास पीते, फिर टहलते, और यह क्रम तब तक चलता रहता जब तक उनका पेट उनके पैरों को बाथरूम की ओर न धकेल देता!

"आइए काशीनाथ जी!...अरे सुनती हो?" उन्होंने आवाज दी।

तब तक भाभी जी आ गईं।

"काशीनाथ जी के लिए पकौड़ियाँ बनाओ? किस चीज की बनाओगी? प्याज की या गोभी की? अरे भई, ठीक है, मुझको नहीं खाना है लेकिन खिलाने पर तो बन्दिश नहीं है?"

मैं 'नहीं-नहीं' कहता ही रह गया लेकिन मल्ल जी कहाँ सुनने वाले!

वे आकर ड्राइंगरूम में बैठ गए और बोले—"पहले बैठ जाइए तब सुनिए पूरी बात! बात यह है काशीनाथ जी, मुझे हो गया है पेप्टिक अल्सर। नाम तो सुना है न इस रोग का? क्या बहुत खतरनाक होता है? अरे, रोग है तो खतरनाक होगा ही। लेकिन नाम सुनकर डर लगता है भाई! तो परसों ही डॉक्टर ने बताया! कहा कि 'पेप्टिक अल्सर'। आपको पता ही होगा कि इसका सम्बन्ध किससे है? पेट से! और तब से तली हुई चीजें खाना बन्द। सब नोट कर रखा है कॉपी में कि क्या-क्या बन्द है? जैसे पूड़ी, कचौड़ी, पकौड़ी, पराँठा, अचार, खट्टी चीजें, तली चीजें, मसालेदार तरकारी। सब बन्द। मैंने भी सोचा कि जो नहीं खाते हैं, वे मर जाते हैं क्या? वे भी तो जिन्दा हैं? लेकिन यह बताइए, इनके सिवा रह क्या जाता है खाने को?'

इस बीच भाभी जी एक तश्तरी में पकौड़ियाँ ले आईं।

मल्ल जी ने मुँह दूसरी ओर फेर लिया और दूर देखने लगे!

"सब आप ही के लिए है, खाइए!" मुझसे कहा और सोफे से उठकर कोने में कुर्सी पर बैठ गए।

मैंने खाना शुरू किया।

"कैसी बनी हैं? अच्छी हैं?"

"बहुत अच्छी!"

"प्याज की हैं?"

"हाँ प्याज की भी है।"

"साथ में चटनी दी है या नहीं।"

"है ना! धनिया की है।"

मल्ल जी उठकर चले आए और एक पकौड़ी उठा ली—"आप झूठ बोल रहे हैं, नमक कम होगा!" उन्होंने खड़े-खड़े पकौड़ी चखी और तश्तरी उठा ली। "काशीनाथ जी एक दिन खाने से क्या होगा? ऐसा है, आप अपने लिए दूसरी मँगा लीजिए!"

वे तश्तरी लिए हुए गए और सोफे पर बैठ गए—"अरे सुनती हो, काशीनाथ जी के लिए दूसरी प्लेट दे जाओ!"

बच्चन जी ने मल्ल जी से कहा—"विजय शंकर, पूरा सत्र बीता जा रहा है और तुमने अब तक कोई क्लास नहीं लिया। शर्मा जी बता रहे थे कि लड़के यह शिकायत वाइस चांसलर तक कर आए हैं!"

"अरे! तुम चुप रह गए, तुमने कुछ कहा नहीं?" मल्ल जी ने आश्चर्य से पूछा।

"मैं क्या कहता?"

"अरे भई, यह तो कह सकते थे कि विजय शंकर क्लास में जाएँ और लड़के न मिलें तो इससे वह क्या करें?"

"यह कल तुम्हीं कहना" कहते हुए बच्चन जी चले गए।

मल्ल जी के बारे में प्रसिद्ध है कि वह क्लास क्या, कहीं भी समय पर नहीं पहुँचते। उन्होंने यह भ्रम तोड़ने की कई बार कोशिशें कीं। पूरा नगर जानता है कि वे अपनी घड़ी हमेशा एक घंटा आगे रखते हैं ताकि लेट भी हों तो समय पर पहुँच जाएँ। जैसे कहीं सात बजे पहुँचना है तो मल्ल जी की घड़ी में आठ बजा रहेगा! फिर भी लोगों की आदत हो गई है शिकायत करने की!

उनके सही समय पर न पहुँचने का एक वाकया जगत प्रसिद्ध है।

अध्यक्ष शर्मा जी के बेटे का यज्ञोपवीत था। उन्होंने मल्ल जी को हिदायत दी थी कि अगर इसमें भी लेट हुए विजय शंकर तो समझ लेना। यार, जीवन में कभी तो सीरियस बनो...मल्ल जी ने कहा कि अच्छा, हम भी इस बार हमेशा के लिए आपका मुँह बन्द कर देंगे।

और मल्ल जी ने कई दिनों से समय याद कर रखा था—ठीक शाम पाँच बजे।

वे तीन-चार दिन से जिस किसी से मिलते पता कर लेते—"कहो जी, कै बजे शर्मा जी के यहाँ जनेऊ है?" "पाँच बजे।" "ठीक से याद है न तुम्हें?" "हाँ!" "छह बजे तो नहीं है न?" "नहीं!"

और मल्ल जी ठीक अपनी घड़ी के हिसाब से चार बजकर पचपन मिनट पर पहुँचे...यानी पाँच बजे से पाँच मिनट पहले। विजय भाव से—हमेशा के लिए मुँह बन्द कर देना है आज। पता चल जाएगा लोगों को कि मल्ल जी मजाक नहीं हैं!

लेकिन दरवाजे पर न बाजा, न गाजा, न पत्तल-दोने, न भीड़-भाड़!

मल्ल जी ने कालबेल बजाई और शर्मा जी तहमद ठीक करते हुए निकले—"अरे विजय शंकर, तुम?"

मल्ल जी ने बायाँ हाथ आगे बढ़ाया—"यह देखिए घड़ी! पाँच में पाँच मिनट कम। अब बोलिए।"

शर्मा जी हँसे—"तो तुम जनेऊ में आए हो लेकिन वह तो कल है—आठ तारीख को।"

बहरहाल बच्चन जी की सूचना से आतंकित अगले रोज मल्ल जी एम.ए. प्रीवियस के कमरे के बाहर गैलरी में टहल रहे हैं। हाथ में रजिस्टर है और 'उद्धवशतक'।

जब दस पचास हो गए तो बगल से गुजरते एक लड़के को बुलाया—"घंटे की आवाज तुमने भी सुनी थी?"

"हाँ सर।"

"तुम्हारी घड़ी में कै बजे हैं?"

"दस पचास।"

"घंटा पाँच मिनट पहले ही बजा है?"

"जी हाँ।"

"ठीक, जाओ।" कहकर मल्ल जी फिर टहलने लगे। इसी बीच सीढ़ियों से उतरते हुए श्याम सुन्दर जी नजर आए।

"शुक्ल जी, इधर तो सुनिए।"

शुक्ल जी पास पहुँचे। मल्ल जी ने पूछा—"घंटे की आवाज आपने भी सुनी थी?"

मल्ल जी ने अपने कोट से एक कागज निकाला—"यह टाइमटेबुल है। आज मंगलवार है। देखिए तो दस पैंतालीस से मेरा क्या है?"

"उद्धवशतक।" शुक्ल जी ने देखकर बताया।

"फिर वर्मा जी क्यों पढ़ा रहे हैं इतनी देर से?"

"आप दरवाजा खटखटाइए, वे समझ जाएँगे। हो सकता है उन्हें याद न हो।" कहते हुए शुक्ल जी चले गए।

जब ग्यारह बजकर दस मिनट हो गए तो मल्ल जी से रहा न गया। उन्होंने दरवाजे का एक पल्ला खोलकर झाँका और कहा—"कुछ होश-हवाश है या नहीं? अभी कितनी देर करेंगे?"

वर्मा जी ने देखा और बाहर आ गए—"बात क्या है?"

मल्ल जी चकित—"अरे, हद कर रहे हैं आप तो। मैं आधे घंटे से बाहर टहल रहा हूँ और पूछते हैं कि बात क्या है?"

"लेकिन मैं तो साल भर से इसी पीरियड में पढ़ाता आ रहा हूँ।"

"मगर यह देखिए।" मल्ल जी ने टाइमटेबुल निकाला और खोलकर रख दिया उनकी आँखों के आगे—"देखिए अपनी आँखों से? 'उद्धवशतक' है या नहीं?"

वर्मा जी ने देखा वही दिन। वही समय। मल्ल जी के यहाँ 'उद्धवशतक' उनके यहाँ 'काव्यशास्त्र'। एक ही समय दो लोगों के एक ही क्लास और एक ही कमरा। यह गड़बड़ी कैसे हुई? पहले किसी ने ध्यान क्यों नहीं दिया? मल्ल जी ने भी तो पहले नहीं बताया।

परेशान दोनों विद्वान पहुँचे अध्यक्ष के पास। "जरा देखिए।" मल्ल जी उखड़कर बोले—"आप कहते हैं मैं क्लास नहीं लेता। कैसे लूँ आप ही बताइए।"

अध्यक्ष ने देखा। बहुत माथापच्ची की, उनकी समझ में न आया। अन्त में थक-हार कर बुलाए गए टाइमटेबुल बनाने वाले त्रिभुवन जी। पहले तो मल्ल जी का टाइमटेबुल देखकर वे भी चकराए, फिर जोर का ठहाका लगाया—"मल्ल जी, यह सन् '63 का नहीं, सन् '62 का टाइमटेबुल है। पिछले साल का। अबकी वाला देखिए!"

अब वह मल्ल जी के पास हो तब न!

मल्ल जी हमें पढ़ाते थे 'उद्धवशतक।' पढ़ाते क्या थे, समझिए, कवि का घेंघा तब तक चाँपे रहते थे जब तक उसकी आई-बाई गुम न हो जाए। मल्ल जी पढ़ा रहे हैं—धाईं जित-तित तें विदाई हेतु ऊधो की, आरत भरी गोपी संभारति न सांसुरीं' तो धाई। जित-तित तें धाईं! किस हेतु धाईं? विदाई हेतु धाईं। कौन धाईं? नहीं, नहीं

रुकिए, पहले देखिए कि किसकी विदाई हेतु जित-तित तें धाईं। तो ऊधो की विदाई हेतु। कौन? गोपी। किस हाल में?...

यानी हमारे तीन गुरु और तीनों में जैसे खराब पढ़ाने की होड़, जनमत यह था कि अगर गौर से न सुना जाए तो 'और' के विशेष उच्चारण-कौशल के कारण बच्चन जी इन सब पर भारी हैं!

सरल, सज्जन, सहृदय मल्ल जी। दूसरे के सुख-दुख के सच्चे साथी मल्ल जी।

लेकिन उनकी छवि घोर आलसी, लापरवाह, गैरजिम्मेदार और बिना मसरफ के आदमी की थी। साथ ही इसके उलटी भी एक छवि थी—कहीं ज्यादा दिलचस्प और चौंकाने वाली। अपने नफा-नुकसान के मोर्चे पर बेहद सतर्क और चौकस आदमी की छवि!

लोग अभी विचार कर रहे हैं साल भर से कि भई, नगर में नई-नई कॉलोनियाँ बन रही हैं, कीमतें आसमान छूने लगें इसके पहले ही किसी अच्छी कॉलोनी में हमें भी मौके का एक प्लाट ले लेना चाहिए। क्यों मल्ल जी? क्या सोच रहे हैं आप? पता चलता, मल्ल जी पहले ही तीन कॉलोनियों में चार प्लाट ले चुके हैं। अभी लोग ईंट, सीमेंट, बालू और लकड़ी का भाव पता करते तब तक मल्ल जी का एक फ्लोर मुकम्मल हो जाता। जब तक लोगों का भूमि-पूजन हो रहा होता तब तक मल्ल जी के यहाँ गृहप्रवेश की शहनाइयाँ बज चुकी होतीं।

यह सब आनन-फानन में कैसे हो गया?

दूसरों के चकित होने के पहले से मल्ल जी चकित हैं—"यही तो मेरी भी समझ में नहीं आ रहा है।"

दूसरों में खोट निकालने वाले और फालतू में निंदा करने वाले इसका श्रेय मल्ल जी की 'विश्वदृष्टि' को देते और कहते कि मल्ल जी शिष्यों और शोधछात्रों के चुनाव के मामले में बड़े लोकवादी और दूरदर्शी हैं। उनके आगे दस-पाँच वर्षों की भविष्य की योजनाएँ रहा करती हैं। वे शिष्य को इतना सोचने का मौका ही नहीं देते कि वे उसके किस काम आ सकते हैं? उनका दिमाग गुपचुप काम करता रहता है—इसके घर का कोई पंजीकरण कार्यालय से सम्बद्ध है या नहीं (ताकि खरीदे जाने वाले प्लाट बिना परेशानी के कम खर्च में लिखवाए जा सकें) इसके रिश्ते का कोई नगरमहापालिका या बिजली या जलकल विभाग से सम्बद्ध है या नहीं (ताकि नक्शा पास करवाने या बिजली-पानी की कोई समस्या न रहे), इसके भाई या चाचा गहनों या बनारसी साड़ी के व्यवसायी हैं या नहीं (ताकि बच्चे-बच्चियों के शादी-ब्याह में वाजिब कीमत पर चीजें मिल सकें), इसके पिता आयकर विभाग में कार्यरत हैं या नहीं, इसके परिवार का कोई रेलवे कार्यालय से सम्बद्ध है या नहीं (ताकि कहीं आने-जाने में आरक्षण की समस्या न रहे) आदि-आदि, लड़के को पता नहीं रहता और मल्ल जी ऐसी जानकारियाँ हासिल कर रखते हैं!

हालाँकि मल्ल जी ने इतना सब नहीं किया लेकिन किया भी हो तो इसमें गलत क्या है? कौन नहीं चाहता सुख और सुविधाएँ? कौन उसके आसान से आसान रास्ते नहीं तलाशता? कौन किराए के मकान में जिन्दगी बसर करते हुए बीवी-बच्चों को लावारिस छोड़कर मर जाना चाहता है? मल्ल जी ने किया तो क्या बुरा किया? यह भी जीने की एक शैली रही है आम भारतीय की कि अपना सारा वजूद बच्चों और बीवी और रिश्ते-नातों की नींव में गाड़ दो और जीवन जैसे आया है, वैसे उसे चुपचाप गुजर जाने दो। इसे सार्थक जीवन कहें न कहें, सफल जीवन कहते ही हैं। अगर दीक्षित जी ने ऐसा किया तो मुझे कोई शिकायत नहीं। लेकिन गुरुदेव आप?

आपका तो यह मार्ग नहीं था?

आपने तो 'प्रगतिवाद' पर तब काम किया था—लगभग सन् '45 में—भले शुरुआती काम रहा हो, लेकिन तब किया था जब बनारस की धरती पर गीतों की सुरमई शाम थी और लोरियाँ गाई जा रही थीं। आपके लेखों के ठस, ठोस, सोंठ जैसे व्यंजक गद्य में आचार्य शुक्ल के संस्कार दिखाई पड़ रहे थे लोगों को। कहते हैं, 'भारतेंदु युग' आपका आँगन रहा है जिसमें गिल्ली-डंडा खेलते रहे हैं आप! आप का बरामदा रहा है जिसमें टहलते रहे हैं आप! किसी गोष्ठी में भारतेंदु युग के गद्य को 'हँसमुख गद्य' कहा था आपने और नामवर जी लहालोट हो गए थे इस पर! यही नहीं, मैंने देखा है कि भारतेंदु या द्विवेदी युग के बारे में जब भी जिज्ञासा हुई है, आपके सिवा नामवर जी के पास बनारस में कोई विकल्प नहीं रहा है। वे पिछले तीस सालों से—और वही नहीं, हम सब कहते ही नहीं, उकसाते रहे हैं आपको कि 'इस' पर नहीं तो 'उस' पर लिखिए; आप माथा पीटते रहे हैं, सिर के बाल नोचते रहे हैं, हो सकता है चाहा भी हो, कोशिश भी की हो लेकिन नहीं हो सका!

क्यों?

क्योंकि गुरुदेव! आपने बड़ी बेवफाई की भाषा के साथ! विश्वासघात किया था उसके साथ। अब वह वापस नहीं आने वाली। जब वह आपके बहुत करीब आना चाहती थी, आप किसी और की आशनाई में मशगूल हो गए—वह माटी थी या सोना, इसे आप जानें। आखिर वह कब तक इन्तजार करती आपका? एक सुबह उसने अपने कपड़े-लत्ते उठाए और आपकी चारदीवारी फाँदकर बच्चन जी के ड्राइंगरूम में चली आई!

## 3

मित्रो, एक बार फिर चलिए मेरे सपने में—उसी दर्रा बोलन के मुहाने पर जहाँ दीक्षित जी ने हमें छोड़ा था। मुहाने के बाहर चाय का एक ढाबा, ढाबे के बाहर

पड़ी एक लम्बी-सी मेज, मेज के दोनों ओर लम्बी बेंचें और बेंचों पर आमने-सामने बैठे दो बूढ़े—थके-माँदे।

मेज पर मक्खियाँ भिनभिना रही हैं।

"तुम हमेशा बिलो स्टैंडर्ड काम करते हो। यह रिक्शे-ठेले वालों का स्तर है!" सदरी वाले बूढ़े ने नाक-भौंह सिकोड़ते हुए कहा।

कोट वाले बूढ़े की आँखें आश्चर्य से फैलती हुई कानों तक चली गईं।

"अगर नगेन्द्र जी होते तो ऐसी गंदी जगह कभी नहीं बैठते!" पहले बूढ़े ने कहा।

"गलत!" दूसरे बूढ़े ने जोर देकर कहा—"सरासर गलत! वे बैठते, हाँ, चाय नहीं पीते! क्यों? क्योंकि उनकी चाय उनके थर्मस में होती और वे बैठकर अपनी चाय पीते!"

पहले बूढ़े ने दार्शनिक भाव से आसमान की ओर देखते हुए कहा—"चाहे जो कहो, नगेन्द्र जी की बात और है! वे रॉयल आदमी हैं!"

"फिर गलत! वह कौन-सा शब्द चला है आजकल जी?" दूसरे ने चिटकियों से अपनी भौंहें मसलनी शुरू कीं और कई बार अपना माथा पीटा, "अरे बोलो न! देख क्या रहे हो? वह कौन-सा शब्द है भाई जो कम्युनिस्ट को बोलते रहते हैं... हाँ, बुर्जुवा यही न? क्या होता है इसके माने ज़ी?...खैर, जो होता हो लेकिन रॉयल तो मत कहो भाई! हाँ, अरिस्टोक्रैसी। यह चीज वाजपेयी जी में है!"

"वाजपेयी जी भी यहाँ—ऐसी जगह बैठना पसन्द न करते!"

दूसरे वृद्ध आँखें फाड़े उन्हें देखते रहे, फिर विस्मय से बोले—"यह तुम कैसी बातें कर रहे हो बच्चन? जो उन्हें न जानता, वह कहता तो एक बात भी थी! तुम भूल गए क्या? जब हम उज्जैन से सागर के लिए वाजपेयी जी की कार में चले थे—याद होगा तुम्हें, गाड़ी में खाने-पीने का सारा सामान था, मिठाइयाँ भी थीं, फल भी थे, पान-दान भी था लेकिन वह कौन-सी जगह थी भाई? अरे, तुम एकदम से भूल गए क्या?"

"मैं नहीं था, हाँ, तुमने लौटकर जरूर कई बार चर्चा की थी।"

"अरे, कैसी बात कर रहे हो? तुम कैसे नहीं थे?"

"मैं नहीं था विजय शंकर बात तो मानो!"

विजय शंकर अविश्वास और आश्चर्य से बच्चन को घूरते रहे, फिर कई बार माथा पीटा और याद करने की कोशिश की। अन्त में हँस पड़े—"अरे हाँ, तुम नहीं थे। रामलाल सिंह थे, याद आया! लेकिन सुनो, तुम क्यों नहीं थे?"

ऐसी बहसें और इसी तरह की बातें!

जब सन् '60 में मेरे शोध-निर्देशक आचार्य द्विवेदी चंडीगढ़ चले गए, कवि केदारनाथ पडरौना, विजय मोहन आरा और नामवर जी बनारस में रहते हुए 'तड़ीपार' मान लिए गए तो मैं अपने नगर में 'गरीब की जोरू' हो गया! सबके शत्रु मुझसे

छेड़छाड़ करने लगे। कोई आँख मार जाता, कोई ठिठोली कर जाता, कोई पल्लू खींचने लगता। ऐसी हालत में मैंने देखा कि बच्चन जी का दिल एक विशाल कॉलोनी है—कुछ-कुछ लखनऊ में मौजूदा 'गोमती नगर' जैसा! उसमें एक ओर नन्द दुलारे वाजपेयी का बँगला, दूसरी ओर डॉ. नगेन्द्र की कोठी, तीसरी ओर आचार्य द्विवेदी का 'रेस्टहाउस', चौथी ओर इलाहाबादी परिमलियों का पूरा कुनबा ही बसा हुआ है। फिर मैं तो कमच्छा के दिनों का उनका पहला शिष्य। उन्होंने उस कॉलोनी के एक कोने में छोटी-सी गुमटी खड़ी करवाई और कहा—"जब-जब मन करे, आ जाया करो।" गरीब की जोरू के लिए यही बहुत बड़ा सहारा था।

बच्चन जी उन दिनों पूरी तरह अध्यापक थे और उनके मॉडल थे—डॉ. नगेंद्र! वाजपेयी 'क्रान्तिकारी कवि निराला', 'हिन्दी नाटक', 'रीतिकालीन कवियों की प्रेमव्यंजना', 'बिहारी का नया मूल्यांकन' के बावजूद न साहित्यकारों में गण्यमान्य थे और न विभाग में उतने सम्मान्य जितना चाहिए था! यह बनारस के लिए नई बात नहीं थी लेकिन बच्चन जी यह क्षति अपने बाहरी सम्बन्धों और सम्पर्कों से पूरी करने में लगे थे, वे मेरे झरोखा थे जिनसे मैं हिन्दी विभागों और अध्यापकों की राजनीति का जायजा ले रहा था। उनसे सुनता कि वाजपेयी जी, नगेंद्र जी सम्बन्धों को निभाना जानते हैं और सच मानिए तो इन दोनों का नगर प्रवेश सभी अध्यापकों के लिए त्योहार की तरह होता था। हर अध्यापक साइकिल या रिक्शे पर दौड़ता-भागता नजर आता था। लोग पता कर रहे हैं वाजपेयी जी या नगेंद्र जी का। किसके यहाँ ठहरे हुए हैं? किसके घर नाश्ता है? लंच कहाँ ले रहे हैं? और शाम की चाय? और डिनर तो अमुक के यहाँ होगा! और वापस किस गाड़ी से जा रहे हैं? अगर इन सारे प्रश्नों के उत्तर कोई एक आदमी दे सकता था तो बच्चन जी!

और बच्चन जी? रिसीव करने किन्हें जाना है, किन्हें काटना है, उनके आने की किनको भनक नहीं लगने देनी है, उन्हें कहाँ जाने देना है, किनसे मिलने देना है, किनसे नहीं, किन-किन चीजों की शॉपिंग करनी है, उन्हें कैसी डिश पसन्द है आदि-आदि! मैं देखता कि नगर की सारी साइकिलें, सारे रिक्शे, सारी टाँगें बच्चन जी की खोज में भटक रही हैं।

ऐसे वक्तों में दो-चार दिन बच्चन जी की वही हैसियत होती थी जो इंदिरा गांधी के जमाने में आर.के. धवन की रही होगी।

इन मामलों में बच्चन जी मुझे नाकारा और फालतू समझा करते थे। शायद कुछ तो अपने और नामवर जी के सम्बन्धों के कारण और कुछ मेरी अपनी रुचियों और सीमाओं के कारण। मुझे दूसरों से पता चलता था यह सब!

जब सन् '65 में मैं हिन्दी विभाग में आया तो सबसे ज्यादा खुशी जिस आदमी को हुई वह बच्चन जी थे।

मेरे गुरु और गाइड!

मेरा कमरा उनके कमरे के सामने पड़ता था विभाग में। वे मुझे प्यार करते थे और मेरे लिए बराबर चिन्तित रहा करते थे। जब भी कोई लड़की कुछ पूछने के लिए मेरे कमरे में आती, वे विकल हो उठते।

विभाग से लौटते समय वे बोधिसत्व की तरह उपदेश के वशीभूत हो उठते और नैतिकता, सच्चरित्रता, अध्यापकीय मर्यादा की शिक्षा देते हुए कहते—"तुम्हें बहुत कुछ करना है, बहुत आगे जाना है। सारा जीवन पड़ा हुआ है यह सब करने के लिए! काम, क्रोध, लोभ, मोह इन विकारों से बचो। पिछले सात-आठ महीनों से तुमने क्या लिखा है, बताओ जरा? नया क्या पढ़ा है, वही सुनूँ? कुछ भी तो नहीं?...हाँ, क्या नाम बताया उस मूर्ख लड़की का?"

दूसरे दिन जैसे ही वह लड़की मेरे कमरे की ओर आती नजर आती, वे आवाज देते—"अरे ओ शान्ति!"

वह उन्हें प्रणाम करती और कहती—"सर, मेरा नाम शान्ति नहीं, कीर्ति है!"

"चाहे जो नाम हो तुम्हारा, इधर आओ।" वे बैठे-बैठे बोलते।

वे उसे बुलाते और प्यार से बिठाते—"तो कीर्ति, क्यों तंग करती हो उस बिचारे को? जो पूछना है मुझसे पूछा।"

फिर वे उससे बातें शुरू करते—मौसम के बारे में, हवा और हरियाली और फूलों के बारे में, रंगों की पसन्द के बारे में, लड़कियों के पहनावे और लेटेस्ट फैशन के बारे में, उसके ब्वॉय फ्रेंड के बारे में, अस्तित्ववाद और जीवन की निरर्थकता के बारे में।

उसके बाद घर लौटते हुए बच्चन जी के चेहरे पर जो खिलान आती, वह देखते ही बनती, वे बीच-बीच में अनायास ही हँस पड़ते—"शी इज वेरी स्मार्ट एंड इंटेलिजेंट गर्ल। सुनो काशी, तुमने कभी प्यार किया है?" फिर अचानक जैसे होश में आ जाते—'नहीं छोड़ो। अभी तुम्हारी लिखने-पढ़ने और काम करने की उम्र है। अभी किया ही क्या है तुमने दो-चार कहानियों के सिवा? मत पड़ना किसी ऐसे झमेले में?...परसों कीर्ति ने लाइब्रेरी चलने के लिए कहा है। बताओ भला, उसे 'अस्तित्ववाद' पर आई हुई नई किताब के बारे में कोई जानकारी ही नहीं है।"

हाय बिचारी कीर्ति!

ये गुरुदेव के आत्मसंघर्ष के दिन थे जब उनकी सारी चेतना चेले को गलत रास्ते पर जाने से रोकने में लगी हुई थी।

इन्हीं दिनों एक घटना हो गई छोटी-सी।

नामवर जी की किताब आई थी—'कविता के नये प्रतिमान'। उसे अखिल भारत के अध्यापकों ने 'नई कविता' या 'मुक्तिबोध' को समझने-समझाने के रूप में कम देखा था, डॉ. नगेंद्र के विरोध में अधिक। नगेंद्र जी तप रहे थे—हिन्दी विभागों की

धरती पर सूर्य की तरह। उनके सूरजमुखी और चन्द्रमा हर नगर में थे जो उनके ताप से खिल और चमक रहे थे। बनारस में भी।

'धर्मयुग' में बच्चन जी की रिव्यू आई थी 'प्रतिमान' पर। वह 'रिव्यू' किसके समर्थन में थी, किसके विरोध में, लिखी गई थी या; लिखवाई गई थी—यह सब कुछ याद नहीं, इतना जरूर याद है कि उसे लेकर बनारस में भी चहल-पहल थी और बच्चन जी सन्तुष्ट थे। ऐसे ही वक्त में बच्चन जी ने मुझे कमच्छा पर रोका और पान की दुकान पर ले गए। बोले—"तुमने रिव्यू पढ़ी?"

"हाँ, पढ़ ली!"

"तुम नाराज तो नहीं हो?"

"बिलकुल नहीं, यह बात आप और नामवर के बीच है, मेरे लिए जैसे वे, वैसे आप, अच्छा-बुरा आप दोनों जानें। इससे मुझे क्या?"

इस टिप्पणी से बच्चन जी गद्गद—इतने कि मुझे गले से लगा लिया।

मैंने उन्हें खुश करने के लिए नहीं कहा था लेकिन यह अधूरा सच था। मेरी जो समझ बन रही थी वह यह कि हम लेखकों के लिए कोई तो एक जगह हो—उसे मन्दिर कहिए या मस्जिद या गिरजाघर—जहाँ सच्चे और निर्विकार मन से जाएँ। नहा-धोकर, कपड़े-लत्ते-जूते उतारकर, धूल-धक्कड़ झाड़कर, जहाँ ईमानदारी बरतें, सच बोलें! और वह जगह साहित्य ही हो सकती है। ऐसी जगह रिश्ते बीच में नहीं आने चाहिए।

मुझे बच्चन जी से यह भी कहना चाहिए था लेकिन साहस नहीं था मेरे भीतर। इसलिए कि मैं उन्हें खोना नहीं चाहता था। वे मुझ अकेले के सहारा थे विभाग में—मनुष्यता से भरे हुए गुरु भी, बड़े भाई भी, मित्र भी। इसलिए भी कि बच्चन जी सम्बन्धजीवी व्यक्ति भी थे, आलोचक भी। सम्बन्धों को जीना और उन्हें निभाना उनके संस्कारों में था। यह बुरी बात नहीं थी, बुरी बात थी सम्बन्धों के रास्ते आलोचना में जाना। सम्बन्ध खराब हों तो भर्त्सना करना, अच्छे हों तो प्रशंसा करना...बहरहाल मैं ही नहीं, बच्चन जी भी मुझे नहीं खोना चाहते थे!

मैं अक्सर बच्चन जी को बेचैन देखता था! उनकी बेचैनी का कारण था। उनके सम्पर्कों में नामवर आलोचक, शिवप्रसाद कथाकार, त्रिभुवन छात्रप्रिय अध्यापक। वे अपने जीवनसाथी मल्ल जी की तरह बच्चों की नींव में 'डंप' नहीं होना चाहते थे। वे अपनी 'आइडेंटिटी' की तलाश में थे। उन्होंने सातवें दशक की कहानी पर एक लेख लिखा था—'गुमशुदा की पहचान'। वे स्वयं को 'गुमशुदा' महसूस कर रहे थे और 'पहचान' के लिए बेचैन थे। उन्होंने कहानियाँ भी लिखीं उन्हीं दिनों—अस्तित्ववादी फार्मूले की। वह दौर ही था अस्तित्ववाद की चहल-पहल का लेकिन उनमें 'व्यक्तिवाद' की जड़ें इतनी गहरी थीं कि वे पात्रों को अपने भीतर ढलने

की आज्ञा नहीं देते थे। उनके भीतर भरपूर मानवीय संवेदनाएँ थीं, लेकिन संवेदना का प्रसार जैसे बृहत्तर समाज में होना चाहिए—उससे दूर थे वे! अपने 'विशिष्ट' होने के मुगालते में। उन्हें लेखकों के बीच नहीं, अध्यापकों के बीच चैन मिलता था क्योंकि हम अपढ़ और मूर्ख अध्यापकों के बीच वे सचमुच पढ़-लिखे विद्वान थे। लेखकों के बीच या तो असहज हो जाते थे या अपनी अध्यापकीय गरिमा में गम्भीर! 'रीतिकाल' और 'बिहारी' को पीछे छोड़ चुके थे और अब 'नई समीक्षा', 'नवलेखन', 'अस्तित्ववाद' और भी बहुत कुछ उनकी चिन्ता और चिन्तन के विषय हो चले थे!

अन्ततः यह बेचैनी उन्हें हिमाचल प्रदेश ले गई—सन् '70 के बाद।

लौटे तो ऐसे, जैसे वहीं के लिए बने रहे हों!

बदला हुआ ढंग, बदला हुआ चेहरा, बदली हुई आँखें। उन्होंने उलट-पलटकर रख दिया धरती के इस नियम को कि जवानी के बाद बुढ़ापा आता है। यहाँ नगर और शिमला देख रहा था कि एक बूढ़ा बे-अख्तियार और बेमुरव्वत जवानी में जबरन घुसा चला आ रहा है और जवानी है कि सरेआम बलैया ले रही है। हम उन्हें बुजुर्ग कहते लेकिन वे हममें से किसी से भी ज्यादा जवान और तरोताजा थे! जो लोग उन्हें नीरस और बोर समझा करते थे, दंग रह गए। पद और बुजुर्गियत का चोला तार-तार हो गया था! बनारस की सुबह ने कभी नहीं सताया लेकिन शिमला की शामें उन्हें याद आती रहती थीं!

वे आए थे खाली हाथ लेकिन लौटे तो दोनों हाथ फँसे हुए थे—एक में विजय मोहन का 'समकालीन भावबोध' था और दूसरे में लल्लन राय का 'मार्क्सवादी सौन्दर्यशास्त्र।' वे 'टेंशन', 'टेक्स्चर', 'ऐम्बिगुइटी', 'स्ट्रक्चर' आदि से बराबर हमें आतंकित करते। अब तक जो मार्क्सवाद उनके लिए अछूत था, 'सौन्दर्यशास्त्र' के माध्यम से उनके निकट आ गया था। रमेश कुंतल मेघ, शिवकुमार मिश्र, विश्वम्भर नाथ उपाध्याय के साथ एक नया समीकरण मिल गया था उन्हें, जिसकी उनको सख्त जरूरत थी। अब वे थे, उनके अपने पाँव थे और वे मजबूती से खड़े थे—अलमस्त, विश्वास से भरे हुए और बेपरवाह। हिमाचल उन्हें वह सम्मान दे रहा था जिसके वे हकदार थे।

इस तरह धूमधाम और बाजे-गाजे के साथ बच्चन जी ने यौवन में प्रवेश किया ही था कि खुदा का कहर बरपा और वे रिटायर कर गए। और जब वे फिर 'एकाकी' और 'किंकर्तव्यविमूढ़' वाली स्थिति में आने ही वाले थे कि उन्होंने अपनी आँखों के आगे सम्बन्धों का एक नया बुलन्द दरवाजा खुलता हुआ देखा।

नामवर जी ने उन्हें जवाहरलाल नेहरू विश्वविद्यालय में तीन महीने के लिए बुला भेजा। उनमें नई जान आई। जाता हुआ यौवन ठिठककर खड़ा हो गया। वे दिल्ली से इतना कुछ लेकर लौटे कि बनारस उन्हें मुर्दा लगने लगा—क्या रखा है

इस बनारस में? कोई जीवन नहीं, कोई हरकत नहीं। वे पान की दुकान पर खड़े होते तो कहते—यार, साहित्य-वाहित्य बेकार है। क्यों न पान की गुमटी ही खोल लो। चाय की दुकान पर बैठते तो कहते—चाय का ढाबा ही खोल लो, मास्टरी में क्या रखा है? उन्हें दिल्ली की शामें सताने लगतीं—सुनो काशी, वहाँ इतनी अच्छी-अच्छी बातें होती हैं कि सोच भी नहीं सकते। यहाँ बातें करें भी तो किससे? लुकाच तो लुकाच, किसी ने बर्टोल्ट ब्रेष्ट को भी नहीं पढ़ा है, एक दिन करो न 'एपिक थिएटर' पर गोष्ठी। अगर फैज पर दिल्ली में आयोजन होता तो बनारस में करने के लिए परेशान हो उठते। 'रंगमंच' पर होता तो उसके लिए! रहते बनारस में लेकिन दिल-दिमाग दिल्ली में होता!

बनारस में बच्चन जी 'प्रगतिशील लेखक संघ' के अध्यक्ष हुए और इतनी गोष्ठियाँ, इतनी गोष्ठियाँ कि लोग भाग खड़े हुए।

लोग थककर बैठ गए लेकिन बच्चन जी वैसे ही अथक! उत्सुक! सक्रिय! सोत्साह!

सच कहिए तो बच्चन जी ने जिन्दगी शुरू की रिटायर करने के बाद जहाँ से अध्यापक खत्म होते हैं, वहाँ से वे शुरू हुए। इस अर्थ में वे उन अध्यापकों के लिए सबक हैं जो कुछ और होना चाहते हैं। इसी दौरान उन्होंने अपने जीवन का सर्वोत्तम लिखा—'आचार्य शुक्ल का इतिहास पढ़ते हुए', 'आधुनिक हिन्दी साहित्य', 'साहित्य का समाजशास्त्र और रूपवाद', 'हिन्दी साहित्य का दूसरा इतिहास', 'सूतो वा सूतपुत्रो वा', अपने जीवन का अपना सर्वोत्तम। लिखा ही नहीं, नगर भर सक्रिय भी रहे। लोकार्पण, विमोचन, उद्घाटन, अध्यक्षता, मुख्य अतिथि, विशिष्ट अतिथि—कुछ भी नहीं छोड़ा। इस नगर में थे शिवप्रसाद जी भी कई पुरस्कार विजेता—लेकिन वे जीते जी पुरातत्त्व हो गए थे! और इधर बच्चन जी? साहित्य के मोर्चे पर हर पल मुस्तैद और चंचल—और कुछ नहीं तो कोई शोक-सभा ही मिल जाए। (इस माने में नामवर से कहीं भी पीछे नहीं हैं बच्चन जी!)

अद्भुत किस्म का बूढ़ा!

जिसमें जवान भी है, बच्चा भी!

जिसे दुनिया समझती है लेकिन जो खुद अपने को नहीं समझता।

जो किसी भी वक्त अच्छी बात पर पिनक सकता है और बुरी बात पर खुश हो सकता है।

जिस पर जब-तब अपने 'कुछ खास' होने के दौरे पड़ते हैं।

जो मुझे अपने बेटों से कहीं अधिक प्यार करता है और जब मैं कुछ नहीं लिखता या करता तो दुखी होकर डाँटता रहता है।

लेकिन उसके डाँटने का ढंग कुछ अजीब-सा है, जैसे—

अमुक ने यह नाटक लिखा है, तुम भी एक नाटक लिखो।

अमुक ने यह पत्रिका निकाली है, तुम कुछ नहीं कर रहे, कम-से-कम एक पत्रिका ही निकालते।

अमुक ने यह प्रकाशन खोला है, चलो, हम भी एक प्रकाशन शुरू करें।

अमुक ने लखनऊ में 'साम्प्रदायिकता' पर एक गोष्ठी की है तुम भी यहाँ क्यों नहीं करते?

गरज कि तुम वह सब करो जो दुनिया कर रही है। लोगों से हटकर कुछ और करने का खयाल उनके दिमाग में कभी नहीं आता!

इस नगर में अकेले आदमी हैं आलोचक बच्चन सिंह जिनसे मिलने, जिन्हें देखने, जिनसे बोलने-बतियाने, जिनके साथ उठने-बैठने और घूमने का मेरा मन करता है। जब भी मन उचटता है, कहीं नहीं लगता, कुछ लिखता हूँ और सुनाना चाहता हूँ, कोई सलाह लेनी होती है और कुछ नहीं सूझता—उनके घर की राह पकड़ता हूँ। वे इस उछाह से मिलते हैं जैसे इन्तजार ही करते रहे हों लेकिन उनके यहाँ से जब लौटता हूँ तो दिमाग में पचासों 'काश!' होते हैं!

काश! यह आदमी इतना भला या भोला न होता!

काश! यह आदमी चीजों की पेचीदगियों को समझ पाता!

काश! यह आदमी अपने दोस्त और दुश्मन में फर्क करना जानता!

काश! यह आदमी किताबों के बाहर भी देख पाता!

काश! यह आदमी बगैर समझे-बूझे हर नई चीज के पीछे न चलता!

काश! यह आदमी समीक्षक बनने का साहस कर पाता!

इसी तरह के जाने कितने 'काश!'

उन्हें आलोचना लिखते हुए पचास साल हो गए हैं। विद्यार्थी उन्हें पढ़ते हैं, परीक्षा देते हैं और पास भी होते हैं लेकिन सड़ियल-से-सड़ियल कवि-कहानीकार-रचनाकार भी उन्हें पढ़ने की जहमत नहीं उठाना चाहता।

'आलोचना' का सम्पादन करते समय उन्हें 'समीक्षक' सिद्ध करने में नामवर ने कोई कसर नहीं छोड़ी, लेकिन जो चीज नहीं थी और आज भी नहीं है, उसके लिए नामवर या कोई भी क्या करता?

वह चीज है 'रीढ़'।

इसे ही आलोचक लोग 'प्रतिभा' बोलते हैं।

यही समीक्षा-कर्म का बीज-शब्द है।

और यह रीढ़ साली बड़ी जालिम चीज है।

जिसमें नहीं होती उसे सबसे ज्यादा विश्वास दिलाए रखती है कि तुममें है और दूसरों की तरह केवल पीठ में ही नहीं, एड़ी से चोटी तक है और तब ऐसा आदमी अड़ता है—और अक्सर ऐसे वक्त पर अड़ता है और ऐसे मुद्दों पर, जहाँ अड़ने

की कोई जरूरत नहीं होती। वह सामने वाले आदमी को अहसास कराना चाहता है कि वह यूँ ही नहीं, सिद्धान्तों का आदमी है। वह धारा या मान्यता के खिलाफ खड़ा होने में अपनी शान समझता है।

आप उससे कहिए कि 'मैन इज रैशनल एनिमल'; वह कहेगा कि पहले 'एनिमल' को 'डिफाइन' कीजिए फिर बात कीजिए 'रैशनल' पर। यह कोई बात हुई कि किसी ने कह दिया और हम मान गए!...आप कहिए कि 'नागार्जुन महान कवि हैं आज के!' वह कहेगा—आपके लिए होंगे, हम नहीं मानते! 'महान' का मतलब भी समझते हैं आप? चलिए, पहले महान पर ही बात कर लें। उनकी नारेबाजी वाली कविताओं को अनदेखा कैसे करोगे?

लेकिन अगर इस बीच नागार्जुन पर दो-चार लेख आ जाएँगे और उनसे सिद्ध कर दिया जाएगा कि वे महान कवि हैं तो कहीं-न-कहीं पाँचवाँ लेख उनका भी आ जाएगा कि हैं तो सचमुच महान कवि लेकिन 'उन' कारणों से ही नहीं, 'इन' कारणों से भी!

बच्चन जी हमेशा दूसरे की राह पर चलते हैं। हो सकता है थोड़ी देर के लिए उसी राह से फूटने वाली एक छोटी सँकरी पगडंडी पकड़ लें लेकिन पकड़ेंगे वही पगडंडी जो दस कदम बाद उसी राह में मिलती है।

वे जिस उत्साह से असहमत होते हैं, उसी उत्साह से सहमत भी होते हैं। बल्कि वे असहमत ही सहमत होने के लिए होते हैं। बशर्ते आप बहस के दौरान यह महसूस कर लें कि वे आपकी तरह 'मिडियाकर' नहीं हैं।

बच्चन जी के पास एक अद्भुत संवेदनशील नाक है—जैसी कभी कविता में मैथिली शरण गुप्त के पास रही होगी! उन्होंने एक लम्बी यात्रा तय की है आलोचना लिखते हुए। शुरू में उनके आदर्श नन्ददुलारे वाजपेयी थे—शायद अपनी जीवन-शैली, आभिजात्य, नफ़ासत और रईती के कारण। उसके बाद हुए डॉ. नगेंद्र—अपने दबदबे, प्रभामंडल और तानाशाही के कारण। एक-एक करके ये अस्त होते गए कि आया शैली विज्ञान और संरचनावाद। संरचनावाद उन्हें मनमाफिक लगा ही था कि चर्चा में लुकाच आ गया! लुकाच पर बच्चन जी मुग्ध हो ही रहे थे कि पता नहीं किधर से ग्राम्शी चला आया!

बहुत कष्ट उठाए बच्चन जी ने। समीक्षा ने कभी भी उन्हें चैन से नहीं जीने दिया। कभी अन्सर्ट फिशर ने तंग किया, कभी लुकचवा ने, कभी ग्रम्शिया ने। वे कभी इधर भागते, कभी उधर। एक ओर 'शिकागो स्कूल', दूसरी ओर 'रशियन फार्मलिज्म'। एक छोटी-सी जान, क्या-क्या देखे?

इन्हीं दिनों बच्चन जी की बदकिस्मती देखिए कि रूस में गोर्बाचोव चले आए। अब मार्क्सवादी सौन्दर्यशास्त्र का क्या हो?

एक मुसीबत हो तो कुछ किया भी जाए?

बच्चन जी पिछले बीस-पच्चीस वर्षों में जो कुछ सुनते रहे, पढ़ते रहे; वे जिसे पढ़ते, वहीं उन्हें सही लगता। जो कुछ फैशन में दिल्ली आता, बच्चन जी की मेज पर बनारस पहुँचता।

गुरुदेव! अगर रीढ़ होती तो इतने पापड़ नहीं बेलने पड़ते!

जिन्दगी बीती जा रही है, उनके पास अध्ययन, श्रम और समझ हिन्दी के किसी भी औसत गम्भीर आलोचक से अधिक है लेकिन जिन्दगी बीती जा रही है और आज तक वे तय नहीं कर सके कि सही क्या है और किस रास्ते चलना चाहिए?

वे हर शोर के पीछे हो लेते हैं!

जब दूसरे बोल लेते हैं तब वे बोलना शुरू करते हैं।

एक दिन मैंने यूँ ही उनसे कहा—"जानते हैं, नामवर क्यों सिग्निफिकेंट आलोचक हैं?"

"तुम बोलो!"

"इसलिए कि वह आदमी खतरा उठाना जानता है! गलत हो या सही, खतरे मोल लेता है। साहस है उसमें, उसने कहा—'निर्मल वर्मा', हम चिल्लाते रहे लेकिन अड़ा रहा। उसने कहा—'मुक्तिबोध'। बड़ा काँव-काँव किया लोगों ने! उसने कहा—'रघुवीर सहाय!' बहुत से कवियों का मुँह टेढ़ा हो गया लेकिन वह टस से मस नहीं। उसने कहा—'दूसरी परम्परा।' रामविलास जी तक किड़बिड़ा उठे, तमाम लोग हाय-तौबा मचाते रह गए लेकिन हिन्दी से, संस्कृत से, अपभ्रंश से, इससे-उससे दूसरी परम्परा!"

बच्चन जी गम्भीर हो गए और सोचने लगे!

"गुरुदेव! ऐसा तो नहीं कि आप से उस चीज की उम्मीद कर रहा हूँ जो आप नहीं दिखा सकते?"

मित्रो, यही हैं बच्चन जी जिनके प्यार का मारा हूँ मैं! मैं इनकी 'बहुरिया', 'कुतिया' 'मुतिया' 'सुरसतिया' इत्यादि हूँ। ये मुझे मारें, पीटें, दुत्कारें—चाहे जो करें, इनके पास जाऊँगा ही। पिछले तीस सालों से जाने कितनी बार इन पर झल्लाया हूँ, इनसे ऊबा हूँ, खीझा हूँ, कसमें खाई हैं कि अब कभी आगे इस आदमी के पास नहीं जाना लेकिन थोड़े दिनों बाद देखिए तो फिर 'निराला-निवेश।' इसलिए कि अकेला आदमी है यह इस नगर का, जो जिन्दगी और जिन्दगी की हजार चीजों से लड़ता-भिड़ता हुआ लगातार 'साहित्य' जीने का हौसला रखता है, जो इनसानियत की सारी खामियों-खूबियों से भरा हुआ गर्मजोशी से मिलता है, जो अपने सम्बन्धों की छोटी से छोटी इकाई को भी अपना मानकर चलता है, जो भले किसी लायक न हो लेकिन आपकी चिन्ता को अपनी चिन्ता बनाए रखता है, जो अपने कमरे में

बैठा या लेटा हमेशा कुछ-न-कुछ करता रहता है, कभी पढ़ता है, कभी लिखता है, कभी लिखने की अर्थहीनता पर लोगों से बहस करता है!

## बिनती कौ अंग

मित्रो, मेरे गाँव के पास एक मेला लगता था कमालपुर में। साल में एक बार। दशहरे के दिन। उस परगने का सबसे बड़ा मेला। दूर-दराज नौकरी करने वाले छुट्टियों में सिर्फ उस मेले के लिए गाँव आते थे ताकि बचपन के दोस्तों से एक बार भेंट-मुलाकात हो जाए।

उसी मेले में मेरे नाम का एक नाई आता था—कसिया नाई! बीच में चटका या दरका अपना आईना लिए हुए। वह हर एक परिचित-अपरिचित को आईना दिखाता था और कहता था—'मालिक! पहचाना? आपका कसिया!' उस आईने में ठीक-ठिकाने का चेहरा भी बड़ा ऐंचा-ताना और टेढ़ा-मेढ़ा दिखाई पड़ता था। लिहाजा लोग आईना देखने के बजाय उसे देखते ही पैसे थमाकर चैन की साँस लेते थे।

तो मित्रो, इस कल्पकथा को भी उसी कसिया नाई का आईना समझिए!

वरना कौन नहीं जानता कि मेरे ये तीनों गुरु उन्नीस सौ अस्सी में आगे-पीछे रिटायर हुए और इस समय अस्सी की सुखद आयु के इधर-उधर विचरण कर रहे हैं।

उन्होंने बनाया चाहे जितना हो, बिगाड़ा किसी का नहीं।

उन्होंने अपने लिए किसी का मुँह नहीं जोहा, नित्य कर्म अपने हाथों कर लेते हैं!

बेटों-बहुओं-नातियों-पोतों को जरूरत पड़ने पर कुछ दे ही सकते हैं, उनके पीछे हाथ पसारने की नौबत नहीं आई।

वे स्वस्थ हैं, प्रसन्न हैं, उनके अपने लिए उनकी पेंशन ही काफी है।

उन्होंने अपने सेवा-काल में शिष्यों को लोक-परलोक सुधार का रास्ता ही दिखाया, अब उनमें मेरे जैसा कोई 'कुटिल, खल, कामी' नराधम निकल आए तो उनका क्या दोष? 'गुरु बिचारा का करै जब सिख में पाड़ी भोल?'

ईश्वर करे, वे सौ वर्ष की आयु पार करें और जैसा अपने बुजुर्ग आशीर्वाद दिया करते हैं—भात सिल पर (अब मिक्सी में) पीस-पीस कर खाएँ और मगन रहें!

['हंस', अप्रैल 1999]

# नामवर के झक्कड़ बाबा

मीलॉर्ड, आज से बीस-पच्चीस साल पहले की बात है यह। गर्मियों की एक शाम मेरे घर दो बुजुर्ग खाने पर आमंत्रित हुए। जब वे खा चुके तो उनके आगे बनारसी लँगड़े आम की थाली आई। दोनों बुजुर्गों ने हरे आम की फाँकें देखीं और खुश हुए।

पतले, लम्बे बुजुर्ग ने एक फाँक उठाई, मुँह में डाली और बोले, "वाह! क्या कहने? भई, बहुत मीठा है।"

यह आलोचक बच्चन सिंह थे।

गठे बदन के थोड़े मोटे दूसरे बुजुर्ग ने दूसरी फाँक मुँह में डालते ही कहा, "सरासर गलत। मीठा नहीं, साँवला है।"

यह थे साहित्य के पाठक वकील साहब।

इसके बाद दोनों आम खाते रहे और 'मीठा है', 'साँवला है' को लेकर बहस करते रहे—घंटे भर तक। 'मीठा' की तरफ सौन्दर्यशास्त्र के सभी औजार थे और 'साँवला' की तरफ अनुभव का जिरह-बख्तर। अन्त में थककर दोनों ने बोलचाल बन्द कर दी और अपने-अपने घर की राह ली।

वकील साहब का कहना था—'मीठा' माने सिर्फ मीठा। मीठा तो गुड़ भी होता है, चीनी भी होती है, बर्फी, लड्डू, पेड़ा भी होता है लेकिन 'साँवला' माने सौन्दर्य, लावण्य, स्वाद, गन्ध, आकर्षण, दृश्य, मिठास भी। यह वे कह नहीं रहे थे लेकिन उनके चेहरे और आँखों की चमक से ये अर्थ ही फूट रहे थे।

मीलॉर्ड, फैसला आप करें कि इन दोनों में कौन सही था?

हाँ, ऊपर से जाते-जाते वकील साहब मुझे डाँटते गए, "पता नहीं, कैसे बुद्धिजीवी हैं आप लोग! शब्द का सही इस्तेमाल तक नहीं जानते।...भला गोराई भी कोई रंग है? रंग दूसरे हैं और उनमें भी साँवला? क्या बात है! साँवले रंग में जो पानी और चमक है, नहीं समझ सकते आप! कसा हुआ। न झुर्रियाँ, न लुंज-पुंज। बताएँ आपसे, जब मैंने वकालत शुरू की थी तो कचहरी जाते समय रास्ते में एक दिन झाड़ू लगाते हुए सोलह-सत्रह साल की एक मेहतरानी देखी—साँवली। काली भी कह सकते हैं आप। मगर चेहरे पर क्या पानी और क्या चमक! बताएँ कि मेरे मन में उसके लिए कोई दुर्भावना नहीं, कोई वासना नहीं, कोई लालच नहीं। लेकिन

क्या गरिमा थी उस साँवले सौन्दर्य में! मैं उस रास्ते से महीनों तक सिर्फ उसे देखने के लिए कचहरी जाता रहा।...और कहते हैं कि मीठा और बनेंगे बुद्धिजीवी?"

(लँगड़ा कहाँ चला गया, मुझे याद नहीं रहा)

कहने की जरूरत नहीं कि वकील साहब बनारस की उस खास परम्परा की शानदार कड़ी हैं, जिसमें वक्ता वही बोलता है जो उसे बोलना है, टॉपिक चाहे जो हो। इस मामले में सिर्फ त्रिलोचन ही उन पर भारी पड़ते थे।

जिरह की कला में माहिर। शब्दों के मर्मभेदी खिलाड़ी। खून, कत्ल, बलवा, डकैती, हत्या के नगर के दुर्दांत नामी वकील। वकील साहब नामवर जी के मित्र हैं, इसे उन दिनों समूचा बनारस जानता था। नामवर जी उन्हें नगेन्दर बोलते थे और नगेन्दर नामवर जी को नामवर। दोनों मिडिल स्कूल, कमालपुर के दिनों के दोस्त। सन् '53 से '65 के बीच महीने के दूसरे शनिवार की शाम नगर में वे जहाँ दिखे—दोनों साथ दिखे—चाहे वह गोदौलिया का 'दी रेस्टोरेन्ट' हो, चाहे दशाश्वमेध, अस्सी पर केदार की चाय की दुकान या लंका पर 'ग्लोब बुक सेंटर'। शाम ही नहीं, दस-बारह वर्षों तक हर रविवार की सुबह भी इन्हीं की हुआ करती थी, बशर्ते अस्सी स्थित 'भारती' टाकीज में भेलूपुर के 'ललिता' टाकीज में कोई अंग्रेजी या बांग्ला फिल्म आई हो। नामवर देखते थे, नगेन्दर सोते थे।

कहते हैं, कभी 'कवि' के सम्पादक और लेखक विष्णुचन्द शर्मा ने वकील साहब से पूछा था, "नामवर जी आपके दोस्त हैं?"

अपने स्वाभाविक लहजे में वकील साहब बोले, "अजब बेवकूफ हैं आप! यह नामवर से पूछिए, मुझसे क्यों पूछ रहे हैं? मैं यह बता सकता हूँ कि मैं उनका दोस्त हूँ कि नहीं।" और सुनाया उन्होंने, "मैं जिसे पसन्द करता हूँ, जो मुझे अच्छा लगता है, उसके लिए जरूरत के वक्त जो मैं कर सकता हूँ, करता हूँ। उसके चाहे-अनचाहे। वह मुझे पसन्द करता है या नहीं, इसकी मैं परवाह नहीं करता। और शर्मा जी, दोस्ती बड़ी चीज है और वह मेरे बस की नहीं।

"और जहाँ तक नामवर का सवाल है, उनका दुनिया में किसी से लगाव नहीं। लगाव हो ही नहीं सकता। क्यों? क्योंकि वे किसी से कुछ माँग नहीं सकते। माँगता वह है, जो देना जानता हो; त्याग करने का माद्दा रखता हो। जो किसी से कुछ ले नहीं सकता, वह दे भी नहीं सकता। इसलिए नामवर से दोस्ती नहीं हो सकती।"

और आज पचास-पचपन साल हो रहे हैं और नगर जानता है कि नामवर जब भी दिल्ली से बनारस के लिए चलते हैं तो एक शाम नगेन्दर के लिए लेकर चलते हैं।

वकील साहब माँगना भी जानते हैं और देना भी, फिर भी उनका कोई दोस्त नहीं। वे वकील, जो कभी उनके नजदीकी थे, उनसे दूर हट गए हैं शिकायतों के

साथ कि आपके कारण हम कहीं के नहीं रहे। और सच पूछिए तो वे ही कहाँ के रह गए हैं!

वकील साहब पिछले साठ साल से वकील हैं लेकिन या तो कचहरी में या अपने चैम्बर में। इनके बाहर 'वकील' के रूप में परिचित कराए जाते समय या तो झेंपते हैं या झल्लाते हैं। यह अपमानजनक लगता है उन्हें। वे बाहर कभी बात भी नहीं करते कचहरी या इस तरह की चीजों के बारे में। उन दिनों भी नहीं, जिन दिनों कचहरी में उनकी तूती बोलती थी और तप रहे थे। और तूती इसलिए बोलती थी कि तब कचहरी बहुत कुछ 'न्यायालय' थी, हाकिम ईमानदार थे, कानून समझते थे, पैसे और पॉलिटिक्स के दबाव में कम आते थे, बहस और जिरह का मतलब होता था। खून, कत्ल, बलवा, डकैती, चोरी, छिनैती के नामी वकील नगेन्दर के जलवे थे तब। लेकिन जैसे-जैसे वकालत दलाली होती गई, हाकिम ठाकुर, बाभन, अहिर, कुर्मी, दलित होते गए, कचहरी बेमजा हो गई। आईपीसी और कानूनी धाराओं का कोई मतलब नहीं रह गया।

लेकिन कचहरी में वकील साहब की जो इज्जत तब थी, वह आज भी है। हाकिम तब भी डरते थे, आज भी डरते हैं। सभी वकील तब भी सम्मान करते थे, आज भी करते हैं—मुवक्किल आएँ, न आएँ; मुकदमे मिलें, न मिलें। अध्यापकों के, गरीबों के, तीसरी श्रेणी के कर्मचारियों के, मजबूरों के न्याय के लिए मुकदमे तब भी लड़ते थे, आज भी लड़ते हैं—फीस दे सकें तो ठीक, न दे सकें तो कोई बात नहीं। भवन तीन मंजिलों का, और सारी सुविधाएँ लेकिन पास में पैसे नहीं, बैंक बैलेंस नहीं। जब पैसे थे तो एक सेकंडहैंड कार खरीदी थी, ड्राइवर भी था लेकिन अब पिछले बीस सालों से पोर्टिको में खड़ी है। वकील साहब कचहरी आते-जाते हैं मगर दूसरे की गाड़ी से, उसके साथ जिन्हें वे 'दूसरा' नहीं मानते। वे मानते भी हों तो दूसरे उन्हें दूसरा नहीं मानते। और सचाई यह है कि वे दूसरा मानते तो बैठते ही नहीं।

कहते हैं वकील साहब कि जितने गन्दे वकील हैं, चाहते हैं कि नगेन्दर उनका पान खा लें, उनके साथ चाय पी लें, उनकी चौकी पर बैठ लें—इससे उनकी छवि बन जाएगी, सामाजिक स्वीकृति मिल जाएगी लेकिन सोचिए कासी पंडित, फिर नगेन्दर का क्या होगा? वे कहाँ के रह जाएँगे?

कहते हैं वकील साहब कि चाहते हैं लोग नगेन्दर उनसे कुछ माँगें, किसी काम के लिए कहें, इसलिए कि हम देना जानते थे। हमारे पास जो कुछ था, जितना हमारा था, उतना ही हमारे करीबी का था। हम कभी नहीं पूछते थे कि क्यों चाहिए? किस काम के लिए चाहिए? कब तक के लिए चाहिए? बस यह कि चाहिए तो ले जाओ! कभी नहीं पूछा कि कब वापस करोगे? मैं माँगता हूँ लेकिन उससे नहीं जो

देने के पहले सवाल करे। मैं माँगता हूँ लेकिन अपने लिए नहीं, इसे लोग जानते हैं। मैं माँगता हूँ किसी जरूरतमन्द को देने के लिए, किसी ऐसे लड़के को देने के लिए जिसकी आर्थिक कारणों से पढ़ाई छूट रही हो, किसी ऐसे बाप के लिए जिसकी बेटी अनब्याही पड़ी हो पैसे की तंगी के कारण। कासी पंडित, मैं कर्ज लेता हूँ, याद रखता हूँ—देता हूँ तो भूल जाता हूँ। पिता ने यह सिखाया था।

(मित्रो, पिता की बात आई तो वकील साहब का यौवन याद आया। उसकी अन्त:कथा उन्हीं की जबानी सुनिए : पिताजी मुख्तार और खाते-पीते जमींदार। उन्होंने मेरी शादी तय कर दी। दहेज की अच्छी रकम पर। दहेज उन दिनों प्रतिष्ठा से जुड़ी चीज था। मेरी मर्जी के खिलाफ। बहुत रोया-गाया माँ के आगे। उन्होंने एक नहीं सुनी। शादी हो गई। दस वर्षों तक पत्नी से कोई सम्बन्ध नहीं रखा। जाना ही नहीं कि घर में मेरी पत्नी भी है। मेरी वकालत चल निकली थी। फीस और रुपये खूब मिलते थे। मैं जब 7 बजे कचहरी से लौटता था, माँ चूल्हा जला के रोटी बना रही होती थी। कपड़े बदलने से पहले मैं वहीं जाता और सारे नोट टुकड़े-टुकड़े करके आग के हवाले करता। माँ देखती रहती और रोती रहती।

कासी पंडित, उन्हीं दिनों मैं कोठे पर भी जाने लगा था। रोज नहीं, कभी-कभी। सिर्फ गाना सुनने, मन बहलाने। दालमंडी घर के पास ही थी। जाता था एक ही कोठे पर—दुलारी के यहाँ। बहुत दिन हो जाते थे तो वह लोगों से पूछती थी कि वकील कहाँ रह गए? कैसे हैं? क्यों नहीं आ रहे? कभी वह पूछते-पाछते मेरे घर भी पहुँची थी। एक शाम मैं गया। अकेली थी। रोने लगी। जब चलने को हुआ तो तिजोरी खोलकर बोली, 'यह जो कुछ है, आपका है। जो चाहे ले लें लेकिन आया करें। इन्तजार करती रहती हूँ आपका।' वह रास्ता रोककर खड़ी हो गई। मैंने उसे एक थप्पड़ मारा और नीचे उतर आया। फिर-फिर कभी नहीं गया कोठे पर।)

वकील साहब में बदलाव आया बेटी के पैदा होने के बाद।

कभी वकील साहब के पास छठी इन्द्रिय हुआ करती थी, जो उन्हें होनेवाली घटनाओं या हादसों का पूर्वाभास करा देती थी। इसी के चलते नामवर ज़ी उन्हें झक्कड़ बाबा बोलते थे। इसे वकील साहब 'देखना' कहते थे, जिसमें चूक की कम-से-कम गुंजाइश होती थी। वे टिप्पणियाँ करते नहीं थे, वे अपने-आप बगैर पूछे-जाँचे उनके मुँह से निकल जाती थीं। उन पर उनका बस नहीं होता था।

जब केनेडी अमेरिका का राष्ट्रपति चुना गया तो उन्होंने 'टाइम्स ऑफ इंडिया' में उसकी फोटो देखी। देखते ही बोले, 'बचेगा नहीं, मार दिया जाएगा।' सुप्रीम कोर्ट के नए-नए नियुक्त मुख्य न्यायाधीश के. सुब्बाराव को मेरे साथ विश्वविद्यालय के एक समारोह में देखने गए। उनका भाषण चल ही रहा था कि दस मिनट में उठकर बाहर आ गए। बोले, 'देख लिया कासी पंडित। बड़ा मिस्चीवियस है। जाते-जाते

बहुत ही गन्दा फैसला देकर जाएगा।'...और सचमुच वह फैसला था गोलकनाथ वगैरह का। जब इन्दिरा गांधी जनता सरकार के बाद अपना अन्तिम चुनाव जीतीं, उन्होंने बताया, 'देखना, अपना कार्यकाल पूरा न कर सकेगी। मार दी जाएगी।' इसी तरह जब नरसिंह राव प्रधानमंत्री चुने गए और अमेरिका में क्लिंटन राष्ट्रपति, तो उनके मुँह से निकला, 'राव के साथ कांग्रेस का पतन होगा और क्लिंटन के साथ अमेरिका का। समय बता देगा, देख लेना।'

एक शाम वकील साहब मेरे घर आए—लोलार्क कुंड।

मैं ड्राइंग रूम में बैठा हुआ एक शोध-छात्र से बातें कर रहा था। वह मेरा अन्तरंग और अपना था। वकील साहब के आते ही उसने विनम्रता से उन्हें प्रणाम किया और चला गया।

बैठते ही वकील साहब बोले, 'नामवर विद्वान हैं, बुद्धिमान हैं, समझदार हैं, सब हैं लेकिन देखना नहीं जानते। नतीजा यह होगा कि सारी जिन्दगी धोखा खाते रहेंगे, हालाँकि धोखा देने से खाना अच्छा है, इससे साबित होता है कि आपमें इनसानियत बची हुई है। लेकिन कासी पंडित, आपकी हालत तो उनसे भी बदतर है।'

'क्यों, क्या हुआ?'

'यह लड़का, जो अभी-अभी गया है, कौन था?'

'मेरा विद्यार्थी।'

'ठीक नहीं है, जरा सावधान रहिएगा।'

'आप अपनी आदत से बाज नहीं आएँगे।' मैंने कहा और हँसकर रह गया।

उन्होंने उसी दृढ़ता से कहा, 'जो कह दिया उसे याद रखिए। बस!'

और मुझे कई बरसों बाद यह याद आया, जब उसी विद्यार्थी के कारण जाने कितनी बार मुझे कचहरी के चक्कर काटने पड़े।

इसी शाम या किसी शाम मैं वकील साहब के साथ अस्सी से गोदौलिया जा रहा था, पैदल। सड़क पर आना-जाना लगा हुआ था लोगों का। हम अपनी बातों में मशगूल थे कि इसी बीच मेरी नजर गई 'तुलसी पुस्तकालय' के सामने खड़े एक युवक पर। दुहरे बदन का, लम्बा-तगड़ा, सम्भ्रान्त, सजे-सँवरे लिबास में। जैसे ही हम सामने से गुजरे, उसने आगे बढ़कर बड़े अदब से वकील साहब को प्रणाम किया।

वकील साहब ने देखा और बिना रुके चलते रहे।

आगे बढ़ने पर मैंने पूछा, 'कौन था यह?'

'नहीं जानता। इतना जानता हूँ कि या तो कत्ल किये होगा या करनेवाला होगा।'

'अरे, कैसी बात कर रहे हैं आप? शरीफ लड़का था!'

'शरीफ लड़का आगे बढ़कर इस तरह क्यों प्रणाम करेगा मुझे?'

बात आई-गई हो गई। हम उसी टॉपिक पर फिर लौट गए, जहाँ से शुरू थे।

लेकिन ताज्जुब की बात कि तीन महीने बाद उसी लड़के को वकील साहब के चैम्बर में देखा—कत्ल के फरीक की हैसियत से!

वकील साहब अक्सर कहते हैं, 'किसी को भी दिखा दीजिए। दूर से ही सही। वह कहीं खड़ा हो या किसी से बात कर रहा हो। जरूरी नहीं कि मुझसे बात करे। बता दूँगा कि आदमी कैसा है?'

नगर के सारे कातिल, गुंडे, बदमाश उनके मुवक्किल रहे हैं कभी-न-कभी, उनसे डरते भी हैं, इन्तजार करते हैं कि कोई हुकुम करें लेकिन वकील साहब हैं कि खुद को दुनिया का सबसे कमजोर आदमी मानते हैं इसलिए कि वे किसी का कुछ बिगाड़ नहीं सकते। बिगाड़ सकने का माद्दा ही नहीं है उनके भीतर। माद्दा है भी तो फितरत नहीं। फितरत है तो स्वभाव नहीं। स्वभाव सिर्फ अपने आगे किसी को कुछ न समझने का है।

किसी को कुछ न समझने का स्वभाव आदमी को अकेला करता है, और वकील साहब धीरे-धीरे अकेले होते गए हैं—इसका अहसास है उन्हें।

मित्रो, हर शख्स का अपना एक रंग होता है—उसके जन्म का भी और जीने का भी। वह रंग पैदा होने की पहली चीख के साथ ही हमारी नसों, धमनियों, हड्डियों, गोश्तों में चढ़ना शुरू होता है और जवानी तक पक्का हो जाता है। वही रंग उसकी आवाज का भी होता है और बातचीत के लहजे का भी। यही हाल वकील साहब का भी है। वे फुसफुसाकर या बुदबुदाकर धीमे स्वरों में बातें नहीं कर सकते—जब भी करेंगे, ऊँचे स्वरों में करेंगे और आपसे सहज प्यार-भरी बातें भी करेंगे तो ऐसा लगेगा, जैसे डाँट रहे हों!

कभी-कभी सोचता हूँ, वकील साहब अपने दिनों में प्यार किस भाषा और लहजे में करते रहे होंगे?

यह रंग उस समय बहुत तंग करता है जब वकील साहब भावों से भरे होते हैं—देश, दुनिया, समाज, राजनीति, साहित्य, बुद्धिजीवी वगैरह के बारे में। कचहरी में कोई इस लायक नहीं, जो उन्हें समझ सके। दो-चार इस लायक हैं भी तो उनके पास इतना फालतू वक्त नहीं। रह गया नगर तो नामवर जी दिल्ली जा बसे। अब बच गए कासी पंडित, तो उनकी अलग मुसीबत। वे अगर वकील साहब की बातों से सहमत हों तो मूर्ख, अगर असहमत हों तो 'यू आर नॉट येट मैच्योर्ड टु अंडरस्टैंड मी' यानी आप अभी इतने परिपक्व नहीं हैं कि मुझे समझ सकें। सत्तर साल की उम्र में भी कासी पंडित परिपक्व नहीं हुए तो अब क्या खाक होंगे?

लेकिन ज्यादातर बातें वकील साहब की ऐसी होती हैं, जो सहमति-असहमति से परे होती हैं।

एक दिन वकील साहब ने धमकी दी, 'कासी पंडित, आज अस्सी पर पोई की दुकान में आवेंगे और आपको एक कविता सुनावेंगे। (अक्सर भारतेन्दुकालीन हिन्दी उन्हीं से सुनने को मिलती है—'एं' की जगह 'वें')। मैं गया लेकिन कविता सुनने की नौबत ही नहीं आई। उनका ध्यान मेज पर फैले अखबार के एक समाचार 'सपा प्रत्याशी की हत्या' पर चला गया और फिर वे अपराध-जगत की ओर मुड़ गए। और फिर अच्छी बातें बताईं उन्होंने :

—कानून बनानेवालों और कानून की हिफाजत करनेवालों के लिए कानून नहीं होता। वे कानून से ऊपर होते हैं।

—गुंडे और पुलिस में फर्क इतना ही है कि पुलिस को कानून का 'प्रोटेक्शन' मिला हुआ है, गुंडों को नहीं मिला है।

—गुंडे और नेता के बीच इस्तेमाल का सम्बन्ध है। दोनों एक-दूसरे का इस्तेमाल करते हैं लेकिन जब कोई 'क्राइसिस' आती है, नेता छोड़कर किनारे हो जाता है। फिर गुंडा दूसरे नेता की और नेता दूसरे गुंडे की तलाश में जुट जाता है।

—पहले मेरे यहाँ दरोगा आते थे। अब न तो आते हैं, न उनसे बात करने का मन करता है। वे इस लायक नहीं। तो, मैंने एक दरोगा से पूछा था कि अगर तुम चाहो तो कितने दिन में अपराध खत्म हो सकते हैं? 'महीने भर,' उसने कहा। मैंने पूछा, 'महीने भर क्यों?'...'महीने भर अपराधियों को यह समझने में लगेगा कि हमारा 'एटिट्यूड' बदल गया है। अगर हम चाहें तो सही काम करते हुए भी अस्सी प्रतिशत कम कर सकते हैं, केवल सही पक्ष से पैसे लेकर, जो अपने-आप बिना माँगे मिलता है। वह ज्यादा नहीं होता लेकिन इतना तो होता ही है जितने से हमारा अपना खर्च, परिवार का खर्च चल जाए। लेकिन ऊपर वालों के दबाव के कारण हमें गलत पक्ष से भी लेना पड़ता है और वे ज्यादा देते हैं। लिहाजा, पूरे महकमे के कल्याण के लिए हमें दोनों पार्टियों से लेना पड़ता है।'

—सन् '70 के आसपास बनारस में पेशेवर हत्यारों का उदय हुआ। इससे पहले ऐसा कोई केस मेरे देखने में नहीं आया। उस समय उनका रेट कोई पन्द्रह हजार से बीस हजार के बीच था। उसके बाद से उनकी संख्या भी बढ़ी और रेट भी घटा। आज यह रेट हत्या के पात्र, हत्या की पेचीदगी और हत्यारे की हैसियत के हिसाब से घटता-बढ़ता रहता है।

—भ्रष्टाचार वह गन्दगी है जिस पर मक्खी नहीं, मक्खियाँ—बड़ी तादाद में मक्खियाँ भिनभिनाती और बैठती हैं। मक्खियों की कोई जाति नहीं होती। वे दलित भी होती हैं और मनुवादी भी। जाति होती है तितली की, भौंरे की जो पराग की खोज में उड़ता रहता है। पराग माने अच्छाई।

इसी दिन अस्सी घाट पर बैठकर मुझे डपटती आवाज में कहा, 'बहुत अकेला हो गया हूँ कासी पंडित।'

मैंने उन्हें देखा—गौर से। न कोई उदासी, न दुख, न चिन्ता। चेहरा और स्वर ज्यों-का-त्यों। सोचा, उम्र हो गई है। दो बेटे हैं और अभी किसी नौकरी या व्यवसाय में नहीं। घर में बहुएँ। भाभी की जबान तल्ख। कई घरेलू और सामाजिक जिम्मेदारियाँ। कचहरी में हड़ताल पर हड़ताल। मुकदमे भी उतने नहीं मिलते अब। बुढ़ापे के कष्ट अलग। ऐसे में कोई भी अकेला हो जाएगा।

'होता है ऐसा। धीरे-धीरे सब ठीक हो जाएगा,' मैं हमदर्दी में बोला।

वकील साहब की आँखें फटी रह गईं, 'अरे! आप इतने बड़े मूर्ख हैं—हो सकते हैं, कभी सपने में भी नहीं सोचा था। अरे, यह समझ है आपकी? बेकार है कुछ भी कहना आपसे। सभी बुद्धिजीवियों का यही हाल है। कहा कुछ जाता है, समझते कुछ हैं।

'कासी पंडित, कचहरी अब पहले वाली कचहरी नहीं रह गई है। गुणों या मूल्यों को लोग 'अप्रीशिएट' तो करते हैं, टॉलरेट' नहीं करते। मुझसे बात करते घबराते हैं वकील। वे आदर-सम्मान सब करते हैं लेकिन बात करने से कतराते हैं। मैं बातें करता हूँ 'ईमानदारी' की, 'सत्य' की, वे हँसते हैं और चल देते हैं। समझते हैं, जाने किस जमाने की बातें कर रहे हैं! जाने किस युग में जी रहा है यह आदमी! मुकदमे नहीं मिल रहे होंगे, वकालत नहीं चल रही होगी इसलिए ऐसा बोल रहा है। कई वकील कहते हैं कि आपकी सोहबत न मिली होती तो हम भी आज बड़े वकील होते। पहले वकील जीतता था तो खुश होता था, अब नहीं होता क्योंकि जानता है कि घूस जीत रही है, हम नहीं।

'जानते हैं, आज क्या हुआ?

'मेरे पड़ोसी मंसाराम बार एसोसिएशन के अध्यक्ष हैं। मैंने उनसे कहा कि कचहरी में भ्रष्टाचार बढ़ता जा रहा है, उसके खिलाफ लड़ना चाहिए हमें। ऐसा कहते समय मेरे दिमाग में वह हाकिम था, जो बेहद भ्रष्ट और घूसखोर था। कहीं-न-कहीं यह भी था कि उसके खिलाफ तो आन्दोलन हो, उसकी इजलास का बहिष्कार हो लेकिन हम दूसरी अदालतों में जाते रहें ताकि काम ठप न हो।

'बार एसोसिएशन की मीटिंग हुई। प्रस्ताव पेश हुआ और पारित भी हो गया। लेकिन जानते हैं, आन्दोलन किसके खिलाफ हुआ? उस भ्रष्ट हाकिम के खिलाफ नहीं, एक निहायत ही ईमानदार हाकिम के खिलाफ।

'पहले हथियारों से लड़ा जाता था, अब लॉबी से लड़ा जा रहा है और लड़ा जा रहा है अच्छाइयों के खिलाफ! ईमानदारी के खिलाफ ।

'तो कासी पंडित, जब मनुष्यता ही दाँव पर लगी हुई हो तो घर-परिवार को लेकर परेशान होने की किसे फुरसत?'

वकील साहब को फुरसत नहीं थी घर-परिवार के बारे में सोचने की। वे नगर और कचहरी में लोगों के चेहरे ही देखते रहे, घर के लोगों के देखने की जरूरत नहीं समझी। खासतौर से बड़े बेटे के चेहरे को, जिसे वे बेइंतहा प्यार करते थे और जो एक बच्ची का बाप हो चुका था। सत्ताइस साल का गबरू जवान बेटा।

जाने क्या हुआ कि उसने एक रात आत्महत्या कर ली।

मैं वकील साहब के साथ घर से घाट तक था।

वे चुप। इस हादसे को बर्दाश्त करना उन्हीं के बस की बात थी।

वे चुप। तीन महीनों तक घर से बाहर नहीं निकले। कचहरी आना-जाना शुरू कर दिया था लेकिन नगर में कहीं नहीं गए थे।

वे जाड़े की एक दोपहर मेरे घर आए। पहले आते थे चीखते-चिल्लाते, अबकी चुपके-से आए, सीढ़ियों से छत पर गए, कुर्सी खींची और बैठ गए। धूप अच्छी लग रही थी और वे सामने ताक रहे थे। सामने बहुत कुछ था—कदम्ब का पेड़, फटी पतंगें, आगे अमरूद और काजू के भी पेड़ थे और सबसे ऊपर खुला नीला आसमान लेकिन वे कुछ देख नहीं रहे थे, सिर्फ ताक रहे थे चुपचाप।

फिर मुझे देखकर बुदबुदाए :

*मुझे चुपचाप रहने दो।*
*प्रकृति को*
*देखने*
*सुनने*
*समझने दो।*
*फिर उससे बात करने दो*
*मुझे चुपचाप रहने दो।*

ये उन्हीं की पंक्तियाँ थीं, जिन्हें वे कविता कहते थे।

वे देर तक देखते रहे—इधर-उधर, चारों तरफ और अन्त में उनकी निगाहें ठहर गईं पड़ोसी की छत पर। पूरी छत फल-पत्तों और गमलों से भरी हुई थी। उसके एक कोने पर बड़े गमले में बरगद का बोन्साई था और दूसरे कोने में पीपल का।

उनके चेहरे के भाव बदल गए सहसा। बोले, 'मैं अपने आसपास के बौनेपन से तंग आ गया हूँ कासी पंडित! मैं उस वैज्ञानिक के घोर खिलाफ हूँ जिसने बोन्साई की खोज की है। बताइए भला, बरगद! पीपल! गमले में लगा रहे हैं, फल-फूल रहा है, खुश हो रहे हैं, गर्व से दिखा रहे हैं मेहमान को अपना लॉन कि यह देखिए गूदा! अरे, डूब मरो चुल्लू भर पानी में! क्या विराट और विशाल छतनार छाँव वाला दरख्त और उसका यह हाल किया तूने, और शर्म नहीं आ रही है तुझे? कासी पंडित,

जिसने भी बोन्साई का प्रयोग किया होगा, उसके दिमाग में आदमी को 'छोटा' और 'बौना' बनाने का खयाल पहले आया होगा।

'प्यार माने क्या? प्यार माने जरूरत। आवश्यकता। हम प्रकृति को इसलिए प्यार करते हैं कि वह हमारी जरूरत है। हम बड़ा होना चाहते हैं और वह हमसे बराबर कहती है—देखो, हमारे जैसा बनो। ऐसा ऊँचा, ऐसा विराट, ऐसा विशाल। हम नंगे हो जाएँ तब भी उठें और तने रहें।

'इनसानियत का सारा संघर्ष इसी 'बौनेपन' के खिलाफ रहा है। और आज? देखिए इस बरगद को? पीपल को?

'कासी पंडित! मैं नामवर से दो साल बड़ा हूँ। अब भी गाँव जाता हूँ, साल में कम-से-कम एक बार। हमारे साथ बचपन में पढ़ता था, बनारसी। जाति का कोइरी! उससे मिलता हूँ और पूछता हूँ, 'बनारसी, कोई कष्ट?' अबकी उससे पूछा तो कहा—'है! एक कष्ट है। वकील साहब, बेटियाँ थीं, सबकी शादी कर दी। बेटे हैं, काम-धन्धे से लग गए। बीवी है, कोई रोग नहीं है उसे। मैं हूँ, अपनी आँखों देख रहे हैं कि ठीक हूँ। बस, एक ही कष्ट है—आदमी नहीं मिलते अब।

'तो जब से बनारसी ने कहा है तब से यह भूल नहीं रहा है।'

कहने के बाद उन्होंने घड़ी देखी और कहा, 'चलूँगा अब कासी पंडित। आप मुझे उपन्यास और कहानी-संग्रह दीजिए, जिनके लिए आया हूँ।'

'आपको न दूँ तो?'

'क्यों?' वे चौंके।

'इसलिए कि जो भी मैं देता हूँ, आप उन्हें कूड़ा-करकट कहकर फेंक देते हैं, जबकि वे आज की चर्चित और महत्त्वपूर्ण किताबें हैं।'

'अगर वे ही महत्त्वपूर्ण हैं, तब रहने दीजिए। मुझे नहीं चाहिए।' वे सीढ़ियों से धीरे-धीरे नीचे उतर गए।

['शुक्रवार', 2012]

# तीसरे भाई की खोज में प्रानपियारे

दुनिया जानती है कि 'सहृदय' और 'साहित्य' जुड़वाँ भाई हैं। मगर एक तीसरे भाई भी हैं कमला प्रसाद—इसे दुनिया कम ही जानती है।

भाई से भेंट हुई 'भारद्वाज आश्रम' प्रयाग में! हम दोनों साहित्य के सत्य की खोज में निकले थे—अलग-अलग मार्गों से! वहीं टकरा गए। वे सहज और प्रसन्न थे, मैं गुमसुम, उदास और चिन्तित! मेरी वर्जिश काम न आ रही थी! वे बोले—"रचो! कुछ भी रचो!"

मैंने छाती के बाएँ हिस्से पर हाथ रखकर कहा—"यहाँ कुछ नहीं है कमला।"

"जो चीज नहीं है, उसका क्या गम? गम न करो। उठो!" उन्होंने हाथ पकड़कर खड़ा किया।

मैंने चलते-चलते कहा—"यार कुछ तो हो! कोई अहसास! कोई फीलिंग! कोई..."

"देखो, अगर तुम्हारा मतलब हृदय से है यानी दिल से; तो वह अस्पताल की चीज है! सिर्फ दवा-दारू की, जीने-मरने की!...जिनके नहीं है वे नहीं लिख रहे हैं क्या?"

मैंने उन्हें असहाय और कातर नेत्रों से देखा।

"अरे इधर क्या देख रहे हो? रमेश कुंतल मेघ को देखो, शिवकुमार मिश्र को देखो, विश्वम्भरनाथ उपाध्याय और मैनेजर पांडेय को देखो! कुछ न हो तो सौन्दर्यशास्त्र रचो!"

"शास्त्र से मुझे बड़ा डर लगता है भाई!"

"तो कविता-कहानी लिखो! उसके बगैर नहीं लिख रहे हैं क्या?" उन्होंने मुझे ढाढ़स बँधाया।

हम चुपचाप आश्रम से बाहर आए।

उन्होंने सरकते थैले को कन्धे पर खींचा—"तो हम चल रहे हैं, फिर मिलेंगे!"

"कहाँ?"

"सतना! और कहाँ?" वे कहते-कहते सड़क पार कर गए।

मैं उन्हें देखता रहा।

"हौ! मिलेंगे न! जल्दी ही!" हाथ हिलाते हुए वे एक गली में गुम हो गए।

सतना और साहित्य!

सुनिए तो ऐसा लगेगा जैसे सागर और साकी, जैसे स्वप्न और सुन्दरी लेकिन देखिए तो चूने और सीमेंट और सुर्खी के गिलावे में कोई कलीदार टहनी।

कुछ ऐसा ही लगा था सतना का वह आयोजन जब सन् '71 में वहाँ पहुँचा था।

कमला प्रसाद उस आयोजन के सूत्रधार भी थे और कर्णधार भी। यों तो आयोजन होते रहते हैं, कौन याद करता है उन्हें? लेकिन वह आयोजन मुझे याद है और इसकी वजहें हैं!

ये वे दिन थे जब साहित्य के परम्परागत केन्द्र-बनारस और इलाहाबाद उजड़ रहे थे। यह सिलसिला साठ-पैंसठ से ही शुरू हो गया था। जहाज डूब रहे थे और पंछी बसेरों की तलाश में उड़ रहे थे—दिल्ली, महानगरों और छोटी-मोटी राजधानियों की ओर। ऐसे में हिन्दी इलाके के कस्बाई शहरों ने साहित्य की कमान सँभाली। सातवें दशक के दौरान बिहार में 'आरा' और 'गया' ने यही भूमिका अदा की थी।

मध्यप्रदेश में भी कवियों-कथाकारों की कमी न थी। मुक्तिबोध के बाद भी वहाँ हरिशंकर परसाई थे, शानी थे, शरद जोशी थे, प्रमोद वर्मा थे, विनोद कुमार शुक्ल और चन्द्रकान्त देवताले थे। थे तो ज्ञानरंजन भी और वे खासा चर्चित भी थे। लेकिन उन्हें जबलपुर के नाम से कम, इलाहाबाद के नाम से ज्यादा जाना जाता था। जबलपुर—और जबलपुर ही क्यों, पूरा मध्यप्रदेश परसाई और 'वसुधा' के लिए याद किया जाता था।

मुझे याद नहीं कि सतना से पहले मध्यप्रदेश के किसी कस्बे या शहर ने कोई ऐसी कोशिश की हो कि राज्य के सभी स्थापित, विस्थापित या अनुस्थापित रचनाकार-विचारक एक मंच पर आएँ, विचारों का आदान-प्रदान करें और सम्भव हो तो संगठित प्रयास से सर्जनात्मकता को गति दें।

कमला प्रसाद तब तक हिन्दी में एक अनजाना-सा नाम था। उन्होंने 'पगध्वनि' नाम की एक पत्रिका निकाली थी, बस! वह भी कितने लोगों का ध्यान खींच पाई थी, कहना कठिन है।

तो, सतना में—उस सतना में जिसे इलाहाबाद, बम्बई के रास्ते में पड़ने वाले एक सामान्य स्टेशन की हैसियत से जाना जाता था—उसी सतना में यह दो दिवसीय आयोजन हुआ। गोष्ठियाँ लगभग वैसी ही हुईं जैसी आमतौर पर होती हैं, लेकिन खास बात एक दूसरी थी। इस अवसर के बहाने राज्य के उन जाने-अनजाने पुराने और युवा लेखकों को जुटाया गया था जो प्रगतिशील आन्दोलन के ठप पड़ जाने के बाद या तो अलग-थलग पड़ गए थे या किसी असमंजस में थे। उनकी बातचीत और वक्तव्यों से भी यह बेचैनी बार-बार सामने आ रही थी।

इकहरी कद-काठी और तेल चुपड़े काले बालों वाले कमला हर जगह थे। उनके चेहरे पर चाहत की चमक थी।

बनारस लौटने के काफी दिनों बाद एक सूचना मिली! ऐसी कि मन मस्त हो गया!

मैं कमला को जानने लगा था इसलिए कल्पना कर सकता हूँ कि क्या हुआ होगा?

हुआ यह होगा कि समापन के बाद बाहर से आए लेखक विदा होने लगे होंगे तो कमला ने ज्ञानरंजन और दो-चार मित्रों को रोक लिया होगा।

'पहल' की योजना इन्हीं ऐतिहासिक क्षणों में बनी होगी!

मैंने उन दो दिनों में देख लिया था कि कमला नाम का यह आदमी लग जाए तो बालू में से तेल निकाल ले।

कमला ने कहा होगा कि लोगों की इच्छाओं और भावनाओं को देखते हुए अपन लोगों को एक पत्रिका निकालनी चाहिए—भले वह त्रैमासिक या अनियतकालीन हो। 'पगध्वनि' के सम्पादन का अनुभव कमला को भी था और इलाहाबाद से उन्हीं दिनों प्रकाशित 'आधार' के सम्पादन का ज्ञान को भी। फिर ज्ञान एक रचनाकार, 'पिता' और 'घंटा' जैसी कहानियों का लेखक, सांस्कृतिक और साहित्यिक केन्द्र के विस्तृत दायरे का सम्पर्क और संस्कार। सतना और जबलपुर के बीच की दूरी ही कितनी है? आना-जाना बराबर लगा रहता है। जब अपन जरूरत समझेंगे, मिल लिया करेंगे...बस चाहे जैसे हो, पत्रिका निकलनी चाहिए।

ज्ञानरंजन उन दिनों वह नहीं था, जो आज है। इलाहाबादी आधुनिकता और 'परिमल' के संस्कारों में पला-बढ़ा ज्ञान, अलमस्त और फक्कड़ और अल्हड़! हो सकता है, कन्धे पर जुआ रखा जाता देख भड़का हो। ऐसे भी पत्रिका निकालना कोई मजाक तो है नहीं कि चाहा और निकल गई! वह अधिक से अधिक मित्र लेखकों से रचनाएँ मँगाने की जिम्मेदारी ले सकता था लेकिन बाकी सब? कागज और छपाई और बाइंडिंग और कवर और वितरण और विज्ञापन और दुनिया भर के खर्च?

इसे क्या कहिए कि ऐसे ही मुश्किल क्षण के लिए सिरजनहार ने कमला को सिरजा है! कमला ने ज्ञान को घेर लिया होगा—"तुम सिर्फ 'हाँ' भर कर दो। बाकी अपन देख लेंगे।'

और यही देखने के लिए हुआ होगा कि पत्रिका का आरम्भिक अंक सतना से निकाला जाए और उस पर दोनों सम्पादकों के पते दिये जाएँ।

अब पत्रिका का नाम क्या हो, समस्या यह रह गई थी।

कमला ने कभी बताया था कि सात-आठ नाम विचार के लिए रखे गए थे और काफी विमर्श के बाद एक राय बनी कि पत्रिका का नाम 'पहल' हो।

इस तरह नामालूम से एक कस्बाई शहर ने एक आन्दोलन की शुरुआत की।

और फिर उसी सतना में दूसरा समारोह हुआ—75-76 के किसी महीने में।

इस बीच 'पहल' के सात अंकों ने राज्य के अधिकांश लेखकों को जागरूक और संगठित कर दिया था। प्रदेश का शायद ही कोई कस्बा या शहर बचा हो

जिससे लेखक न आए हों। आने वालों में कई लघु पत्रिकाओं के सम्पादक भी थे। 'विवेचना' नाम से रंगकर्मियों का एक दल भी आया था जबलपुर से—'गिनीपिग' नाटक के साथ जिसका निर्देशन अलखनन्दन ने किया था। बाहर से आने वालों में शिवमंगल सिंह 'सुमन', शिवकुमार मिश्र, मैनेजर पांडेय, विश्वनाथ त्रिपाठी, उदय प्रकाश, श्याम कश्यप, रमेश रंजक जैसे कुछ लोगों की याद है मुझे।

यह सच है कि बड़े नाजुक और विकट दिन थे। वे. जे. पी. आन्दोलन की तीव्रता, राष्ट्रीय स्वयंसेवक संघ की सक्रियता, वामपंथियों की दुविधा, इंदिरा गांधी की अपने अस्तित्व की लड़ाई—क्या कुछ नहीं चल रहा था देश में? ऐसे में लेखक और बुद्धिजीवी कितने बेचैन और उद्विग्न थे एक जगह मिल-बैठकर बातें करने के लिए; इसका आभास उनकी सघन उपस्थिति से चलता था, लेकिन इससे भी इनकार नहीं किया जा सकता कि इसके पीछे '71 के आयोजन के बाद से ही लगातार तीन-चार वर्षों तक किया गया कमला का 'होम वर्क' था।

परसाई जी दोनों दिन आरम्भ से अन्त तक बने रहे और हर गतिविधि में रुचि लेते रहे।

अबकी ज्ञान खासा तरंग में था—उत्साहित और व्यस्त।

इसी समारोह के आलेखों एवं चर्चाओं को 'पहल' के आठवें अंक में शामिल किया गया।

लेकिन इस समारोह की सबसे बड़ी घटना थी 'प्रगतिशील लेखक संघ' का गठन जिसमें राज्य के लेखकों ने हरिशंकर परसाई को अध्यक्ष और डॉ. श्याम सुन्दर मिश्र को महासचिव चुना।

ध्यान दिया जाना चाहिए कि इससे पहले भी प्रलेस के पुनर्गठन की चिन्ता के साथ लेखक 'गया' (बिहार) में बैठ चुके थे और बाँदा (उ. प्र.) में भी, लेकिन मध्यप्रदेश पहला राज्य था जहाँ जनपद से लेकर प्रदेश स्तर पर प्रलेस गठित हुआ।

इस अर्थ में यह समारोह प्रलेस का पहला राज्य अधिवेशन था।

यह कहने की जरूरत नहीं कि 'सतना अधिवेशन' 1980 के अन्तिम महीनों में जबलपुर में होने वाले उस विराट राष्ट्रीय समायोजन का 'ग्रैंड रिहर्सल' था जिसमें भारत के सभी भाषाओं के लेखक जुटे थे, 'इप्टा' के भूले-बिसरे रंगकर्मी थे, चित्रकार और कलाकार थे, लघु पत्रिकाओं की प्रदर्शनी थी और उनके सम्पादक थे, लोक कलाकार थे, हिन्दी के बहुसंख्यक लेखकों के साथ नागार्जुन, त्रिलोचन, केदार थे और जहाँ पुराने 'प्रगतिशील लेखक संघ' ने सत्ताइस-अट्ठाइस वर्षों के बाद 'राष्ट्रीय प्रगतिशील लेखक महासंघ' के नाम से पुनर्जन्म लिया था—नए जोशोखरोश और सपनों के साथ।

कमला यहाँ भी थे और वहाँ भी। सब सँभाले हुए, लेखकों को यहाँ से वहाँ हाँकते हुए, सबको थकाते हुए और खुद मुस्कराते हुए—अथक और मुस्तैद।

संगठन-विज्ञान का ऐसा मर्मज्ञ व्यक्ति मैंने देखा नहीं। कमला बाहर के लेखकों को जानते हों या न जानते हों लेकिन प्रदेश का नया, पुराना, दीप्तमान या उदीयमान यहाँ तक कि गर्भस्थ ऐसा कोई कवि, कहानीकार और आलोचक नहीं जिसे कमला उसके नाम, काम और पते के साथ न जानते हों। वे हर शहर और कस्बे की दौड़ लगा चुके हैं और उसके लेखकों के आपसी मतभेद और अन्तर्विरोध तक जानते हैं। यही नहीं, मुझे लगा है कि वे उनकी निजी समस्याओं और घरेलू परेशानियों तक में घुसे हुए हैं।

जहाँ कोई गुंजाइश न हो, वहाँ भी इकाइयों का गठन कैसे होता है—यह कमला से पूछा जाना चाहिए।

कमलात्मक ज्ञान और ज्ञानात्मक कमला ने जबलपुर अधिवेशन में मुझे मध्य प्रदेश की नागरिकता दी और उसके बाद से ही मैं वहाँ के लेखक-परिवार का स्थायी सदस्य हुआ—दुलरुआ भी और लतमरुआ भी! अगर इन दोनों मित्रों ने मुझे एक बड़ा अँखुआता और हरा-भरा परिवार न दिया होता तो शायद मेरा भी दूसरे मित्रों की तरह 'हिन्दुस्तान' हो गया होता।

सच कहिए तो ज्ञान ने परिवार दिया था, लेकिन उसके सदस्यों के साथ जुड़ने, जीने और घर बसाने के मौके मुहैया कराए कमला ने।

जबलपुर की खुमारी अभी गई भी नहीं थी कि अचानक एक दिन चिट्ठी मिली—
"पचमढ़ी में हफ्ते भर का 'रचना-शिविर' है, आ जाओ।"

पत्र भोपाल से था। वह भी 'मध्य प्रदेश हिन्दी साहित्य सम्मेलन' की ओर से। आयोजक की जगह कमला का हस्ताक्षर।

मध्यप्रदेश में साहित्य सम्मेलन है, कभी सुना नहीं था। जहाँ था वहाँ या तो जयंतियाँ मनाता था या शास्त्री-साहित्यरत्न जैसी परीक्षाएँ कराता था। और फिर शिविर क्या होता है, इसमें क्या करना है, कुछ पता नहीं!

सिर्फ इतना पता चला कि कमला अब सतना में नहीं, भोपाल में हैं।

थका-माँदा किसी तरह पहुँचा तो गर्मियों की शाम ढल रही थी और मौसम सुहावना था।

रास्ते में बीयर की खोज में कुछ कवि-लेखक दिखे जिनमें राजेश जोशी, उदय प्रकाश, धनंजय वर्मा की याद है। प्रतिभागियों और लेखकों के झुंड कई थे और कमला किसी में नहीं थे! मुझे एक कमरे में पहुँचा दिया गया जिसमें शमशेर जी सर्वांगासन की मुद्रा में पहले से विद्यमान थे। उन्होंने आसन बदला तो मैंने परिचय दिया। बोले—"मुझे अब कम दिखाई पड़ता है।"

सुनकर मुझे राहत मिली क्योंकि जबलपुर में पिछली रात की जो जिन बची थी, वह एक ही आदमी के लिए कम थी!

लेकिन शमशेर जी आसनों के बावजूद मुझे देखे जा रहे थे और अपने सारनाथ-प्रवास के दिनों के मूर्ख बालक को पहचानने की कोशिश कर रहे थे! मैंने निश्चिन्त भाव से झोले से बोतल—बोतल क्या, शीशी कहिए—निकाली और कनखी से उन्हें देखा।

"क्या है वह?"

"थोड़ी-सी जिन!" झूठ बोलने का साहस नहीं हुआ!

"जिन क्या होती है?"

"शराब! थोड़ी-सी लेंगे?"

"दिल्ली में एक बार पी है!"

मैं डरा कि अब खैर नहीं!

"लेकिन सुना है कि योग और शराब में विरोध है!"

आशा की किरन फूटी! बोला—"हाँ, विरोध तो है! जैसा कहें!"

वे वज्रासन पर बैठ चुके थे। थोड़ा ठहरकर बोले—"मेरी रुचि की चीज नहीं है। आप लें, मुझे कोई आपत्ति नहीं! मैं सुबह नाश्ते में च्यवनप्राश लेता हूँ और सुना है उससे भी इसका विरोध है!"

इतना सुनने के बाद उनसे जिद करने लगा तो बोले—"त्रिलोचन ज्यादा पीने लगे हैं, यह ठीक नहीं।"

इसी बीच दरवाजा खोलकर कमला कमरे में घुसे—"जल्दी खत्म करो, खाना तैयार है। पहुँच गए हैं लोग...मैं जरा बगल में चला गया था हबीब तनवीर को आमंत्रित करने। ऊपर ही आए हुए हैं अपने तीन नाटकों के साथ...अपनी कहानी तो लाए हो न?"

अथ कमला उवाच!

भोजन के बाद हम दोनों विद्यालय के प्रांगण में तमाम खटियाओं से दूर एक खटिया बिछाकर लेटे। लेटा मैं था, कमला बैठे थे! खुला आसमान, तारों भरी रात! "पहले समझाओ, यह शिविर और इतने लड़के-लड़कियाँ! क्या योजना है?"

"मैं जो चाहता हूँ, उसी के बारे में बात करनी है तुमसे...साहित्य सम्मेलन अपने यहाँ एक कागजी संस्था रही है अब तक। मायाराम सुरजन—जिन्हें मैं बाबूजी कहता हूँ—देशबन्धु के मालिक और सम्पादक हैं। प्रगतिशील भी हैं और नेता भी। परसाई जी और हनुमान वर्मा के मित्रों में हैं। यहाँ आए हुए भी हैं और शिविर भर रहेंगे। अध्यक्ष हैं सम्मेलन के! उन्होंने जब मुझसे कहा कि कुछ होना चाहिए तो सोचा—क्यों न ऐसा कुछ किया जाए कि सम्मेलन भी जीवंत हो उठे और प्रगतिशील आन्दोलन भी तेज हो। भई, संगठन के बाद अपन लोगों के ऊपर एक जिम्मेदारी तो आ ही गई है। इसे कस्बों-देहातों तक में ले जाना है। इकाइयाँ ही कमजोर होंगी तो हम क्या करेंगे?

"तो हमने मायाराम जी के आगे शिविर वाली योजना रखी। साल में दो शिविर। कभी कहानी पर, कभी कविता पर, कभी नाटक पर। नाटक पर शिविर करते समय उसी तरह 'इप्टा' का भी गठन करना है जैसे प्रलेस का किया गया। राजेंद्र रघुवंशी अभी जीवित हैं, उन्हें किसी तरह लाना है। जितेन्द्र तो है ही! मैंने किसी से अभी चर्चा नहीं की है, तुमसे कह रहा हूँ। सिद्धान्ततः शिविर की योजना से सम्मेलन सहमत हो गया है। वर्ष में दो बार। अक्टूबर-नवम्बर और मई-जून! लेकिन यह सब निर्भर करता है सम्मेलन के बजट पर।"

"देखो, हर शिविर में अस्सी के आस-पास लोग होंगे। पचास-साठ प्रतिभागी समझो और बीस के करीब लेखक। प्रतिभागी तो राज्य के ही रहेंगे। उन्हें टी.ए., डी.ए. भी नहीं देना है, वे अपने खर्चे पर आएँगे-जाएँगे लेकिन हफ्ते-दस दिन ठहराना, खिलाना-पिलाना, नाश्ता-पानी यह सारा कुछ। अगर लड़कियाँ आती हैं तो उनकी व्यवस्था अलग करनी होगी और देखना होगा कि छेड़-छाड़ न हो...ये प्रतिभागी जो आए हुए हैं, एक ही जगह या एक ही जिले के नहीं हैं। हर जिले के हैं दो-चार। कोशिश की है कि पूरा राज्य कवर हो और वही हों जो लेखक-कवि होना चाहते हों। इसे लोग पिकनिक न समझें। हाँ, अभी लेखकों की संख्या ज्यादा नहीं है। बाहर से शमशेर जी हैं और तुम हो। बाकी प्रदेश के ही हो सके हैं। अभी बजट ही नहीं था इतना।"

"सो तो ठीक लेकिन सात दिन करेंगे क्या?"

"समझो यह कि शिविर में वे ही प्रतिभागी जिलों से भेजे गए हैं जो कविता या कहानी या नाटक लिखना चाहते हैं या लिख रहे हैं और अभी कच्चे हैं। वे जानना चाहते होंगे कि कविता क्या है, कहानी क्या है? कैसे लिखी जाती है? भाषा-शैली क्या चीज है? लम्बा सफर तय करके आज ये किस हाल में पहुँची हैं। जो स्थापित लेखक हैं उनके लिए कविता-कहानी लिखना कितना कठिन या आसान है? वे कैसे लिखते हैं? अपनी रचना-प्रक्रिया समझाएँ पाठक को। जो अपने पुराने मास्टर्स हैं, चाहे किसी भाषा के हों—चेखव, प्रेमचन्द, मंटो, मोपासां, निराला, हेमिंग्वे—इनकी रचनाएँ पढ़ी जाएँ, उनके सौन्दर्य या मर्म पर बातें हों। किसी दिन आज के आमंत्रित कवि-कहानीकारों की रचनाएँ सुनी जाएँ। पूछा जाए कि प्रतिभागियों ने कितना समझा? क्या समझा? किसी दिन वे जो लिखकर लाए हों या इस दौरान लिखा हो, वह सुना जाए और आप लोग उनकी कमियाँ बताएँ—यानी लेखकों और पाठकों के बीच संवाद कायम हो। किसी दिन तीन-तीन प्रतिभागियों का ग्रुप बनाकर एक-एक लेखक के साथ लगा दिया जाए। वे अपनी-अपनी रचनात्मक समस्याएँ कहें-सुनें, हल करें। अन्तिम दिन दृश्य-दर्शन या पास-पड़ोस की बस्ती के लोगों के जीवन के अध्ययन का होगा। सब लोग जाएँ। मिलें, देखें, बातें करें, उन्हें समझें। एकदम फ्री! हाँ, एक बात रह गई! किसी एक दिन रखा है सिद्धान्त-चर्चा! मार्क्सवाद क्या है? कविता-कहानी में उसकी कोई भूमिका है या नहीं!...सब मिलाकर ऐसा ही कार्यक्रम है।

"देखो यार! अपन लोगों का मकसद क्या है? यही न कि अपना आन्दोलन मजबूत हो, आगे बढ़े और यह तभी होगा जब अधिक से अधिक लेखक हों, कवि हों, कहानीकार हों, नाटककार हों। अगर इन शिविरों से कुछ नहीं दस-पाँच कवि-कहानीकार तैयार हो जाएँ तो समझो, अपन लोगों की मेहनत सार्थक!"

और उसके बाद कमला ने एक-एक करके कई 'शिविर' किये। लगभग प्रतिवर्ष एक शिविर। पचमढ़ी में 'रचना', अमरकंटक में 'कहानी', शिवपुरी में 'नाटक', कोरबा में 'नाटक', जबलपुर और खैरागढ़ में 'कविता', चित्रकूट में 'कहानी', इनके सिवा भी होंगे, जिनकी याद मुझे नहीं है।

और इनमें प्रतिभागी की हैसियत से शामिल थीं प्रदेश की श्रेष्ठतम युवा प्रतिभाएँ। सम्भावनाओं से लबालब भरी। यदि प्रति शिविर इनकी औसत संख्या पचास मान ली जाए तो सब मिलाकर लगभग साढ़े तीन-चार सौ के आसपास ठहरती है यह संख्या। इन्हीं में से कुछ नाम हैं—महेश कटारे, कुमार अंबुज, हरि भटनागर, प्रताप राव कदम, लोक बाबू, मनोज रूपड़ा, राजेंद्र लहरिया, कैलाश बनवासी, आनन्द हर्षुल, परदेशी राम वर्मा, आलोक वर्मा, राजेंद्र दानी, सेवाराम त्रिपाठी, नरेन्द्र मौर्य, हरि ओम राजोरिया—ये कुछ ऐसे हस्ताक्षर हैं जिनके बगैर आज का कोई भी विशेषांक अधूरा समझा जाता है।

इसका यह मतलब नहीं कि शिविर न होते तो ये कवि-कहानीकार न होते। ये तो होते ही। और ऐसे भी, अगर कोई कुछ होने पर ही तुला बैठा हो तो उसे कौन रोक सकता है? मगर सात-आठ दिनों तक तीन-तीन पीढ़ियों की आपसी छेड़-छाड़, नोक-झोंक, कहा-सुनी, एक-दूसरे को करीब से देखना-सुनना और वह भी एक घरेलू और पारिवारिक माहौल में कुछ तो अर्थ रखता है।

और जहाँ इतने-इतने दिनों के लिए शमशेर, हबीब तनवीर, भाऊ समर्थ, अमरकांत, शेखर जोशी, स्वयं प्रकाश, उदय प्रकाश, राजेश जोशी, धनंजय वर्मा, शशांक, रमाकांत श्रीवास्तव, डॉ. मलय, नाग बोडस, जितेंद्र रघुवंशी, भगवत रावत, अब्दुल बिस्मिल्लाह जैसी अपने-अपने फन की शख्सियतें हों वहाँ ऐसा ही कोई अभागा होगा जो खाली हाथ लौट जाए!

बहरहाल, युवा रचनाकारों को क्या मिला—यह वे जानें, मुझे जो मिला वह शिविरों के बगैर न मिला होता—यानी कच्चेपन की खुशबू और लिखने की उत्तेजना! मैंने पहली बार सार्वजनिक रूप से पचमढ़ी में कहानी पढ़ी—'कविता की नई तारीख।' एक लम्बी कहानी। शमशेर जी श्रोताओं में थे। (उनकी टिप्पणी अब भी मुझे याद है—'लगता है, कहानी अब काफी बदल गई है') दूसरी कहानी अमरकंटक में—'मंगलगाथा।' उतनी ही लम्बी। तीसरी चित्रकूट में—'कहानी सराय मोहन की।'

जाना कि कहानी लेखन के लिए ही नहीं, वाचन के लिए भी होती है और उसी दौरान उसके अर्थ भी खुलते हैं—अपने लिए भी और दूसरों के लिए भी।

स्वयं प्रकाश ने अमरकंटक में 'नीलकांत का सफर' पढ़ा था और मेरे लिए यह रहस्य छोड़ गया कि वह लेखक अच्छा है या इनसान? या दोनों में कौन अच्छा है?

इन्हीं शिविरों में मुझे तीन रतन मिले जिन्हें पत्थर समझकर कभी छोड़ आया था। इन्हीं रत्नों में से एक हैं खैरागढ़ के कथाकार रमाकांत सिरियातो, एक फोकट के संगीत विश्वविद्यालय में हिन्दी प्रोफेसर, वे जाने कितने प्रमोद वर्माओं, धनंजय वर्माओं, नागानन्दों और मलयों की ध्वनितरंगों के दृश्यालेख हैं। उनसे ददरिया सुन लीजिए, सुआगीत सुन लीजिए, चनैनी गवा लीजिए, इनके सिवा भी तीसमारखाँओं की ऐसी-तैसी करवा लीजिए! घर से बाहर भले गड़खुल्ला घूमें मगर गले में टाई और पाँवों में मोजे के साथ चमचम जूते जरूर होने चाहिए! मजाकिया इतने कि खैरागढ़ में एक बार रात में सामने से आते खल्वाट खोपड़ी वाले एक काले-कलूटे और नाटे आदमी को देखकर मारे डर के 'भूत-भूत' चिल्लाता हुआ मैं काँप रहा था कि बोले—'चोप! यह कथक का प्रसिद्ध नर्तक सुन्दरम है।' जबकि उस जीवधारी में सुन्दरम लायक कुछ नहीं था!

दूसरे रतन के बारे में बताने की जरूरत ही नहीं! भारत की किसी भी खाली और खुली सड़क पर—चाहे वह जितनी चौड़ी हो—अगर कोई आदमी काशीनाथ को चुम्मा-चाटी लेते हुए, बतियाते और धकियाते हुए ठेलकर फुटपाथ पर कर दे और उसके साथ लड़ियाते हुए खुद मोरी में चलता रहे तो समझिए डॉ. मलय हैं! मध्यप्रदेशियों का मानना है कि अगर मुक्तिबोध न हुए होते तो हम हिन्दी वाले पार्टनर मलय से ही उनका काम चला लेते!...क्या दिलदार दोस्त हैं मलय! जिस तरह इठलाती चलती गोरी की गगरी से पानी छलकता रहता है, वैसे ही मलय के हृदय से प्यार! मगर मध्य प्रदेशी यह नहीं देखते। वे बस यही देखते हैं कि मलय जब मंच से बोलने लगते हैं तो उनकी पतलून सरकने लगती है और जैसे-जैसे उनके चिन्तन विश्लेषण की गति गम्भीर होती जाती है वैसे-वैसे पतलून के सरकने की गति भी तेज होती जाती है... और मेरा यह है कि जिस आयोजन में मलय नहीं, वह मध्यप्रदेश का आयोजन नहीं।

और क्या कहने अपने तीसरे रतन डॉ. श्याम सुन्दर मिश्र के! मध्यप्रदेशियों को इस बात का गर्व है कि दूरदर्शन के धार्मिक धारावाहिकों के सभी देवी-देवताओं और भगवानों ने उन्हीं से मुस्कराना सीखा है! और मेरा तो बुरा हाल होता है। जब भी देखता हूँ, मन करता है उठकर उनकी आँखों में काजल और माथे पर डिठौना लगा दूँ!

तो इन्हीं रत्नाकरों ने अमरकंटक में चार बजे भोर में जब तटों के पार और किनारों पर खड़े जंगलों में पंडुक बारी-बारी से सधे सुर में जागरण गीत गा रहे थे और शिविर के सभी कलमधारी सैनिक विश्राम पा रहे थे—उस मन्दिर की खोह में कमला प्रसाद को कमांडर की उपाधि से विभूषित किया जो नर्मदा के उद्गम

स्थल पर निर्मित है। रमाकांत ने पक्षियों के जयघोष के बीच तमगा लगाया, पंडित श्याम सुन्दर ने मंत्रोच्चार किया और मलय ने पतलून सरकने के पहले ही तालियाँ बजाईं। दर्शक दीर्घा में सिर्फ मैं था और दो कबूतर!

कमला के जीवन के सबसे अच्छे दिन थे वे; जब एक ओर वे शिविरों के माध्यम से समकालीन रचनाशीलता की चुनौतियों का मुकाबला कर रहे थे, दूसरी ओर प्रगतिशील लेखक संघ की इकाइयों के गठन और प्रान्तीय अधिवेशनों के आयोजन में लगे हुए थे और तीसरी ओर सम्मेलन की तरफ से प्रदेश के उन साहित्य-सेवियों को अलंकृत कर रहे थे जो उपेक्षित पड़े थे।

यह वह वक्त था जब दूसरे राज्य अभी अँगड़ाइयाँ ही ले रहे थे कि मध्य प्रदेश ने देखते-देखते एक भरी-पूरी खुशगवार नई पीढ़ी खड़ी कर ली।

इन्हीं शिविरों की चुस्ती, फुर्ती, मुस्तैदी और योजनाओं के साथ कमला रीवा आए—सन् '89 में। आए और तमाम अवरोधों को पार करते हुए एक से दूसरे, तीसरे पद की ओर बढ़ते चले गए—धकापेल! जिस विश्वविद्यालय के हिन्दी विभाग का कोई नामलेवा तक नहीं था, वह आज कई साहित्यिक गतिविधियों का केन्द्र है! जिस लेखक का पता करो, सुनाई पड़ता है कि रीवा गया है!

अध्यापक तो हर विश्वविद्यालय में जाते हैं लेकिन वही एक विश्वविद्यालय है जिसमें कवि, कहानीकार और लेखक जाते हैं! बावजूद इसके कि वहाँ श्रोताओं का अकाल है, जाते हैं। वे इसलिए भी जाते हैं कि रीवा से 'वसुधा' त्रैमासिक का प्रकाशन-सम्पादन होता है। परसाई के जमाने के बाद जिस 'वसुधा' को नियमित होने और पाठकों का मुँह देखने के लाले पड़े थे, वहाँ 'वसुधा' कमला के हाथों में जाने के बाद पुनर्नवा हो गई! वह न सिर्फ सँवरी, स्वस्थ और प्रसन्न हुई बल्कि आज लघु-पत्रिकाओं में सबसे आगे निकल जाने की दौड़ में आ गई है!

गति और प्रगति कमला के हाथों और पैरों की नियति है।

तो मित्रो, मैं भी गया हूँ रीवा! कई-कई बार! जानी दोस्त कमला के बुलावे पर! उनसे असंख्य मुलाकातें हुई हैं—उनकी दिलतोड़ व्यस्तता के बावजूद! सबका जिक्र सम्भव नहीं, सिर्फ चार मुलाकातें आपकी नजर कर रहा हूँ।

### मुलाकात-1

कमला अपने सहयोगी कवि दिनेश कुशवाह के स्कूटर से थके-माँदे घर पहुँचे। अस्त-व्यस्त और लस्त-पस्त। इस हालत में उन्हें कम ही देखा था। मुझे गले लगाते हुए वे बिस्तरे पर ढह से गए—"तुम कब आए?"

मैंने कोई जवाब नहीं दिया। मुझे उन पर दया आई।

"ऐसा है कमला, हफ्ते-दस दिन की छुट्टी लो, चलो काश्मीर घूम आएँ!"

"वहाँ क्या है?" उन्होंने चौंककर पूछा।

"वहाँ डल झील है, चार चिनार है, सोनमर्ग है, गुलमर्ग-खिलनमर्ग है, पहलगाम है, झेलम है, ढेर सारे बाग हैं, बर्फ से ढकी चोटियाँ हैं..."

"ओह! मैंने समझा, कोई कार्यक्रम है...तो ऐसा करते हैं कि किदवई को पत्र लिख देते हैं, वह दो-चार गोष्ठियाँ रखवा देगा।"

"यार, हम गोष्ठियाँ करने नहीं जा रहे हैं, वे तो इधर भी होती रहती हैं।"

"तब हम करेंगे क्या वहाँ?"

"घूमेंगे, जगहें देखेंगे! वहाँ के लिए तो पन्द्रह दिन भी कम हैं।"

वे कुछ देर सोच में पड़े रहे, फिर दिनेश से बोले—"ऐसा है दिनेश, हमारी अलमारी के ऊपर जो दस ठो थीसिसें रखी हैं, उनका बंडल तैयार करवा देना। सबकी रिपोर्ट वहीं से पोस्ट कर देंगे...और हाँ, सेवाराम से कह देना कि 'वसुधा' की आठ-आठ प्रतियों के दो बंडल बनाएँगे—एक नहीं! एक किदवई को पकड़ाएँगे, दूसरा अपन देखेंगे!...चलो, तुम भी क्या कहोगे काशी!"

## मुलाकात-2

उन दिनों 'बांबे' फिल्म की धूम थी और संयोग से रीवा के एक 'सिनेमा हॉल' में लगी थी।

मेरे साथ रमाकांत श्रीवास्तव भी थे और उन्होंने बताया कि दूसरे हॉल में 'बैंडिट क्वीन' भी आई हुई है।

"कमला, बहुत दिन हो गए मुझे, चलो कोई फिल्म देखी जाए।"

"हाँ यार चलो! हमें तो याद ही नहीं कि कब देखी थी!"

"रुको!" मैंने भाभी को आवाज दी, "आपको याद है, आपने इनके साथ कब फिल्म देखी थी?"

"फिल्म भी कोई देखने की चीज है?" वे झल्लाईं और उलटे पाँव लौट गईं।

कमला बोले—"यार छोड़ो उन्हें, यह बताओ कि कौन-सी देखोगे?"

"दो ही तो हैं यहाँ। एक है 'बैंडिट क्वीन' और दूसरी है 'बांबे'। इन दोनों में से जिसमें चलो।"

"यार अंग्रेजी की नहीं, हिन्दी चलो! 'बांबे' वही तो नहीं है जिसमें मीना कुमारी हैं?"

रमाकांत ने तालियाँ बजाईं—"वाह-वाह! क्या ज्ञान है तुम्हारा! भले फिल्में न देखो, जानकारियाँ खूब रखते हो!"

कमला गर्व से हँसे—"तुम लोग मुझे बुद्धु समझते हो क्या? कहो तो उसका एक गाना भी बता दें!"

"अरे वाह! तुम तो अद्भुत आदमी निकले! अब सुना ही जाओ!"

"वह नहीं है—जरा बच के, जरा हट के, ये है बांबे मेरी जान!"

हम दोनों तालियाँ बजाते हुए लहालोट हो गए!

"लेकिन एक ही गड़बड़ है काशी! यार, फिल्में शुरू होती हैं तो बत्ती साली गुल कर देते हैं!"

"तुम्हें बत्ती का क्या करना है जी?"

वे मुझसे नहीं, रमाकांत से बोले—"यार रमाकांत! तुम्हें तो पता ही है कि यू.जी.सी. को रिमाइंडर भेजना है। वहीं बैठे-बैठे उसका ड्राफ्ट भी तैयार कर लिया जाता। कहो तो, न हो वह लेटर अपन वहीं लिए हुए चलें!"

**मुलाकात-3**

कमला का ड्राइंग रूम!

मैं था और मेरे साथ थे 'वसुधा' के सहायक सम्पादक विजय अग्रवाल! पूरा मुल्क उन दिनों क्रिकेट बुखार की चपेट में था! श्रीलंका, भारत, पाकिस्तान और साउथ अफ्रीका की वन डे सीरीज चल रही थी। उस दिन मैच भारत और पाकिस्तान के बीच था और उसके शुरू होने में अभी दो घंटे बाकी थे। लेकिन विजय सवेरे से ही बेचैन और बेसब्र थे!

हम उसी के बारे में बातें कर रहे थे।

"कहो प्रानप्यारे!" कमला ने ब्रीफकेस लिए उल्लसित भाव से प्रवेश किया और अपना पिटारा खोलकर कोई कागज ढूँढ़ने लगे।

"कमला, आज कोई काम नहीं। कोई मीटिंग-फीटिंग नहीं। यार, कभी-कभार क्रिकेट तो देख लिया करो।" मैं बिगड़ा!

कमला हँसे—"तुम क्या समझते हो, मैं नहीं देखता।"

"मैंने तो कभी देखते हुए तुम्हें नहीं देखा।"

"चलो, विजय के यहाँ चलते हैं। यूनिवर्सिटी के बगल में ही उसका घर अपन वहीं बैठते हैं!"

"वहाँ क्यों, यहीं क्यों नहीं?"

"इसलिए कि रामलीला वाली फाइल विभाग में पड़ी है और समय नहीं रह गया है। तुम लोग चलो, मैं घंटे भर के अन्दर आ जाऊँगा।"

"तब तक तो मैच ही खत्म हो जाएगा!" विजय ने गम्भीरता से कहा।

"तो क्या हुआ, अपन कल देख लेंगे। वह तो कई-कई दिन चलता है।" कमला पिटारा बन्द करते हुए उठ खड़े हुए।

## मुलाकात बजरिए रमाकांत-4

यह दारुण हादसा मेरे नहीं, रमाकांत के सामने हुआ था और उन्होंने ही रोते-गाते हुए मुझे सुनाया था!

गर्मियों की शाम थी। उसे शाम न कहकर रात क़हिए क्योंकि दस-साढ़े दस बज रहे थे। भाभी मायके गई थीं और कमला अकेले थे! वे रमाकांत को विदा करने के लिए गेट तक आए ही थे कि बेले की गन्ध और जाने कितनी खुशबुएँ लिए दिप-दिप् करती अचानक एक अपूर्व सुन्दरी अवतरित हुई!

उसे देखते ही कमला बोले—"बेटी, क्या काम है?"

"मैं बेटी नहीं, मेनका हूँ! किसी तरह घंटे भर की मोहलत लेकर आई हूँ!"

"अरे तो बोलो न, क्या काम है?"

वह अचकचाई!

"संकोच किस बात का? मुझसे कोई काम है? किसी को चिट्ठी लिखनी है? फोन करना है? एम.फिल. में दाखिला लेना है? क्या है?" वह कुछ नहीं बोली। इठलाती हुई उँगली में आँचल लपेटती खड़ी रही! देखते-देखते ग्रीष्म ऋतु वसन्त में बदल गई, मन्द सुगन्ध मलयानिल बहने लगा, सूखे पेड़ हरे-भरे और फूलों से लद गए!

"बोलो! रमाकांत से क्या संकोच?"

उसने कमला के घर के सामने वाले मैदान की ओर इशारा किया जहाँ चाँदनी तारों की सेज पर फूल बिछा रही थी!

"इस उम्र में भी आपके यौवन, तेजस्विता, पराक्रम और पौरुष पर मैं सम्मोहित हो गई हूँ! उधर चलें तो काम बताएँ!" उसने मुस्कराते हुए कहा।

"तो अन्दर चलो, अपन बैठते हैं!"

"अन्दर क्यों, वहाँ क्यों नहीं?"

"अन्दर फोन है।"

"फोन?" वह चौंकी, "यहाँ फोन का क्या काम?"

"यही तो नहीं समझतीं तुम! उसके बिना कैसे चलेगा?"

मेनका ने आहत क्रोध से कमला को देखा और बोली—"तो उसी से चलाओ आप, मैं चली!"

आकाश मार्ग पर जाने से पहले वह मुड़ी और मुस्कराकर बोली—"आप पहले अपना मोबाइल ठीक करो, मैं फिर आऊँगी।"

['हंस', फरवरी 1998]

# तो यह था दूधनाथ...

दूधनाथ मेरे लिए ही नहीं, समूचे हिन्दी साहित्य के लिए लम्बे अरसे से इलाहाबाद का आकर्षण था। वह आकर्षण आज खत्म हो गया। मैं दो महीने से पुडुचेरी में हूँ। इलाहाबाद में नहीं हूँ। मुझ पर क्या गुजर रही है...

दूधनाथ मेरे लिए ही नहीं, समूचे हिन्दी साहित्य के लिए लम्बे अरसे से इलाहाबाद का आकर्षण था। वह आकर्षण आज खत्म हो गया। मैं दो महीने से पुडुचेरी में हूँ। इलाहाबाद में नहीं हूँ। मुझ पर क्या गुजर रही है, मैं ही जानता हूँ। मैं यहाँ बहुत दूर हूँ, लेकिन मेरी आत्मा नई झुँसी इलाहाबाद में दूधनाथ की देह के आसपास है। मेरा अब यहाँ मन नहीं लग रहा है। मैं नवम्बर में गुड़गाँव में दूधनाथ के साथ था हफ्ते भर तक। उसने विदा होने से पहले मुस्कराते हुए गालिब का एक शेर कहा था—था जिन्दगी में मर्ज का खटका लगा हुआ/मरने से पेशतर भी मिरा रंग जर्द था।

उससे 55 साल तक मेरा साथ रहा है। उसका इशारा शायद समय-समय पर होती रहने वाली उन बीमारियों की ओर था, जिनमें उसे मौत से जूझना पड़ा था, लेकिन जर्द को मैं उसके ठहाकों, हँसी-ठट्ठों, उल्लास और छेड़छाड़ से जोड़ता हूँ। तमाम संघर्षों के बीच वह एक जीवंत और जिन्दादिल इनसान था।

वह मेरा दोस्त, सहयात्री लेखक और रिश्ते में समधी था। वह हमारे सातवें दशक का सबसे तेज-तर्रार, सबसे प्रबुद्ध और बहुपठित तथा सबसे प्रतिभाशाली लेखक रहा है। उसने हम सबसे अधिक लिखा और काम भी किया है, और वे काम अपने क्षेत्र के कीर्तिमान हैं। जैसे संस्मरणों में लौट आओ धार, उपन्यासों में बाबरी मस्जिद विध्वंस पर आखिरी कलाम, निराला पर आत्महंता आस्था, नाटकों में यमगाथा, कहानियों में धर्मक्षेत्रे कुरुक्षेत्रे और नमोन्धकारम्। हम लोगों में सबसे लम्बे समय तक कोई लेखन में लगा रहा, तो वह दूधनाथ रहा। यहाँ तक कि कैंसर डिटेक्ट होने के बाद भी। हम कथाकारों में किसी ने कविताएँ नहीं लिखीं। आलोचनाएँ नहीं लिखीं। किताबों के सम्पादन नहीं किये। दूधनाथ ने यह सब किया।

2017 में निकली उसकी अन्तिम पुस्तक थी सबको अमर देखना चाहता हूँ। यह उसके निकट अतीत में गुजर गए दोस्तों पर लिखे गए संस्मरणों का संग्रह है।

उनमें कुछ अमर नहीं भी रह सकते थे, लेकिन दूधनाथ की कृतियाँ उन्हें अमर रखेंगी, इसकी मुझे पूरी उम्मीद है।

दूधनाथ से मेरा परिचय और देखा-देखी हुई सन् 1963 में। उन दिनों मैं लोलार्क कुंड पर रहता था और व्याकरण कार्यालय में 200 रुपये महीने पर काम करता था। वे शायद महीने की अन्तिम तारीखें थीं। मैं कार्यालय से दोपहर में घर लौटा, तो देखा मेरी ही उम्र का एक लड़का नीचे बसौटे पर लेटा हुआ है, गन्दी गंजी और पायजामे में। मैंने पत्नी से पूछा कि यह कौन है? उन्होंने नाम दूधनाथ बताया। उस समय तक दूधनाथ के लेखन से मैं परिचित हो चुका था। उसकी कहानियाँ और कविताएँ पत्रिकाओं में आ चुकी थीं। संग्रह सपाट चेहरे वाला आदमी और अपनी शताब्दी के नाम नहीं छपे थे, लेकिन उसके प्रति सम्मान का भाव था। मैंने आवाज दी। वह उठा। पूछा कि अचानक कैसे आए तुम? दूधनाथ ने कहा कि गाजीपुर से पैदल आ रहे हैं और इतना थक गए हैं कि नींद आ गई थी। मुझे आश्चर्य हुआ, क्योंकि गाजीपुर से बसें चलती थीं। उसने बताया कि पैसे नहीं थे, क्या करता, पैदल ही आना पड़ा। लेकिन देखो, मैं यहाँ से इलाहाबाद जाना चाहता हूँ और उसके लिए पैसे चाहिए। शायद वह 28-29 तारीख थी। मेरा खुद उधारी खाता चल रहा था। मैं थोड़ा परेशान हुआ, लेकिन उसके लिए सब्जी वाले से उधार ले आया। शायद 30 रुपये। बाद में मालूम हुआ कि उसने झूठ बोला था और वह कलकत्ते से आया था स्टेशन और फिर वहाँ से उसे इलाहाबाद या गाजीपुर जाना था। सम्भवत: सुगन्धा गाँव। यह बात भी इलाहाबादियों ने बताई।

वह कितना पढ़ता था, इसका ज्ञान मुझे उसी समय हुआ। उन दिनों धूमिल और हमारे साथ के एक लेखक थे बनारस में नागानन्द मुक्तिकंठ। उनकी एक कहानी आज अखबार में छपी थी। लेकिन इसके पहले दो पत्रिकाओं में छप चुकी थी। शीर्षक था नीली आँखों वाली लड़की। दूधनाथ को मैंने बताया कि देखो, बनारस में इस तरह का लेखन हो रहा है। नीली आँखों वाली लड़की की कहानी में गाँव में होटल है, जिसमें नायक ठहरता है। मैंने दूधनाथ से कहा कि भारत के किस गाँव में होटल है, मैं नहीं जानता। तुम जानते हो, तो बताओ? उसने कहानी का पहला पैराग्राफ पढ़ा और कहा कि यह तो अनुवाद है, जिसे नागानन्द ने अपने नाम से छपवाया है। उसने एवरग्रीन रिव्यू नामक अमेरिकी पत्रिका के बारे में बताया, जिसे हंग्री जनरेशन के बीटनिक कवि निकालते थे। मेरे यहाँ वह पत्रिका थी संयोग से। दूधनाथ ने वह पत्रिका ली और बताया कि देखो यह कहानी है ए बकेट ऑफ ब्लू आईज। इसी कहानी का अनुवाद है। फिर साहित्य की दूसरी समस्याओं पर बातचीत हुई, तो मालूम हुआ कि उसका साहित्य का अध्ययन बहुत ही गहरा है। उसने अकहानी के दौर से शुरू किया और नई कहानी का दौर खत्म हुआ। लिखना बन्द कर दिया था। एक लम्बे गैप के बाद उसने जनवादी लेखन शुरू किया और

धर्मक्षेत्रे-कुरुक्षेत्रे जैसी कहानियों से शुरू करके अपनी पहचान को पुख्ता किया। जितना लेखन दूधनाथ ने किया है, उतना किसी ने नहीं। सच तो यह है कि दूधनाथ ने जिस पर कलम चलाई, चाहे वह महादेवी वर्मा हों या सुमित्रानन्दन पंत या मुक्तिबोध, उसमें कुछ अनूठा और अनोखा किया। जिन पर किसी और की नजर नहीं गई थी। उसकी कहानियों में और उपन्यासों में जैसे दुर्लभ विवरण और वर्णन मिलते हैं, वैसे बहुत कम लेखकों में हैं। खासतौर से उसकी भाषा जितनी निर्मल, निर्झर और सुगन्ध से भरपूर है, कहीं और मुश्किल से नजर आती है। वस्तुत: वह लेखक ही नहीं, सम्पूर्ण लेखक था, वरना भुवनेश्वर समग्र निकालने की बात कैसे दिमाग में आती? हमारे दौर का वह जीनियस था।

मेरे दूधनाथ के रिश्ते बने, यह बहुत ही दिलचस्प प्रसंग है। मैं दूधनाथ के घर ठहरा हुआ था। उन दिनों वह सिविल लाइंस के काफिल्स रोड पर रहता था। शाम को दूधनाथ ने कहा कि बहुत दिन हुए, आज बाजार चलें, और वहाँ से चिकन और रम लाई जाए। शाम को साथ खाया-पीया जाए। उन दिनों मेरे मन में बेटी के विवाह की चिन्ता थी। एमए फाइनल में थी वह। दूधनाथ के पास पुराना लेंब्रेटा था। मैंने पूछा—चला लोगे? उसने कहा—चलो, डरो मत। मील-डेढ़ मील चलने के बाद मैंने धीरे से दूधनाथ के कान में कहा—दूधनाथ, अपने बेटे से मेरी बेटी की शादी करोगे? दूधनाथ ने ठहाका लगाया और स्कूटर रोक दिया। हम दोनों नीचे उतरे। उसने मुझे देखा और बोला—अब मैं पूछता हूँ, तुम जवाब दो—यह बताओ मेरे बेटे से तुम अपनी बेटी की शादी करोगे? हम दोनों ने ठहाके लगाकर एक-दूसरे को छाती से लगा लिया और वहीं एक मिनट में शादी तय हो गई। यह था दूधनाथ।

['लाइव हिन्दुस्तान', 12.01.18, 2018]

# कलकत्ता में बाँकेलाल

'इन बेहद लापरवाह और सिर्फ मन को तसल्ली देने वाली हँसियों [ जिनके लिए बदनाम हो चुका हूँ] के पीछे कैसी मनहूस उदासी छिपी है, इसे सिर्फ मैं जानता हूँ।

(26 अप्रैल, 1963, बाँकेलाल के पत्र का अंश)

22 मई, '97 की शाम!

पिछले चार-साढ़े चार महीनों से बड़े मौज में था मैं। ऐसे जैसे सारी जिन्दगी बोझ ढोते बीती हो और अब जाके फुर्सत मिली हो! रिटायर कर गया था नौकरी से! न किसी बात की चिन्ता, न कोई गम! घूम-घाम कर आया था, तबीयत से नहाया था और खाने बैठ गया था।

"पता है कल कौन-सी तारीख है?" पत्नी ने पूछा।

कोई खास तारीख होगी तभी ऐसे पूछ रही है वरना क्यों पूछती?

"तो?"

"अरे 'तो' क्या? कल 23 मई है। इसी दिन शादी हुई थी हमारी!"

"तो वही तो पूछ रहा हूँ मैं?"

वह बैठ गई और कुछ देर चुप रही—"बच्चियों की शादी हो गई! बेटे नौकरी पर गए, रह गए हैं हम दो बूढ़े। कभी शादी-ब्याह का सुख नहीं जाना। लोग हैं कि 'मैरेज सेरेमनी' मनाते हैं। और भी जाने क्या-क्या करते हैं। आप से जब कभी कहा—कहते हैं कि मेरे यहाँ चलन नहीं है। अरे, चलन चलाने से होता है! है कि नहीं? तो कल चलिए न कहीं बाहर?"

"चलो, चलते हैं बाहर! तुम भी क्या कहोगी?" मैंने पराँठा तोड़ने हुए कहा, "कल का पूरा दिन वर्षगाँठ के नाम! कल सिनेमा देखेंगे, घाट पर चलेंगे, बोटिंग करेंगे, रेती पर घूमेंगे, लौटकर किसी होटल में खाना खाएँगे, और गाते-बजाते हुए रात में लौटेंगे! अब तो खुश?"

"फिल्म कौन-सी चलेंगे?"

"फिल्म तो एक ही है नगर में, 'मेरा साया'।" रास्ते में पोस्टर देखा तो रामधार की याद आई। तीस-चालीस साल पहले देखी थी हम दोनों ने। साथ-साथ हँसते-हँसते बेहाल हो गए थे तीन घंटे। बाहर निकले तो रामधार ने पूछा, 'तो मुंशी जी वो औरत क्या कह रही थी कचहरी में?'...तभी से वह बाँकेलाल हो गया था और मैं मुंशीजी! मुझे उसी के लिए देखनी है दुबारा!

पत्नी का सारा उत्साह ठंडा पड़ गया, "तो आप 'मेरा साया' जाइए, मुझे नहीं देखनी।"

'मेरा साया' और 'बाजीगर' को लेकर बहस हो रही थी कि फोन की घंटी बजी। वह बड़बड़ाती हुई उठी और चली गई।

जब लौटने में देर होने लगी तो मैंने पूछा, "किसका फोन था?"

उधर से कोई उत्तर नहीं।

मैं उठने ही वाला था कि वे सुबकती हुई आईं और भर्राए गले से बोलीं, "आज दोपहर रामधार चल बसे। माटी आ रही है दिल्ली से। कल दोपहर तक चौक पहुँचेगी! वहीं से मणिकर्णिका चलना है!"

मैं जैसे खड़ा था, वैसे ही खड़ा रहा।

मेरा इकलौता दोस्त! महीने भर से जूझ रहा था मौत से! 'एस्कॉर्ट्स' अस्पताल में। मैं कार्यक्रम बनाता रह गया और नहीं जा सका। इधर सुधार हो रहा है, ऐसा सुना था। ठीक होकर बनारस आने वाला था मुंशीजी से मिलने। प्यारे लाल, ज़ड़मति, चुगददास, नराधम, प्राणों के प्यासे दोस्त से मिलने, उसे देखने और गप्पें मारने।

और अब आ भी रहा है तो किस हाल में?

इसी 22 मई की शाम आया था सन् '62 में। चालीस साल पहले। कलकत्ते से भागा हुआ आया था जीयनपुर! उस समय हल्दी की रस्म चल रही थी। मुंशीजी आँगन में बैठे थे, बाँस, जुआठ, ओखल, मूसल के पास पीढ़े पर। हल्दी-तेल चिपोड़े। उसके कन्धे पर झोला टँगा था और 'ही-ही' करता हाँफ रहा था जैसे दौड़ता आया हो। मैं जैसे ही उठने को हुआ, डाँटा—"बइठा रह साले! कपड़े खराब करेगा मेरा?" जैसे ही चुमौना करके भाभी अलग हुईं, गाते हुए आ गया—

*साठि के चाउर, हालरि दूबि रे*
*चूमहि चलल बाबुअ बांकेलाल हो*
*मथवा चूमिय चूमि देहलें असीस हो*
*जीयै मुंसिया ससुरा लाख बरीस हो।*

और ढकेलकर गिराते हुए बोला, "उठ साले। उतनी दूर से आ रहा हूँ और बैठा हुआ है अभी?"

मित्रो, रामधार पर्व था मेरे घर का—माँ का भी, पत्नी का भी और मेरे बच्चे-बच्चियों का भी। हर सदस्य उसके आने का बेसब्री से इन्तजार करता और वह था कि साल में एक-दो बार आता जरूर दो-चार दिनों के लिए। माँ उसकी आहट पाते ही शुरू कर देती, "राम त मोर करेजवा, लखन मोर पुतरिय हो..." माँ के कढ़ाने के साथ ही वह भी राग मिलाने लगता। उसे सोहर, नचारी, ज्यौनार, कजरी, होरी, फगुआ, शादी-ब्याह, तीज-त्योहार के सैकड़ों गीत आधा-तीहा याद थे और माँ इसी दिन के लिए उसे जोहती रहती थी। पत्नी तो उसके लिए 'सखी' भी थी, बहन भी, भाभी भी और 'मलकिन' भी! वह उन्हें छेड़ते हुए अक्सर, 'लूर' शब्द का इस्तेमाल करता 'सहूर' के अर्थ में जो उनके पल्ले नहीं पड़ता था। और बच्चों के लिए उसके पास ढेर सारी कहानियाँ होतीं। वे उसे 'कद्दू' चाचा बोलते क्योंकि उसका पेट 'कद्दु' की तरह निकल आया था। वह रात में उनसे घिरा हुआ ढेर सारी कहानियाँ सुनाता—मेघालय, असम, अरुणाचल, त्रिपुरा, बंगाल, उड़ीसा, बस्तर आदि की जनजातियों और आदिवासियों की, उनके जीवन की कहानियाँ और चुटकुले। कुछ हँसाने वाले, कुछ रुलाने वाले और हर बार की यात्रा में नए-नए। अद्भुत याददाश्त थी उसकी और उसके सुनाने का ढंग भी गजब का था। उसने रूस से बच्चों को चिट्ठी भी लिखी थी एक बार। कि पापा कहानी लिखता है और चाचा कहानी कहता है लेकिन वह जितना अच्छा (?) लिखता है, चाचा उससे अच्छा कहता है। उसके कहने में अक्सर बांग्ला, कन्नड़ और भोजपुरी के तंज और लटके मिलते।

एक बार उसने आपबीती सुनाई थी अपने बहनोई रामा के बारे में।

'तो बाच्चा लोग! सुनो चितलाय मेरे जीजा रामा के बारे में। रामा लिख लोढ़ा पढ़ पत्थर थे—करिखा जस करिया लुआठ। पहलवान ऐसे कि किसी दंगल में लड़े नहीं। कभी कोई इनाम भी नहीं जीते लेकिन पहलवान। गाँजे के परम शौकीन। आए एक बार पहली मर्तबा मेरे गाँव। मेरे गाँव, मतलब अपनी ससुराल। ससुराल में एक धोबी के घर। गदहबेला के समय चमटोल से दौड़ा सोन्हू आया, हमारा बनिहार! चाचा से बोला, गजब हो गया मालिक! दोपहर से ही पाहुन आए हैं धोबिया के यहाँ।' 'कौन पाहुन?' 'पहलवान पाहुन। बिसनपुरा वाले।' चाचा के बदन में, समझो, कि आग लग गई...बच्चा लोग, नहीं समझोगे इस बात को तुम। एक तो यह कि उन दिनों एक का दामाद पूरे गाँव का दामाद हुआ करता था—पूरी बिरादरी का। दूसरे, बिना बुलाए वह कभी ससुराल नहीं जाता था। समझे?...तो माँ को जैसे ही पता चला, वह दौड़ी हुई आई, 'अरे जाइए, बुलाकर लाइए उन्हें। लोग सुनेंगे तो क्या कहेंगे।' चाचा ने लाठी उठाई, 'पहले हम डंडा से बात करेंगे फिर लाएँगे।' लेकिन वे जैसे ही गए, वैसे ही लौट आए और आकर धम्म से खटिया पर गिर पड़े 'क्यों, क्या हुआ?' बोले, 'हुआ क्या? गाँजे का सुट्टा मार रहा है बल्लू के साथ।'

तो बच्चा लोग! यह रामा सिंह पहुँचे कलकत्ता। हबड़ा में रहते थे हम और भइया। तंगी के दिन थे। हम रिसर्च कर रहे थे अभी। पता नहीं, कहाँ से उन्हें ऐड्रेस मिला, ढूँढ़ते-ढाँढ़ते पहुँच गए। बाड़ी भर हल्ला हो गया कि पाहुन आए हैं। क्या करते, जल्दी-जल्दी धोती खरीदी, कुर्ता सिलवाया, बाटा से पंप खरीदा। पूछा 'और कुछ?' तो बोले, 'निगोटा भी'। खैर वह भी हो गया। एक दिन पूछा, 'क्या करने आए जीजा?' तो बोले, 'नौकरी करेंगे।' भारी मुसीबत। पढ़े-लिखे होते तो ट्यूशन देखते, कद-काठी होती तो दरबानी देखते, अब क्या करें? इस बीच उन्होंने सल्किया में कई यार-दोस्त बना लिए। अपने ही देस-जबार के ही तो हैं सब! सुना, सबसे पूछते फिर रहे हैं कि गामा पहलवान कलकत्ते में कब आ रहे हैं? लोग सुनते और हँसते। हमसे भी पूछा तो हमने कहा, 'जाने दीजिए, बूढ़े हो गए हैं गामा, उनसे क्या लड़िएगा! कुछ दिन पहले तक थे जरूर लेकिन सुना कि आप आने वाले हैं तो पाकिस्तान भाग गए।' शाम को हम दोनों भाई लौटते तो देखते कि डेरे पर ताला बन्द और जीजा गायब। एक दिन पूछा तो बोले, 'रियाज नहीं हो रहा है, अखाड़ा ढूँढ़ रहे हैं।'

तो बच्चा लोग। एक दिन रात हो गई और पहलवान पाहुन नहीं लौटे। घबराए हम। क्या हो गया? कहाँ बिलम गए? आधी रात तक कहीं अखाड़ा तो चलता नहीं। हुआ कि खा-पीकर सोया जाए। उन्हें जब आना होगा आएँगे। कि अचानक हमारी नजर गई घड़ी और छाते पर। वे गायब थे। भइया से कहा तो वे उठकर बक्सा खोलने लगे। मुझसे पूछा, 'इसमें सात सौ तीस रुपये थे, तुमने तो नहीं छुआ?' मैंने खूँटी की ओर ताका तो मेरी एक कमीज भी गायब थी। इसका मतलब कि घर का सारा माल-मत्ता लेकर जीजा चंपत!

तो यह थे हमारे बहनोई! ईश्वर करे, ऐसे बहनोई तुम सबको मिलें! ही-ही, ही-ही! किस्सा खतम, पइसा हजम!

मित्रो, वह कहानियाँ सुनाता था लेकिन कहानीकार नहीं था; चिट्ठियों में पद, दोहे और कुंडलियाँ लिखता था लेकिन कवि नहीं था। साहित्य पढ़ता था लेकिन 'साहित्यकार' से बिदकता था। परसाई, रेणु और हजारीप्रसाद द्विवेदी उसकी पसन्द के लेखक थे। अपने 'देसीपन' 'व्यंग्य-विनोद' और जीवन के किलोल और कलरव के कारण! ज्यादातर लेखकों को 'कवि मानुष' बोलता और उनके बरक्स खुद को 'सेमी लिटरेट' और उनसे दस कट्ठा दूर ही रहना पसन्द करता।

सन् '64 की बात है शायद। कलकत्ते के कुछ युवा लेखक दोस्त थे मेरे। इसराइल, विमल वर्मा, अवधनारायण सिंह, सकलदीप सिंह, इनसे मिलना भी चाहता था मैं। मैं देखने गया था चौरंगी रामधार के साथ। हम अभी चल ही रहे थे कि सहसा वह कूदकर फुटपाथ पर चढ़ गया और चिल्लाया, "अरे कसिया भाग। भाग बे सड़क से। वह देखो, सामने से आ रहे हैं साले।"

जब तक उधर देखूँ तब तक घसीटता हुआ गली में घुस गया, "बाल-बाल बचे, समझो, वरना साले चाय भी पीते, पान भी खाते, दिमाग भी चाटते और साँझ खराब करके छोड़ देते।"

उसकी इस हरकत पर मुझे कोई आश्चर्य नहीं हुआ। वह उन दिनों अपने दुनियादार बड़े भाई के प्रभाव में था जो लेखकों को 'बेमसरफ का, फालतू और धरती पर बोझ' समझा करते थे। मैं उन्हें जब कभी अपनी छपी कोई कहानी दिखाता, वे बगैर उधर ताके सवाल दागते, "कै पैसे मिले?"

हालाँकि ये सभी लेखक रामधार के भी आत्मीय थे लेकिन वह प्रशंसक था तो इसराइल का—उसके 'देसीपन' और बत्तीसों दाँत दिखाते हुए खुली हँसी हँसने के कारण। इसी हँसी के कारण वह विष्णुकांत शास्त्री (अब राज्यपाल—उत्तर प्रदेश) को भी पसन्द करता था।

सन् '66 में उसने मुझे पत्र लिखा, '31 जुलाई को कलकत्ते में प्रेमचन्द का जन्म होने वाला है। साले तुले हैं उनकी मिट्टी पलीद करने पर...ऐसे कलकत्ते का साहित्यिक समुदाय कहाँ है, किधर है नहीं जानता। भगवान इस पाप से बचाए। हाँ, अगर साला बिमलवा मिला तो उसे पाँच जूता दूँगा। साले ने मेरी एक किताब पाँच महीने से ले रखी है और देने के नाम पर दाँत निपोरता है।'

(लगता है, इस वक्त तक वह अपने स्वाभाविक गुरु डॉ. महादेव साहा के सत्संग में आ चुका था।)

फरवरी '74 में कलकत्ते में 'कबीर मेला' हुआ था। चिट्ठी में उस 'मेला' की रपट देखिए—'यहाँ बड़ा हल्ला हुआ था! असल में हमारे देश में, विशेष कर हिन्दी जगत में, कुछ ऐसा रोग लगा है कि लोग असल 'ईशू' को भूल जाते हैं और उसके इर्द-गिर्द चक्कर लगाने लगते हैं, तुलना करने लगते हैं और अन्त में लड़ने-झगड़ने लगते हैं। तो 'कबीर मेला' यदि छह-सात घंटे तक रहा तो इसमें चार-पाँच घंटे तुलसी पर बातें हुईं। तुलसी प्रतिक्रियावादी हैं, तुलसी वर्ण-व्यवस्थावादी हैं, तुलसी इस्टैब्लिशमेंट के कवि हैं, तुलसी सेठों के कवि हैं, फलान हैं, ढेमाक हैं आदि-आदि। इस रड़हो-पुतहो में कबीर का नामोनिशान तक नहीं। एक हैं बनारस के पं. जगन्नाथ उध्या। घोर पंडित और बौद्ध दर्शन के आचार्य। घनघोर व्याख्यान दिया लेकिन कबीर के घोर पक्षधर होने के बावजूद कबीर पर कुछ नहीं बोले। मैं चुपचाप सुनता और हँसता रहा। बेबी अर्थात् चोटीकांत (विष्णुकांत शास्त्री) आग्नायित हो उठे थे। अच्छा हुआ कि स्थूल हस्तावलेपादि नहीं हो पाए नहीं तो बौद्ध दर्शन के दिङ्नाग का दर्शन होता। वैसे दिगम्बर तो प्राय: अनेक वक्ता हो जाया करते हैं।'

इन्हीं दिनों कथाकार शिवप्रसाद सिंह का कोई भाषण भी हुआ था अलग से, इस पर उसकी टिप्पणी—'सिपरसाद जी आए थे। नितान्त गम्भीर व्याख्यान नितान्त

गम्भीर स्वर में नितान्त गम्भीर भाव से नितान्त गम्भीर श्रोताओं—मुझे छोड़कर—के बीच दे गए।'

ये तब की बातें हैं जब वह कलकत्ते में था, उसके बाद उसी साल मैसूर चला गया—हिन्दी लेखकों की दुनिया से दूर। सन् '76 में उसे आना था जबलपुर पन्द्रह दिनों के लिए संस्थान की किसी कार्यशाला में। उसे पता था कि वहाँ मेरा मित्र है ज्ञानरंजन उसी की तरह का फक्कड़ और अलमस्त और भौजी। वह उसे पढ़ भी चुका था लेकिन उसके कथाकार होने से थोड़ा आशंकित था। उसने लिखा, 'इस सम्बन्ध में तुम चाहो तो ज्ञान-अज्ञान किसी भी रंजन को पत्र दे सकते हो जिससे थोड़ा मनोरंजन हो। सुना है, वहाँ लोग भीषण बोर हो जाते हैं।'

यह मनोरंजन उस जिन्दादिली और जीवंतता और शोखी और मस्ती का कतरा भर है जिनसे वह बना था। जिन्दादिली उसकी जिन्दगी थी और जिन्दगी उसके लिए कोई ढोने की चीज नहीं थी। न ढोने की, न रोने की। ऐसी हर चीज से वह 'हँसी' खींच लेना चाहता था जो अटपटी, बेढंगी, ऊटपटाँग और बेतुकी हो। साहित्यकार तो दरकिनार, वह हर जगह और हर घड़ी ऐसी ही किसी चीज की टोह में जैसे निकलता रहा हो। और उसकी यह आदत शुरू से थी।

सन् '60 के दिनों में मेरे घर आए थे एक सज्जन 'हिन्दी प्रचारक' से। भैया उन दिनों बनारस में थे। वे यह सूचना देने आए थे, कि 'आपकी किकाबे कलकक्के से आ गई हैं कलकर देख लें।' हमने गौर किया कि वे 'च' और 'त' का उच्चारण 'क' कर रहे हैं। मैं रामधार के साथ अन्दर के कमरे में था। रामधार बोला, 'यह कौन कूकिया है रे?' और फिर देर तक हँसते रहे हम।

ऐसे ही कभी एक और सज्जन मिले थे उन्हीं दिनों। 'स' को 'फ' बोलने वाले। वे भी फमालोचक नामवर फिंग के दरफन के लिए आए थे। फटोरी राइटर थे। जाने कितने बरस हो गए थे इस जरा-सी बात के। रामधार ने सन् '86 में जापान से चिट्ठी लिखी, 'कूकिये काफी, फुनो, फोचो, फमझो—यह फंफार क्या है?"

इसी तरह मेरे एक सहपाठी थे। वे अपने घर के सामने रहने वाली प्रेमिका को पन्नों पर नहीं, कॉपियों पर प्रेमपत्र लिखते थे। चौंसठ पेजी फुलस्केप कॉपियों पर। रामधार मिल चुका था उनसे। जब वह पढ़ाई खत्म करके नौकरी ढूँढ़ रहा था, उसी समय उसने एक पत्र लिखा, 'अगर तुम्हारे मुहल्ले में दो-चार ऐसे ही जिन्दर (राजेन्द्र को जिन्दर बोलते थे) हो तो इस बेकारी से तो स्टेशनरी की दुकान भली। कहो तो आ जाऊँ।'

मित्रो, अब आप जानना चाहेंगे कि जिस आदमी को इतनी बेमुरव्वती से 'कोटा' है मैंने, वह है क्या चीज? तो सुनिए।

अतीत काल में वाराणसी जनपद में जड़मति कासीनाथ कस्सक कुल (कर्षक कुल) में उत्पन्न होकर जीयनपुर नामक पत्तनग्राम में कसिया नाम से विचरण कर रहे थे। उनका 'गंड़खुल्ला युग' समाप्त हो गया था। रेखिया-उठान दिन थे। गुरुकुल काल आरम्भ हो चुका था। वे आचार्य की कनेठी और बनेठी से संत्रस्त अपना ज्यादातर समय गन्ने और अरहर के खेतों में छिपकर गुजारते थे। कभी-कभी गृहस्वामी को प्रसन्न करने के लिए भैंसें खोलकर चरवाही के लिए सिवान में चले जाते थे और कभी-कभी ज्वार-बाजरा अगोरने के बहाने मचान पर।

ऐसे ही समय में जब वे बाजरे का खेत चिड़ियों के हवाले करके मचान पर निश्चिन्त सो रहे थे; गृहस्वामी रूपन भइया ने खबर भिजवाई कि गइया कामपीड़ा के वशीभूत विकल हो रही है और खूँटे से बँधी छटपटा रही है। हे तात! कसिया को भेजो, मेरे साथ बर्दवाने चले।

तो चले दोनों जन साँड़ की खोज में। एक गाँव से दूसरे गाँव। गइया थी कि बेचैन और बेहाल। सँभाल में ही न आए। कभी इधर भागे, कभी उधर। कभी एक जगह खड़ी होकर आर्त स्वर में रँभाए और रँभाती चली जाए। आगे बढ़ने का नाम ही न ले। भारी मुसीबत। दुर्गत हो गई कसिया की। कुहनी फूटी, घुटने छिले, घिसटे तो कई बार। जाने कहाँ से ताकत आ गई थी गइया में। पगहा और डंडा का कोई अर्थ ही नहीं रह गया था। हेतमपुर पहुँचे तो पता चला कि दो दिन पहले तक साँड़ इसी गाँव में था। अब नौरंगाबाद देखो। नौरंगाबाद में पता चला, कल दोपहर तक था। पसाई का सिवान देखो। शाम को उधर ही जाता दिखाई पड़ा था। रूपन भइया 'टिटकारी' मारते और 'डर्रर-हो, डर्रर-हो' चिल्लाते-चिल्लाते थक चुके थे।

हम देखते, इसके पहले ही गइया को साँड़ की गन्ध मिल गई और वह पगहा समेत भागी। जब हम बगीचे में पहुँचे तब गइया और साँड़ एक-दूसरे को चूमचाट रहे थे। लेकिन गइया जितनी ही चुलबुली, चंचल और कामातुर थी, साँड़ उतना ही धीर-गम्भीर और दार्शनिक। उसने गइया के जबड़े, थन और पूँछ के आसपास सूँघा और पूँछ के पास से निकलते धाराप्रवाह गोमूत्र के सेवन के बाद गरदन और सींगें हिलाईं और बगल में खड़ा होकर जबड़ा खोले सूर्य की ओर ताकने लगा। इस दौरान वह गरम होता रहा और गइया अपने ढंग से उसके साथ छेड़छाड़ करती रही।

कि अचानक घूमकर साँड़ गइया पर चढ़ा। वह उसका भार नहीं सँभाल सकी और गिरती-भहराती आगे बढ़ गई। एक-दो बार साँड़ ने और कोशिश की लेकिन निष्फल। तब बीड़ी फेंककर रूपन भइया उठे और गइया की अगली दो टाँगों के बीच लाठी रोपकर खड़े हो गए। उन्होंने कसिया को पीछे खड़ा कराया एक तरफ और पुट्ठे की दूसरी तरफ दूसरे लड़के को—जो तमाशबीनों में सबसे आगे खड़ा था। और निर्देश दिया—'साँड़ के चढ़ने पर उसका फड़ अगर दाएँ जाए तो तुम; और बाएँ जाए तो तुम पकड़कर अन्दर घुसेड़ दो।'

मित्रो, इस 'धार्मिक अनुष्ठान' में सफलता जिस बहादुर बालक के हाथ लगी उसका नाम राम था।

यह हमारी पहली मुलाकात थी।

यही राम कालान्तर में भाषाविद् डॉ. आर.ए. सिंह किंवा राम आधार सिंह हुआ—प्रसिद्ध कोशविज्ञानी। डॉ. सुकुमार सेन का शिष्य। डॉ. सुनीति कुमार चटर्जी का प्रिय। पी-एच. डी. के बाद चाहता था किसी विश्वविद्यालय में अध्यापक होना लेकिन उस जैसे उद्‌भट और मुँहफट विद्वान को कौन झेलता? सन् '60 में ही कलकत्ते में भारत सरकार का मुलाजिम हो गया, 'लैंग्वेज डिवीजन' में टेकनिकल असिस्टेंट। भाषा सर्वेक्षण का एक काम किया था जार्ज अब्राहम ग्रियर्सन ने, दूसरा किया लैंग्वेज डिवीजन ने—रामधार की मदद से। स्वाधीन भारत का पहला भाषा सर्वेक्षण, 'लिंग्विस्टिक सर्वे आफ इंडिया' सराहा सबने, पढ़ा किसी ने नहीं। रामधार ने लिखा—'सब साले कहते हैं कि 'इट सीम्स टू बी क्वायट इंटरेस्टिंग' अरे बाबा, जब इंटरेस्टिंग है तो पढ़ो न।

कलकत्तें में चौदह साल रहा, फिर सन् '74 में चला गया मैसूर 'सेंट्रल इंस्टीट्यूट ऑफ इंडियन लैंग्वेजेज' में। बंगाल गनीमत था, कर्नाटक मुश्किल। कन्नड़ बोलने के बावजूद उत्तरी के उत्तरी। एक आदमी के चेहरे पर कई-कई चेहरे। वह उत्तर भारत के दुर्गम जंगलों-पहाड़ियों में रहने वाली जनजातियों की भाषाओं और बोलियों पर काम करता रहा—असम, अरुणाचल, नागालैंड, मेघालय और दूसरे प्रदेशों की जनबोलियों पर। उसने 'लेक्सिकोग्राफर' या 'कोशि विज्ञानी' के रूप में अपनी पहचान बनाई। इसी हैसियत से उसने रूस, मारीशस, मस्कट, जापान और कई देशों की यात्राएँ कीं। पुस्तक भी लिखी अंग्रेजी-हिन्दी में कोश-विज्ञान पर। अंग्रेजी, बांग्ला, कन्नड़ तो जैसे उसकी अपनी जबान हो और व्याकरण तो वह हर भारतीय भाषा का समझता था।

राजनीति और मार्क्सवादी राजनीति में उसकी दिलचस्पी थी लेकिन तभी तक जब तक बंगाल में था और डॉ. महादेव साहा और कामरेड अयोध्या सिंह और इसराइल का सत्संग था—लेकिन वह भी वैचारिक सोच और समझ के स्तर पर। चूँकि वह सरकारी मुलाजिम था इसलिए सार्वजनिक टिप्पणी करने से बचता था। एक बार *परिवेश* पत्रिका में मैंने उसके कुछ पत्र छापे थे जिनमें कहीं-कहीं राजनीतिक टिप्पणियाँ थीं। उसने लिखा, 'मै सरकारी मुलाजिम हूँ। सरकारी मुलाजिम का अर्थ है हिजड़ा यानी जो कभी किसी भी विषय पर कहीं भी राय न जाहिर करे, विशेष कर राजनीति से सम्बन्धित। राजनीति के हम लोग भसुर होते हैं। हालाँकि यही राजनीति हमारी गाँड़ मारती रहती है लेकिन चूँकि इस मरवाने का सम्बन्ध भी पेट से है इसलिए हमें चुप रहना होता है।'

बंगाल छूटा और कर्नाटक जाने के बाद—साल भर बाद वह साईं भक्त होने लगा। उसके ब्रीफ़केस में स्थायी रूप से रहने लगीं—अगरबत्तियाँ, भभूत की डिबिया और साईं बाबा का फोटो। वह चोरी से आठ-दस मिनट के लिए एकान्त में चला जाता नहाने-धोने के बाद। इसका जवाब इसकी चिट्ठियों के पास है। उसने लिखा था, 'मैं 17 वर्षों तक भयावह कशमकश और मानसिक तनावों के बीच से गुजरा हूँ। मैंने खुद अनेक बार अपने को असहाय पाया है। आदमी के इतने चेहरे हो सकते हैं—यहाँ आने पर देख रहा हूँ। बाप रे बाप! साली जिन्दगी इतनी कृत्रिम बनानी पड़ेगी कौन जानता था। इसी के छह महीने बाद से मेरी मानसिक अवस्था निहायत ही डाँवाडोल है। मृत्युबोध, संत्रास, कुंठा, जिन तमाम शब्दों के प्रयोग साहित्य में आम आदमी के साथ जोड़ दिये गए हैं, आजकल मेरे इर्द-गिर्द हैं। मुझे अपने क्रोड़ में समेटे जा रहे हैं। मैंने सपने देखे थे, सपनों को ओढ़ना-बिछौना बनाया था, सब ढह गया। सब ताशेर देश की तरह बिखर गया। ऐसा क्यों है? किसलिए है? मुझे क्या हो गया है? इतना अधैर्य, पौरुष का एकबारगी इतना अभाव? राम! राम! क्या मैं वही राम अधार हूँ?'

जी हाँ, यह वही राम अधार है जिसे मैं रामधार कहता था और जो मेरा दोस्त था—सबसे गहरा और सबसे प्यारा दोस्त। पाँच साल से ऊपर हो रहे हैं उसे गुजरे। मेरे जीवन के सबसे अच्छे दिन बीते हैं इसके साथ—सबसे अच्छे और सबसे अधिक। जबकि हम न कभी साथ खेले, न पढ़े, न रहे—रहे अलबत्ता दो-दो, चार-चार दिन के लिए। साल में कभी एक बार, कभी दो बार। लेकिन हम दोनों की जिन्दगी के सुरताल ऐसे मिले कि क्या कहने?

पांडित्य या कोशिविज्ञान उसके गले में बँधी रहने वाली 'टाई' की तरह था जो तभी नजर आता था जब ऑफिस हो या सेमिनार या विदेश; उसका गाँव 'पसाई' उसकी कमर में बँधे हुए करधन की तरह था जो रात-दिन उसके बदन से चिपका रहता था। जब रूस गया तो कमर में भयानक दर्द। उसका बैठना-चलना मुश्किल। उसने एक बार लिखा, 'कमर कठुआय गई है।' दूसरी बार 'अददही कमर के साथ होटल में पड़ा हूँ।" तीसरी बार 'दर्द से फटी जा रही है' (कोष्ठक में 'धोती ज्यों की त्यों है') जब रूस से दिल्ली आया तो चौड़ी बेल्ट के साथ झुका हुआ। चला नहीं जा रहा था उससे। उसने इच्छा जाहिर की, "यार मुंशीजी, नहाए-धोए महीनों हो गए। आज खिचड़ी (मकर संक्रान्ति) है, बाँकेलाल को नहला दो।" मैंने बाथरूप में डिब्बे से उसकी पीठ पर पानी डालना और नहलाना शुरू किया ही था कि कराहते हुए उसने ठहाका लगाया, "साले, कहते जिगर का टुकड़ा हो और नहलाते भैंस की तरह हो।"

वह चाहे जहाँ से लिखता रहा हो, देश से, विदेश से, चाहे जहाँ से, व्यंग्य-विनोद से सना उसका चेहरा पूरे पन्ने पर पसरा पड़ा है। उसे छूने के लिए पूरा पढ़ने की जरूरत नहीं, एक-दो वाक्य ही काफी है—

— तीज निकट है। मनिहारी की दुकान खोल लो। कमाई हो जाएगी। (1961)

— गोधना (गोवर्धन पूजा) आ रहा है। तुम्हारी (गोबर) पूछ बढ़ जाएगी। ('62)

— सुना है, तुमने बकरदाढ़ी रख ली है। ('64)

— साले, तुमसे चिट्ठी की उम्मीद करना हिजड़े से सन्तान की उम्मीद करना है। ('65)

— एक मैं हूँ कि अपना कलम न होने पर भी ऑफिस की खुरपी से रो-रोकर, सिसक-सिसक कर, काँख-काँख कर चिट्ठी लिख रहा हूँ। और एक तुम हो कि गोर्की की झाँट बने बैठे हो। ('67)

— हो तुम घोर घोचू, ये क्या बेवकूफी है? यार-दोस्तों से ऐसी बेवफाई? खैर, यह तुम्हारे लिए नई बात नहीं है। गरियार बरध को जब तक पैरों से नहीं कोचा जाता, तब तक न वह उठता है न चलता है। तो देखो, यह पेन (विल्सन) पैना है। ('68)

— जब से बनारस से लौटा हूँ तब से तुम्हारे पत्रादि के लिए तरस गया हूँ, और तुम हो कि बस ललचाए जा रहे हो—जैसे कि आजकल की साड़ियाँ। प्यारेलाल! क्या बँध रही है? लगता है जैसे कि अब गिरी कि अब गिरी। ('71)

— खइनी खाने, पच-पच थूकने, दाँत निपोरने और मुझे पत्र लिखने के सिवा और क्या कर रहे हो? ('75)

— न जाने, तुम कहाँ हो? कैसे हो? क्या कर रहे हो? जो भी हो तुम, खुदा की कसम बेवकूफ हो। मत दो चिट्ठी। जब गधे से दोस्ती की है तो पैर की सनसनाहट से कब तक डरेंगे? ('84)

— नए साल की बधाई लो ढेर सारी और सबको दो खइनी की तरह थोड़ी-थोड़ी। ('84)

— तुम स्कूटर दिखा रहे थे न? मैंने भी एक स्कूटर खरीद लिया है और गिरजा अहिर की तरह उसे पोंछ रहा हूँ जैसे भैंस हो। लेकिन मित्र, मेरे और तुम्हारे पोंछने में फर्क है। तुम पोंछ रहे हो तो चढ़ भी रहे हो, यहाँ पोंछ हम रहे हैं, चढ़ दूसरे रहे हैं यानी वे जिनके पीछे बैठ रहा हूँ। ('78)

— तो प्यारेलाल, तो जो है सो तुम्हारे से मिलने का मेरे को मौका मिलिच गया। अब जे बाय से तेरे को दिल खोलकर हमारा स्वागत-सत्कार करना च होएँगा। का नाव के बीच में खाने का, पीने का, सोने का, जागने का मुंकम्मल इन्तजाम माकूल करना होगा। समझ गए कि नाहीं (इस बीच

'बाजार' फिल्म देखी, ये डायलॉग उसी से झटकतं, तकिया कलाम पसाई से) ('83)

— सुना है, आजकल लड़का ढूँढ़ रहे हो। वैसे तिलकहरू बनना अन्य चीजों के साथ तन्दुरुस्ती के लिए परम लाभदायक होता है। बहुत से लोग लगन के दिनों में देह बनाते हैं। बना लो तुम भी। अच्छा मौका है। ('82)

— सखी, अगर तुमने 'बेमिसाल' फिल्म देखी है तो जानोगे (गी) कि उसमें अमिताभ बच्चन राखी को 'सखी' कहता है। और मेरे ऑफिस की एक कन्यामित्र अपने को राखी या राखी का समतुल्य समझती है। जो भी हो, यह सावन का महीना है जिसमें सखियाँ झूला झूलती हैं, कजरी गाती हैं, मेहँदी रचाती हैं और न जाने क्या-क्या करती है। तो यह बड़ा वाजिब हुआ कि वे अगर पास न हों तो एक-दूसरे को याद करते (ती) हैं...तो हे सखी...हाँ, सखी की बात करते समय मुझे गदहिलिया नट्टिनों की याद आती है जो बहुत बड़ा घाघरा पहनती हैं और खासकर गर्मियों के दिनों में दुपहरिया के समय घरों में घूमती हैं और कहती हैं—'ए सखी!' हम लोगों को डराया जाता था कि वे बच्चों को चुरा ले जाती हैं। कभी-कभी रोते बच्चों को चुप कराने के लिए घर की ही स्त्री दूर से 'ए सखी' कहती थी। वे अपने कई प्रकार के कामों और सम्बन्धों के लिए जानी जाती थी। सकलडीहा में ऐसी ढेर सारी नट्टिनें रहती थीं। यहाँ इसलिए लिख दिया कि सच्चे कोश विज्ञानी की तरह मेरा परम धर्म है कि प्रत्येक शब्द का पूरा विवरण दे दूँ। वैसे सखी सम्प्रदाय के विषय में इसलिए नहीं लिख रहा कि तुम्हारे विभाग में वह मउगहा पंडित है न, वे तो मुसल्लम सखी ही हैं। ('83)

— जब दुख होते हैं तो उनका कोई छोर नहीं होता। अब यही लो—माँ आजकल यहीं है मैसूर। वह आजकल सबसे पूछती फिरती है, 'तुम्हारा नैहर (मायका) कहाँ है? गाँव का बटलोहिया अब केहू उतारल ना चाहत ह।' अब इनका कौन जवाब दें?...और उसको तमाखू चाहिए। सारा मैसूर छान मारा। तमाखू नहीं मिली। कहता हूँ कि ऐसा किया करो कि तुम सिगरेट पिया करो और मैं तुम्हें मम्मी कहा करूँ। ('78)

— पुष्पा (पत्नी) लुंगी के हमारे-तुम्हारे सांस्कृतिक आदान-प्रदान से नाखुश है। कहती है—'उतनी फटही लुंगी छोड़ते हुए मुझे लाज आनी चाहिए।' अज्ञ है। इतने दिनों के साथ के बावजूद लाज को मेरा गुण मानती है। ('86)

मित्रो, सन् 1960-61 में ही हमें पोस्टकार्ड लिखने बन्द कर देने पड़े थे। हम उन दिनों पोस्टकार्ड ही लिखा करते थे क्योंकि उससे ज्यादा की अपनी समाई नहीं थी। पोस्टकार्ड और उस पर दिलतोड़ नंगी भाषा। मेरे यहाँ तो कोई बात नहीं। लेकिन उसके यहाँ? भाई, दोस्तों और ऑफिस में हाहाकार मच जाता था। उसके भाई ने सन्देश भेजा कि लुच्चई-लफंगई करनी हों तो करो, लेकिन लिफाफे या अन्तर्देशीय के पैसे न हो तो हमसे ले लो, यहाँ शरीफ रहते हैं। तब से पोस्टकार्ड बन्द। दोनों ओर से।

लेकिन अचानक एक दिन मैसूर से एक पोस्टकार्ड मिला—16 अगस्त, 76 को। कासी कहो भई का बात।

*मित्र पर्यौ परदेस अकेलहि कछु नहि ताहि सुहात।*
*जोहत रहत डाक आवन को संझा अरु परभात।*
*तबहु लिखहु नहिं कार्ड एक हू तू अतिसय बदजात।*
*राम कहत जल्दी, खत भेंजहु नहि खावहुगे लात!*

*पुष्पा हबड़ा* में अहै, मुन्ना** मध्यप्रदेस।*
*तू सरऊ कासी बसे, मोर भाग परदेस।*
*मोर भाग परदेस, बेलता हूँ मैं पापड़।*
*आपन भासा छोड़, सीखना है अब कन्नड़।*
*कहै राम कवि गाय, सुनो हे बन्धु पियारे।*
*उत्तर को सब संग, हो गयौ सपन हमारे।*

*महीसूर बेढब जगह दिन महँ जाड़ा लाग।*
*स्वेटर पहिने दिन कटै, यही हमारो भाग।*

*बच्चन्ह को आसिख कहो, भाभिहिं नामस्कार।*
*औरहँ को कहि बन्दगी, लेहु भेंट अँकबार।*

*इति श्री स्कंद पुराणोऽयं पत्रोध्याय:...*
*मैसूर से भेजी हुई यह उसकी पहली चिट्ठी थी।*

---

* पत्नी
** मित्र

# बाँके का बाँकपन : कुछ और चिट्ठियाँ

## 1

"मैं श्री रामधार सींघ वल्द ठाकुर जीवनाथ सींघ साकिन मौजा पसाईं तसील चनौली थाना सदराजे डाकखाना कमालपुर जिला बनारस का रहने वाला हूँ। आजकल दक्खिन देस मैसूर में एक सरकारी दफ्तर में जबानों की लुगात बनाने के काम में लगा हूँ। बीच-बीच में कभी-कभार किस्सागोई करता रहता हूँ और अपने यार-दोस्तों के साथ खत-किताबत करता रहता हूँ। उन यार-दोस्तों में सबसे अजीज हैं सिरी कासीनाथ सींघ वल्द ठाकुर नागर सींघ साकिन मौजा जीयनपुर तसील चनौली थाना घानापुर डाकखाना अवाजापुर जिला बनारस जरायमपेशा मुदर्रिसी और बीच-बीच में किस्साफरोशी—हालाँकि वे अपना ज्यादा वक्त दूसरे फन में ही जाया करते हैं। सुना है इस फन में उनकी काफी शोहरत बढ़ रही है। खुदा उनके इकबाल को दिन दूना रात चौगुना बढ़ाए जे सून दील खुसी होय!

आगे यह चिट्ठी लिखने का सबब ये है कि भाई जान कासीनाथ सींघ जी, जरा ये तो सोचिए कि यह दुनिया कितने अचरजों से भरी है। आज का हर इनसान अपनी रोजी-रोटी में इस कदर मशगूल है कि उसको अपनी नाक के नीचे कुछ नजर नहीं आ रहा है। और तमाम बातों के बावजूद बीवी-बच्चों—सबके बीच भी वह निहायत अकेला होता जा रहा है और उस अकेलेपन को वह ढोल बजाकर या चिल्लाकर खतम नहीं कर सकता। इस गम को झेलने के लिए किसी काबिल दोस्त की जरूरत पड़ती है। अगर दोस्त नजदीक है तो उससे बातचीत और गाली-गलौज करके तसल्ली पाई जा सकती है, थोड़ा सुकून मिल सकता है लेकिन खुदा के फजल से अगर वह दूर है तो फिर चिट्ठी को छोड़कर और कौन-सा आसरा है? तो हे मेरे जानेमन! अगर चिट्ठियों के लेन-देन में इस कदर लेटलतीफी की गई तो मामला बड़ा बिगड़ सकता है। जनाब पढ़े-लिखे होशियार इनसान हैं। इस पर जरा ठीक से गौर कीजिएगा तो सब कुछ साफ हो जाएगा।

आगे यह चिट्ठी इसलिए लिख रहा हूँ कि यह इस बात का सबूत रहे और वक्त-जरूरत पर काम आए कि मैं आपकी चिट्ठियों के लिए तड़प रहा हूँ और उम्मीद करता हूँ कि आप भी तड़प रहे होंगे। गलती दोनों ओर से हो रही है। मूड और काहिलियत दोनों को बरबाद किये जा रहे हैं। तो, क्यों न इनसे चन्द लमहों के लिए छुट्टी लेकर थोड़ा खत-खिताबत की बात कर लें!

जैसी कि आपने खबर करी थी उसी के मुताबिक सुना जनाब जपान मुलुक की सैर कर आए। उसके बाद इस नाचीज को खत तक नहीं दिया, न जाने क्यों? या कि फिर रीतिकालीन नायिका की तरह रूठे रहे—"वो लिखेंगे तो हम लिखेंगे"

या फिर किंवा...यौवन की मदिरा पिए कौन कहे? वैसे यौवन बहुत कुछ बुढ़ाय गया है। तो सुनिए जी कासीनाथ जी, अबके चिट्ठी जरूर भेज दीजिए। तब हम बहुत-सी बातों को ब्यौरेवार लिखेंगे। वैसे हमें आपकी सूरत देखे भी जमाना गुजर गया है। न जाने क्यों, आपको देखने की बड़ी ख्वाहिश हो रही है। घंटों, दिनों, रातों, हफ्तों आपके पास बैठकर गुफ्तगू में गुजारने की तबीयत हो रही है। लेकिन खुदा जाने, यह दिन कब नसीब होगा।

कुसुम को अदाब, बच्चों को प्यार और जनाब के लिए सैंडल, जूता, चप्पल जो भी पसन्द आए।"

15 फरवरी, 1982

## 2

जोवाई, मेघालय
26 अक्टूबर, 1974

बन्धु, (आदरणीय भी और प्यारे भी)

ढेर सारा प्यार भी और प्रणाम भी।

ये कमबख्त बन्दर नचाने वाले भी गजब के जीव होते हैं। बन्दर को राजेश खन्ना कहते हैं और बन्दरिया को हेमा मालिनी। भला कोई इन सालों से पूछे—अबे, यह क्या करते हो, तो वे हँसकर जवाब देते हैं—अरे साहब! आजकल जमाना ही उनका है यानी बन्दरों का है। खैर इन तमाम बातों के बावजूद भी वे कभी-कभी बड़े पते की बातें कह जाते हैं और उन बातों में सबसे बढ़िया बात है—पापी पेट न होय तो किसी से भेंट न होय। यह पापी पेट जहाँ न ले जाय। तो उसी पापी पेट के मारे यह बन्दर (यानी राम अधार) अधुना मेघालय में दिन और रात को काट रहा है और बन्धु काटना भी क्या—"एक वो थे जिन्होंने काटे कोह, एक हम हैं कि दिन नहीं कटते।" यानी समय, लगता है, ठहर गया है यानी अभी रात के सिर्फ 8 बजे हैं, जबकि शाम न जाने कितने दिन पहले ही हुई थी। अक्सर रात विरहिणियों के लिए बड़ी दुखदाई रहा करती रही है, बेचारी तारे गिनती रहती थीं, आहें भरती रहती थीं, सूखती रहती थीं और न जाने क्या-क्या करती-करवाती रहती थीं। लेकिन मेरे इस वनवास की रातों के सामने उनकी रातें तिल के बराबर भी नहीं थीं। कम से कम उनके पास तो उनके स्वजन-परिजन, आत्मीय वगैरह रहा करते थे। मेरे इर्द-गिर्द मेरे सिवा अपना कोई नहीं है।

खैर, यह तो भूमिका रही, अब आकाश की बात। स्वर सन्धि के नियम के अनुसार अ+आ मिलाकर 'आ' होते हैं, पढ़ा होगा। तो मेघ+आलय मिलकर मेघालय बना, जिसका अर्थ हुआ मेघों यानी बादलों का घर। एक जमाना था जब मैं बादलों को प्यार करता था। कालिदास के मेघदूत को प्रायः कण्ठस्थ कर गया था। पुष्करावर्तक

वंश में जन्मे मेदुर कान्ति वाले नयन सुभग, घनश्याम का श्रवण सुभग मन्द्र रव कभी-कभार मेरे सूखे मन को भी आप्यायित कर देता था। मेरा मन भी कालिदास के यक्ष की तरह कल्पनाओं से भर उठता था; और मैं भी इन मेघों के माध्यम से अपनी प्रिया (विवाह के पूर्व असंख्य काल्पनिक हेमा मालिनियों, विवाहोपरान्त पुष्पा) को सन्देश भेजने की मधुर कल्पनाओं में अपने यथार्थ को भुलवाया करता था। पर प्यारे! ये साले बादल इतने जालिम होते हैं आज मालूम हुआ है। बात मेघालय से शुरू किया था। यह सारा प्रदेश पर्वतों की उपत्यकाओं का है। हर टुकड़ा प्रकृति का एक अनुपम अंग है, लगता है या कि मन करता है हर चप्पे को उठाकर कमरे में रख लें और देखते रहें। ऊँचे-ऊँचे चीड़ के वृक्ष गर्दन उठा-उठा कर दूर की पहाड़ी में मानो अपने प्रिय को खोजा करते हैं। सड़कें लहरदार हैं, पास में ही ऊँचे पहाड़ों के खंड, लगता है विशाल गजराज की तरह राह रोकने को खड़े हैं। छोट-छोटे नाले मानो रेखा की तरह उन्हें कई भागों में बाँटते हैं। लेकिन ये पहाड़ियाँ अपनी सुन्दरता, के मायाजाल में जिसे फँसा लेती हैं, उसे निचोड़कर रख देती हैं अर्थात् अगर भूल से भी कोई मेघ इधर आ निकला तो क्या मजाल है कि वह यूँ ही चला जाए। उसे बरसना ही होगा, और वह बरसना भी साधारण नहीं, अपनी बूँद-बूँद साफ कर जाना होगा। प्रान्त में उसके पास राह-खर्च के नाम पर एक बूँद भी नहीं रह जाएगी। ऐसी मायाविनी हैं ये उपत्यकाएँ। यानी मैं यहाँ 22 को आया। 23 से ही पानी बरस रहा है। लगातार बरस रहा है। पहले तो लगता था बादल खुशी से बरस रहे हैं। बाद में मुझे ऐसा लग रहा है जैसे वे रो रहे हैं। कहाँ जा फँसे इस कंबरू कमच्छा की जादूगरनियों के देश में? कैसे पिंड छूटेगा और मारे आँसू गिराए जा रहे हैं। और बेचारा सूरज! उसको जितना कष्ट यहाँ है उतना कहीं नहीं होगा। तुम्हारी कहानी के 'भोला बाबू' ने सूरज के बारे में क्या सोचा होगा जितना मैं सोच रहा हूँ। सूरज को देखने को तड़पा जा रहा हूँ। लोगों का कहना है, यहाँ जून से सितम्बर-अक्टूबर तक सूरज मोशाय लजाते हैं। मुँह दिखाने की भी हिम्मत नहीं करते

और जैसी यहाँ की उपत्यकाएँ हैं वैसी ही मायाविनी यहाँ की नारियाँ भी हैं। Rosy cheeks की बात मैंने कविता में पढ़ी थी। यहाँ की खासी युवतियाँ साक्षात् उपमाएँ हैं। उनमें से एकाध तो अपूर्व सुन्दरी हैं। और हमेशा अपने होंठों को ताम्बूल से रचे रहती हैं—यानी टकटक लाल होंठ—राम राम! मन दूषित होने लगता है। मैं अजनबी हूँ, कभी-कभी एकाध शब्द उनकी भाषा का बोल पड़ता हूँ, वे ठठाकर हँस पड़ती हैं। लगता है फूल खिलने लगे। सुना है वे भी किसी मेघ को पा जाने पर उसे दूह ही लेती हैं। मातृसत्ताक समाजव्यवस्था होने के कारण वे ही सर्वेसर्वा होती हैं। पुरुषों का काम सिर्फ सोमरस पीना और बच्चे पैदा करना होता है। वैसे सोमरस यहाँ का हर प्राणी ग्रहण करता है। पहाड़ तक पीते हैं। नहीं तो सुबह के 9 बजे तक इतना घना कुहासा क्यों छाया रहता।

और ठंड। राम कहो। अभी मैं दो स्वेटर और कोट पहने बैठा लिख रहा हूँ। अभी दो महीने और रहना है, तब तक न जाने क्या होगा। हाड़ भी जम जाएँगे। सबको यथायोग्य बाँचो।

काश, इस समय तुम पास होते। समय भागने लगता। यह बियाबान सुनसान जगह बस जाती, रातें चमन हो जातीं और हम बातों की गरमी से यहाँ की तमाम ठंड को पिघला देते। लेकिन यह तो भुलावा सा ही लगता है। फिर भी—"तुम मेरे पास होते हो गोया जब कोई दूसरा नहीं होता।" कम से कम इस रात तो तुम्हीं मेरे पास हो। आगे की रातें अपना इन्तजाम खुद कर लेंगी।

अभी 4-5 दिन पहले तुम्हें पत्र दिया था। यह शुरू किया दूसरे को, लिख गया तुम्हें। (सम्बोधन से अन्दाज लगा सकते हो) तुम कितने प्यारे हो किस तरह मुझ पर छाए हो—राम।

## 3

96, 2nd Main Road
Jayalakshmipuram, Mysore-570006
Aug 20, 1981

प्यारे काशी,

किसको क्या कहें? यह हम लोगों ने जो 'मूड' नामक जन्तु पाल रखा है वह कमबख्त कुछ करने नहीं देता। तुम लेखक हो। कथा-कहानी लिखते हो, सोचते हो, गूँथते हो। लिखते हो, तुम्हारे लिए यह शोभा की चीज है। 'मूड' लेखक लोग की प्रॉपर्टी होता है। और मैं, मैं तो भाषा विज्ञानी ठहरा, उसमें भी कोश विज्ञानी जो निहायत रसहीन (अपनी को भुलवाने के लिए वैज्ञानिक भले ही कह लें) होता है। तो 'आपे बताइए' (बकौल ढुक्कू चच्चा) हमको यह मूड कहाँ की शोभा देता है? घोड़ा तो घुड़दौड़ दौड़े, गदहा बीच में संगलोर करै। लेकिन यह मूड मेरे साथ संगलोर कराने को ही लिपट गया।

इस अन्तर्देशीय पर हमेशा की तरह बहुत दिन पहले पता दर्ज कर दिया गया था। उसके बाद मूड की प्रतीक्षा में इतने दिन गुजर गए। खैर छोड़ो, तुमने सुना होगा कि मैं दिल्ली गया था केन्द्रीय हिन्दी निदेशालय के निदेशक पद के लिए। लेकिन हमेशा की तरह इसको भी प्लान नहीं किया। कुछ होने से रहा। दक्षिण में रहते सात वर्ष हो गए। (राम के वनवास की आधी अवधि) घर से, तुम लोगों से इतनी दूर हूँ कि कहो मत। कितना मन होता है मिलने का—पूछो मत। और जब इतनी दूर हैं तो यह स्वाभाविक है कि अकेले हैं, न कोई हमदम है, न हमसफर। यह अकेलापन

खाए डालता है। जिस वातावरण में हूँ उसमें हर एक आदमी के न जाने कितने मुँह हैं, कितने सिर हैं, कितने व्यक्तित्व हैं। पिछले कुछ वर्षों में इस परिवेश में अपने को फिट करने के लिए सोचा था, एकाध चेहरे थोप लूँ पर यह एकदम भूल थी। चेहरे लगाने की उठापटक और तनाव से मुक्त होकर अब चमन बन रहा हूँ। अब तुम मुझे सूरदास की तरह घिघियाते नहीं पाओगे।

तुम्हारे विषय में भैया से बातें हुईं। तुम खूब लड़े, जमकर लड़े, झाँसी वाली रानी की तरह। मेरी बधाई और प्यार लो। लड़ते जाओ। कर क्या रहे हो? तुम ऐसा क्यों नहीं करते कि अपनी दो-तीन किताबें भेज दो। उनका कन्नड़ में अनुवाद करवाएँगे। तिप्पे स्वामी के अलावा भी कुछ लोग हैं। तुम प्रकाशकों को लिख दो, समझे। और सुनो, मैं जब दिल्ली जाता हूँ तो अपने घोंघेपन में जो समय मिलता है उसका उपयोग कुछ पढ़ने के लिए करता हूँ। कुछ कहानी-संग्रह देखे—यहाँ भी कुछ पढ़ा इस बीच। लेकिन तुम तुम हो, तुम्हारा मुकाबला नहीं है। भाषा बड़ी चमन लिखते हो। कभी-कभार सोचता हूँ, तुम्हारी भाषा पर कुछ लिखा या लिखवाया जाए। काफी मसाला है। वैसे मैं तो शेखचिल्ली की तरह सोचा ही करता हूँ। ये सब कार्यान्वित कहाँ कर पाता हूँ! एक मेरी बीवी है उसने यहाँ से एम. ए. कर लिया हिन्दी में। बड़ी शान-शौकत से। उसको भी अच्छा लगा, मुझको भी अच्छा लगा। लेकिन अब वह बीवी है कि बीमार रहती है (शायद बीमार शब्द बीबी + मार के युग्म से बना है) और मैं हूँ कि उसकी सेवा-शुश्रूषा किये जा रहा हूँ। साल भर से उसके लिए रिसर्च का विषय ढूँढ़ रहे हैं लेकिन मूड़ की तरह वह भी हाथ नहीं लगता।

तो यह रहा मेरी आत्मकथा का एक टुकड़ा। और बाकी सब ठीक हैं। दिल्ली में भैया से बस थोड़ी देर बातचीत हो सकी। वे बनारस चले गए—तुमने तो खूब बतियाया होगा दाँत निपोर—निपोर कर। बच्चे कैसे हैं? राम अधार चाचा (बकौल, नीना, तुम तो साले रमाधार या रमधरवा ही कहते हो) की क्या याद करते होगे? अब तो तुम शायद वि. वि. परिसर में चले गए हो। चौथीराम जी से बिछुड़ गए। उनके दुख को याद कर मेरी छाती फटी जा रही है। अस्सी की पान की दुकानें उदास होंगी और वह घर अब कितना साफ होगा, न बर का पता होगा, न चुन्ना, न पिच्च पिच्च की थँक। लेकिन प्यारे लाल, वि.वि. में गमछा पहन कर खइनी बनाने का शायद कोई कानून नहीं है, तो जरा सोच-समझकर रहना। नहीं तो कष्ट ही होगा।

मुन्ना मंटू अब किस जमात में हैं? इति तो लम्बी हो गई होगी और गीता भी। और ये बताओ कि तुम्हारे सिर, मूँछ और दाढ़ी में सब मिलाकर कितने बाल काले रह गए हैं। कुसुम कैसी है? अब तुम ऐसा क्यों नहीं करते, यह LTC लेकर एक बार दक्षिण की यात्रा क्यों नहीं कर आते? घूमना-फिरना हो जाता। वैसे मैं सितम्बर में दो-ढाई महीने के लिए असम और मेघालय जा रहा हूँ। नवम्बर के आखिर में लौटूँगा—इस बीच शायद कलकत्ते से गाँव भी आऊँ, माँ को देखने और अभी

रियासत के बँटवारे में काफी कुछ बाकी रह गया है। भैया नाक में दम और...में गोजी किये जा रहे हैं। तब मिलेंगे। तुम अपना पता लिख भेजो। पत्र लम्बा है। दो खेप में पढ़ जाना यदि एक बार में बोर होने लगो तो।

कुसुम को स्नेह, बच्चों को प्यार और तुम्हें सर्वस्व। पत्र दोगे क्या? हाँ, क्या मुन्नालाल का पता भेज सकते हो?

राम अधार

**4**

मैसूर

दुष्ट मातंग,

1.12.82

सम्बोधन से स्पष्ट हो गया होगा कि आचार्य पाद क्रुद्ध हैं और आचार्य जब क्रुद्ध होते हैं तो वे महज तीन ही काम करते या कर सकते हैं। दुलत्ती झाड़ सकते हैं, या रेंक सकते हैं या लीद कर सकते हैं। अगर बुद्धि हो तो समझो वे इस समय क्या कर रहे हैं?

तो तुम बनारस में रहकर एकदम बिलल्ला हो गए हो। तुमने मेरी तबीयत देखी थी, मेरा पार्थिव शरीर देखा था, मेरा दर्द देखा था लेकिन लगा गए, एक चिट्ठी भी नहीं दिया। पातकी हो। तुम नरोत्तम दास पढ़ाते हो कि नहीं? बोलो—पढ़ाते हो तो ये बताओ सुदामा और कृष्ण की दोस्ती कैसी थी, कितना प्यार था उन लोगों में? कुछ सबक हासिल किया या ऐसे ही दाँत निपोरकर पढ़ाकर चले आए। देखो क्या उनकी मैत्री थी—अलौकिक, स्पृहणीय। कहाँ कृष्ण भगवान, इतने वैभवों के स्वामी, त्रैलोक्य के अधिपति और कहाँ दरिद्र सुदामा पांडेय। लेकिन अमीरी अपनी जगह, गरीबी अपनी जगह। भगवान कृष्ण ने सुदामा के बेहाल बेवाइन वाले, कंटक जाल वाले पग को आँसुओं से धोया—"पानी परात को हाथ छुऔ नहिं नैनन के जल सों पग धोयौ।" (गोया नैन नहीं हुए साले मुनिसपल्टी के नल हो गए) यानी बेचारों को अश्रुजल से धोया—धोया कि नहीं? (यह बात दूसरी है कि यह धुलाई प्रेम की वजह से कम, कालीन के गंदा होने के डर से अधिक हुई होगी। सोचो एक-एक बेवाय से अगर एक-एक तोला भी धूल निकलेगी तो फर्श का क्या हाल होगा)।

खैर, यह एक दृष्टान्त है दोस्ती का, जिसको तुम पढ़ाते हो और एक दूसरा दृष्टान्त है दोस्ती का जो तुम करते हो। आँसू तो क्या गिराओगे! जब मैं अपंग गिरा था तो मुझको ऐसे नहला रहे थे जैसे गड़ही में कोई बहिला भैंस धो रहे हो। सोचो। याद करो वह क्षण। तुम्हारी मूर्खता को याद करके मुझे नरोत्तम दास, सुदामा और कृष्ण

तीनों पर दया आती है, अपने पर तो जो आती है—सो है ही। उस पर यह तुर्रा कि तुम कथाकार हो। कर लो मनमानी साले। लेकिन अब मेरी कमर सीधी ही नहीं हुई है, अधिक मजबूत भी हो गई है। मारते-मारते मुन्ना लाल बना दूँगा, जे सुन दिल खुशी होय।

हे गजराज! क्या तुम सचमुच एशियाड देखने दिल्ली गए थे। अगर गए थे तो क्या-क्या देखा, कैसे देखा? विस्तारपूर्वक बच्चों को बताओ। आचार्य पाद तो आज खिन्न हैं। पाकिस्तान क़ी टीम ने हॉकी में भारतीय टीम का जो शानदार भुर्ता बना दिया है कि पूछो मत। सोचकर रोने को मन करता है। मेरे एक सरदार सहकर्मी स्टिकों का कोई अन्य प्रयोग करने का सुझाव दे रहे थे।

एक पंक्ति में आचार्य पाद की मौजूदा हालत—वे ऑफिस जा रहे हैं लेकिन चलकर ही, चढ़कर नहीं। यानी स्कूटर की सवारी अगले 3 महीनों के लिए बन्द।

घर से बीमारी की हवा निकल गई है। अब जीवन सामान्य हो गया है। (कुसुम को नमस्कार, बच्चा लोग को ढेर सारा प्यार)

तुम्हारे लिए ढेंचूऽऽऽ।

अगर पत्र दोगे तो पढ़ लूँगा। अगर नहीं, तो नहीं पढूँगा।

तुम्हारे द्वारा सताया, पर तुमसे सौ गुना समझदार
पोट्टपादाचार्य

**5**

मैसूर
12.1.83

प्रिय काशी,

इस साल पहली को सुबह से ही इन्तजार करता रहा कि पहला पत्र किसका आता है और वह तुम्हारा पत्र था जो पहले मिला। तुम्हारा प्यार मिला, तुम्हारी बेवकूफियाँ मिलीं और तुम्हारे पास होने की ललक और बढ़ गई। तुमने मुझे लदगों-बाँड़ कहकर अपने खुद के बचपन के दिनों को याद किया है। यह उत्तम लक्षण है। तुम्हारी स्मृति तो बड़ी थोबरहा है। ये कैसे याद कर लिया? और सुनो 'तोरी पतरी कमर पर' की बड़ी प्रसिद्ध बानी है। बाबा (तुम्हें याद होगा उन्हें रामायण पूरा कंठस्थ सा था) एक गवैया को गरियाया करते थे। वह गाता था—"समय जानि गुरु आयस पाई। लेन प्रसून चले दोउ भाई।" तोरी पतरी कमर पर यानी कमर नहीं हुई सुकुमार सिया प्यारी (मकु धीरे चलो) की फुलवारी हो गई। वैसे फार योर इन्फार्मेशन, मेरा लाद थोड़ा और निकल आया है और मेरी काया के आगे-आगे ऐसे चल रहा है जैसे कोई सिपाही हो। मेरी कमर के दर्द के डॉक्टर, हकीमों,

वैद्यों—सबने एक स्वर से सुझाव दिया है कि पेट को जरा कम कीजिए, जिसका मतलब है भोजन कम करना। तुम समझ सकते हो मेरे जैसे खाने वाले के लिए यह कितना मशक्कत का काम है।

और सुनो, तुमने लिखा है कि तुमको अकेले बैठने की जगह नहीं है। लिख नहीं पा रहे हो। यह है—वह है। सब बकवास है। प्राचीन काल में जब मैं 'हबड़ा' में रहता था तो मेरे 'युधिष्ठिर' यानी लाल बहादुर सिंह जी कहा करते थे—"इस्सर चन्द विद्या सागर सड़क पर खंभे की लाइट के नीचे पढ़ा करते थे।" मतलब उनका यह था कि मुझको भी खंभे की लाइट में ही पढ़ना चाहिए था जिससे वे बिजली के पैसे की थोड़ी बचत कर सकते। तो हे बालक! तुम सब कुछ भूल जाओ, जरा जमकर लिखो और हमारा नाम रोशन करो।

गुड्डी को लिखा था कि वह मुझे पत्र दे, लेकिन लगता है वह भी 'मूड' बना रही है। सब लोग तुम्हारी नगरी में मूडहा ही हैं।

मैं यह पत्र लिख रहा हूँ और पुष्पा पास में बैठी जादू-टोटका, मंत्र-तंत्र, ज्योतिष की एक पत्रिका पढ़ रही है और पसाई की 'झुरिया बो' को टोनहिन कहकर उसकी याद कर रही है। चूँकि आजकल यहाँ पर उतना जाड़ा नहीं है जितना तुम्हारे यहाँ है। मैं यह सोचकर आनन्द का अनुभव कर रहा हूँ कि तुमने पिछले पन्द्रह दिनों से नहाया नहीं है और परसों खिचड़ी को नहाओगे। मेरे गाँव के खेदारू लोहार जो काली माई खेलते हैं, पूरी शीत ऋतु में सिर्फ खिचड़ी को ही नहाते हैं। फिर भी काली माई उन पर पूरे वेग से आती है। समझे।

कुसुम को नमस्कार कहो—बच्चों को प्यार। पत्र चाहे दो, चाहे न दो, मैं लिखता जाऊँगा समझे!

तुम्हारा
राम अधार

## 6

1.9.84
Mysore

देऊ,

यानी मियाँ की जूती मियाँ का सिर। बेबी (विष्णुकांत शास्त्री) इस जुमले को थोड़े राष्ट्रीय ढंग से कहते हैं, "गंगाजल से गंगा की पूजा करना।" लेकिन मैं इसमें विश्वास नहीं करूँगा। लाल साहब यानी मुन्ना के (और फिर हम सबके) सुवर्णदंती जीजा जी कहते रहे एक जमाने में, "चोरी का माल बरामद हो ही

गया, चाहे कितने दिन बाद क्यों न हो।" सन्दर्भ होता था जब मैं उनसे कई दिनों के बाद मिलता था। मौजूदा हालात में चोरी का माल तुम्हारा पता है जिसको तुम इतने दिनों तक छिपा रहे थे दलिद्दर की तरह। इसके पहले जोधपुर कॉलोनी भी एक पत्र भेज चुका हूँ।

तो प्यारे लाल! तुम्हारे 'रामलाल' और 'देऊ' दोनों से परिचय मिला। जम रहे हो, जमे रहो। तबीयत चमन हो गई। वैसे साले या तो तुम गाँव के लफ्जों को ठीक से जानते या लिखते नहीं या फिर प्रूफ की गलती। 'संवल' या संवत क्या है? भूल गए "संमत बाबा संमत बाबा दीहा असीस लइका जियैं लाख बरीस।" और खरपत से अधिक स्वाभाविक खरपत्तू होता है। नगई अपने आप में कम सारगर्भित और अर्थवान नाम नहीं है। प्रयोग करना कभी इत्मीनान से। लगता है, जरूर कभी न कभी तुमने डेटॉल या शैम्पू का तेल की तरह इस्तेमाल किया है, अन्यथा इतने अधिकार के साथ लिखते नहीं। सब मिलाकर बहुत अच्छा लगा। पास में होते तो एकाध धौल पीठ पर या तुम्हारे सिर के ऊपर लुकाई हुई मसबीरी को लगा देता। वह चिपरिया वाली का क्या हुआ? जल्दी पढ़वाओ, नहीं तो बूढ़ी हो जाएगी।

और जो मैं हूँ न! वो त्रिशंकु बन गया हूँ। मन से तो टोक्यो में हूँ, तन साला मैसूर में है। और दोनों के बीच ये तन ही अधिक वजनी होता है। उसी को वहाँ भेजने या ले जाने में बाधा विघ्न अनंता। वैसे मैं सारी एहतियातें बरत रहा हूँ। जल्दी ही दिल्ली जाऊँगा। इहाँ पर लुग्गा लत्ता, जूता-मोजा जुट्टा रहा हूँ।

और जो एक मेरी बीवी है न, वह समझ लो बीमारै-बीमार चल रही है। यहाँ का मौसम उसका सत्तुर हो गया है। बहरहाल थोड़ी ठीक है। बच्चे स्कूल जा रहे हैं।

अब क्या लिखूँ—कुछ नजर नहीं आता। लगता है जैसे दो चिट्ठियों में ही चुक गया। खैर, इस समय तो तुम्हारी कहानी से सराबोर हूँ। तुमने मुर्रा का जिकर किया है लफ्ज मुर्रा नहीं मुरहा है। और हमारे एक सहपाठी चनरधर दूबे, जब हम सात में पढ़ते थे तब की बात है, मुरहा छोड़ रहे थे। मुरहा पूरा जला नहीं या कुछ ऐसा हुआ कि उनकी अँगुली जलने लगी और उस जलन को बुझाने के लिए उन्होंने अपनी मूँछ या भीनती हुई रेख खुजलाई और मसाले से मूँछ आधी जल गई। एक-दो हफ्ते तक वे चौबीसों घंटा अपना मुँह दबाए चलते रहे। और तुमने अपने मूतने के असली प्रसंग को भी बड़े 'सुन्दर ढंग' से दर्शाया है। फिर ये तो बताओ—ये चिबिल्ली क्या होता है? चिबिल्ली उन लड़कों को कहते हैं जो बड़े शरारती और शैतान होते हैं, जैसा मैं था। फिर चिल्होरिया बांड़ी को क्यों भूल गए? वैसे लिखे जाओ, बहुत अच्छा लिख रहे हो। उस दिन चच्चा कह रहे थे अलपनाथ सिंह के मरने पर "अलपनाथ मरि गइलें महाइच का ठकुराय चलि गइल, लाला मरिजइहैं त शरीफतौ चल जाई।" इस छोटे से जुमले में मुझे न जाने क्यों बहुत बड़ा सन्देश मिला या मिल रहा है। जरा आजमाकर देखो तो।

और सब ठीक है। कुसुम को नमस्कार, बच्चों को प्यार। पास-पड़ोस को सलाम, बन्दगी। अब तो तुम भैंस, गोरू, विद्वान, पंडित सबसे थोड़े दूर आ गए हो। अब तो जरा चिट्ठी लिखो। प्यार लो।

राम अधार

तुम दरअसल 'देऊ' न होकर 'लेऊबो' हो। भाई कहते हैं 'ऊ लेऊ बो हईं देऊ बो ना' यानी वह लेना जानती हैं देना नहीं। तुम चिट्ठी पाने में विश्वास करते हो 'पवाने' में नहीं। है न?

## 7

Institute for the Study of Languages &<br>Cultures of Asia & Africa<br>Tokyo, Gaikokugo Daigaku<br>4, Nishigahara,, Kita-Ku, Tokyo<br>12.10.84

प्यारे काशी!

"लागल झुलनियाँ क धक्का बलम कलकत्ता चहुँप (या निकल) गए।" यह भी एक गाना हुआ करता था मिट्ठू और निब्बू के जमाने में। विशेषकर हुडुक बाजे पर गोंड़ों की बरात में मसाल (बोतल में किरासन भरकर उसमें लत्ता घुसेड़कर बनाई गई) की रोशनी में लबंडा लहँगा लहरा-लहराकर (अनुप्रास देखो) नाचता और गांता था। तो भाई मेरे! आचार्य पाद को झुलनी का धक्का जरा जोरै से लग गया और बलमदास साकिन मौजा मैसूर से सोझै टोक्यो आ गए। यह जगह तुम्हारी जानी-सुनी है। इसलिए तुमसे इसका वर्णन करना सूरज को दीपक दिखाना है। लेकिन हे सूरज! इतना बड़ा शहर और इतनी मशीनें देखकर तो मैं नरोत्तम दास का सुदामा हो गया हूँ। एक ते बड़े एक भौन हैं, मेरी तो मतिये भरमाय गई है। जैसे पसाई या जीयनपुर से पहली बार मोङलसराय जाने पर लगा होगा वैसा ही लग रहा है। वाह रे मशीन! सब कुछ मशीनें कर रही हैं। आदमी तो भकुआ बना जा रहा है।

जहाँ हूँ वहाँ का वातावरण बड़ा अच्छा है। Institute में बड़ी इज्जत है, शान है, मान-सम्मान है। जिसका मतलब होता है अपने को बहुत संयत रखना है—बोलचाल कम, जोक-जाक बन्द, दाँत निपोरना खत्म और खें-खें करना एकदम नहीं। सोच सकते हो, यह दम-घोंट अवस्था नहीं है तो और क्या है? मगर, मैं निभा ले जाऊँगा। सरकार की 22 वर्ष से और पुष्पा की 12 वर्ष से नौकरी कर रहा हूँ, अब जबान कहाँ चल सकेगी भला! अभी बड़ा अनकुस बर रहा है। नाना प्रकार की चीजें हैं लेकिन साली अकेली जिन्दगी भी कोई जिन्दगी है।

तुम अपने परिचितों और मित्रों का पता लिखना। चाहे टोक्यो में हों या बाहर, उनसे मिलूँगा। या तो सुनो उनको ही मेरा पता लिख दो। ऊपर का पता मेरे Institute का है। रहने का पता है—

R. A. Singh, Room No. 153, Asia Bunka Kaikan. 12-13 Honkomagome 2. Bunkyo Ku Tokyo 113.

Phone No. (03) 9464121

यहाँ का पता याद करने में ही आधी जिन्दगी गुजर जाएगी।

घर से संस्थान दो Subway स्टेशन है। सब मिलाकर आया घंटा जाने में लगता है, आधा घंटा आने में। कोश के कार्यों में लगा हूँ। देखो कितना कुछ कर पाता हूँ। यहाँ मैं अपनी भी कोई पुस्तक चाहूँ तो लिख सकता हूँ। लेकिन देखो क्या-क्या कर पाता हूँ?

घर से दूर हूँ। घर की और तुम सब लोगों की बड़ी याद आती है। काश! हे काशी। तुम यहाँ मेरे रहते आ जाते तो समैं बँध जाता। जिन्दगी चमन हो जाती।

तुम कहानियों पर जुटे हो—जमे रहो। कुंडलिनी जाग्रत है। जितना बन सके लिख जाओ। उसके बाद तो फिर बुढ़ापा आ जाएगा।

अधिक क्या लिखूँ? कुछ जम नहीं रहा है। जब शुरू किया था तो सोचा था बहुत सारी बातें करूँगा—अब सब अकिल गुम हो गई है। यहाँ पर भाँति-भाँति किसिम-किसिम की कलमें हैं। उन्हें देखकर मुझको तुम्हारी याद आती है।

अच्छा आज यहीं तक। कुसुम को नमस्कार, बच्चों को स्नेह-प्यार। अपने 'राम दरबार' के सभी सेनानियों को नमस्कार कहना। यहाँ पान खाकर थूकते कोई नहीं दिखाई पड़ता।

ढेर सा प्यार लो।

तु.
रामधार

**8**

Institute for the Study of Languages &
Cultures of Asia & Africa
Tokyo, Gaikokugo Daigaku
4, Nishigahara, Kita-ku, Tokyo

प्रिय काशी,

अगस्त में जब मैसूर लौटा था तभी लिखना चाहिए था। फिर अक्टूबर में जब यहाँ आया तब लिखना चाहिए था। लेकिन जैसा तुम देख चुके हो, हालत पहले की अपेक्षा

कुछ बदतर ही हो गई है। इस विशाल नगरी में, तुम्हारे 21वें सदी के देश में मैं निहायत मनहूस, अकेला और उदास सा घूम रहा हूँ। देखने वाले एक नजर में ही समझ जाते हैं कि मैं खोया-खोया सा हूँ। तुम्हें 'याद हो कि न याद' हो, त्रिलोचन भगवान को एक बार कहीं अच्छी नौकरी मिली थी, अधिक पैसों के साथ। उन्होंने मना कर दिया था। चूँकि पैसा अधिक दे रहे हैं कहीं न कहीं Sacrifice करना ही होगा। दबना होगा। पैसे की मृगतृष्णा ने मुझे इतना नचाया कि पूछो मत। अब तो मेरे नाच का आँगन पूरा Asia हो गया। Inter continental स्वरूप धारण कर लिया है मेरे नाचने के ढंग ने।

यहाँ हूँ, दही-भात खा रहा हूँ। Diabetes की वजह से केवल पानी पी रहा हूँ और साग और घास खा रहा हूँ। सोने के नाम पर कई एक गोलियाँ खाकर 2-3 घंटे सो पा रहा हूँ। भैया ने पंडित जी के विषय में लिखा है—ब्राह्मणों में शूद्र। मैं इस महिमामंडित ऐश्वर्यवान शहर में निहायत गरीब बना हुआ हूँ। और एक बात और, मेरा गिड़गिड़ाना तो कम से कम 10-12 सूरदासों के बराबर है। सूरदास के लिए सुविधा थी, वह किसी को देख नहीं पाते थे। मैं देख-देखकर लोगों को पहचानकर उसी हिसाब से गिड़गिड़ा रहा हूँ। अपना काम-धाम तो कुछ है नहीं। मात्र गप्प और गिड़गिड़ाहट, जैसे कोई और काम ही नहीं हो। Computer के बिना जग सूना है और मैंने Computer तक सीखा नहीं। लोग हँस रहे हैं।

मोमो की शादी क्या हुई? महाभारत के अठारह पर्व हो गई। हिमालय से कन्या कुमारी तक और जापान से अमेरिका तक सभी लोग जान गए कि एक बेहूदा अपनी लड़की की शादी न करके महज ढोंग कर रहा है। जगत को दिखा रहा है। मैं चिन्तित हूँ—हे लोगो! हे मानव मात्र! मेरी सहायता करो। इस किसिम का दैन्य कभी सुनने में भी नहीं आया होगा, देखना तो बहुत दूर की बात है।

इस बीच 5 फरवरी को गीता की शादी हो गई। खबर बाद में मिली। तार भी नहीं भेज पाया। झींकता रहा—बस झींकता रहा। आज आठ महीनों के बाद तुम्हें भी पत्र लिखने बैठा हूँ। सच काशी! मेरे एक सरदार दोस्त ने एक बार कहा था, आपने शायद 3-4 जन्मों में भी किसी एक भी व्यक्ति का कोई उपकार नहीं किया है। यह तथ्य है। स्वारथ का पुंजीभूत माल बना घूम रहा हूँ। यहाँ पर भी लोगों के बीच अझेल हो गया हूँ। लोग मुझे देखकर ऐसे ही भागते हैं जैसे पागल कुत्ते को देखकर गाँव वाले। सब मिलाकर यह एक तमाशा बन गया है। अभी कंप्यूटर भी नहीं सीख पाया हूँ। बस सोकर जिन्दगी बिता रहा हूँ। क्या करूँ, क्या न करूँ समझ में नहीं आ रहा है।

लम्बी कहानी है। यहाँ भी "सूरदास सन्देसन के डर पथिक न वा मग जात"। सब मेरी छाया से कतरा रहे हैं।

कुसुम को स्नेह। मुन्ना-मंटू को प्यार। पत्र शायद ही दोगे—क्योंकि नाराज होगे।

तुम्हारा<br>
रामधार

## 9

अक्टूबर 13, 1987

प्यारे काशी,

यकीन नहीं होता कि हम वही हैं जो पहले हुआ करते थे, हँसते थे, बोलते थे बतियाते थे, गरियाते थे और इन सबके साथ-साथ खत खिताबत भी किया करते थे। न जाने क्या हो गया है? एक बार तुमने लिखा था कि शायद यह जाती हुई जवानी है या आता हुआ बुढ़ापा। मेरे खयाल में बुढ़ापा आता हुआ नहीं, पूरी तरह आ गया है और जवानी अपने स्वभाव के अनुसार जाने का नाम नहीं ले रही है। तो हे प्यारे बन्धु! इस वय:सन्धि का कष्ट हमारी अनमोल दोस्ती को भुगतना पड़ रहा है। मूड की तलाश में महीनों इस अन्तर्देशीय को इस जगह से उस जगह, इस किताब से उस किताब में मुड़ते-मुड़ाते घूमना पड़ा है। आज जब लिख रहा हूँ तो साहित्य की...उखाड़ रहा हूँ, यह दिखाने के लिए कि देखो प्यारे लाल! मैं कितना इमोशनल यानी कि सेंटिमेंटल हूँ।

खैर छोड़ो यह सब, इसका फैसला बाद में कर लेंगे। ले-दे के हाल ये है कि हम एक अदद बीवी और 3 नग बच्चों के साथ मैसूर शहर में ही, अगर कहना चाहो तो राज कर रहे हैं और नहीं तो राम के वनवास को याद कर रहे हैं। कहने को इस शहर में पेड़ हैं, पौधे हैं, फूल हैं, पत्ते हैं, होटल हैं, बार हैं, पैलेस हैं, वृन्दावन गार्डेन है पर अपना कोई नहीं है। सब निहायत बेगाने हैं, बकवास हैं, और जो एकदम अपने हैं यानी वो एक अदद बीवी, सो पिछले चार महीने से बीमार है; यहाँ के सुहावने मनभावने मौसम का कष्ट भोग रही है और जो मैं हूँ वह गिरस्ती का सुख लूट रहा हूँ। कई बार चाहा है कि कोई हो जिससे बात करें। 'दुक्खं सुक्खं कहें।' पर जिन्दगी इस कदर मशीन हो गई है कि पूछो मत। और एक जो तुम हो तो इतनी दूर हो कि क्या कहें! सारी दुनिया में बिलल्ला की तरह तो घूम रहा हूँ, एक बनारस नहीं आ सकता। हाय रे कपाल! पता नहीं कैसे हो? शायद बाल और पक गए हैं। माथे की मसबीरी अब स्पष्ट दृष्टिगोचर हो रही है और न जाने कैसे-कैसे लगते हो। इधर दो बार दिल्ली गया। पता लगा तुम्हारे हाथ में कुछ दर्द वगैरह हो रहा था। पिछली बार जब मिला था तब भी तुम्हारी तबीयत ठीक नहीं थी। बात क्या है? यह सब क्यों है? तुम्हें तन्दुरुस्त देखकर ही तो मैं स्वस्थ महसूस करता रहा हूँ। ढेर सारी बीमारियों से गुजर चुका हूँ। (इसमें वह भी शामिल है जिसमें एक बार हवा खुलने पर सारे गाँव में जश्न मनाया गया था)। दर्द जानता हूँ। स्वास्थ्य पर ध्यान क्यों नहीं देते? भैया ने बताया तुमने उन पर लिख दिया है। लिखना मुझे भी है पर जब चिट्ठी नहीं लिख पाता तो निबन्ध/लेख/संस्मरण क्या लिखूँगा? फिर भी कोशिश करूँगा।

और सुनो! एक जरा अच्छी बात है, मैंने घर बदल दिया है। यह घर काफी बड़ा है। तुम्हारे मौजूदा घर के बराबर ही होगा। कहने का माने ये कि उसमें हम सब यानी कि हमारे परिवार—दोनों बीवियाँ और तमाम बच्चे एक ही छत के नीचे आनन्द के साथ रह सकते हैं। अब जगह का सकेत नहीं रह गया है—क्या समझे! तो फिर आ जाओ—जितनी जल्दी हो सके। आने वालों के लिए मैसूर का मौसम हमेशा सुहावना रहता है। क्या दिसम्बर में आओगे? दक्षिण घूम लेंगे साथ-साथ। उस समय वहाँ गर्मी कम होती है।

दिल्ली में गीता से काफी बतियाता था। गुड्डी कहाँ है? मुन्ना ठीक-ठाक पढ़ रहे हैं यह जानकर मन खुश हुआ। कुसुम कैसे है? काफी बोर हो रही होगी। उसको कुछ दिन के लिए बनारस से निकालो—वैसे ही जैसे 'कविता की नई तारीख' में निकाला है। ये आजकल मुझे न जाने क्या हो गया है—तुम्हारी राजकमल की पेपर बैक को कई दिनों से पढ़े जा रहा हूँ। और तुम्हारी टिकुली जितनी बड़ी तस्वीर को निहारे जा रहा हूँ। और गुड्डू हैं कि कहते रहते हैं, पापा को काशी अंकल मिल जाएँ तो दुनिया में कुछ नहीं चाहिए।

और सब ठीक है। गुड्डू स्कूल (कॉलेज) जा रहे हैं। आजकल परीक्षा दे रहे हैं। मोमों का कॉलेज बन्द है। जमकर रिलायंस कप देख रही है और बच्ची पछता रही है कि स्कूल खुला क्यों है? यह नया घर मेरे संस्थान से बहुत नजदीक है, उतना ही जितना पहले वाला। मैंने इस बीच कुछ किया नहीं सिवाय बिसूरने के। तुम कुछ तो कर ही रहे होगे। सुना इस बीच कुछ लड़ना भी पड़ा था। किस मुँह से लिखूँ कि पत्र शीघ्र देना, जबकि खुद इतने दिन बाद लिख रहा हूँ। पत्र लम्बा है। पढ़ते समय कहोगे, ससुर क्या-क्या लिख गया है।

कुसुम को नमस्कार। बच्चों को स्नेह! तुम्हें ढेर सारा प्यार।

तु.
रामधार

['हंस' जनवरी 2003]

# लंका बाँके चारि दुआरा*

याद रखिए कि बनारस उत्तर प्रदेश और बिहार का एल.ओ.सी. (लाइन ऑफ कंट्रोल) है।

बैंक लूटिए यू.पी. या बिहार में, अपहरण कीजिए यू.पी. या बिहार में, गैंगवार या तस्करी कीजिए यू.पी. या बिहार में, हत्याएँ कीजिए यू.पी. या बिहार में—आ जाइए बनारस और चैन की साँस लीजिए। हमेशा के लिए निश्चिन्त हो जाइए। बाल भी बाँका नहीं होगा आपका। ऐसे-ऐसे ईंट-पत्थर और गलियों के चम्बल और बेहड़ भरे पड़े हैं बनारस में कि इनके आगे पानी भरें भिंड, मुरैना और काश्मीर की घाटियाँ।

कहने की जरूरत नहीं कि मठों, आश्रमों, घाटों और सेवाश्रमों में जटा-जूट बढ़ाए बाबाओं का आशीर्वाद ले पुलिस और ढूँढ़ती रहे यहाँ से वहाँ। जटा-जूट ने ऐसी रंगत बदली है चेहरे की कि पहचान में ही न आएँगे आप। क्या मजाल जो भनक भी मिल जाए किसी को!

सब जानते हैं कि पाप चाहे जहाँ करें, मोक्षधाम यहीं है। इसी को अविमुक्त (पापमुक्त) क्षेत्र कहा गया है पुराणों में।

कहा था कभी बनारस के भूगोल के एक जानकार पं. धर्मराज ने, 'देखिए, कितने चूतिया हैं अबू सलेम और मोनिका बेदी। अरे, जब अपने ही देश में बनारस था तो पुर्तगाल भागने की क्या जरूरत थी?'

लंका अविमुक्त क्षेत्र से बाहर है क्योंकि यहाँ न घाट हैं, न गलियाँ, न भुइँधरा। इसलिए खतरे ही खतरे हैं और खतरों से वह खेलता है जो मर्द हो। ऐसे ही मर्दों का आशियाना है यह लंका। अस्सी और हिन्दू विश्वविद्यालय के बीच एक फर्लांग रकबे का जनारण्य। बनारस तो सृष्टि के साथ पैदा हुआ है लेकिन लंका पैदा हुआ है आजादी के बाद! पहले यहाँ सूअर और सियार घूमते थे, अब विद्वान और छात्रनेता घूमते हैं। कहिए, घूमते नहीं, टिल्लो मारते हैं।

बकौल शायरे-आजम चश्मेबद्दूर लकदक 'लंकवी', काशी जनपद में अकेला मुहल्ला लंका है जो बाजार है, मुहल्ला नहीं। यहाँ दुकानें हैं, आवास नहीं। जिनकी दुकानें हैं, वे भोगावीर, रश्मिनगर, साकेत कॉलोनी, नगवा, रवीन्द्रपुरी,

* लंका अस्सी और काशी हिन्दू विश्वविद्यालय के बीच का इलाका है।

ब्रिज इन्क्लेव—चाहे जिस कॉलोनी में रहते हों, यहाँ नहीं। यहाँ दुकानें भी सिर्फ दो तरह की हैं—दर्द की और दवा की। दर्द पैदा करने की, फिर उसका इलाज करने की। लंकवी के ही मुताबिक सन् 1950 के जमाने में जब वे विश्वविद्यालय के सिंहद्वार में घुसे तब उनकी नजर गई बाईं तरफ—लड़कियों का कॉलेज! वीमेंस कॉलेज! उसके ठीक अपोजिट देखा तो सर सुन्दरलाल अस्पताल। इधर दर्द, उधर दवा। उन्हें महामना की सूझ और समझ पर हैरत हुई, 'वल्लाह! क्या दिमाग पाया था मालवीय महाराज ने?' और अपने-आप बेसाख्ता यह बोल फूट पड़ा उनके कंठ से, 'तुम्हीं ने दर्द दिया है, तुम्हीं दवा देना!' बाद में तो फिल्म वाले यह बोल झटक ले गए उनसे।

बहरहाल, दुकानें दर्द की हों या दवा की, दुकानदारों की किस्मत में दुख ही दुख लिखा है। जब विश्वविद्यालय में छात्रसंघ था तो चन्दे और जब छात्रसंघ नहीं है तो 'रंगदारी टैक्स' और 'फिरौती'। एक से जान बची तो दूसरी से गई। और अब वे रात-दिन इस चिन्ता में मरे जा रहे हैं कि कहीं छात्रसंघ फिर शुरू हुआ तो कितनी फिरौतियाँ देंगे? इनको अलग, उनको अलग—कितनी देंगे?

छात्रसंघ बहाली के लिए चन्दा उगाही के अभियान पर निकले एक जुवा (युवा) नेता ने दुकानदारों की दुविधा की चिन्ता की चर्चा रामबचन पाँड़े से की। उसे कई दुकानदारों को खरी-खोटी सुनानी पड़ी, धमकियाँ देनी पड़ीं, डराना-धमकाना पड़ा, मारपीट की नौबत तक आई फिर भी 'कोष' में उतना न जुट सका जितने की उम्मीद थी। चूक उसी से हुई थी, दूसरे को दोष क्यों दे? छात्रसंघ किसी एक का तो है नहीं। जितना उसका है उतना ही विद्यार्थी परिषद का, राष्ट्रीय छात्रसंगठन का, फेडरेशन और आइसा का, अगर वह उगाही में पीछे रह गया और दूसरे बाजी मार ले गए तो गलती किसकी?

पाँड़े जी ने जुवा नेता के दुख-दर्द के बारे में तो कुछ नहीं कहा, दुकानदारों की दुविधा पर जरूर टिप्पणी की, 'मूर्ख हैं वे! इतनी भी अक्ल नहीं कि समझ सकें वे कि जो आज चन्दा ले रहे हैं, वही कल फिरौती लेंगे। जब तक छात्र हैं तब तक चन्दा, कल बड़े हो जाएँगे तो फिरौती और रंगदारी टैक्स! कहाँ दो हैं ये?'

पाँड़े जी '60 के जमाने के नेता। छात्रसंघ के प्रथम अध्यक्ष। उम्र पैंसठ साल मगर छात्रनेता। राजनीति की कितनी पुरानी सोच और समझ। इसी समझ के कारण वे जहाँ थे, वहीं रह गए। जमाना बदला लेकिन वे नहीं बदले। उनसे बातें करना बेकार था। इनसे अच्छे तो दादा। दादा यानी देवव्रत मजुमदार। ऐसी कोई पार्टी नहीं जिसका अनुभव उन्हें न हो। और यह भी सच है कि पार्टियों ने भले उन्हें छोड़ा हो, उन्होंने अपनी जड़ें नहीं छोड़ीं। छात्रसंघ रहे चाहे न रहे, जब तक विश्वविद्यालय रहेगा और जुवा रहेंगे तब तक राजनीति भी रहेगी और दादा का मार्केट भी रहेगा।

दादा कभी चन्दगीराम थे समाजवादी अखाड़े के! एक से एक पट्ठे तैयार किये उन्होंने। मोहन प्रकाश, शिवकुमार सिंह, चंचल, शतरूद प्रकाश, अंजना प्रकाश! और भी जाने कौन-कौन! चेलों की दिलचस्पी उन्हें चाहे जहाँ ले गई हो, दादा ने कभी लंका नहीं छोड़ा। उनकी दिलचस्पी न कभी चुनावी जीत में रही, न सरकार बनाने में, रही तो सिर्फ संघर्ष में। लोहिया जी ने यही वचन लिया था उनसे! नतीजा यह हुआ कि मार्केट एकदम से डाउन चला गया दादा का। छात्रसंघ बहाली का मुद्दा इन दिनों 'वेन्टिलेटर' का काम कर रहा था उनकी राजनीति में।

इस समाजवादी अखाड़े की स्थापना हुई थी मशहूर नेता राजनारायण की प्रेरणा से। टंडन जी की चाय की दुकान पर। दुकान गुमटी तो नहीं थी, गुमटी का 'लुक' देती थी। चाय के चूल्हे के आगे तिरछे-बेड़े पड़े दो-तीन बेंच ही अखाड़ा थे। राजनीति का चस्का लगा टंडन को राजनारायण की सोहबत से। राजनीति के 'एडिक्ट' हो गए वे धीरे-धीरे। एक लत, एक नशा। दुकान कमाई या जीविका का साधन नहीं थी उनके लिए। जो कमाते थे, जुवाओं की राजनीति में फूँक देते थे। उन्हें मुफ्त की चाय ही नहीं पिलाते थे, खाना भी खिलाते थे, नहाने-धोने-सोने का भी बन्दोबस्त करते थे। उन्होंने राजनीति देखी थी—धरना, प्रदर्शन, अनशन की, लोटने-पोटने, पट होने, चित करने, धक्का खाने, ललकारने, लाठी-डंडा खाने, चुनौती देने की। और साथ ही साथ इस सबसे बच निकलने की भी।

ये दिन थे टंडन की दुकान के और ये दिन थे समाजवादी युवजन सभा के। गंजी और निकर में ठिंगने कद-काठी वाले चालीस किलो के टंडन जी लंका के बादशाह थे। आना-जाना तो दिन भर रहता नेताओं का लेकिन शाम को जैसे जमघट लगता। छोटे-बड़े, जाने-अनजाने, नए-पुराने, ट्रेंड-अनट्रेंड, अप्रेंटिस—हर किस्म के नेता। वे मुद्दे तलाशे जाते जिन पर हड़ताल हो, बन्द की घोषणा हो, पुतले फूँके जाएँ, लंका की दुकानें बन्द कराई जाएँ। छात्रों को मुर्दा होने से बचाने के लिए यह जरूरी था। और विश्वविद्यालय प्रशासन था कि ऐसे मुद्दे मुहैया कराता रहता था प्राय:।

यह अड्डा तो था समाजवादियों का, लेकिन इस पर कांग्रेसी भी आते थे, कम्युनिस्ट भी और विद्यार्थी परिषद के वे लड़के भी जिन्हें 'आन्दोलन' की तमीज सीखनी थी।

यह पहला और सबसे पुराना अखाड़ा था लंका का जो धीरे-धीरे चरनी बन गया रिजेक्टेड, डिजेक्टेड और नेग्लेक्टेड नेताओं की। ऐसे छात्रनेताओं की उम्र पच्चीस भी थी और पैंसठ भी। वे भूले-भटके आज भी आते हैं बथान पर—प्राय: शाम को । बैठते हैं, गप्पें मारते हैं, पुराने दिन याद करते हैं और गोटी बिठाते हैं कि कैसे किसी दिन दिल्ली या पटना या लखनऊ पहुँचा जाए? काहे के लिए? तो संसद या विधानसभा की कार्यवाही देखने के लिए। जैसे बच्चे चिड़ियाघर या अप्पू घर देखना चाहते हैं।

टंडन जी आज भी हैं। छिहत्तर साल के। वे आज भी गार्जियन हैं निठल्ले और मरगिल्ले छात्रनेताओं के।

टंडन से सटी दुकान है—'भारत टेलर्स'। टंडन की दुकान का 'अपेंडिक्स'। उसकी घलुआ दुकान। अन्दर सिलाई मशीन रखने भर की जगह। नपाई फुटपाथ पर, सिलाई अन्दर। हाल-हाल तक इसी दुकान के सिले कुर्ते पहनते थे दिल्ली में आचार्य प्रवर नामवर सिंह। टेलर मास्टर लल्लू उन्हें टी.वी. के चैनलों पर देखते थे लेकिन चेहरे से नहीं, अपने कुर्ते की फिटिंग, हाथ की सिलाई, काज, बटन से पहचानते थे।

लल्लू मास्टर कुर्ता, पाजामा और सदरी (जाकेट/जवाहरबंडी)के स्पेशलिस्ट। उनके दुर्भाग्य से सारे नेताओं का लिबास भी यही था। सभी उनके ग्राहक। कन्धों के दोनों ओर इंचटेप लटकाए लल्लू मास्टर को सभी नेताओं के नाप जबान पर थे—किसकी गरदन कितनी मोटी है? कालर कितने ऊँचे हैं? किसके हाथ कितने लम्बे हैं? किसके पेट का घेरा कितना बड़ा है? (सीने का नाप भले मालूम न हो) कपड़े कितने नफीस और महँगे हैं—इसे लल्लू मास्टर जानते थे लेकिन उनकी कीमत के बारे में न वे जानते थे, न नेता। सिलाई का दाम कितना हुआ—इसे न तो नेता पूछता था, न लल्लू बताते थे। यही क्या कम था कि इतनी हड़तालें होतीं, लूटपाट होती, आगजनी होती, शटर टूटते लेकिन लल्लू का 'भारत टेलर्स' जस-का-तस रहता। नेता जानते थे कि अन्दर उन्हीं के कुर्ते-पाजामे के कपड़े हैं।

लल्लू मास्टर के दुख के ये ही सुख थे।

टंडन के ही समाजवादी अखाड़े के एक ट्रेनी हुए चंचल। कभी 'राजकमल प्रकाशन' की पुस्तकों के आवरण-चित्रकार। कभी पूर्व कांग्रेसी सांसद और अभिनेता राजेश खन्ना के सांध्यकालीन यार। (वे तो खुद को यार कहते थे लेकिन उनके दुश्मन चमचा।)

चंचल ने एक दूसरा अड्डा बनाया रवि स्टूडियो और सनशाइन ड्राइक्लीनर्स के सामने। छात्रसंघ अध्यक्ष होने के बाद। यह खाने-खिलाने, पीने-पिलाने, मौज-मस्ती करनेवाले रसिया लोगों का अड्डा था। यह पहली बार था कि छात्रसंघ का अध्यक्ष सिर्फ छात्रों का ही नहीं, छात्राओं का भी अध्यक्ष था। क्यों न हो, चंचल समाजवादी ही नहीं थे, चित्रकार और पत्रकार भी थे। वे लोहिया के इस सिद्धान्त के हिमायती थे कि विश्वासघात को छोड़कर औरत-मर्द के सारे रिश्ते जायज हैं।

जिन खूबियों वाले अंडों से परवर्ती राजेन्द्र यादव (साहित्य) और चक्रवर्ती मकबूल फिदा हुसेन (पेंटिंग्स) का जन्म हुआ था, कुछ उसी नस्ल के अंडे से चंचल आए। फर्क सिर्फ इतना था कि चंचल का अंडा समय से पहले ही फूट गया।

चंचल भीड़खींचू वक्ता थे—और नेताओं से भिन्न। दूसरे नेता सिर्फ दो ही रस जानते थे—रौद्र और वीर रस। चंचल ने इन रसों को निकाल बाहर किया और

भाषण को तरल बनाया। उसमें चाशनी मिलाई हास्य, व्यंग्य, मजाक, लतीफों और चुटकुलों की। नतीजा यह निकला कि हर चुनावी मतदान से पहले लंका पर सारे प्रत्याशियों की जो सभा अलग-अलग स्थानों पर होती थी, उसमें सबसे ज्यादा भीड़ चंचल के यहाँ होती थी।

दो बेंचों का यह फुटपाथ संघ—विद्यार्थी परिषद—विरोधियों का वैसे ही अड्डा था जैसे टंडन की दुकान। यहाँ से भाषणों और गपशप के जरिए लतीफे लहराए जाते थे हवा में, जो विश्वविद्यालय के छात्र-छात्राओं और नगरनिकायों तक फैल जाते थे।

कुछ नमूने पेश हैं :

- अध्यक्ष-पद के प्रत्याशी थे भरत सिंह। विद्यार्थी परिषद के। बलिया निवासी 6 फुटा जवान। उनके अंग्रेजी ज्ञान के बारे में। वे चंचल से बात कर ही रहे थे कि किसी ने बीच में टोका। भरत सिंह ने डाँटकर उससे कहा :

  'ह्वेन आई टाक तो आइयै टाक;<br>ह्वेन यू टाक तो यूवै टाक;<br>डोन टाक बिट्वीन-बीट्वीन।'

- भरत सिंह के लिए नारा लगता था विश्वविद्यालय में :

  शेरे भरत आया है<br>नई क्रान्ति लाया है।

  चंचल के भाषण का अंश : 'शेर है जरूर लेकिन सर्कस का। उसका रिंग मास्टर (संघ प्रमुख जिसने टिकट दिलाया) सोनारपुरा में रहता है। दूसरे शेर जहाँ शिकार करके खाते हैं, यह दीना चक्की वाले (आटा पीसनेवाली चक्की का संघी मालिक) का मुफ्त का आटा खाता है।

- विद्यार्थी परिषद ने पर्चों और भाषणों में चंचल पर आरोप लगाया कि वह चरित्रहीन है, लड़कियों के साथ सोता है।

  चंचल के भाषण का अंश : 'आरोप एकदम सही है। मैं सोता हूँ लेकिन लड़कियों के साथ। विद्यार्थी परिषद वालों की तरह लड़कों के साथ नहीं। फैसला आप करें कि चरित्रहीन कौन है?

- ऐसे ही एक थे बैरिस्टर सिंह। विद्यार्थी परिषद के प्रत्याशी। चाल-ढाल में अजीबोगरीब। न पुरुष, न अपुरुष।

  चंचल भाषण में : 'पता नहीं, यह महाशय डार्विन के समय कहाँ थे? काश, उस समय ये उसे दिख गए होते तो बन्दर और मनुष्य के बीच की 'मिसिंग लिंक' उसे मिल गई होती!

- विद्यार्थी परिषद से ही चुनाव लड़ रही थी एक छात्रा! खूबसूरत और सुडौल उभारों वाली। छात्र नारा लगाते घूमते थे : 'रीना की टेम्पो हाई

है।' चंचल ने 'टेम्पो' का एक दूसरा ही अर्थ पेश किया : 'भई, टेम्पो तो उन्हीं के हाई या लो होते हैं जिनके हों। हम मर्दों के कहाँ टेम्पो?'

- एक छात्रनेता का लंका पर भाषण ही शुरू होता था : 'जब मैंने सड़क पर तड़पती-तड़फड़ाती लाशों को देखा तो मेरा खून खौल उठा।' उन्हें बहुत समझाया गया कि लाशें नहीं तड़फड़ातीं, लेकिन उनके यहाँ लाशें हमेशा तड़फड़ाती रहीं।

ऐसे ही कई लतीफे हैं जो आज भी छात्रों के बीच चले आ रहे हैं श्रुति-परम्परा से। ये विस्तार हैं '58-'59 के लंकाई लतीफों के जो अपने जमाने में छात्रसंघ महामंत्री कथाकार विद्यासागर नौटियाल सुनाया करते थे। उस समय अध्यक्ष थे गंगा राय। उन्होंने आमंत्रित किया था प्रसिद्ध अंग्रेज समीक्षक आई.ए. रिचर्ड्स को जो दिल्ली आए थे। उनके स्वागत के लिए दूसरे पदाधिकारियों के साथ गंगा राय भी स्टेशन गए थे। (यह तथ्य है कि रिचर्ड्स आए थे गंगा राय काल में ही और उन्होंने अंग्रेजी विभाग में भाषण दिया था।)

आई.ए. रिचर्ड्स से परिचय कराया जा रहा था हर एक पदाधिकारी का :

रिचर्ड्स — 'हू इज गंगा राय?'<br>
गंगा राय — 'सर, आई इज गंगा राय।'<br>
रिचर्ड्स — 'ओह! यू आर गंगा राय।'<br>
गंगा राय — 'यस्सर, आई आर गंगा राय।'

चंचल-चौकड़ी में ही एक बैठकबाज थे डॉ. विमलेश। वे केवल सोने के लिए घर जाते थे, बाकी समय बेंच पर ही गुजारते थे। डाल बेंच ही थी, पर मारने के लिए एक फर्लांग का लंका।

डॉक्टर वे थे या नहीं थे या थे तो किस विषय में, किसी को नहीं पता। जनमत यही है कि 'डॉक्टरेट' की उपाधि मानद थी और किसी विश्वविद्यालय ने नहीं, जनता ने दी थी। लंका की जनता उपाधि-वितरण में बड़ी उदार रही है। चालीस से पचपन साल की उम्र के जिस भी नागरिक में 'छात्रभाव' देखती, उसे डॉक्टर बना देती। शर्त केवल इतनी ही होती थी कि वह निठल्ला और बेरोजगार हो—नेता भी न हो।

तो डॉक्टर विमलेश! उनके बारे में श्रुति-परम्परा से एक आख्यान चला आ रहा है आज तक। इसे भी सुन लीजिए क्योंकि ऐसे विमलेशों की भरमार है लंका पर।

विश्वविद्यालय में पढ़नेवाली एक छात्रा ने अपनी माँ से शिकायत की कि लंका पर एक आदमी उससे छेड़खानी करता है—आते-जाते हमेशा। माँ ने कोई ध्यान नहीं दिया। कोई नई बात भी नहीं थी। लड़कियों के साथ होता ही रहता था यह। लेकिन छेड़खानी बन्द होने का नाम नहीं ले रही थी और आदमी भी वही एक।

छात्रा परेशान और डरी हुई। पुलिस थाने पर रिपोर्ट करने से पहले माँ ने कहा, 'अच्छा, चलो, दिखाओ! हम भी जरा देखें उसकी हिम्मत?'

छात्रा माँ को साथ लेकर गई और 'रवि स्टूडियो' वाली पटरी पर इशारा करके बोली, 'देखो, वही है।'

'धत्तेरे की!' माँ ने माथा पीट लिया और हँसने लगी, 'जाओ, क्लास करो अपना। तुमने तो डरा ही दिया था मुझे। जाओ, निश्चिन्त रहो। जब मैं पढ़ती थी तो मेरे साथ भी वह ऐसा ही किया करता था।'

नगर में तीन विश्वविद्यालय और तीनों के डॉक्टर विमलेश लंका पर। हर शाम 6 बजे से 9 बजे तक लंका पर—कभी अकेले, कभी दो-चार के झुंडों में मालवीय जी के स्टैचू से लेकर रैदास गेट तक। यही वक्त था महिला महाविद्यालय से छात्राओं के 'लंकेटिंग' का।

लड़कियों के लिए 'लंकेटिंग' का मतलब था—घूमना, टहलना, दमघोंटू चारदीवारी से बाहर निकलना, खुली हवा में साँस लेना, बाजार करना। लेकिन विमलेश के उम्र के हिसाब से इनके अलग-अलग मतलब हुआ करते थे।

इसका एक मतलब समझाया था लकदक लंकवी के शागिर्द चकमक सासारामी ने। (सासाराम के थे इसलिए 'सासारामी'। मुशायरा-भक्त श्रोता सासारामी को साला-हरामी बोलते थे।) उनके हिसाब से यह अनुभव की चीज है, देखने-दिखाने की नहीं। एक अदृश्य कला। फूहड़ लोग इसे हाथ की सफाई बोलते हैं। इसमें जरा भी चूक हुई कि गए। ये स्वत:स्फूर्त कलाकार हैं। इनका जन्म होता है भीड़-भाड़ में—दुर्गाकुंड के मेले में, चेतगंज की नक्कटैया में, नाटी इमली के भरत-मिलाप में, लंका पर दशहरा के मेले में।

'ऐसे नहीं, कविवर, समझाएँ इसे?'

'समझाना क्या, सीधी-सी बात। हाथों को सीने पर बाँधिए—कुछ इस तरह कि दाईं हथेली बाईं काँख के नीचे हो और बाईं हथेली दाईं काँख के नीचे। उँगलियों को खुला छोड़ दीजिए और भीड़ में घुस जाइए। एकदम लापरवाह दिखिए। रहिए मत, बस दिखिए। और उँगलियों और हथेलियों को अपना काम करते रहने दीजिए धक्कामुक्की के बीच। जरूरत के हिसाब से उन्हें ऊपर-नीचे, बाएँ-दाएँ, होते रहने दीजिए। देखिए, इस तरह।' चकमक जी ने बाकायदा डिमांस्ट्रेशन करके दिखाया।

'इसमें तो बड़े खतरे हैं चकमक जी?'

'कौन कहता है कि जोर से दबाइए! अरे, कोमल-सी, नाजुक-सी, गुदगुदी-सी चीज है। इतनी भीड़ है, आगे बढ़ना है, रास्ता है नहीं, हाथ ही है, औचक ये कहीं चला ही गया तो किसी का क्या दोष?'

'फिर भी खतरे हैं!'

चकमक जी अबकी गम्भीर हो गए। 'भई, खतरे तो हैं। देख रहे हैं माथे पर यह 'कट'? सात टाँके लगे थे। न हथेली अपने वश में रही, न मैं अपने वश में। माल ही ऐसा था। लड़की देहात की। ठाकुर-बाभन की रही होती तो चुप मार जाती—मारे शर्म के। लेकिन थी अहीरिन। हाथ ने हटने में देर कर दी और पकड़ लिया उसने।'

'तो यह उसने मारा?'

'नहीं भाई, हम समझते थे कि मेले-ठेले में लड़कियों के साथ माँ-बहनें और भौजाइयाँ आती हैं, बाप नहीं। है न यह? लेकिन चूक हो गई। सन्तोष की बात यही थी कि जब यह हादसा हुआ तब आसपास कोई नहीं था जान-पहचान का। समझिए, इज्जत बची रह गई।'

'मारा किस चीज से? लोहबन्ना से?'

'नहीं यार, नाल मढ़े जूते से।'

तो यह थे चकमक सासारामी-विमलेशी जमात के एक रत्न!

एक बड़ा-सा ब्रेक।

बहुत अरसे बाद एक दिन मिल गए लंका पर सासारामी अपने 'कट' के साथ। एक पत्रिका के स्टाल पर। उनके साथ विमलेश भी थे।

'तो लंकेटिंग चल रही है इस उम्र में भी?'

'आइए, आइए, ठाकुर साहब! उम्र से क्या सम्बन्ध लंकेटिंग का?' उन्होंने विमलेश को खिसकाकर मेरे लिए तख्त पर जगह बनाई, 'बात यह है ठाकुर साहब कि लंकेटिंग की वह शैली अब कारगर नहीं रही। आउटडेटेड हो गई। हाँ, कारगर तब थी जब लड़कियों में शर्मो-हया थी, नजरें झुका के चलती थीं, आँचल और दुपट्टे से खुद को ढककर रखती थीं। अनदेखी और अनसुनी करने में ही भला समझती थीं अपना और समाज का। अब तो जरा-सा टिप्पणी कीजिए कि खड़ी हो जाती हैं, आँखें तरेरने लगती हैं। लगता है, चप्पल निकाल लेंगी। जमाना बहुत बदल गया है। अब तो, प्यार का पंछी हाये! हाये! सेक्स का संगी हाये! हाये!'

'नहीं, ऐसा नहीं है चकमक! सच पूछो तो शैली बदल गई है लंकेटिंग की।'

विमलेश ने उन्हें टोका, 'अब कभी-कभी 'विश' का जवाब 'विश' से मिलता है और 'स्माइल' का ज़वाब भी 'स्माइल' से। लेकिन हमें-तुम्हें नहीं, उनकी उम्र के लड़कों को। देखते नहीं, अब कभी आँखों पर या कमर पर या फिगर पर कोई फिकरा उछालिए तो देखिए, चेहरे की रंगत बदल जाती है। ऐसे फिकरे सुनना अच्छा लगता है उन्हें। बशर्ते फिकरे कसते समय लुच्चों-लफंगों जैसी हरकत मत कीजिए, 'सोबर' रहिए। उसे विश्वास हो कि उसी से कहा जा रहा है, पब्लिक से नहीं। बगल से गुजरते हुए धीमे से। कानाफूसी के अन्दाज में। इसे ही वे 'फन' बोलती हैं।'

'हद्द है! हम करें तो बदतमीजी और वे करें तो फन!'

'बदतमीजी भी और वल्गर भी और जंगली भी। तुम तो लात खाने का काम करते थे और कई बार खाए भी।' विमलेश का यह रूप मैं नया देख रहा था। वह बोलते रहे, 'समझते क्यों नहीं कि यहाँ छात्रावासों में आकर हर तरह के दबावों से मुक्ति मिली है लड़के-लड़कियों को। न माँ-बाप का खौफ, न भाई-बहन का, न गाँव-घर का। विश्वविद्यालय का हाल ये कि लड़का-लड़की अकेले एक साथ दिखे कहीं तो प्राक्टोरियल बोर्ड दौड़ा लेता है। अब वे जाएँ कहाँ? ले-दे के यही लंका है—यही चौड़ी सड़कें और बाजार। इन्हें ही उनका पार्क समझो। पढ़ाई-लिखाई तो होती रहेगी, एक-आध घंटे का फन हो जाए तो क्या हर्ज है!'

'अच्छा, तो बहुत बोर कर चुके अब!' सासारामी मेरी ओर मुड़े, 'ठाकुर साहब! इसी मौके का एक शेर है, कहिए तो अर्ज करूँ?'

और वे तब तक शेर याद करते रहे जब तक विमलेश सिगरेट के लिए चले नहीं गए। उनके जाते ही धीरे से कहा, 'बेचारा बड़ा परेशान है आजकल! बेटे और बहू ने मिलकर एक दिन धुलाई कर दी थी इसकी। रही मेरी बात, तो मैं लड़के-लड़कियों की 'डेटिंग' और 'सेटिंग' तो देखता हूँ इस बाजार के पार्क में, 'मेटिंग' नहीं देखता।'

अब चलिए तीसरे अड्डे की ओर!

यह कैसे हो सकता है कि बगल में एशिया का सबसे बड़ा विश्वविद्यालय हो, प्रोफेसरों की इतनी बड़ी आबादी हो और उसी के बाजार में उनका कहीं अड्डा न हो?

और हैं उनके अड्डे—एक नहीं, दो। 'टिकठी हाउस' और 'केशव की पान की दुकान'। दोनों अड्डों पर बैठने या खड़े रहनेवाले अध्यापक अलग-अलग रकम के हैं। लेकिन ये दोनों इस मामले में एक मत के हैं कि वे सारी बातें करेंगे—किताब-कॉपी और लिखाई-पढ़ाई को छोड़कर।

'टिकठी हाउस' माने बाँस की खपच्चियों और चाँचर से बनी एक गुमटीनुमा दुकान जिसमें अन्दर कफन के दो-चार गट्ठर पड़े रहते थे और बाहर मुर्दा ढोने के लिए दस-पाँच टिकठियाँ। दुकान के सामने सड़क पार उत्तर प्रदेश का अपोलो कहा जानेवाला 'हेरिटेज हॉस्पिटल्स' और विश्वविद्यालय के अन्दर सर सुन्दरलाल अस्पताल। कोई ऐसा दिन या ऐसी रात नहीं जिसमें दस-बीस मरनेवाले न हों। कफन और टिकठी के इस कारोबारी के बगल में एक ओर पान की गुमटी और दूसरी ओर लॉटरी का ठेला।

शाम ढलते ही विश्वविद्यालय के कुछ विद्वान प्रोफेसर आना शुरू करते। एक-दो करके। फिर तो उनके चेले भी आते और सब-के-सब डटे रहते देर रात तक। जैसे-जैसे परीक्षा करीब आती जाती, वैसे-वैसे भीड़ बढ़ती जाती।

आसपास कोई बुकशॉप नहीं।

आसपास कोई कॉफी हाउस नहीं।

आसपास कोई चायपान-जलपान की दुकान नहीं।

आसपास कोई मन्दिर भी नहीं।

विद्वानों के घर कोई गमी भी नहीं।

फिर भी वहाँ गहमा-गहमी रहती—इतनी कि कभी-कभी रोड जाम हो जाती। प्रोफेसर अलग-अलग कई झुंड में होते—गहन विचार-विमर्श करते हुए, कुछ कागज पर नोट करते हुए, कुछ उँगलियों पर गणना करते हुए। प्राय: सब-के-सब गम्भीर, चिन्तित, उदास, परेशान।

जनता समझ नहीं पा रही थी बहुत दिनों तक कि ये विद्वान कफन और टिकठी की दुकान पर क्यों? यह रहस्य था सबके लिए।

इस रहस्य को थोड़ी-बहुत जानकारियों के आधार पर सभी सुलझाने की कोशिश कर रहे थे।

कुछ के अनुसार, ये विद्वान लॉटरी के टिकट खरीदने आते हैं।

कुछ के अनुसार, शेयर की हालिया जानकारी के लिए आते हैं।

कुछ के अनुसार, यहाँ प्रश्न-पत्रों (परीक्षा) के गेस का खुलासा होता है।

ये उत्तर सन्तोषजनक नहीं थे। मैं अपने दर्जी लल्लू मास्टर को कुर्ते का नाप देने गया था। उन्हीं की दुकान के सामने दूसरी पटरी पर यह टिकठी हाउस था और भीड़ थी। मैंने उन्हीं से पूछा।

'मुझी से मजाक करेंगे आप?' वे मुस्कराए।

'नहीं, मैं सचमुच जानना चाहता हूँ।'

'तो सुनिए। ये प्रोफेसरान लोग वहाँ अपने ज्ञान और विद्या के लिए कफन खरीदने आते हैं और उनके आगे-पीछे जो विद्यार्थी लोग देख रहे हैं न, वे उसे ढो-ढोकर मणिकर्णिका (श्मशान) पहुँचाने के लिए आते हैं।'

चौथा और अन्तिम अड्डा है केशव की पान की दुकान। टंडन की दुकान के पुरातत्त्व हो जाने के बाद लंका का नम्बर एक अड्डा। दुकान में जगह सिर्फ इतनी कि कत्था, चूना और सुर्ती के बर्तन के सिवा आमने-सामने दो जन बैठ सकें। कभी राजेन्द्र-उमेश, कभी केशव-यतीन्द्र। लेकिन सामने सड़क पर भीड़ इतनी कि पुलिस-प्रशासन जब चाहे तब लाठी चार्ज का शौक पूरा कर ले।

कहते हैं, यहीं का पान खाने के बाद अमिताभ बच्चन की अक्ल का ताला खुला था। यह भी कहते हैं कि दुबई और अरब के शेखों को जब तलब होती है तो यहीं से पान मँगवाते हैं।

बहुत-से लोग यहाँ पान खाने नहीं, केशव-यतीन्द्र-उमेश का अर्धांग नृत्य देखने आते हैं। कत्थक, भरतनाट्यम्, कुचिपुड़ि और मणिपुरी से भिन्न 'बमबमकरी'

नृत्य। पान भी खाइए और इन्हें लगाते देखकर 'बम-बम' भी कीजिए। संकटमोचन संगीत समारोह में केलूचरण महापात्र इन्हीं से 'टिप्स' लेकर नृत्य करते थे। यह बनारस के पनदरीबा घराने का खास नृत्य है। यह सिर्फ पुरुष कलाकारों की चीज है। इसमें पैरों का कोई इस्तेमाल नहीं होता। यह पान लगाते हुए किया जाता है। नृत्य करते हैं कटि के ऊपर के अंग—एक खास लय, गति और छन्द में। मस्ती से झूमते हुए। इन्हें किसी साज की दरकार नहीं—न ढोलक-मँजीरा की, न तबला-हारमोनियम की।

कुछ लोग इसे इसीलिए 'सांस्कृतिक केन्द्र' बोलते हैं। यहाँ सिर्फ स्टैंडर्ड के काम होते हैं—आलतू-फालतू नहीं। यहीं विश्वविद्यालय के सेलेक्शन होते हैं और जो सेलेक्शन होते हैं, वे चपरासियों और बाबुओं के नहीं—लेक्चर, रीडर, प्रोफेसर के। सचिव, कुलसचिव के। आरम्भिक चयन-प्रक्रिया दुकान पर ही सम्पन्न होती है। विश्वविद्यालय चयन करे, इससे पहले दुकान का जनपथ कुलपति को अपनी लिस्ट दे आता है। यह इस पर निर्भर करता है कि किसने कितने दिन कितने लोगों को कितने ढोली पान खिलाया?

चयनपूर्व केशव की दुकान के पर्यावरण में व्याप्त मानव-ध्वनियों का अध्ययन करने के बाद एक जीव-विज्ञानी ने बताया कि यहाँ तीन प्रकार की ध्वनियाँ सुनाई पड़ती हैं—लेक्चरर की नियुक्ति के समय 'काँव-काँव', रीडर की नियुक्ति के समय 'भौं-भौं' और प्रोफेसर की नियुक्ति के समय 'म्याउँ-म्याऊँ'।

ऐसे ही स्तर बनाए रखने के मामले में इस दुकान ने लौंडे-लपाड़ियों के छात्रसंघ के चुनाव को टंडन की दुकान के जिम्मे छोड़ रखा है, अपने जिम्मे रखा है अध्यापक संघ का चुनाव। दुकान के एक कलाकर्मी राजेन्द्र को तो हर साल के अध्यापकों के जातिवार आँकड़े तक मुँहजबानी याद रहते हैं; जैसे—इस वर्ष इतनी नियुक्तियों के बाद ब्राह्मण अध्यापकों की कुल आबादी कितनी हुई? इतने ठाकुर रिटायर हो गए तो उनके कुल कितने वोट हुए? यानी राजेन्द्र न हो, विश्वविद्यालय का पंचांग हो। सरकार समझती है इस बात को इसीलिए वह शुरू से ही ऐसे कुलपति भेजती रही है जो भले नशेड़ी हो, पनेड़ी न हो। ऐसा न हो कि पान खाने जाए और प्रशासन की चाबी दुकान पर ही छोड़ आए!

दुकान के तो ढेर सारे किस्से हैं लेकिन राजेन्द्र का सिर्फ एक। सुनिए, मैं भी था लेकिन दूर, पास थे अध्यापक-संघ अध्यक्ष के दो प्रत्याशी—डॉ. एम.पी. सिंह और डॉ. कौशल किशोर मिश्र। अपने-अपने दल-बल के साथ। राजेन्द्र ने दोनों विद्वानों की ओर मुस्करा के देखा और पान का बीड़ा थमाते हुए एक पहेली बुझाई—जैसे बिना पेड़ के पहाड़/जैसे बिना पानी के नदी/जैसे बिना बुद्धि के आदमी/...पता नहीं, पहेली खत्म भी हुई थी या नहीं कि डॉ. एम.पी. सिंह ने कहा, 'जैसे कौशल किशोर।' लगभग उन्हीं के साथ कौशल ने भी कहा, 'जैसे एम.पी. सिंह।' फिर तो

दोनों के समर्थक भी एक-दूसरे से भिड़ गए। आधे घंटे की बहस में भी यह साबित नहीं हो सका कि बुद्धि किसमें नहीं है या कितनी है?

राजेन्द्र इस बीच मुस्कराता रहा, 'अर्धांग नृत्य' करते हुए ग्राहकों को पान खिलाता रहा और दोनों को थका देख हाथ जोड़कर बोला, 'माई-बाप! आप दोनों तो खामखाह उलझ रहे हैं, मैंने तो काशीनाथ सिंह के लिए कहा था। पूछिए उनसे?'

दोनों ने मेरी ओर देखा और ठहाका लगाया।

'यह लीजिए एम.पी. सिंह की तरफ से एक पान।' उसने कौशल किशोर को बीड़ा थमाया।

मित्रो, इसके बाद से लंका बदलता चला गया—धीरे-धीरे।

छात्रसंघ गया और टंडन की दुकान उजड़ गई।

अध्यापक संघ गया और केशव की दुकान की रौनक चली गई।

चंचल की चौकड़ी गई और बेंच की जगह जेनरेटर आ गया।

टिकठी हाउस ऐसे भी लोगों के लिए मजाक की चीज था लेकिन आज टिकठियाँ तो दिखाई पड़ती हैं, 'हाउस' नहीं।

जाने कितने दिनों बाद मैं लंका गया था—शायद महीनों बाद! जैसे वर्षों बाद!

केशव की दुकान से लौटते समय दादा मजुमदार दिख गए टंडन की दुकान पर। बेंच पर अकेले बैठे। थके, कमजोर और कहीं खोए। ऑपरेशन से लौटे थे। टंडन ने अपनी केतली की ओर संकेत किया और आवाज दी, 'आइए, बिना चाय पिए कैसे जाएँगे?'

दादा ने खिसककर मेरे लिए जगह बनाई।

मैंने उन्हें छूकर देखा—ऐसे भी दुबले-पतले थे। दुख हुआ। उनके चेले दिल्ली और देश की राजनीति कर रहे हैं और वे यहाँ तनहा बेंच पर। उनकी सारी जवानी लंका पर ही खप गई।

'लंका को क्या हो गया दादा? इतने बड़े-बड़े शोरूम। बिजली का पता नहीं लेकिन हर जगह एयरकंडिशनर। ये दस मंजिला कॉम्प्लेक्स। जेनरेटर के शोर। लड़के-लड़कियों की यह भीड़। कितना बदल गया है इस बीच! रोड क्रॉस करने में ही, समझिए, बीस मिनट लग गए।'

दादा हँसे और सामने सड़क पर देखते रहे —लड़के-लड़कियों को आते-जाते हुए। मुस्कराते-हँसते हुए। उन्हें देखकर बोले, 'देखिए डाक्साब, हम लोगों को साल भर लग जाता था यह योजना बनाने में कि 'तुमसे कुछ कहना है' और दूसरा साल खत्म हो जाता था यह साहस जुटाने में कि जो कहना है, उसे किस तरह कहें? और उसके बाद हम दोनों हमेशा-हमेशा के लिए अपने-अपने घर। आपको नहीं लगता कि हम समय से बहुत पहले पैदा हो गए थे?'

उनके चेहरे की हँसी पर कमजोरी की झाइयाँ थीं।

'कितने दिनों बाद आए हैं इस अड्डे पर दादा? कैसा लगता है आपको अब? यहाँ अकेला और इस तरह चुप आपको कभी नहीं देखा था।'

'इसे अड्डा मत कहिए। न इसे, न केशव की दुकान को, न उसे जहाँ चंचल बैठता था। ये नगर में लोकतंत्र के 'पाकेट्स' थे। अपहरण, हत्या या बलात्कार की तो बातें छोड़िए, क्या मजाल जो नगर ही नहीं, पूर्वांचल में कहीं भी किसी तरह का जुल्म हो और उसके विरुद्ध उसी शाम लंका पर सभा न हो! हमारा शौक नहीं था यह, हमें अपनी नेतागीरी नहीं चमकानी थी। बस, यह था कि हम अपने को रोक नहीं पाते थे। हमारी जिम्मेदारी थी वह।'

''पाकेट्स' तो अब भी हैं दादा, और उसी लोकतंत्र के—इतने लम्बे और चौड़े और गहरे कि लंका अन्दर घुस जाए तो नजर न आए।'

दादा ने या तो सुना नहीं, या सुनना नहीं चाहा। बोले, 'आपने लंका की बात की। देखिए, कितना विकास हुआ है! कहीं भी—किसी भी मार्केट से होड़ ले आज। यह सच है कि हम खोमचों, ठेलों और गुमटियों का लंका नहीं चाहते थे लेकिन यह भी नहीं चाहते थे कि दस मंजिलों और पचास फ्लैटों वाला कॉम्प्लेक्स किसी एक कुबेर का हो। यह भी नहीं चाहते थे कि एक फर्लांग तक फुटपाथ पर सब्जी बेचनेवाले खटिक औरत-मर्द खेतियाँ करना छोड़ दें और सट्टियों से खरीदकर बेचें। विकास तो हुआ है, इससे कौन इनकार कर सकता है? लेकिन देखना चाहिए कि कितनी बड़ी कीमत पर?'

इसी बीच टंडन जी ने चाय की प्यालियाँ दीं।

'एक काम करेंगे डाक्साब? अभी मैं दस-पन्द्रह मिनट रुकूँगा, आप जरा विश्वविद्यालय गेट से रैदास गेट तक घूम के आइए और बताइए कि कहाँ-कहाँ एक जगह कितने लोग खड़े या बैठे हैं?'

मैं उन्हें देखता रहा और समझने की कोशिश करता रहा।

'जाइए तो। देख आइए। मैं यहीं रहूँगा और तब तक नहीं जाऊँगा जब तक आप आएँगे नहीं।'

'कहना क्या चाहते हैं आप?'

'मुझे मत, उधर देखिए तब कहूँ।' दादा ने अपनी छड़ी से सड़क की ओर इशारा किया, 'देखिए, या तो लोग आ रहे हैं या जा रहे हैं। यानी जितने हैं, सभी चल रहे हैं। और आ भी कहाँ रहे हैं? बाजार में। बिकने के लिए। राम-राम, छिः-छिः! लोग आ रहे हैं बिकने के लिए और समझते हैं, खरीदकर जा रहे हैं। इसे बेहयाई कहें या नासमझी, आप ही बताइए?' उन्होंने चश्मा उतारा और पोंछा, 'देखिए, वह दुकान है किताबों की—'ग्लोब बुक सेंटर'। हमारे पीछे ही। लंका की सबसे पुरानी दुकान। इसी के बाहर किसी जमाने में नामवर जी, डॉ. उनियाल (राजनीति),

डॉ. मोहन तंपी (अंग्रेजी), एजुकेशन के डॉ. सूर्यनाथ सिंह और जाने किन-किन लोगों को खड़ा देखा करता था—घंटों बातें करते हुए। दुनिया-भर के विषयों के बारे में। आज तो बाहर क्या, अन्दर भी रैकों के आगे कोई खड़ा या बैठा नहीं दिखाई पड़ता। डाक्साब! यह लंका—यह जगह हमेशा से खड़ा रहनेवालों और बैठनेवालों की रही है, आने-जानेवालों की नहीं। आदमी के पास दिल-दिमाग इसलिए होता है कि उनका उपयोग करो। सोचो, समझो, विचार करो। नहीं करोगे तो उनके 'सेल्स' मर जाएँगे। फिर जीते रहो या मर जाओ, क्या फर्क पड़ता है? और यह सोच-विचार तभी सम्भव है जब आप समाज में हों, बाजार में नहीं। दस-पाँच लोगों के साथ। उनके बीच। कुछ अपनी कहो, कुछ उनकी सुनो। पास-पड़ोस के सुख-दुख के बारे में। देश के बारे में। जमाने के बारे में। लेकिन हाँ, चैन चाहिए इसके लिए। सुकून चाहिए इसके लिए। बैठने और खड़ा रहने का यही मतलब है, समझे?'

दादा की साँस फूलने लगी थी। टंडन ने इशारा किया कि ज्यादा बोलना मना है, बस। इसके बावजूद वे बोलते गए, 'आप ही थोड़ी देर पहले कह रहे थे कि बिहार की तरह उत्तर प्रदेश में भी अपहरण उद्योग हो गया है। बनारस में ही रोज दो-चार अपहरण हो रहे हैं, फिरौतियाँ माँगी जा रही हैं। ये अपहरण तो छोटे-मोटे हैं। इनका कोई मतलब भी नहीं है। और हमसे पूछिए तो मैं कहूँगा कि जिनके घर ये हो रहे हैं, वे इसी लायक हैं। किसे नहीं मालूम कि आपके पास इतनी दौलत कहाँ से और किस हिकमत से आई है? लेकिन यह पुलिस का सिरदर्द हो सकता है, आम जनता का नहीं। हाँ, पता यह करना चाहिए आप विद्वानों और पढ़े-लिखों को कि हमारे चैन और सुकून का अपहरण किसने किया है? क्योंकि सारे अपहरणों का बाप है यह अपहरण, क्योंकि किसी डॉक्टर, इंजीनियर, जज और मंत्री की फिरौती तो दी जा सकती है, आत्मा के अपहरण की फिरौती चुकाना किसी सरकार के भी बूते की बात नहीं। हैसियत ही नहीं है उसकी।'

दादा चुप रहकर कुछ देर मुझे देखते रहे फिर अपनी झुकी कमर के साथ छड़ी के सहारे खड़े हो गए, 'अच्छा, तो फिर मिलेंगे। लेकिन हाँ, अगर आपको लगे कि मजुमदार गलत बोल रहा है तो लंका के इसी चौराहे पर नंगा करके दस लात मारिएगा, मैं रामसत्त नहीं बोलूँगा।'

मित्रो, दादा से यह मेरी अन्तिम मुलाकात थी।

['हंस', जनवरी 2006]

# अथ प्रह्लाद कथा

ऐसे लोगों की तादाद कम ही है जो अपनी जिन्दगी अपनी तरह से अपनी शर्तों पर जीते हैं। ऐसे ही लोगों में प्रहलाद अग्रवाल भी हैं—सतना जिले, मध्य प्रदेश के स्नातकोत्तर महाविद्यालय के रिटायर्ड अध्यापक। इन्हें आप नहीं जानते होंगे। मैं भी नहीं जानता। सिर्फ सुनता रहा हूँ कि अगर किसी सभा में या सड़क पर कहीं भी, कभी भी ऐसा शख्स नजर आए जिसे देखते ही चरण छूने और गालियाँ देने का मन एक साथ करे, समझिए वह प्रह्लाद अग्रवाल हैं।

उनकी धज ऐसी है कि देखिए तो देखते रह जाइए—गोरा रंग, इकहरा शरीर, मझोला कद, सीने तक फहराती हुई सफेद दाढ़ी, बेकाबू दाढ़ी को समेटने की कोशिश करती हुई हथेली, खल्वाट सिर, बदन पर आधी बाँहों वाला सफेद कुर्ता, कमर में कभी सफेद लुंगी कभी किनारीदार धोती, गले में सफेद गमछा या दुपट्टा—इस धज में वे जब बगैर इधर-उधर देखे तेज गति से चलते हैं तो शक होता है किसी की जेब काट के या किसी महिला के गले की चेन मार के भागे जा रहे हैं।

अपनी धज में प्रह्लाद किसी बापू जाति के सन्त लगते हैं। जैसे आसाराम बापू, जैसे मुरारी बापू, वैसे प्रह्लाद बापू। वे पब्लिक को चूतिया बनाने की सारी कलाओं और हथकंडों से वाकिफ हैं। वे भाषा के जादूगर हैं। उनके होंठों पर जितनी हँसी है, उससे जियादा आँखों में आँसू हैं। वे चाहते तो दस-पाँच हजार भक्तों को घंटे भर अपने प्रवचन से मंत्रमुग्ध कर सकते थे, देशी-विदेशी चेले-चेलियों की फौज खड़ी कर सकते थे, विदेशों में कोई आश्रम बना सकते थे, लेकिन उन्होंने ऐसा कुछ भी नहीं किया। करने की सोची तक नहीं। क्योंकि उन्हें उस 'जन्नत की हकीकत' मालूम है। वे पढ़े-लिखे हैं, विद्वान हैं, उनके पास विवेक है, वे अपने जमीर और जमात के साथ छल नहीं कर सकते।

उनके लिए उनकी यह धज-अकसर ही समस्याएँ खड़ी करती रहती है। वे कहीं जा रहे हैं या बैठे हुए कि कहीं से दौड़ता हुआ एक आदमी आएगा, बोलेगा—तीन दिन पहले चोरी चली गई मेरी गाय! बहुत ढूँढ़ा, नहीं मिली। बताते, यहाँ से कितनी दूर है? किस दिशा में है?...'बाबा, जब से गृह बनवाया है और उसमें आए हैं तब से कोई न कोई विपत रोज आ रही है। देख लेते चलकर, तो सन्तोष होता।' 'बाबा,

उन्हें पंजाब गए हुए दो साल हो गए तब से कोई खबर नहीं है। चिट्ठी-पत्री भी नहीं भेजी! मुझे बस इतना बता दीजिए कि कुशल से तो हैं।'...

समस्याएँ तो छोड़िए, कई बार मुसीबतें तक खड़ी कर चुकी है यह।

एक बार प्रह्लाद पत्नी के साथ बनारस आए। शादी के कुछ ही दिन बाद। तब दाढ़ी ऐसी ही घनी थी और एकदम काली। ठहरे लक्सा पर किसी होटल में। घूमे-घामे, ठंडाई-भाँग पी, मुझसे भी मिले और लौट गए होटल। मस्ती में सोये। आधी रात को दरवाजा पीटने की आवाज आई। खोला तो सामने पुलिस। उसने कमरे में नजर दौड़ाई—तो तुम्हीं हो। खबर लग गई थी कि कोई साधू-संन्यासी कहीं से लौंडिया फाँस कर लाया है और यहाँ ठहरा है। चलो थाने। प्रह्लाद को समझाने में घंटा भर लग गया कि वे गृहस्थ हैं, संन्यासी नहीं और वह उनकी पत्नी है।

एक मॉल है जिसमें डर्टी पिक्चर लगी थी। वे जाकर टिकट खिड़की की लाइन में खड़े हो गए! क्यू लम्बी थी। आगे लड़के, पीछे लड़के और सबकी निगाहें प्रह्लाद पर। थोड़ी देर बाद एक लड़का आया—'बाबा, रेलवे की टिकट यहाँ नहीं, उधर मिलता है सड़क पार। स्टेशन पर' 'पता है' प्रह्लाद मुस्कराए!...फिर दूसरा लड़का आया—बाबा, शिव-पार्वती उस मॉल में चल रही है, इसमें डर्टी पिक्चर है। प्रह्लाद को गुस्सा आ गया—क्यों परेशान हो? विद्या बालन तुम्हारी कुछ लगती है क्या? वह आश्चर्य से उन्हें देखता रहा। प्रह्लाद ने प्यार से उसके कन्धे पर हाथ रख—बच्चा, वैसे भी मुझे कुछ करना नहीं है, बस फिल्म देखनी है।

प्रह्लाद ने बताया था कि लगभग यही स्थिति फिल्म देखने के दौरान भी रही। लोग फिल्म भी देखते थे और बीच-बीच में मुझे भी।

मैंने कभी प्रह्लाद से पूछा था—प्रह्लाद, यह स्टाइल—आधी बाँह के कुर्ते वाली डिजाइन तुमने किसकी मारी है?

"क्या मतलब?" वे चौंके!

"देवीलाल की या किसी बापू की?"

'हुजूर' वे ठठाकर हँसे, "मैं किसी की नहीं मारता! वैसे भी वह अच्छी लत नहीं।"

अपनी लगभग सभी पुस्तकों में प्रह्लाद ने खुद को 'यायावर' और 'आवारा मिजाज' कहा है। कम कहा है। वे निडर हैं, साहसी हैं, आत्मसम्मानी हैं, पाखंड और छल बर्दाश्त नहीं कर पाते, असहमति उनका जन्मसिद्ध अधिकार है। उनकी इन सारी खूबियों ने उनमें आत्मघाती प्रतिभा (?) भर रखी है।

उदाहरण हमारे सामने है—

वे जबलपुर विश्वविद्यालय से एम.ए. कर रहे थे। इम्तिहान सिर पर। उन्हें भाषाविज्ञान पढ़ाते थे, भाषाविद् डॉ. उदय नारायण तिवारी। वही विभागाध्यक्ष भी थे। शोध के सिलसिले में लन्दन गए थे और वहीं से लौटे थे एक नई जानकारी

के साथ कि जिसे हम 'ट' बोलते हैं, उसे ही अंग्रेत 'ठ' बोलते हैं। वे हर क्लास में हर रोज यह बताना नहीं भूलते थे कि देखो, जिसे हम 'टावेल' (तौलिया) कहते हैं, उसे इंग्लैंड में 'ठावेल' कहते हैं। एक दिन उनकी क्लास चल ही रही थी कि घंटी बज गई। वे किताब और रजिस्टर समेटकर जाने लगे। इसी बीच पीछे से प्रह्लाद उठे—'रुकिए, रुकिए सर! आज तो 'ठ़ावेल' वाला रह ही गया। उसे भी सुनाते जाइए!'

लड़कों ने जोरदार ठहाका लगाया और वे स्तब्ध! वे प्रह्लाद को देखते रह गए जब रिजल्ट आया तब प्रह्लाद को अपनी इस हरकत का बोध हुआ। लेकिन बोध या पछतावा ही होता, तो वे ऐसी हरकतें आगे क्यों करते?

प्रह्लाद हिन्दी के ऐसे अकेले विद्यार्थी हैं शायद, जिन्होंने '72 में एम.ए. किया और '73 में पी-एच.डी. उपाधि के लियए थीसिस जमा कर दी और थीसिस भी कामचलाऊ या ऐसी-वैसी नहीं, अध्ययन, परिश्रम और शोध की निष्ठा से लिखी हुई। उन दिनों मध्य प्रदेश में प्रगतिशीलता की लहर थी। वह मुक्तिबोध और हरिशंकर परसाई का मध्यप्रदेश था। परसाई, ज्ञानरंजन, मलय, कमला प्रसाद के सम्पर्क में थे प्रह्लाद। तब के मार्क्सवादी और प्रगतिशील प्रह्लाद। एम.ए. में ही सतावें दशक की हिन्दी कहानी पर 'डिजर्टेशन' लिख चुके थे। शोध के लिए उन्होंने विषय चुना था—स्वातंत्र्योत्तर हिन्दी कहानी और प्रतिबद्धता। उसकी रिपोर्ट अनुकूल ही नहीं, अच्छी थी। सिर्फ मौखिक परीक्षा होनी थी और उसके बाद हाथ में डिग्री। यह एक औपचारिकता थी।

मौखिक परीक्षा के लिए आए थे डॉ. भगीरथ मिश्र। रीतिकाव्य और काव्यशास्त्र के मर्मज्ञ। प्रह्लाद को तो उत्तर देना था, या उनकी 'हाँ' में 'हाँ' मिलानी थी या चुप रहना था। वे परीक्षक थे, सर्वज्ञ थे, कुछ भी गलत नहीं बोल सकते थे। आखिर एक प्रतिष्ठित विश्वविद्यालय के भविष्य निर्माता थे। लेकिन प्रतिबद्धता को लेकर प्रह्लाद उनसे भिड़ गए। जूतम पैजार की नौबत तक आ पहुँची। प्रह्लाद ने थीसिस वहीं फाड़कर फेंकी और कहा—'मुझे नहीं बनना डॉक्टर! यह पी-एच.डी. रखो अपने पास। इसके बगैर ही मैं लेक्चरर बन के दिखा दूँगा।'

और उन्होंने जल्दी ही सतना में लेक्चरर बनकर दिखा दिया।

लेकिन उसके बाद?

अध्यापन के पेशे से जुड़े किसी भी व्यक्ति को बताने की जरूरत नहीं है कि अगर आप पी-एच.डी. नहीं हैं तो भविष्य के सारे दरवाजे आपके लिए बन्द।

—अभी 'जै श्रीराम' और 'गर्व से कहो हम हिन्दू हैं' की बयार चली ही चली थी और बाबरी मस्जिद अपनी जगह मुस्तैदी से खड़ी ही थी कि प्रह्लाद ने दो लेख लिख मारे—एक 'काम न धाम, जै श्रीराम', दूसरा 'गर्व से कहो हम कुत्ते हैं'। यह 1989 की बात है। '90 में भाजपा सरकार ने उन्हें जिलाबदर कर दिया। भेजा

मऊगंज कॉलेज में जहाँ जाना कालापानी की सजा भुगतना कहा जाता है। प्रह्लाद वहाँ सोमवार को जाते थे और मंगलवार को लौट आते थे। इस तरह वहाँ पाँच साल आधी तनख्वाह पर आते-जाते रहे।

इसके बाद सतना आकर रिटायर हुए 2009 में। रिटायर तो हो गए लेकिन पेंशन आज तक अटकी हुई है। उन्हें कोई गम नहीं। वे हमेशा की तरह दाढ़ी पर हाथ फिराते हुए बेफिक्र घूमते रहते हैं।

सतना और सतना से बाहर उनके कई भाजपाई नेता दोस्त हैं, वे खुद अबा-कबा से गुरु गोलवलकर के प्रतिरूप लगते हैं, चाहा होता तो तबादला भी रुक सकता था और पेंशन भी मिलती रहती, लेकिन 'अवसरवाद' या 'समझौता' या 'घुटने टेकना' उनकी प्रकृति में नहीं।

'उनकी प्रकृति में तो बस एक ही चीज है' यह सतना के ही व्यंग्यकार सन्तोष खरे ने बताया जो प्रह्लाद के मित्र हैं—'दिमाग चाटना'। अगर कोई आधे घंटे के लिए भी उनसे मिल ले तो छत्तीस घंटे के लिए किसी काम का नहीं रह जाता। एकदम बेकार हो जाता।

'मैंने तो सुना है कि शहद चाटते हैं।'

'जी नहीं, चाटते तो खोपड़ा ही हैं—शहद पीते हैं। उनके पीने के तीन शौक हैं। मट्ठा पीना, सिगरेट पीना और शहद पीना। शहद की बोतलों का बार है उनके यहाँ, देश-विदेश में जितनी किस्में ही सकती हैं शहद की, सब है उनके यहाँ। अगर नहीं है तो सिर्फ कान। ईश्वर ने उन्हें सिर्फ जबान दी है, कान नहीं दिये। वे सुनते नहीं, सिर्फ बोलते हैं।

'आखिर यह प्रह्लाद अग्रवाल हैं क्या चीज जिसके बारे में आप तब से बके जा रहे हैं?' मैं जानता हूँ, आप यह सवाल करेंगे।

मित्रो! यह प्रह्लाद एक मामूली-सा आदमी है—कस्बेनुमा छोटे शहर का। क्या विडम्बना है कि जो बातें बड़े आदमी की 'महानताओं' में गिनी जाती हैं, वे ही मामूली आदमी में नजर आती हैं तो कभी मूर्खता कहलाती हैं, कभी पागलपन और कभी अराजकता। प्रह्लाद इसी कोटि के गैरमामूली आदमी हैं।

मुझसे पहली बार सन् '72 में मिले थे। तब वे सातवें दशक की कहानी पर काम कर रहे थे। मुझे वे तेज-तर्रार समझदार युवक लगे थे। हमारे दौर की कहानियों पर वह पहली पुस्तक थी जिसके भीतर से एक तेजस्वी समीझक की छवि झाँकती थी। उसके बाद वे सहसा गायब हो गए। जाने किस अज्ञातवास पर चले गए।

फिर सहसा नजर आए बारह साल बाद सन् '84 में। 'राजकपूर : आधी हकीकत आधा फसाना' के साथ! लगा, दाढ़ी में तिनका है लेकिन नजदीक जाकर देखा तो फूल निकला। फिर दो और किताबों—'शैलेन्द्र : जिन्दगी की जीत में यकीन' और 'प्यासा : चिर अतृप्त गुरुदत्त'। राजकपूर, गुरुदत्त और शैलेन्द्र—ये वह फिल्मी

हस्तियाँ थीं जिनसे हिन्दी सिनेमा का स्वर्णयुग बना था। ये किताबें छपीं, बिकीं और इनके कई-कई संस्करण हुए।

ये काम फिल्मी पत्रकारिता के चलताऊ काम नहीं हैं।

ये सभी निर्माता, निर्देशक, अभिनेता या गीतकार फिल्म माध्यम को सिर्फ व्यवसाय नहीं, जीवन और जीवन-दर्शन माननेवाले रहे हैं। प्रगतिशील जनवादी चेतना से लैस तो थे ही।

इन पुस्तकों को पढ़ते हुए मुझे जो बातें सबसे अच्छी लगीं, वे यह कि प्रह्लाद ने *आवारा, श्री 420, जागते रहो, मेरा नाम जोकर, प्यासा, कागज के फूल, चौदहवीं का चाँद, साहब बीबी और गुलाम, तीसरी कसम* को फिल्म की तरह नहीं, एक कलाकृति की तरह देखा है। उनके विश्लेषण में अपने साहित्यिक संस्कारों, विवेकों, संवेदनाओं, सौन्दर्य-दृष्टि का उपयोग किया है। जैसे हम फिल्म के बारे में न पढ़ रहे हों, किसी रचनाकर्म से गुजर रहे हों। एक फिल्म और एक अभिनेता के बहाने जाने कितनी फिल्मों और कितने अभिनेता-अभिनेत्रियों के जीवन और अभिनय से जुड़ी जानकारियाँ मिलती हैं कि आश्चर्य होता है प्रह्लाद की याददाश्त पर। वे फिल्मी दुनिया से वैसे पिरिचित लगते हैं जैसे सतना के गली-कूचों से।

और भाषा तो ऐसी है कि कोई भी मर मिटे। आपको उन्हें पढ़ना नहीं है, एक पहाड़ी झरने का बहाव है और आपको उसमें बहते जाना है—बस।

जिस दिन अपने प्रिय गीतकार 'कवि शैलेन्द्र' नामक पुस्तक पढ़कर खत्म की, प्रह्लाद को फोन किया—प्रह्लाद विश्वास नहीं होता कि यह किताब तुमने लिखी है?

प्रह्लाद की हँसी सुनाई पड़ी—कौन कमबख्त कहता है कि मैंने लिखा है? हुजूर इसे कभी दिन ने लिखा, कभी रातों ने और हफ्ते-दस दिन में खत्म कर दिया।

['लफ़्ज़', 2012]

# इक्कीसवीं सदी के देश का सफर

पहली नवम्बर की शाम और जापान की धरती! हवाई अड्डे से कावासाकी के लिए रवाना होते समय श्री शिगेओ आराकि ने कार में कहा, "बरे (बड़े) भाई! भारत से जो भी आते हैं, भारतीयों को ढूँढ़ते हैं, उन्हीं से मिलना और उन्हीं के साथ रहना चाहते हैं। मगर उनसे तो भारत में भी मिला जा सकता है! है न? मैं समझता हूँ, आप कॉन्फ्रेंस के बाद जापान देखना चाहेंगे।"

आराकि! भारतीय संस्कृति और साहित्य के विशेषज्ञ, अफ्रीकी-एशियाई लेखक संघ के सक्रिय सदस्य, जापान दूरदर्शन के निदेशक! मितभाषी हैं और गम्भीर व्यक्तित्व के कारण दोस्तों में बेहद सम्मानित! आयोजनों के समय लेखकों में जापान की परम्परागत वेशभूषा किमोनो में मैंने सिर्फ उन्हें ही देखा! मेरी रचनाओं की किताब को ऐसे व्यक्ति के अनुवादक होने पर गर्व हुआ।

वातानुकूलित कार तेजी से भाग रही है। मैं खिड़कियों से अँधेरे में धरती, पेड़, पहाड़, इमारतें देखने की कोशिश कर रहा हूँ। "भारत से विद्वान और लेखक आते हैं, विश्वविद्यालय में ठहरते हैं, कुछ भाषण भी देते होंगे। यात्रियों की तरह घूमते भी होंगे। चले जाते हैं, तो पता चलता है। आप लेखक हैं। आपकी रुचि जापानी जनता में होगी। हम चाहेंगे कि आप असल जापान देखें।" उन्होंने पीछे मुड़कर मुझे देखा और मुस्कराए।

मैं उनसे पाँच साल बाद मिला था। दाढ़ी और सिर के बाल थोड़े पक चले थे, लेकिन चेहरे पर वही पैनापन और आँखों में वही चमक। "आप गाँव में जाएँ, बगैर दुभाषिये के। न कोई आपको समझे और न आप उसे! कैसा लगता है, इसे भी देखिए!"

किसी चेकपोस्ट पर गाड़ी थोड़ी देर के लिए रुकी। उन्होंने मेरी तरफ सिगरेट बढ़ाई। मैंने इनकार में हाथ जोड़ लिये।

"यहाँ आपका प्रकाशक है। बहुत-से पाठक भी हैं। वे आपसे मिलेंगे, बातें करेंगे। बाताशि नो सेन् सेन् (अपना मोर्चा) के बारे में पूछेंगे। आपका मन लगेगा। ऐसे भी किसी बात की चिन्ता न करें। जापान में भी आपका एक घर है और वह

मेरा घर है। दुख केवल यही है कि जब तक आप यहाँ रहेंगे, आपकी पत्नी और बच्चों को आपसे दूर रहना पड़ेगा। उनके लिए मुझे अफसोस है।"

"जापान की जनता के बारे में आपकी क्या राय है?" यह सवाल था मुझसे। लेबर हॉल की प्रेस कॉन्फ्रेंस में एक पत्रकार ने पूछा था और दूसरे पत्रकार भी उत्तर के लिए सतर्क हो उठे थे।

मेरे साथ ही एशिया अफ्रीका और लातीनी अमरीका के और भी लेखक थे, लेकिन डेढ़-दो घंटे की कॉन्फ्रेंस में यह जाहिर हो गया था कि जापान को दिलचस्पी सबसे अधिक भारत में है।

यह नवम्बर की दूसरी तारीख थी। नरीता हवाई अड्डे से 'हीवा प्लाजा होटल' तीन घंटे का रास्ता। सड़क के दोनों ओर दूर-दूर तक कोई आदमी नहीं। आदमी तो आदमी, चिड़िया तक नहीं (पूरे जापान प्रवास में चिड़ियाघर को छोड़कर कहीं और मुझे कम ही चिड़ियाँ नजर आईं।) रास्ते में यातायात नियंत्रित करती हुई ट्रैफिक पुलिस जरूर नजर आई, जिसे बताया गया कि ये रोबोट यानी यंत्र मानव हैं।

न तो चिड़ियों की आवाज! न आदमियों की आवाज! न कारों-मोटरगाड़ियों के हॉर्न!

सिर्फ सनसनाती आती-जाती कारों की डरावनी और भयावह सायँ-सायँ, जो दहशत पैदा करती थी और सीधे कानों से होती हुई दिल और दिमाग पर छा जाती थी।

मुझे लेने के लिए आनेवाले मेरे मित्र आराकि और तकाको सुगानुमा के सिवा जो पहला आदमी मैंने जापान की धरती पर देखा, वह होटल के काउंटर पर बैठा मैनेजर था।

एक क्षण के लिए ठिठककर मैंने पत्रकारों को जवाब दिया, "देखने के बाद ही बता सकूँगा। मैंने अभी तक जापान में 'जनता' को नहीं देखा है!"

ठहाकों के बीच मुझे बताया गया कि मैं कल जिस रास्ते आया था, वह 'हाइवे' है और उसका इस्तेमाल आदमियों के लिए नहीं, सिर्फ कारों और मोटरगाड़ियों के लिए होता है।

इसी शाम होटल से थोड़ी दूर एक डिपार्टमेंटल स्टोर के जमीनी हिस्से पर 'चाइनीज रेस्तराँ' में दावत थी। सभी प्रतिनिधि उसके बाहर लाउंज में टहल रहे थे। इसी बीच एक अधेड़ महिला मेरे सामने खड़ी हो गई, "जापान कैसा लगा आपको?"

मैंने उन्हें गौर से देखा। वे पत्रकार नहीं लग रही थीं। उनके गले में सफेद मोतियों की माला थी और हाथ में पर्स।

"बेहद खूबसूरत! जापान इस धरती पर चमत्कार है। भारत में रहते हुए मैं ऐसे देश की कल्पना नहीं कर सकता था, जो एक ओर इतना आधुनिक हो और दूसरी ओर प्यार और आत्मीयता से इतना भरपूर!"

"नहीं, नहीं!" उन्होंने अपने कान ढक लिये, "ऐसा मत बोलें। मुझे खुश करने की कोशिश न करें। मैंने 'बाताशि नो सेन् सेन्' पढ़ा है। और मैं उसके लेखक से झूठ और मुँह देखी बात की उम्मीद नहीं करती!" वे बेचैन-सी हो उठीं।

मैं गम्भीर हो गया, "विश्वास करें। मैं मुँहदेखी नहीं कह रहा। वही कह रहा हूँ, जो लग रहा है।"

"तो आप क्षमा करें, जापान को नहीं जानते। यहाँ रहना मुश्किल हो रहा है। लोग एक-दूसरे के दुश्मन हो गए हैं। कोई किसी की नहीं सुनता। न प्यार है, न इनसानियत। रात-दिन भाग-दौड़, भाग-दौड़। न मिलने की फुरसत, न बात करने की। सामने कुछ है, पीठ पीछे कुछ। आदमी क्या था और क्या हो रहा है? केवल पैसा, पैसा, पैसा! फिर भी आप कह रहे हैं—चमत्कार!"

"जनाब सिंह साब। आदाब अर्ज।" सहसा यह आवाज आई और मैं सँभलूँ—तब तक मुस्कराते हुए एक जापानी युवक सामने।

"हुजूर! मुझ नाचीज को हत्सुनो मसाहिको कहते हैं!" वह झुका ही था कि लपककर मैंने उसे छाती से लगा लिया।

"आइए, तशरीफ रखिए।" उसने हाथ फैलाया और हँसा, "मैं एन.एच.के. (जापान रेडियो) में एक अदना-सा मुलाजिम हूँ।"

मैं हत्सुनो के हाथ को अपने हाथ में लेकर महिला की ओर मुखातिब हुआ। "कोई बात नहीं। फिर भेंट होगी।" वे झुकीं और दूसरी ओर मुड़ गईं।

रात-भर महिला की बातें मेरे कानों में गूँजती रहीं। एक दिन बाद (4 नवम्बर) कॉन्फ्रेंस का उद्घाटन था, जिसमें मुझे, फैज अहमद फैज (पाकिस्तान) और गूगी वा थियाँग ओ (केन्या) को 'जन-संस्कृतियों की सहखोज' पर भाषण देना था। मेरे भाषण के आरम्भ में जापान की प्रशंसा थी। कहा गया था कि "सूर्य जापान में उगता है, एशिया, अफ्रीका, लातीनी अमरीका की धरती पर चमकता है और यूरोप-अमरीका में डूब जाता है।" इसी क्रम में 1905 में साम्राज्यवादी रूस पर जापान की विजय और एशिया के गौरव की पुन: प्रतिष्ठा की बात की गई थी।

सुबह मैं 'तीसरी दुनिया' के सम्मेलन की कार्यकारिणी के महासचिव और जापानी कथाकार-आलोचक इचिरो हार्यू से मिला, अपने भाषण की एक प्रति दी और आरम्भिक हिस्से पर उनकी प्रतिक्रिया जाननी चाही।

"प्राय: सबने कमोबेश ऐसा ही कहा है!" उन्होंने दाढ़ी खुजलाते हुए कहा।

उन्हें कुछ असमंजस में पड़ा देख मैंने कहा, "हार्यू सान! आप हमारे बुजुर्ग और अनुभवी साथी हैं। किसी अन्तर्राष्ट्रीय समारोह में देश के बाहर भाग लेने का यह मेरा पहला मौका है। आप निस्संकोच कहें।"

हार्यू सान ने सिगरेट सुलगाई, "सिंह सान, ऐसा है कि अब हम 1905 पर गर्व नहीं करते। हम जापानियों को लगने लगा है कि वह हमारी विजय की नहीं, जापानी साम्राज्यवाद के उदय की तारीख है।"

वे रुककर मुझे देखने लगे, "मुझे नहीं पता, आराकि सान ने आपसे कहा है कि नहीं। यह आयोजन सरकार ने नहीं, हमने किया है। जापानी जनता के लेखकों ने। और उन्होंने अपनी समझ से तीसरी दुनिया की जनता के लेखकों को आमंत्रित किया है, उसके सरकारी लेखकों को नहीं।"

"नहीं, यह तो मुझे मालूम है!"

"तो आप साफ-साफ अपनी बातें कहें। सरकार को पता चलना चाहिए कि मौजूदा जापान के बारे में अफ्रीका, एशिया और लातीनी अमरीका के लेखकों की क्या राय है!"

"ठीक है! वह तो करेंगे ही हम," मैंने हँसते हुए कहा, "लेकिन आपकी आलोचना और हमारी आलोचना में फर्क है। हम भी अपनी सरकार की आलोचना करते हैं, लेकिन जब बाहर का कोई व्यक्ति आकर वही बातें करता है, तो...और हमारी एक परम्परा भी तो है।"

"हाँ, हाँ, मैं समझ सकता हूँ। ये बातें मैं किसी और से कह भी नहीं सकता। मगर ज्यादातर लोग हैं, जो जापानी पूँजीवाद और साम्राज्यवाद की आलोचनाएँ पसन्द करेंगे। खैर, जल्दी तैयार हो जाएँ, साइट सीन के लिए चलना है।"

लकड़ी के बने मकानों को छोड़कर जापान में कोई दुकान, ऑफिस, भवन, होटल, कॉफी, हाउस, ट्रेन नहीं है, जिसमें हाथ लगाना पड़े।

आप दरवाजे के पास पहुँचे नहीं कि खुला और पार निकले नहीं कि बन्द हुआ। स्टेशन पर जाइए, पैसा डालिए, टिकट लीजिए, प्लेटफार्म पर जाने के पहले मशीन टिकट चेक करेगी और अवरोध हटा लेगी।

गाड़ी आएगी। सारे दरवाजे अपने आप एक साथ खुलेंगे। गाड़ी चलेगी। सारे दरवाजे खुद-ब-खुद बन्द हो जाएँगे। प्लेटफॉर्म और सड़कों के किनारे वजन लेने वाली मशीनें हैं, जिनमें बियर, चाय, कॉफी, फलों के रस आदि के अलग-अलग खाने हैं, उनके नीचे स्विचें। पैसा डालिए, स्विच दबाइए और अपनी पसन्द की चीजें नीचे से उठा लीजिए।

मशीनें स्वचालित! दरवाजे स्वचालित! कारें! और ट्रेनें और...

जापान की एकमात्र हिन्दी पत्रिका 'ज्वालामुखी' के सम्पादक और जापानी भारतीय योशिवाकि सुजुकि से मैंने पूछा, "मुझसे कल किसी ने बताया था कि जापान में जनसंख्या तेजी से बढ़ रही है। जब सारी चीजें स्वचालित और कंप्यूटराइज्ड हो जाएँगी, तो इतने सारे आदमियों का क्या होगा, वे कहाँ जाएँगे, क्या करेंगे?"

सुजुकि मुझे देखकर मुस्कराने लगे, जैसे इतने बेवकूफी भरे सवाल की उन्हें उम्मीद न रही हो!

तातियो वातानावे! फ्रेंचकट दाढ़ी, मुस्कराती हुई आँखें और होंठों में दबा पाइप। भारत के बेहद प्रेमी, आलोचक और जापानी में 'टीपू सुलतान' नामक पुस्तक के लेखक।

"आज न कहीं भाषण है और न इंटरव्यू। आप पूरी तरह खाली हैं। मुझसे कहा गया कि मैं आपको वे चीजें दिखाऊँ, जो भारत में दुर्लभ हैं।" वातानाबे सान ने मुस्कराते हुए कहा।

हम दोनों 'शिंजु-कु' के एक सिनेमाघर में वयस्क मूवी देखने बैठ गए। दर्शक अधेड़ या विद्यार्थी। पूरे हॉल में कहीं औरत या लड़की नहीं।

एक फिल्म खत्म हो चुकी है और दूसरी चल रही है। इसमें भी वही सब! न कोई कहानी, न संवाद, न अभिनय, न छायांकन, न कुछ। परदे पर औरतों की नंगी देह और पुरुष का उन पर पाशविक अत्याचार। बीच-बीच में उनके अप्राकृतिक यौन-सम्बन्ध।

"जिन्हें रात को ठिकाना नहीं मिलता, वे टिकट खरीद लेते हैं और यहीं बैठे-बैठे रात काट लेते हैं।" वातानाबे ने बताया। इस समय दो नंगी औरतों को सिर के बल उलटा लटका दिया गया है और पुरुषों का एक गिरोह उनके जिस्म के साथ खिलवाड़ कर रहा है। यही नहीं, उनके शरीर के संवेदनशील हिस्सों और गुप्तांगों पर जलती हुई मोमबत्तियाँ टपकाते हुए उन्हें चीखते-चिल्लाते छटपटाते हुए देखकर तालियाँ भी बजा रहा है।

"कैसे बरदाश्त कर रहे हैं आप लोग?" मैं खड़ा हो गया और वातानाबे के साथ बाहर निकल आया। "यह जंगलीपन है। इनसानियत का अपमान। समूची मानवीय संस्कृति का मजाक। क्या प्रेम और सेक्स इतना भद्दा और घृणास्पद होता है? जापान कहाँ जा रहा है वातानाबे सान!"

वातानाबे सान वहाँ से निकलकर एक कॉफी हाउस में घुसते हैं। साठ रुपये में एक प्याला कॉफी। विद्यार्थियों के लिए छूट—लगभग चालीस रुपये में। काउंटर पर एक सुसज्जित महिला और शीशे की कटी-छँटी पारदर्शी दीवारों के अन्दर कॉफी पिलानेवाली तीन लड़कियाँ।

तीनों की उम्र लगभग बीस-इक्कीस के करीब। उनके नंगेपन को कहीं से भी देखा जा सकता है। चारों दीवारें और छत, चाहे वे जहाँ और जैसे खड़ी या बैठी हों, उनके उभार और रेखाओं के बारे में बोलती रहती हैं। प्रायः हर मेज पर लोग हैं और कॉफियाँ हैं। हर मेज पर पोर्नोग्राफी की पत्रिकाएँ हैं।

"ये लड़कियाँ काम की तलाश में देहातों से आई हैं। पढ़ी-लिखी हैं। इनमें से हर एक को रोज के हिसाब से बीस-पच्चीस हजार येन मिल जाते होंगे। इस इलाके

में ऐसे ढेर सारे कॉफी हाउस हैं और इन्हें चलानेवाले मालिकों के सहायक पालतू गुंडे हैं।"

वहाँ से उठते हुए वातानाबे ने बताया, "एक तीसरी चीज भी है, इधर आइए।" और वे एक पोर्नोग्राफी शॉप में घुस जाते हैं। लगभग संसार के सभी देशों की 'ब्लू फिल्मों' की पत्रिकाएँ। ये पत्रिकाएँ पारदर्शी पोलिथिन के आवरण में बन्द। देखनेवालों में ज्यादातर अधेड़ और युवक।

"एक और चीज है वीडियो गेम्स!" वे भयानक शोर और संगीत के दरवाजे पर खड़े होकर कहते हैं, "आप भी खेल सकते हैं! भीड़ देख रहे हैं आप? खाली वक्तों का मनोरंजन!"

अनजाने ही मेरा मन उदास और खिन्न हो गया। एक अजीब तरह की दहशत मुझमें समा गई। मैं चुप! भारत की बेहद याद आने लगी! "अगर ऐसी फिल्में, कॉफी हाउस और पोर्नोग्राफिक शॉप भारत में भी होने लगें, तो!" वातानाबे ने पूछा।

"नहीं! "लगभग चीखते हुए मैंने कहा?

हम स्टेशन लौट रहे थे। वातानाबे ने मेरा कन्धा थपथपाया, "क्षमा करेंगे आप! मैं यूरोप भी हो आया हूँ। ये चीजें आधुनिकीकरण की अनिवार्य परिणतियाँ हैं। या तो भारत को वहीं रहने दीजिए, जहाँ है, या इन्हें भी झेलने के लिए तैयार रहिए!"

मुझे याद आए बनारस में हनुमानघाट की सीढ़ियों पर बैठे डॉ. ईवान इलिच जो गंगा के पार देखते हुए सहसा कह उठते थे, "सिर्फ भारत! अगर अब भी संसार को कोई देश बचा सकता है, तो केवल भारत! देखना यह है कि आधुनिकता यहाँ कौन-सी शक्ल अख्तियार करती है! अपनी इस भूमिका को न समझकर यदि इसने भी इस या उस देश की नकल शुरू कर दी, तो...डर लगता है।" वे होंठ बिचकाकर हवा में हाथ हिलाने लगते थे।

"यहाँ से थोड़ी दूर पर एक पार्क है।" ओसाका पहुँचने पर हिन्दी कथाकार और ओसाका में विजिटिंग प्रोफेसर भाई लक्ष्मीधर मालवीय बोले, "बन्धु! मैं चाहता था आप वहाँ से जापान देखें। उस पार्क में हर सुबह दिहाड़ी मजदूरों की भीड़ लगती है। सुबह 6 बजे के आसपास। वहीं ठेकेदार आता है। बन्धुवर, आपने भारत में कसाइयों को बकरे खरीदते हुए देखा होगा। जिस तरह कसाई बकरे की रानें, पुट्ठे, सीना टोकर, दबाकर, उठाकर, वजन लेकर गोश्त की कीमत लगाता है, उसी तरह ठेकेदार अपनी जरूरत के मजदूर चुनता है। उसकी पसलियों में उँगली कोंचकर, कन्धे ठोंककर, हाथ के पंजे और कलाइयाँ मसलकर! ठेकेदार बूढ़े, अधेड़, सुकुमार, साफ-सुथरे और तुँदियल लोगों को अलग छाँटता जाता है और वे काम के लिए घिघियाते हैं, गिड़गिड़ाते हैं, झगड़ा करते हैं, मरने-मारने पर उतारू हो जाते हैं..."

"तो यह भी एक जापान है और मैं चाहता था कि आप देखें!"

और मालवीय जी तथा कवि नोरियुकि हिनो के आमंत्रण पर मैं ओसाका में था।

हिनो सान! वे 'बुराकु मुक्ति शोध संस्थान' भवन के 'बुराकु मुक्ति' पत्रिका के कार्यालय में मेरी प्रतीक्षा कर रहे हैं।

वे वहाँ लोगों से मेरा परिचय कराते हैं और एक पुस्तक भेंट करते हैं, 'दीर्घकाल से पीड़ित भाइयो और बहनो! एकजुट हो!' दीर्घकाल से पीड़ित इन भाइयों और बहनों में केवल बुराकु नहीं, भारत के हरिजन, अमरीका के नीग्रो और यूरोप के रोमा और जिप्सी भी हैं।

यहाँ मेरा परिचय दो ऐसे शब्दों से होता है, जिनकी जापान में मैंने कल्पना नहीं की थी।

बुराकुमिन यानी हरिजन! समुराई यानी क्षत्रिय!

17वीं शताब्दी में तोकुगावा-शासन ने जापानी समाज में जातियों का चार भागों में पुनर्गठन किया—समुराई, किसान, दस्तकार और वणिक। इनमें से बुराकु किसी में नहीं थे। उन्हें 'एता' (गन्दा) और 'हिनिन' (घिनौना) कहा जाता था। जापानियों और मनुष्यों में इनकी गणना नहीं होती थी। उनका काम था, जापानियों की सेवा करना, गन्दगी साफ करना, मरे हुए जानवरों के चमड़ों से जूते और ढोल बनाना, कैदियों को फाँसी देना। समाज में उन्हें घृणित, तुच्छ और अस्तित्वहीन समझा जाता था। उन्हें अछूत मानते हुए उनके साथ भेदभाव बरता जाता था। मेइजी शासन काल में—जो आधुनिक जापान का सूर्योदय समझा जाता है—संविधान में भेदभाव जरूर खत्म हुआ, लेकिन व्यवहार में वैसा ही बना रहा।

1922 में बुराक ने अपने अधिकारों के लिए जापानी समाज-व्यवस्था के विरुद्ध आन्दोलन शुरू किया, जो अनेक उपलब्धियों के साथ आज भी विकसित हो रहा है।

हिनो सान ने बताया कि जापान में छह हजार बुराकु क्षेत्र हैं और तीस लाख से ऊपर उनकी आबादी है। प्राय: हर क्षेत्र में उनके कार्यालय हैं। बुराकुमिन का अपना झंडा है, अपना यूनिफार्म है। सिर पर सफेद पट्टी और सीने पर पीला एप्रन, जिसे पहनकर हजारों की संख्या में वे जुलूस निकालते हैं और मानव अधिकारों के लिए संघर्ष करते हैं।

'बुराकु-मुक्ति आन्दोलन' के नेताओं ने मुझसे डॉ. आंबेडकर, भारत के हरिजनों और जनजातियों की समस्याओं और उनके उत्पीड़न के बारे में अनेक जिज्ञासाएँ कीं और ओसाका के अपने क्षेत्रों को दिखाते हुए कई बैठकें कीं। उन्होंने बताया कि किस तरह उनके साथ भेदभाव रखा जा रहा है, संविधान में सभी जापानी समान हैं, लेकिन हमें वे नौकरियाँ नहीं दी जातीं, जो समुराई को मिलती हैं। किसी-न-किसी बहाने हमें छाँट दिया जाता है, हमारे क्षेत्रों में 'जनता-स्नानगृह', 'वृद्ध-गृह',

'विकलांग-गृह' की व्यवस्था नहीं, शादी-ब्याह में हमें आमंत्रित नहीं किया जाता, ऊँची जातियों के साथ प्रेम होने पर भी विवाह का अधिकार नहीं, उनकी दावतों और आयोजनों में हमें शामिल होने का अधिकार नहीं। स्कूलों-कॉलेजों में दूसरे वर्गों के विद्यार्थी हमारे लड़कों से बात नहीं करते, उन्हें पढ़ने की वे सुविधाएँ भी नहीं मिलतीं, जो दूसरों को उपलब्ध हैं।

उन्होंने कई ऐसी घटनाओं का उल्लेख किया, जिनमें हत्या, बलात्कार, चोरी, डकैती के मामलों में असल अपराधी को न पकड़कर किसी बुराकु को पकड़ लिया जाता है और उस पर झूठा मुकदमा चलाया जाता है।

"शान्ति, जनवाद, नागरिक स्वतंत्रता और मूल अधिकारों के लिए हम नवनाजियों और फासीवादियों से लड़ रहे हैं। अल्पसंख्यक दूसरे देशों में भी हैं और हम उनके साथ हैं।" उन्होंने जोर देकर कहा।

"मैं इस संघर्ष में आपके साथ हूँ।" मैंने कहा।

"हम जानते हैं।" वे बोले और उन्होंने दो सौ मील दूर से मुझसे मिलने के लिए आए एक नवयुवक से परिचय कराया, जिसने 'अपना मोर्चा' पढ़ रखा था।

मैंने मुस्कराते हुए पूछा, "क्या उन्हें मालूम है कि मैं समुराई जाति का हूँ?"

वे हँसे, "यहाँ के भी बहुत से समुराई हमारे साथ हैं।"

बुराकुमिन साथियों की दो दिनों की बातचीत ने कॉन्फ्रेंस के दौरान बनी इस धारणा को पुष्ट कर दिया कि आज का सबसे अच्छा साहित्य वहीं लिखा जा रहा है, जहाँ संघर्ष है और इस अर्थ में विकसित देशों का साहित्य—चाहे वह अमरीका का हो या यूरोप का—हमारे लिए अप्रासंगिक और इतिहास की वस्तु हो चला है। उनकी समस्याएँ हमसे भिन्न, एकदम दूसरी हैं।

मैडम ओकावा, जो बुराकु क्षेत्रों की समाजसेविका और कर्मठ कार्यकर्ता हैं, ने परिचय करते ही एक कविता सुनाना शुरू किया और सुनाने के दौरान रोती-हँसती रहीं। बीच-बीच में गुस्से से काँपने लगतीं और मेज पर घूँसा मारतीं। उनके अतिरिक्त बुराकु मुक्ति के सम्पादन से सम्बद्ध हिनो सान, उनकी पत्नी सुमिदा की पुत्री आदि कवि या लेखक थे।

जब ओसाका के बुजुर्ग बुराकु नेता सुमिदा से मुलाकात हुई, तो उन्होंने साहित्य पर बहस छेड़ दी। मेरे दुभाषिया ओसाका विश्वविद्यालय में हिन्दी विभागाध्यक्ष प्रोफेसर कोगा ने बताया कि सुमिदा जापान के उस साहित्य के खिलाफ हैं, जो अकेलेपन, निराशा और अस्मिता की तलाश की चर्चा करता है।

मैंने पूछा, "आप कैसा साहित्य चाहते हैं?"

"जीवन से भरपूर!" उन्होंने कहा।

"वह साहित्य भी उनके जीवन से भरपूर है!" मैंने कहा।

उन्होंने तुरन्त कहा, "उनका जीवन जापान नहीं है।"

"यही बात वे आपके जीवन के भी बारे में कह सकते हैं।"

"हाँ, यही कहने में उनकी भलाई है।" वे हँसने लगे, "लेकिन सच्चाई क्या है, इसे वे जानते हैं। लेकिन...हिरोशि नोमा से मिले हैं आप?"

"नहीं! सुना, बीमार होने की वजह से वे कॉन्फ्रेंस में नहीं आ सके।"

हिरोशि नोमा ने बुराकु लोगों के जीवन पर कोई बहुत बड़ा उपन्यास लिखा है और वे इस समय जापान के श्रेष्ठतम लेखकों में से हैं।

वे उठ खड़े हुए, "मुझे क्षमा करें, मैं अभी और रुकता, लेकिन एक जरूरी काम आ गया है। ऐसे, यह बुराकु अतिथि-गृह आप ही लोगों का है।"

और मैं शाम सात बजे उसी पार्क में था, जिसकी चर्चा मालवीयजी ने की थी। मेरे साथ थे, सुजुकि और हिनो सान!

मैंने गौर किया कि यहाँ आते समय दोनों मित्र कुछ आशंकित, भयभीत और घबराए हुए थे। उनकी आवाजें भी धीमी हो गई थीं। हिनो सान पार्क के एक कोने में हमें खड़ा करके अपने किसी ऐसे कामरेड की तलाश में चले ।ए, जो इस इलाके और यहाँ की हर एक गतिविधि से परिचित था।

वह साथी मुझे जापान की तलछट दिखानेवाला था।

"यह जगह है, जहाँ अनजाने लोग आने का साहस नहीं करते, क्योंकि यह चोरों, गुंडों, बेकारों, निठल्लों और आवारों का क्षेत्र है। वे किसी भी नये आदमी का सामान मार-पीटकर छीन सकते हैं। कत्ल भी होते हैं यहाँ।" कहते हुए सुजुकि ने हिदायत दी कि झोला और कैमरा ठीक से सँभाल रखूँ।

मैंने चारों ओर ध्यान से देखा। पूरे जापान में यही एक जगह दिखी, जो जापान जैसी नहीं थी। बिना घासों का पार्क। पार्क में अँधेरा। एक कोने में खम्भे के ऊपर टेलीविजन। उसके नीचे चार-पाँच लोग खड़े होकर कार्यक्रम देख रहे थे। उसके पीछे थोड़ी दूर पर चार-पाँच लोग बैठे आग ताप रहे थे। जहाँ हम खड़े थे, उसके बगल में तारों-भरे खुले आकाश के नीचे रजाई लपेटे दो-तीन जन लेटे थे। दूसरे कोने पर भी जलती हुई लकड़ियों के पास गुड़ी-मुड़ी कोई लेटा था और टी. वी. के परदे की ओर ताक रहा था।

पार्क के बाहर दाईं तरफ दुकानें थीं, जहाँ कुछ पिए हुए लोग बहस कर रहे थे। मुझे याद आया कि इस मुहल्ले में मुड़ते ही आसमान के नीचे फुटपाथ पर कंबल में लिपटी कुछ आकृतियाँ मिली थीं, जिन्हें बचाकर हम आए थे।

ओसाका में ही एक वे फुटपाथ, जो तीन हिस्सों में बँटे हैं। एक, पैदल चलनेवालों के लिए। दूसरा, लाल पट्टीवाले साइकिल सवारों के लिए। तीसरा, बुंदकीवाले विकलांगों के लिए।

और एक यह!

हिनो लौट आए और बताया कि कामरेड से सम्पर्क नहीं हो सका।

"क्या ऐसे पार्क दूसरे महानगर में भी हैं?" मैंने हिनो सान से पूछा।

"जी हाँ, प्राय: सबमें!" वे वापस लौटने लगे।

जापान की धरती पर मेरा आखिरी भाषण! जगह तोक्यो में 'सिल्क रोड संस्कृति संस्थान!' विषय है, 'बनारस का जन-जीवन!'

शाम ढल गई है और श्रोताओं के सिवा जापान के सभी आत्मीय मेरे साथ हैं—आराकि, सुज़ुकि और दुभाषिया सुगानुमा!

बोल भी रहा हूँ और हँस भी रहा हूँ। हँसी बिला वजह। कुछ तो बनारस की यादें। चेहरे, गलियाँ, दुकानें, कहकहे और मस्ती। मैं श्रोताओं का गाइड हो गया हूँ और सारनाथ से लेकर विश्वविद्यालय के बीच सड़कों, चाय की दुकानों और गंगा के घाटों को दिखा रहा हूँ। और कुछ अपने देश की वापसी की तारीख करीब होने की खुशी और हँसी।

भाषण के बाद दुनिया भर के प्रश्नों की झड़ी और उन्हीं में से एक प्रश्न, "आप तो बहुत हँस रहे हैं!"

"क्या मतलब?" मैं चौंकता हूँ।

"हमने भारत के बारे में सुना है कि वहाँ के लोग दार्शनिक होते हैं। उठते-बैठते, सोते-जागते हमेशा सोचते रहते हैं। जीवन के बारे में, जगत के बारे में। मगर आप तो हँस रहे हैं।" युवक ने प्रश्न की व्याख्या की।

"भिक्खुओ! यह हँसी उसी जीवन-दर्शन की उपज है।" वह संस्थान बौद्ध था और बड़े सहज रूप से मैं बोल गया!

उसने पहले जैसी ही जिज्ञासा फिर की, "क्या वहाँ लोग इसी तरह हमेशा हँसते हैं?"

"नहीं, वे रोते भी हैं।" मैं गम्भीर हो गया, "जब मैं लोगों से बताऊँगा कि जापान में बड़ी समृद्धि है, ऊँची-ऊँची इमारतें हैं और भारी-भारी मशीनें हैं, एशिया में जापान एक आश्चर्य है, बड़ा सुख है, देश ने बड़ी तरक्की कर ली है, वहाँ के लोग भारत से भी अधिक अतिथि-वत्सल हैं, फिर भी हर जापानी परेशान है, चुप और उदास है, मुस्कराता तो है, लेकिन हँसता नहीं तो मुमकिन है, बहुत से लोग आपके लिए रोने लग जाएँ।"

['रविवार', 1983]

# धुआँ-धुआँ यादें

## शिवरानी देवी

सन् 1953 की जुलाई।

पहली बार शहर बनारस आया था भैया के साथ। गोदौलिया पर गिरजाघर चौराहे के पास 'सरस्वती प्रेस' में ठहरा था महीने भर के लिए। शायद भैया की यह व्यवस्था प्रेस के मैनेजर जगत शंखधर ने की थी—तब तक के लिए जब तक किराए का मकान न मिल जाए।

कमरा पहली मंजिल पर था—एकदम कोने में गोदौलिया से लक्सा जानेवाली रोड की ओर खुलता हुआ। कमरे के आगे दो-ढाई फीट की गैलरी थी रेलिंग के साथ। वहीं खड़े होकर या बैठकर मैं पूरे दिन नीचे आने-जानेवालों को देखता रहता था। वहाँ से ऊब जाता तो सीढ़ियों से नीचे उतरकर गली के मुहाने पर खड़ा रहता। इससे आगे नहीं जाता अकेले—डर यह कि कहीं खो न जाएँ।

'सरस्वती प्रेस' के सामने थोड़ा हट के गोदौलिया का रिक्शा स्टैंड था और उसके पीछे टिन के शेड में होटल। यह होटल रिक्शा चालकों और मजदूरों के लिए था। वहीं से दोपहर की थालियाँ आती थीं हम दोनों भाइयों के लिए। रोटी, दाल और आलू की तरकारी। शाम का खाना नहीं खाते थे हम। गाँव से सत्तू, गुड़, दर्रे की ढूँढ़ियाँ, लाई-चना, फूल की दो कटोरियाँ और गिलास लाया गया था, उससे काम चल जाता।

भैया दिन भर पता नहीं, कहाँ-कहाँ घूमते रहते। मुझे वे एक बार बाँस फाटक या ज्ञानवापी पर 'प्रेमचन्द गृह' ले गए थे। वह किताबों की दुकान थी। एक दिन बहुत जिद की तो निशात सिनेमाघर में एक फिल्म दिखाई। नाम था 'रतन' जिसमें बड़े अच्छे-अच्छे गाने थे।

'सरस्वती प्रेस' की इमारत उस क्षेत्र की सबसे बड़ी और चौड़ी इमारत थी। लाल ईंटों वाली। लेकिन जो भी हलचल थी, वह नीचे ही थी। ऊपर यानी पहली मंजिल पर एकदम उजाड़ और सन्नाटा। किसी भूतबँगले या खँडहर की तरह।

एक दिन जब मैं सीढ़ियों से नीचे उतर रहा था, बीच आँगन के उस पार डोर पर सूखने के लिए डाली गई दो साड़ियाँ और तौलिया देखीं। साड़ियाँ सफेद थीं

और बॉर्डर नीला। मुझे खुशी भी हुई और डर भी लगा। खुशी इस बात से कि और भी आदमी-जन हैं इसमें, अकेले नहीं हैं हम और डर इस बात से कि जाने कौन हैं? आवाज तक नहीं सुनाई देती!

मैं भैया से भोजपुरी में ही बोलता था। दिमाग में यह बैठ गया था कि खड़ी बोली स्कूल और कॉलेज के लिए होती है और भोजपुरी घर के लिए। पूछा, 'इसमें और कोई है क्या?'

"हाँ, शिवरानी देवी रहती हैं।"

मैं प्रेमचन्द को तो जानता था, शिवरानी देवी को नहीं। उन्होंने बताया कि प्रेमचन्द की पत्नी हैं।

उत्सुकता हुई देखने की और संयोग यह कि एक दिन सीढ़ियों की ओर जा ही रहा था कि नहाने के बाद वे डोर पर साड़ी फैलाती दिख गईं। नीले किनारों वाली सफेद खादी की साड़ी, ठिंगना कद, सफेद बाल, गोरा रंग। थोड़ी झुकी हुईं। उन्होंने मुझे अपनी तरफ आते नहीं देखा लेकिन जाने क्या हुआ कि लपककर मैंने उनके चरण छू लिये।

"खुश रहो!" उनके मुँह से निकला—आदतन धीरे से।

जब मैंने सिर उठाया तो वे हल्के से मुस्कराईं, फिर सिर का पल्लू ठीक करने लगीं।

बस, इतनी-सी भेंट थी उनसे।

## भुवनेश्वर

यह उन दिनों की बात है जब मैं लोलार्क कुंड पर रहता था।

मुझे याद नहीं, मैं किस क्लास में था? शायद बी. ए. में। '57 की बात होनी चाहिए।

साँकल खटखटाया किसी ने। दस-साढ़े दस का समय था। मैं कॉलेज के लिए तैयार हो रहा था। मैंने दरवाजा खोला।

बिना मुझे देखे एक अधेड़नुमा आदमी भीतर घुसा और सीधे बैठक में आ गया।

'नामवर कहाँ है?'

नामवर को नामवर कहनेवाले और भी आते थे घर में लेकिन जिस अधिकार और प्यार के साथ उन्होंने कहा—मेरा साहस नहीं हुआ कि उनका नाम या परिचय पूछूँ।

मैंने भैया को खबर दी और कॉलेज चला गया।

मैंने उनके बारे में न तो कभी भैया से पूछा, न इन्होंने अपने से बताया।

वह मझोले कद और दुहरे बदन के थे। उनका रंग गेहुँआ था। भरा हुआ गोल चेहरा, दाढ़ी-मूँछ की जगह सफेद खूँटिया। चौड़ा माथा। सिर पर सफेद घने खड़े

बाल। आँखें पैनी—बेधनेवाली। आत्मविश्वास और रौब से भरी हुई आवाज लेकिन इन सबसे उनके लिबास का कोई मेल नहीं था। बुश्शर्ट और पैंट काफी चीकट और गन्दे थे। शायद चप्पल भी काफी घिस चुकी और टूटी थी।

वे पाँच-छह महीने तक आते रहे—कभी एक बार, कभी दो-तीन बार।

दस-पाँच मिनट से ज्यादा उन्हें घर पर रुकते हुए नहीं देखा।

कभी चाय नहीं पी, कभी नाश्ता नहीं किया, कभी खाना नहीं खाया।

लगता था, उनके और भैया के बीच कोई 'अंडरस्टैंडिंग' है। न वे बोलते थे, न भैया बोलते थे। वे गम्भीर रहते थे और भैया उनसे भी ज्यादा गम्भीर। शायद तनाव में। लेकिन वे घर से निकलते समय हमेशा सन्तुष्ट और जल्दी में दिखाई देते थे।

आखिरी बार। जब वे चले गए तो भैया ने मुझे बुलाया, 'जानते हो, यह कौन हैं? भुवनेश्वर-नाटककार जीनियस हैं। नगर में सब लोग हाथ जोड़ चुके हैं इनसे। एक मैं ही रह गया हूँ इनके लिए। लत पड़ चुकी है शराब की। न चाय पिएँगे, न नाश्ता करेंगे। इन्हें दस-बीस रुपये चाहिए। हर बार और हर रोज। सोनारपुरा में कोई हौली है देसी शराब की। यहाँ से सीधे वहीं जाते हैं। पिएँगे और लुढ़क जाएँगे फुटपाथ या मोरी में। कई बार मरते-मरते बचे हैं एक्सिडेंट में। समझदार इतने हैं कि इन्हें समझाया नहीं जा सकता। आइन्दा जब भी आएँ, इन्हें चाय के लिए पूछो, नाश्ता के लिए पूछो, खाना के लिए पूछो। खाएँ तो खिला दो—चाहे जितनी बार आएँ। मुझे पूछें तो बोल दो—नहीं हैं। पैसा माँगे तो कभी मत देना। इन्हें सिर्फ पैसा चाहिए दारू के लिए।'

और यही हुआ।

वे जब अगली दफा आए, मैंने कहा, 'भैया नहीं हैं।'

'झूठ क्यों बोलते हो?' उन्होंने घूरकर मुझे देखा और आवाज दी, 'नामवर!'

क्रोध में उनका स्वर क्रमशः ऊँचा होता गया—दो बार! तीन बार!

'तुम भाई हो उनके?'

'हाँ।'

'निकालो पाँच रुपये! सख्त जरूरत है।'

'मेरे पास कहाँ रुपये? अभी तो पढ़ रहा हूँ।'

'ईडियट! यू...यू लायर।' उनका चेहरा लाल हो गया क्रोध में।

'खाना तैयार है, कहें तो ले आएँ?' मैंने विनम्रता से कहा।

'समझ गया।' बाहर निकलते हुए उन्होंने मुझे देखते हुए जोर से दुबारा कहा, 'समझ गया मैं!'

इसके बाद मैंने फिर कभी न तो उन्हें घर पर देखा, न नगर में।

## निराला

यह '60-'61 के दिनों की बात है।

बनारस अन्तिम बार आए थे निराला। कहना कठिन है कि वे खुद आए थे या लाए गए थे।

यह सूचना मुझे नागानन्द मुक्तिकंठ ने दी। बताया कि गायघाट पर कोई गंगाधर मिश्र हैं, उन्हीं के यहाँ महाकवि आए हुए हैं। अगर उनका दर्शन करना है तो आज-कल मत करो, बस, चलो। कल वे रहें, न रहें।

"चलो।" मैंने कहा और हम दोनों ने घाट का रास्ता पकड़ा।

अस्सी घाट से शुरू किया हमने। नागानन्द अपने और निराला के सम्बन्धों के बारे में बताते रहे रास्ते भर। वाचस्पति पाठक उनके रिश्तेदार थे और इलाहाबाद में रहते थे। उन्हीं के साथ नागानन्द कई बार जा चुके थे निराला के यहाँ। उन्हीं के आशीर्वाद से नागानन्द हिन्दी में लिख रहे थे—अंग्रेजी के विद्यार्थी होने के बावजूद। जब उन्होंने पहली बार निराला को अपनी कविताएँ सुनाई थीं तो वे एकटक उन्हें देखते रह गए थे फिर धीरे-से नागानन्द के सिर पर हाथ रखकर बुदबुदाए, 'बेटा, आगे बढ़ो। वाग्देवी तुम्हारी प्रतीक्षा कर रही हैं।' नागानन्द ने यह भी कहा, 'हो सकता है, निराला उन्हें पहचान लें मगर यह भी हो सकता है कि भीड़ में यह पहचान जाहिर न करें।' मणिकर्णिका घाट से आगे बढ़ते-बढ़ते वे मेरे बहाने हिन्दी के शोध छात्रों पर टूट पड़े, 'उनकी नियति क्या है? कहीं मास्टर हो जाना, एक बीवी ले आना, एक दर्जन बच्चे पैदा करना, उनकी नाक-लार पोंछना, उनमें से किसी को गोद में उठाकर या उँगली पकड़कर तरकारी और परचून की दुकान की जीवन-भर यात्राएँ करना...।"

गायघाट पर ही गंगाधर मिश्र का दुमंजिला भवन था। वे उस क्षेत्र के प्रतिष्ठित व्यक्ति थे। हमें कोई परेशानी नहीं हुई उनका घर ढूँढ़ने में। वे मिले और प्रेम से अन्दर लिवा गए। बैठका काफी बड़ा था। दीवारों से सटे सोफे थे अतिथियों के बैठने के लिए। उन्होंने हमें बिठाया और सुबह से दोपहर तक की अपनी व्यस्तता बताई। मेज पर पड़ी हुई कुछ मालाओं की ओर संकेत किया और बताया कि ताँता लगा रहा है सुबह से। कितने लोग आ चुके हैं। आनेवालों में ज्यादातर नगर के रईसों के नाम थे—अध्यापकों और लेखकों के नहीं। उन्होंने यह भी बताया कि महाकवि अभी-अभी ऊपर गए हैं आराम करने, इसके पहले यहीं थे। लोग कुछ पूछना चाह रहे थे लेकिन वे 'शेक्सपीयर' के बारे में अंग्रेजी में बोलते रहे फिर कोई छन्द सुनाया कालिदास का—और चले गए। देखिए, आकाशवाणी के डायरेक्टर ने इन महाशय की ड्यूटी लगा रखी है यहाँ पर—जो कुछ बोलें, उसे टेप करने के लिए। और अखबारों के ये फोटोग्राफर हैं, सो अलग!

कमरे में सिर्फ हम दोनों थे और मिश्र जी। और कोई नहीं। सिवा फोटोग्राफरों और आकाशवाणी के कर्मचारी के जो सुबह से थे। मिश्र जी ने हमें नाश्ता कराया। बोले—ऊपर से नीचे उतरने-चढ़ने में तकलीफ होती है उन्हें! इतनी दूर से आप लोग आए हैं तो दर्शन तो करवा ही देंगे लेकिन कुछ देर इन्तजार करना पड़ेगा। सोचता हूँ, दो-चार लोग और आ जाएँ तब उन्हें नीचे बुलाएँ। ऐसे, आप लोग जानते ही होंगे कि महाकवि मूडी हैं, कब क्या कर बैठें कोई नहीं जानता इसलिए जब वे आएँ तब आप जैसे हैं, वैसे ही बैठे रहें। न हिलें-डुलें, न उनसे कुछ पूछें। ठीक?...

वे अभी समझा ही रहे थे कि सीढ़ियों के ऊपर से नीचे हॉल पर नजर डालते निराला दिखाई पड़े।

मेरा पूरा शरीर गनगना उठा जैसे। पिछले पाँच-छह सालों से जिन्हें पढ़ता-सुनता आया था, वह 'लिजेंड' कवि-पुरुष सामने था। लेकिन ये वह निराला नहीं थे, जिनकी छवियाँ थीं मेरी आँखों में। न कन्धों को चूमते लम्बे बाल, न नुकीली लहराती दाढ़ी, न चमक भरी बड़ी-बड़ी मोहक आँखें, न भरा-गठा-कसा शरीर। वे मेरे गाँव के बूढ़े सोबरन पहलवान जैसे लग रहे थे—जैसे हर गाँव में होते हैं। सिर और दाढ़ी पर सफेद बालों की खूँटियाँ, बाँहों की झूलती हुई खाल, चौड़े सीने पर ढुलकी छातियाँ, निकले हुए पेट के नीचे सफेद तहमत—वे सँभल-सँभलकर सीढ़ियों से नीचे आए, फिर सिर झुकाए हुए बिना किसी की ओर देखे टेपरेकॉर्डर वाली मेज का चक्कर लगाते हुए सीढ़ी के पास तक गए, फिर रेलिंग के सहारे थके घुटनों से ऊपर चढ़ने लगे। वे जैसे खोए-खोए से थे, जैसे उन्हें पता न हो कि वे कहाँ हैं और क्यों हैं?

इस दौरान टेपरेकॉर्डर चला दिया गया था—लेकिन उसमें उनके चलने की आवाज भी शायद ही आई हो।

बड़े भारी और उदास मन से हम बाहर आए।

'मेरे सामने आने पर जरा देर के लिए वे ठिठके थे, तुमने गौर किया था?' नागानन्द ने पूछा।

मैंने कुछ भी नहीं देखा था ऐसा।

## राजकमल चौधरी

सन् '67 के जून महीने में राजकमल चौधरी की मृत्यु हुई।

इसके तीन-चार महीने पहले वे बनारस आए—अन्तिम बार। अस्पताल से छुट्टी लेकर। तीन-चार दिनों के लिए। मेरा उनसे कोई खास सम्बन्ध नहीं था लेकिन जाने क्या था कि वे मुझे प्यार करते थे। 'लोग बिस्तरों पर' कहानी 'आमुख' में

प्रकाशित हुई थी और उस पर अस्पताल से उन्होंने चिट्ठी लिखी थी—प्रशंसा में। उन्हें छोड़कर किसी ने भी कभी उस कहानी की चर्चा नहीं की।

वे रुके थे हम लोगों के मित्र कवि-लेखक शम्भुनाथ मिश्र के घर। वे लोलार्क कुंड आए—सफेद कुर्ता-धोती में। उनकी जेब में एक बोतल थी, जिसमें से निकलती हुई रबर की नली उनके पेशाब की थैली से जुड़ी थी। उनका बायाँ हाथ बराबर बोतल को ही सँभाले था।

वे गले मिले-हहास कर! मेरे साथ धूमिल भी थे घर पर। शायद उनकी धूमिल से पहली भेंट थी यह।

पहले लोलार्क कुंड घूमकर देखा, उसके बाद कहा, 'चलो बोटिंग करें। अस्सी से दशाश्वमेध। फिर पैदल ही शहर घूमा जाएगा।'

'चलिए!' हम चारों तुलसीघाट के लिए चल पड़े। रास्ते में चलते हुए मैंने पूछा, 'डॉक्टर ने अनुमति कैसे दे दी यहाँ आने की?'

'देखो मरना-जीना मुझे है, डॉक्टर को नहीं। इसे मेरी अन्तिम इच्छा समझो।'

उनके चेहरे पर मृत्यु का कोई आतंक नहीं था। वे काफी मौज और मस्ती में थे। नाव में बैठने के बाद धूमिल ने 'कंकावती' और 'मुक्ति-प्रसंग' के सम्बन्ध में चर्चाएँ करनी चाहीं लेकिन वह झुककर पानी उछालते रहे और फेफड़ों में उस पार से आती ठंडी हवा भरते रहे।

दशाश्वमेध उतरकर उन्होंने कहा, 'चलो, आशुतोष भट्टाचार्य के यहाँ चलें और तबला सुनें।'

आशुतोष जी नहीं मिले। उन्होंने कहा, 'चलो, उस्ताद बिस्मिल्लाह खाँ से मिला जाए।'

हम हड्हा सराय होते हुए उस्ताद के घर पहुँचे। वे भी कहीं बाहर थे।

अन्त में हम नाटी इमली पहुँचे—शम्भुनाथ के घर। बिस्तरे पर बैठते ही उन्होंने शम्भुनाथ से कहा, 'अली अकबर खाँ और रविशंकर की जुगलबन्दी सुनवाओ।'

शम्भुनाथ ने ग्रामोफोन के रेकार्ड लगाए और वे जुगलबन्दी में सरोद और सितार की बारीकियों पर बातें करते रहे—देर तक।

संगीत की समझ न मुझे थी, न धूमिल को। हम खासा बोर हो रहे थे लेकिन राजकमल के कान बातों के दौरान भी उधर ही लगे हुए थे। जब रेकार्ड बन्द हो गए तो वे बिस्तर से उठकर मेरी बगल में आ गए, 'और बोलो, कैसा चल रहा है बनारस में?'

'अब आप भी सच बता दीजिए कि बनारस कैसे आए—वह भी इस हालत में?' मैंने पूछा।

वे हँसे बड़ी जोर से, 'शम्भुनाथ! ले, बता ही देता हूँ, काशी को।' उन्होंने अपनी एक दिवंगत प्रेमिका का नाम लिया, 'तुमने तो सुना होगा उसके बारे में?

उसी की बहन है यहाँ। लहुराबीर के पास। उस टॉकीज के बगलवाली गली में। मैं भोर में चार बजे रिक्शा लेकर जाता हूँ और गली के मुहाने पर रिक्शा रोकता हूँ। वह अपने घर से आती है चोरी से, उसके साथ दशाश्वमेध घाट जाता हूँ। वहाँ घंटे-डेढ़ घंटे बैठता हूँ घाट पर गंगा किनारे, फिर उसे उसके घर सबके जगने से पहले ही छोड़ते हुए लौट आता हूँ। बस, यही कर रहा हूँ यहाँ। और समझो, इसी के लिए आया हूँ।'

मैं राजकमल के शरमाते और हँसते हुए चेहरे को देखता रहा।

उनकी जेब में बोतल थी और उसकी नली उनके पेशाब की थैली से जुड़ी थी। चलते समय धूमिल ने कहा, 'देखा! दोनों पाँव कब्र में हैं लेकिन आदत से बाज नहीं आएँगे।'

'यह मत देखो।' मैंने कहा, 'जीवन की अन्तिम बूँद तक निचोड़कर पीने का हौसला देखो।'

['परिकथा', जुलाई-अगस्त, 2006]

# ‘काशीनामा’ की कुंडली

28 जनवरी, 2003 की शाम। *एकेडमी ऑफ फाइन आर्ट्स* कोलकाता में *काशीनामा* का *प्रीमियर* था—पहला शो! बाहर बेहद भीड़ टिकट के लिए। ऐसी भीड़ कोलकाता में ही सम्भव है। बाहर दिल्ली से हिन्दी के सिर्फ नामवर सिंह बुलाए गए थे—आलोचना पुरुष।

अन्दर मंच के सामने की पहली कतार में मैं। *काशीनामा* की कहानी *पाँड़े कौन कुमति तोहें लागी* का लेखक। मेरे बगल में बंगाल के मुख्यमंत्री कवि बुद्धदेव भट्टाचार्य। वे आए थे दस मिनट के लिए, लेकिन रुके रह गए ढाई घंटे तक। नाटक की समाप्ति तक! मैंने अपने आगे-पीछे नजरें दौड़ाई—मृणाल सेन, गौतम घोष, तापस सेन, सौमित्र चटर्जी, नवनीता देव सेन, श्यामानन्द जालान, प्रतिभा अग्रवाल, चित्रकार खालिद चौधरी...गरज कि बाँग्ला फिल्म, रंगमंच, साहित्य, कला जगत की वे हस्तियाँ जिन्हें पर्दे पर या पत्रिकाओं में देखा और पढ़ा था। नाटक हिन्दी का, दर्शक बाँग्ला के। कहीं तिल रखने की जगह नहीं।

जिस बंगाल में बाँग्लाभाषी अपनी भाषा और रंगकर्म के आगे किसी भाषा और उसके थिएटर को सेटते नहीं, उसी बंगाल में हिन्दी रंगमंच को कितनी ऊँचाई पर प्रतिष्ठित किया है उषा गांगुली ने—वहीं जाना।

ऐसा नहीं कि मेरी किसी कहानी का पहली बार मंचन होने जा रहा था और मैं बड़ा उत्तेजित और उत्साहित था। यह सिलसिला शुरू हो गया था 1980 से ही जब एम. के. रैना की संस्था प्रयोग ने डॉ. देवेन्द्र राज ‘अंकुर’ के निर्देशन में अपना मोर्चा उपन्यास मंचित किया गया था जिसमें आज के सितारे मनोज वाजपेयी ने ज्वान की भूमिका निभाई थी। इसके बाद अंकुर जी ने ही कविता की नई तारीख का मंचन किया था लखनऊ और गोरखपुर में। इसके सिवा भी हावड़ा के *क्लासिक* थिएटर ने *सदी का सबसे बड़ा आदमी* और शिमला की किसी संस्था ने जंगल जातकम् किया था। जिन दिनों राष्ट्रीय नाट्य विद्यालय ने *अपना रास्ता लो बाबा* किया था, उसी के आसपास पटना की *हिरावल* संस्था द्वारा *कौन ठगवा नगरिया लूटल हो* के मंचन की सूचना मिली थी। इनके अतिरिक्त भी कई नगरों में संस्थाओं ने कहानियों के मंचन किये लेकिन मैंने कभी रुचि नहीं ली।

क्योंकि मैं मान कर चलता था कि मेरा काम लिखना है, नाटक-नौटंकी करना नहीं। यह वही करें जिनका यह काम है। इन सभी प्रदर्शनों में से मैंने सिर्फ एक मंचन देखा था *अपना रास्ता लो बाबा* का *राष्ट्रीय नाट्य विद्यालय* के अभिमंच पर—इसलिए कि रंगमंच के क्षेत्र में डॉ. देवेन्द्र राज अंकुर एक बड़ा नाम है जिसने *कहानी का रंगमंच* के जरिए रंगमंच की अवधारणा ही बदल दी है। यह एक ऐतिहासिक कदम है। इससे पहले कोई रंगकर्मी यह कल्पना भी नहीं कर सकता था कि कहानी को कहानी के ही फार्म में मंचित भी किया जा सकता है।

तो मैंने कहा कि मैं बहुत उत्साहित नहीं था कोलकाता जाकर और गया तो उसके कारण थे।

प्रीमियर से साल भर पहले 9 जनवरी, 2002 को कोलकाता से मेरे मित्र *जनसत्ता* सबरंग के उपसम्पादक कृपाशंकर चौबे आए और कहीं मंचन करके लौट रहीं मुगलसराय से उषा गांगुली—अपने चार कलाकारों के साथ। कृपा ने बताया कि उषा जी *पाँड़े कौन कुमति तोहें लागी* खेलना चाहती हैं और लोकेशन देखने आई हैं। उन्हें आप की अनुमति और सहयोग की जरूरत है। यह मेरे लिए नई बात थी। इससे पहले किसी रंगकर्मी ने मुझसे अनुमति या सलाह की जरूरत नहीं समझी थी।

उषा जी ने कहानी का मर्म समझा था कि अस्सी सिर्फ अस्सी मुहल्ला नहीं, भूमंडलीकरण और बाजारवाद के बाद का पूरा भारत है। उन्होंने मुझसे बातें कीं और अपने कलाकारों के साथ निकल पड़ी। अस्सी चौराहा देखा, पप्पू की दुकान पर गईं, पात्रों को देखा, मिलीं, फिर घाट पर गईं, पंडों के कर्मकांड देखे, गाती-बजाती औरतों के झुंड देखे, आरती देखी—दो दिन रुककर इसी में व्यस्त रहीं।

महीने-दो महीने बाद फिर आईं उषा जी—नाट्यालेख तैयार करने की योजना के साथ! पता चला, 300 रंगकर्मियों की उनकी संस्था *रंगकर्मी* के कलाकार *पाँड़े कौन कुमति तोहें लागी* की रीडिंग कर रहे हैं। अबकी वे अपने कुछ सहायकों के साथ कैमरे और टेपरेकार्डर लेकर आई थीं। वे नृत्य और संगीत में गहरी पैठ रखती थीं। उन्होंने घाट पर और अस्सी के घरों में जाकर महिलाओं के लोकगीत टेप किये। हुकुलगंज जाकर बिरहिया हीरालाल यादव से कई रागों में बिरहे टेप किये। कौशिक जी से शिव-स्तोत्र सुना और टेप किया। उन्हें जब भी *स्क्रिप्ट* से फुरसत मिलती, काशी के मिजाज को समझने के लिए सँकरी गलियों में चल देतीं। आलेख में जहाँ कहीं दुविधा होती, मुझसे राय-बात करतीं और उसमें जोड़ती-घटातीं। उन्होंने आखिरकार निर्णय लिया कि मूल कहानी तो *पाँड़े कौन कुमति तोहें लागी* ही रहेगी लेकिन पूरे उपन्यास *काशी का अस्सी* के चुने हुए प्रसंगों, स्थलों और संवादों का इस्तेमाल करेंगी। यही नहीं, वह लेखक को पूरा पढ़ना और समझना चाहती हैं।

रिहर्सल शुरू करने से पहले एक बार और आईं—दो समस्याओं के साथ। उन्होंने कहा कि *पाँड़े कौन कुमति तोहें लागी* नाम नहीं चलेगा नाटक के लिए।

लम्बा है और सामान्य दर्शकों के लिए अबूझ! नाम ऐसा हो जो *क्लिक* कर जाए, जिसमें आकर्षण हो—*काशीनामा* कैसा रहेगा? इसमें दोनों हैं—नगर भी, लेखक भी! कई और नामों पर भी विचार हुए लेकिन इसके आगे सब खारिज! दूसरी समस्या यह कि कहानी का अन्त सपनों या संकेतों से तो हो सकता है लेकिन नाटक का अन्त संकेतों या सपनों से नहीं किया जा सकता। इसलिए उसका अन्त क्या हो? कैसे हो?

उत्तर ढूँढ़ने में समय लगा लेकिन मिल गया आखिर। मेरी मदद की मेरे गाँव जीयनपुर की एक घटना ने। अभी-अभी एक भव्य महादेव का मन्दिर बनवाया था गाँव वालों ने, वहीं जहाँ पुरखों ने शिव की पिंडी रखी थी और उसी पर चढ़ाते चले आ रहे थे गाँव वाले। वह पिंडी मन्दिर की शोभा के अनुकूल तो नहीं थी लेकिन उतनी पुरानी थी, जितना गाँव। उसकी उपेक्षा हो सकती थी नये मन्दिर में प्रतिष्ठित संगमरमर के शिवलिंग के चलते। पंडितों ने सलाह दी कि इस पत्थर के शिवलिंग को भी उसी मन्दिर में प्रतिष्ठित करें! अब हुआ यह कि खुदाई करते समय वह शिवलिंग जाने कैसे बीच से फट गया! यह घोर अपशकुन था। खंडित देव-प्रतिमा को न उस हाल में छोड़ा जा सकता था, न पूजा की जा सकती थी। गाँव वालों ने दौड़ लगानी शुरू की इस पंडित के यहाँ से उस पंडित के यहाँ! वे काशी के भी कई पंडितों से मिले! प्राय: सबने सुझाव दिया कि उस प्रतिमा को बाजे-गाजे के साथ गंगा में विसर्जित कर दो!...उषा जी खिल उठीं यह अन्त सुनकर! वास्तविकता यह थी कि उषा जी न कहानी को पढ़ रही थीं, न सुन रही थीं, वे मंच पर देख रही थीं। मैं उनमें एक सम्पूर्ण रंगकर्मी का समर्पण, जोश और उल्लास देख रहा था और चकित था!

इसके बाद एक लम्बा अन्तराल! बीच-बीच में *रंगकर्मी* के कलाकार आते थे—कभी छतरी और रामनामी के लिए, कभी डमरू और त्रिशूल के लिए, कभी गंगाजली और लोहे की चायदानी के लिए, उन्हीं से पता चलता था कि रिहर्सल चल रहा है और रंगकर्मी संस्था के छब्बीसवें स्थापना-दिवस 16 जनवरी, 2003 को *काशीनामा* का पहला शो होगा। *सबरंग* जनसत्ता के सम्पादक अरविन्द चतुर्वेदी ने यह भी सूचना दी कि उषा जी ने उनसे दो गीत लिखवाए हैं। यह सारा कुछ ठीक, लेकिन भीतर कहीं डर था कि नाटक के ताम-झाम में कहीं वह न खो जाए जो यह चर्चित कहानी कहना चाहती है। डर इसलिए भी था कि दस-पन्द्रह हों तो गनीमत यहाँ 50-60 कलाकारों को स्टेज पर मैनेज करना, अनुशासित रखना, उनसे काम लेना किसी भी निर्देशक के लिए चुनौती है और एक उषा जी थीं, कि अभिनय भी, मंच-सज्जा भी, नृत्य-संरचना भी, संगीत भी, निर्देशन भी—इतनी सारी भूमिकाएँ एक साथ और ऊपर से बांग्लाभाषी दर्शकों की आँखों के आगे भदेस हिन्दी का नाटक!

लेकिन यह सारा डर हवा हो गया नाटक खत्म होते ही तालियों की गड़गड़ाहट में, कैमरों की फ्लैशलाइटों में, चैनलों की भाग-दौड़ में! बधाइयों की बारिश हो रही थी उषा जी और उनके अभिनेताओं-अभिनेत्रियों पर और वे भीग रहे थे। कोलकाता में घर में बैठे ही बंगालियों की आँखों में काशी उतर आया था—अपनी समूची परम्परा और बदलाव के साथ। जो काशी प्रत्येक बंगाली की कमजोरी है।

*काशीनामा* ऐसा नाटक था जिस पर हर दर्शक के पास *भीषण* और *भालो* कहने के सिवा भी बहुत कुछ था। प्राय: सबका कहना था कि यह उषा गांगुली के छब्बीस वर्षों के रंग-अनुभवों का निचोड़ है। उन्होंने अपना सारा कुछ उड़ेल दिया है इसमें। मुख्यमंत्री कवि-नाटककार ने कहा—मैं आविष्ट हूँ। आवेश में हूँ फासीवाद और ग्लोबलाइजेशन के गठजोड़ का पर्दाफाश करता है यह। भीड़ के छँटने का इन्तजार कर रहे मृणाल सेन से एक दर्शक की हैसियत से पूछा तो बोले—सुन्दर। इसलिए भी कि कहानी 'पावरफुल' थी। लेकिन मेरे दिमाग में कुछ और ही चल रहा था कि देखो—ये ही धर्मनाथ, पँड़ाइन, कन्नी, गुरु, मादलेन जब तक कहानी के पन्नों में थे तो मानो कब्र में थे, बेजान और निर्जीव—लेकिन वे ही जब मंच पर हरकत में आए तो दर्शकों की रातों की नींद हराम कर दी।

['बनास', अंक 2, 2009]